Alle Rechte, einschließlich das des vollständigen oder
auszugsweisen Nachdrucks in jeglicher Form, sind vorbehalten.

Alle handelnden Personen in dieser Ausgabe sind frei erfunden.
Ähnlichkeiten mit lebenden oder verstorbenen Personen wären rein zufällig.

Der Preis dieses Bandes versteht sich einschließlich
der gesetzlichen Mehrwertsteuer.

Umwelthinweis:
Dieses Buch wurde auf chlor- und säurefreiem Papier gedruckt.

Susan Mallery

Der Weisheit letzter Kuss

Roman

Aus dem Amerikanischen von
Ivonne Senn

MIRA® TASCHENBUCH
Band 25857
1. Auflage: September 2015

MIRA® TASCHENBÜCHER
erscheinen in der HarperCollins Germany GmbH,
Valentinskamp 24, 20354 Hamburg
Geschäftsführer: Thomas Beckmann

Copyright © 2015 by MIRA Taschenbuch
in der HarperCollins Germany GmbH
Deutsche Erstveröffentlichung

Titel der nordamerikanischen Originalausgabe:
Three Little Words
Copyright © 2013 by Susan Macias Redmond
erschienen bei HQN Books, Toronto

Published by arrangement with
Harlequin Enterprises II B.V./S.àr.l

Konzeption/Reihengestaltung: fredebold&partner GmbH, Köln
Umschlaggestaltung: pecher und soiron, Köln
Redaktion: Daniela Peter
Titelabbildung: pecher und soiron, Köln
Illustration: Matthias Kinner, Köln
Autorenfoto: © Harlequin Enterprises S.A., Schweiz
Satz: GGP Media GmbH, Pößneck
Druck und Bindearbeiten: CPI books GmbH, Leck – Germany
Printed in Germany
Dieses Buch wurde auf FSC®-zertifiziertem Papier gedruckt.
ISBN 978-3-95649-207-5

www.mira-taschenbuch.de

Werden Sie Fan von MIRA Taschenbuch auf Facebook!

*Lieber Ford,
ich kann nicht glauben, dass meine Schwester so dumm war, dich zwei Wochen vor eurer Hochzeit zu betrügen. Ausgerechnet mit deinem besten Freund. Und ich kann auch nicht glauben, dass du dich so schnell zur Navy gemeldet hast. Ich hatte leider keine Chance mehr, es dir persönlich zu sagen. Und ich bin ja auch erst vierzehn, aber ich liebe dich. Ich werde dich immer lieben und dir jeden Tag schreiben. Oder zumindest einmal in der Woche. Als du gegangen bist, habe ich tagelang geweint. Maeve war darüber nicht sehr erfreut. Sie meinte, ich würde eine Szene machen. Da war sie bei mir aber an der falschen Adresse. Ich habe ihr auf den Kopf zugesagt, was für ein Miststück sie ist, weil sie dich betrogen hat. Daraufhin habe ich dann Ärger mit meinen Eltern bekommen. Wegen meiner Wortwahl. Aber das ist mir egal. Ich wünschte, du wärst nicht gegangen. Ich werde dich wirklich für immer lieben, Ford. Versprochen. Pass auf dich auf, ja?*

Lieber Ford, ich gehe zum Abschlussball! Ich weiß, ich bin erst in der Zehnten, aber Warren hat mich gefragt, und ich habe Ja gesagt. Meine Mom ist ehrlich gesagt wesentlich aufgeregter als ich. Wir fahren bald nach San Francisco, um mir ein Kleid zu kaufen. Meine Großmutter hat mir eines der Brautkleider aus ihrem Laden angeboten. Ist das zu fassen? Als ob ich so was anziehen würde. Aber Mom war ganz cool und meinte, wir könnten etwas in einem der großen Kaufhäuser kaufen. Ja!!! Ich schicke dir ein Foto von mir in dem Kleid. Pass auf dich auf, ja?

Lieber Ford, ich weiß, ich habe schon eine ganze Weile nicht mehr geschrieben. Aber es war zu schlimm. Also der Abschlussball. Warren war ganz anders, als ich gedacht hatte, und hat sich fürchterlich betrunken. Zusammen mit seinen Freunden hatte er ein Hotelzimmer gemietet. Ich dachte, wir würden auf eine Privatparty gehen, weißt du, aber er wollte was ganz anderes. Er meinte, dass er gedacht hätte, mir wäre das klar gewesen. Was ist das nur mit Jungs und Sex? Erklär mir das bitte mal. Ich meine, du schreibst mir zwar nie zurück, aber solltest du es je tun, dann … Ich habe ihn so getreten, wie Dad es mir beigebracht hat, und dann hat er sich auf mein Kleid übergeben, woraufhin ich mich auch übergeben musste. Ich wünschte, du wärst hier gewesen, um mich auf den Ball zu begleiten. Pass auf dich auf, ja?

Lieber Ford, es tut mir so leid, dass seit meinem letzten Brief schon wieder so viel Zeit vergangen ist. Meine Grandma ist gestorben. Sie war nicht krank oder so, sondern ist einfach eines Morgens nicht mehr aufgewacht. Ich kann irgendwie gar nicht aufhören zu weinen. Ich vermisse sie so sehr. Meine Mom ist auch so traurig, was es noch schwerer macht. Ich versuche, für sie da zu sein, helfe im Haushalt und koche mehrmals in der Woche Abendessen. Manchmal, wenn ich mich mit meinen Freundinnen treffe, fühle ich mich schuldig. Als wenn ich nie wieder lächeln dürfte. Dad war vor Kurzem mit mir Mittag essen und sagte, ich dürfte ruhig ein Teenager sein. Ich wünschte, ich könnte das glauben. Ich hoffe, dir geht es gut. Ich mache mir Sorgen um dich, weißt du?

Lieber Ford, ich habe meinen Highschool-Abschluss! Anbei ein Bild. Ich weiß nicht, ist es komisch, dass ich dir schreibe? Du hast nie geantwortet, was ja auch völlig in Ordnung ist. Ich weiß nicht einmal, ob du meine Briefe liest. Aber ich schreibe dir trotzdem, denn irgendwie vermisse ich dich immer noch. Wenn ich dir schreibe, fühle ich mich dir nahe. Wie auch immer, ich werde auf die University of California in Los Angeles gehen. Als Hauptfach habe ich mich für Marketing entschieden. Mom drängt mich immer, in Richtung Finanzwesen zu gehen, aber mit meinen Mathekenntnissen wird das nichts. Ich bin total aufgeregt und freue mich, obwohl ich meine Grandma immer noch vermisse. Bist du im Irak? Immer, wenn ich im Fernsehen Nachrichten über den Krieg sehe, frage ich mich, wo du bist.

Lieber Ford, ich liebe das College! Westwood ist total spannend und faszinierend, und wir verbringen die meisten Wochenenden am Strand. Ich habe jetzt sogar einen Freund. Billy. Er bringt mir das Surfen bei. Ich besuche nicht so viele Vorlesungen, wie ich sollte, aber das hole ich bald nach. Ich habe helle Strähnchen und bin braun gebrannt, und mein Leben ist noch nie so cool gewesen wie jetzt. Ich hoffe, bei dir ist auch alles gut.

Lieber Ford, das Community College in Fool's Gold ist gar nicht mal so schlecht. Westwood und meine Freunde fehlen mir, aber es ist okay. Meine Eltern sprechen immer noch nicht mit mir. Mal abgesehen von den langen Vorträgen darüber, wie unglaublich enttäuscht sie von mir sind, dass ich nicht erwachsen genug war, die UCLA zu absolvieren. Ich fühle mich echt schlecht, weil ich so unverantwortlich und dumm war. Aber nicht mal das bringt sie dazu, mit ihren Vorhaltungen aufzuhören. Ich weiß ja auch, dass ich sie verdient habe. Billy hat vor ein paar Wochen mit mir Schluss gemacht, was mich wenig überrascht hat. Er war nicht gerade der Typ für eine langfristige Beziehung. Ich habe mir vorgenommen, jetzt im Unterricht besser aufzupassen und mich generell etwas erwachsener zu benehmen. Manchmal denke ich daran, dass du in meinem Alter in den Krieg gezogen bist. Das muss unglaublich hart gewesen sein. Ich bin immer noch dabei, zu lernen, wie man auf eigenen Beinen steht. Ich denke an dich und hoffe, dass es dir gut geht. Pass auf dich auf.

Lieber Ford, ich habe einen Job in New York City. Kannst du dir das vorstellen? In der Marketingabteilung einer großen Firma. Weißt du, wie viele Marketingstudenten jedes Jahr ihren Abschluss machen? Mindestens eine Million, und es gibt nur ungefähr zwei Jobs, und einen davon habe ich ergattert! Ich! Mom und ich fliegen zusammen hin, um mir eine Wohnung zu suchen. Ich habe schon im Internet geguckt und festgestellt, dass ich mir maximal zwanzig Quadratmeter leisten kann. Aber das ist mir egal. Es ist New York. Ich habe es wirklich geschafft. Die kleine Isabel aus Fool's Gold zieht in den Big Apple. Übrigens frage ich mich, warum die Stadt ausgerechnet diesen Spitznamen hat. Ich bin mir nicht sicher, ob du meine Briefe bekommst, aber ich wollte dir die gute Nachricht unbedingt mitteilen. Wenn du irgendwann wieder in den Staaten bist, kommst du mich ja vielleicht mal besuchen.

Lieber Ford, tut mir leid, dass ich mich so lange nicht gemeldet habe. Ich hatte unglaublich viel zu tun. Wir arbeiten an einer Kampagne für eine Tequila-Marke. Dazu sind wir eine Kooperation mit MTV eingegangen, und ich bin mittendrin. Es ist echt aufregend. Ich treffe alle möglichen Arten von Leuten und gehe sogar zu den MTV Awards! Ich liebe New York, und ich liebe meinen Job. Dating ist hier allerdings die reinste Katastrophe. Es gibt einfach zu viele weibliche Singles. Aber noch bin ich nicht allzu verzweifelt. Ich liebe meine Arbeit, und wenn ein Mann mich nicht gut behandelt, lasse ich ihn stehen. Da staunst du, was, aber ich bin tatsächlich endlich erwachsen geworden. Als ich das letzte Mal zu Hause war, habe ich deine Mom getroffen. Sie sagte, es gehe dir gut. Das freut mich. Letzten Monat war Fleet Week, und als ich all die Marinesoldaten in ihren schicken Uniformen sah, musste ich an dich denken. Ich hoffe, du bist in Sicherheit, Ford.

Lieber Ford, Eric ist der Mann, von dem ich dir schon mal erzählt habe. Er arbeitet an der Wall Street und ist sehr süß und lustig. Und klug. Einer seiner Freunde hat angedeutet, dass er mich fragen wird, ob ich ihn heiraten will, was natürlich sehr aufregend ist. Die Sache ist die, Eric ahnt nicht, dass ich dir schreibe. Ich weiß, ich weiß – du antwortest sowieso nicht, und es ist mehr wie Tagebuchschreiben. Trotzdem glaube ich, dass ich damit aufhören sollte. Denn wenn ich dir schreibe, sind das nicht einfach nur ein paar Zeilen in meinem Tagebuch. Ich frage mich dabei, wie es dir geht und wo du wohl bist. Es ist schon so ewig her, dass du gegangen bist. Zehn Jahre. Maeve spuckt immer noch alle paar Jahre ein Baby aus. Bestimmt bist du inzwischen über sie hinweg. Das hoffe ich zumindest. Ich weiß, du kämpfst immer noch für unser Land. Keiner weiß, was du tust, aber ich werde den Gedanken nicht los, dass du dich manchmal in Gefahr befindest. Ich bin inzwischen nicht mehr das kleine Mädchen, das dir geschworen hat, dich immer zu lieben. Aber so albern es auch klingt, ein Stück meines Herzens wird immer dir gehören. Pass auf dich auf, Ford. Auf Wiedersehen.

1. KAPITEL

„Tod durch Spitze und Tüll", sagte Isabel Beebe und wedelte mit der Düse des Steamers herum.

„Es tut mir so leid", erwiderte Madeline und zuckte zusammen, als sie die Vorderseite des Hochzeitskleides anschaute.

„Zukünftige Bräute sind sehr entschlossen." Isabel hob die obersten Lagen des weißen Kleids an und klemmte sie vorsichtig an die tragbare Kleiderstange im Hinterzimmer ihrer Boutique. Bei einem Kleid wie diesem, das aus mehreren Lagen fließendem Chiffon bestand, würde sie innen anfangen und sich langsam nach außen vorarbeiten müssen.

Isabel richtete den Dampfstrahl auf die Falten. Eine aufgeregte Braut hatte herausfinden wollen, ob sie in ihrem Kleid bequem sitzen konnte. Also hatte sie sich gesetzt. Und eine halbe Stunde mit ihrer Freundin telefoniert. Jetzt musste das Musterkleid für die nächste Interessentin wieder in Form gebracht werden.

„Soll ich sie nächstes Mal aufhalten?", fragte Madeline.

Isabel schüttelte den Kopf. „Ich wünschte, das könnten wir, aber nein. Bräute sind sehr zerbrechlich und emotional. Solange sie keine Farbe auf die Kleider schmieren oder nach einer Schere greifen, dürfen sie sitzen und tanzen, so viel sie wollen. Wir sind hier, um ihnen zu helfen."

Sie zeigte Madeline, wie man den Steamer halten musste, damit der Dampf sich gleichmäßig verteilte, und erklärte ihr dann, dass man das Kleid auskühlen lassen musste, bevor man es wieder zu den anderen hängte.

„Es hilft, wenn du jedes Brautkleid als sehr empfindliche Prinzessin betrachtest", sagte Isabel grinsend. „Jede Sekunde kann eine Katastrophe geschehen, und wir sind hier, um das zu verhindern."

Madeline arbeitete erst seit drei Wochen im Paper Moon, dem Brautmodengeschäft in Fool's Gold, doch Isabel mochte sie bereits. Sie kam rechtzeitig zur Arbeit und hatte schier endlose Geduld – sowohl mit den Bräuten als auch mit deren Müttern.

Isabel reichte ihr die Dampfdüse. „Jetzt bist du dran."

Sie schaute zu, bis sie sicher war, dass Madeline wusste, was sie tat. Dann kehrte sie nach vorne in den Laden zurück. Sie stellte die Probierschuhe wieder ins Regal, richtete ein paar Schleier … fügte sich dann ins Unvermeidliche und gab zu, dass sie nur versuchte, Zeit zu schinden. Was getan werden musste, musste getan werden. Es aufzuschieben würde nichts daran ändern. Aber, oh, wie sehr sie es sich wünschte …

Nachdem sie einen stärkenden Atemzug getan hatte, ging sie in ihr kleines Büro, schnappte sich ihre Handtasche und kehrte zu Madeline zurück. „Ich bin in einer Stunde wieder da."

„Okay. Bis dann."

Isabel verließ das Geschäft und ging entschlossen zu ihrem Auto. Fool's Gold war eigentlich klein genug, um zu Fuß überallhin zu gelangen, aber ihr aktuelles Ziel lag gerade so weit weg, dass man ein Auto brauchte. Außerdem war sie auf diese Weise schneller da und wieder weg. Wenn es schlecht lief, wollte sich nicht weglaufen müssen wie ein verängstigtes Häschen. Was sie in ihren hohen Schuhen sowieso nicht gekonnt hätte, aber egal. Mit einem Auto konnte sie in einer beeindruckenden Wolke aus Staub und aufspritzendem Kies verschwinden – wie im Kino.

„Es wird schon nicht schiefgehen", redete sie sich gut zu. „Alles wird toll. Ich muss nur daran glauben." Beinahe hätte sie die Augen geschlossen, aber ihr fiel noch gerade rechtzeitig ein, dass sie hinter dem Steuer saß. „Ich trage heute meine Krone der Großartigkeit."

Sie bog links auf die Eighth Street ab, dann nach rechts, und bevor sie wirklich bereit war, fuhr sie schon auf den Parkplatz von CDS.

Cerberus Defence Sector war die neue Sicherheitsfirma in der Stadt. Sie bildeten Bodyguards aus und boten Selbstverteidigungskurse und anderen Männerkram an. Genauere Einzelheiten wusste Isabel nicht. Sie hatte schon vor längerer Zeit festgestellt, dass sie und der Sport eine viel bessere Beziehung führten, wenn sie einander aus dem Weg gingen.

Nach kurzem Zögern parkte sie ihren Wagen zwischen einem großen schwarzen, mit Flammen bemalten Jeep und einer monströsen Harley. Ihr Prius wirkte hier völlig fehl am Platz. Und unglaublich klein.

Jetzt, da sie nicht mehr fuhr, konnte sie endlich die Augen schließen. Sie tat es und versuchte, ruhig zu atmen und an etwas Schönes zu denken. Doch ihr Magen war so zugeschnürt, dass all ihre Gedanken leider nur darum kreisten, sich bloß nicht hier auf dem Parkplatz zu übergeben.

„Das ist doch albern!", schimpfte sie laut und öffnete die Augen. „Ich kann das. Ich kann eine vernünftige Unterhaltung mit einem alten Freund führen."

Nur war Ford Hendrix eben kein alter Freund. Und das Gespräch, das sie mit ihm führen wollte, drehte sich darum, dass er – trotz der Briefe und der Liebesschwüre – keine Angst vor ihr haben musste. Denn die hatte er. Zumindest ein bisschen. Davon war sie überzeugt.

Natürlich würde er das nicht zugeben. Der Mann war immerhin ein ehemaliger SEAL. Außerdem, das wusste sie, hatte er zu einer Sondereinheit gehört, deren Aufträge ganz besonders gefährlich gewesen waren. Sie wusste ebenfalls, dass er vor drei Monaten nach Fool's Gold zurückgekehrt war und sie sich seitdem aus dem Weg gingen. Doch das war jetzt nicht mehr möglich.

„Also, was ich dir sagen wollte: Ich bin keine Stalkerin", erklärte sie und stöhnte auf. Ganz schlechter Einstieg für ein Gespräch. Und auch nicht wirklich dazu geeignet, ihre Glaubwürdigkeit zu erhöhen.

„Wie auch immer", murmelte sie und stieg aus.

Sie hielt kurz inne, um ihr schwarzes Kleid glatt zu streichen. Es schmiegte sich an ihren Körper, ohne zu eng zu sein und all ihre Schwachstellen unnötig zu betonen. Bei ihrer Liebe für Mode sollte man glauben, dass sie wie eine Verrückte Sport trieb, um in die entsprechenden Designerkleider zu passen. Doch in Wahrheit fiel es ihr schwer, Kekse zu ignorieren. Deswegen war sie inzwischen sehr gut darin, ihre Kurven zu verhüllen und trotzdem stylish auszusehen – das fand sie zumindest.

Sie rückte ihre Ärmel zurecht, wischte sich ein Stäubchen von den Schuhen und wappnete sich für den Eintritt in die Höhle des Löwen. Oder die Höhle des Kriegers – in diesem speziellen Fall.

Nachdem sie das Gebäude betreten hatte, schaute sie sich um. Der Empfang war unbesetzt, also ging sie einfach den Flur hinunter in die Richtung, aus der Musik und seltsame stampfende Geräusche kamen. Sie sah eine offen stehende Doppeltür und betrat durch sie den größten Fitnessraum, den sie je gesehen hatte.

Die Decke war mindestens zehn Meter hoch. An einem Ende der Halle hingen Seile von irgendwelchen Balken. Überall standen Furcht einflößende Maschinen herum, dazu gab es Sandsäcke, Gewichte und andere Geräte, von denen sie keine Ahnung hatte, wozu sie gut waren. In der Mitte des Raumes kämpfte eine zierliche Frau mit Pferdeschwanz gegen einen wesentlich größeren Mann. Und es sah so aus, als würde sie gewinnen.

Beide trugen Kopfschutz und hatten ihre Hände getaped. Isabel brauchte eine Sekunde, um in der Frau ihre Freundin Consuelo Ly zu erkennen.

Sie beobachtete, wie Consuelo mit einem Bein ausholte. Der Mann bewegte sich, aber nicht schnell genug. Ihre Ferse traf seine Kniekehle, und er ging zu Boden. Isabel zuckte zusammen, doch der Mann stand schneller wieder auf, als sie es für möglich gehalten hätte, und nahm die Frau in den Schwitzkasten. Consuelo schlug mit den Armen um sich und versuchte, ihn zu treffen. Ihr Ellbogen knallte in seinen Magen. Er stöhnte, ließ sie aber nicht los.

„Ihr zwei wisst, was ihr da tut, oder?", fragte Isabel. „Wird einer von euch verletzt? Soll ich den Notruf wählen?"

Der Mann drehte sich zu ihr um. Consuelo nicht. Und prompt lag der Mann eine Sekunde später flach auf dem Rücken – mit einem zierlichen Fuß auf seiner Kehle.

„Trottel", sagte Consuelo und nahm den Kopfschutz ab. Dann funkelte sie ihr Opfer an. „Verhältst du dich im Einsatz auch so dumm?"

„Normalerweise nicht", sagte er.

Sie streckte ihm ihre Hand hin, die er nahm, um sich von ihr auf die Füße ziehen zu lassen. Dann nahm Consuelo Isabel ins Visier.

„Danke. Ich bin dir was schuldig."

„Ich ... Also, ich wollte euch nicht ablenken", murmelte Isabel. „Es ist nur, du bist so klein, und er ist so ..."

Der Mann nahm den Kopfschutz ab und drehte sich zu ihr um. Isabels Mund wurde mit einem Mal ganz trocken, was ihr aber lieber war als das flaue Gefühl, das sich in ihrem Magen breitmachte. Sie wusste, sie würde gleich entweder ganz blass werden oder hochrot anlaufen. Hoffentlich Ersteres. Das wäre weniger peinlich.

Dieser Mann – ein Meter neunzig Muskeln in T-Shirt und Sporthose – war noch genauso attraktiv, wie sie ihn in Erinnerung hatte. Seine Augen waren noch genauso dunkel, seine Haare genauso dicht. Vierzehn Jahre im Ausland hatten Ford Hendrix innerlich garantiert verändert, doch äußerlich war er ansehnlicher als je zuvor.

Sie sah noch vor sich, wie er im Wohnzimmer ihrer Eltern gestanden und ihre Schwester konfrontiert hatte. Isabel war auf ihr Zimmer geschickt worden, hatte sich jedoch rausgeschlichen, um zu lauschen. Sie erinnerte sich noch, im Flur gehockt und geweint zu haben, als der Mann, den sie mit aller Kraft ihres vierzehnjährigen Herzens geliebt hatte, Maeve gefragt hatte, warum sie ihn betrogen hatte und ob sie Leonard wirklich liebe.

Maeve hatte unter Tränen und gestammelten Entschuldigungen zugegeben, dass alles stimmte und sie die Beziehung mit Ford schon längst hätte beenden sollen. Da der Hochzeitstermin in zehn Tagen war, konnte Isabel ihr nur zustimmen. Aber an ihrer Meinung war ja niemand interessiert. Nicht einmal Ford. Als das Schreien und Heulen im unteren Stockwerk endlich vorbei war, hörte sie eine Tür knallen. Und dann rannte sie so schnell, wie sie nur konnte.

Sie holte Ford auf der Straße ein und flehte ihn an, nicht zu gehen. Doch das hätte sie sich genauso gut sparen können. Er hatte sie völlig ignoriert und war wortlos weitergegangen. Zwei Tage später war er in die Navy eingetreten und hatte Fool's Gold verlassen.

Sie hatte ihm ihre Liebe in einem endlosen Strom an Briefen gestanden. Und er hatte keinen dieser Briefe beantwortet. Keinen einzigen.

„Hallo, Ford", sagte sie.

„Isabel."

Consuelo schaute zwischen den beiden hin und her. „Okay", sagte sie schließlich. „Ich spüre eine gewisse Spannung und verabschiede mich."

Isabel schüttelte leicht den Kopf, um wieder klar denken zu können. „Keine Spannung. Also zumindest bei mir nicht. Ich bin so spannungsfrei wie eine gekochte Nudel." Sie presste die Lippen zusammen. Hätte sie etwas noch Dümmeres sagen können? Eine Nudel?

Consuelo bedachte Isabel mit einem Blick, der ganz eindeutig sagte, dass ihre Freundin schnellstens Hilfe in einer psychiatrischen Einrichtung suchen sollte. Dann schnappte sie sich zwei Handtücher von einem Stapel bei den Matten, warf Ford eines davon zu und marschierte davon.

Ford wischte sich das Gesicht ab und schlang sich das Handtuch dann um die Schultern. „Was führt dich hierher?"

Eine ausgezeichnete Frage. „Ich dachte, wir sollten mal miteinander reden. Vor allem jetzt, mit unserer neuen Wohnsituation."

Er hob eine dunkle Augenbraue. „Wohnsituation?"

„Ja. Seit letzter Woche hast du die Wohnung über der Garage meiner Eltern gemietet. Ich habe dich aber nie kommen oder gehen sehen und dachte, dass du mir vielleicht aus dem Weg gehst."

Sie atmete tief ein. „Ich bin für ein paar Monate zurück in Fool's Gold, um den Laden meiner Eltern zu führen, solange sie auf Weltreise sind. Sie wollen Paper Moon verkaufen, und ich helfe ihnen, alles auf Vordermann zu bringen. Da ich nur vorübergehend hier bin und sie unterwegs, war es irgendwie sinnvoll, dass ich solange in ihrem Haus wohne. Ich bin sozusagen ihr Haussitter."

Haussitter klang wenigstens nicht so peinlich, wie eine achtundzwanzigjährige Frau zu sein, die zu ihren Eltern zurückgezogen war.

„Sie haben mir erzählt, dass sie die Wohnung vermietet haben, aber sie sagten nicht, an wen. Ich habe gerade erst herausgefunden, dass du der neue Mieter bist, was ich gut finde. Denn bei dir weiß ich, du bist kein Serienmörder – neben so einem wollte ich nämlich lieber nicht wohnen."

Die andere Augenbraue schoss ebenfalls in die Höhe, und seine Miene wandelte sich von mildem Interesse zu totaler Verwirrung. Vermutlich, dachte Isabel, war es jetzt Zeit für sie, zum Punkt zu kommen.

„Was ich versuche zu sagen, ist, dass ich nicht mehr vierzehn bin. Ich bin nicht mehr das verrückte Kind, das dir ewige Liebe geschworen hat. Ich habe mich weiterentwickelt, und du musst keine Angst vor mir haben."

Seine Augenbrauen entspannten sich, und seine Lippen verzogen sich zu einem angedeuteten Lächeln. „Ich habe keine Angst vor dir."

Seine Stimme klang selbstbewusst, sein Lächeln war unglaublich sexy, und er sah besser aus als jeder andere Mann auf dieser Welt – das war einfach eine Tatsache. Schließlich vibrierten sämtliche Nervenenden in ihrem Körper gerade wie verrückt. Klar, Hormone konnten sich auch mal irren. Sie war ja schon immer der Meinung gewesen, dass sexueller Intimität ein geistiger Austausch vorausgehen sollte. Doch in diesem Fall war sie mehr als gewillt, mit dieser Regel zu brechen.

„Das ist gut", sagte sie langsam. „Ich will nicht, dass du glaubst, ich wäre eine Stalkerin. Denn das bin ich nicht. Ich bin total über dich hinweg."

„Verdammt."

Sie riss die Augen auf. „Was?"

Aus dem schiefen Lächeln wurde ein Grinsen. „Ich war der Einzige in meiner Einheit, der eine Stalkerin hatte. Das hat mich berühmt gemacht."

Sie spürte, wie ihre Wangen heiß wurden. „Nein." Sie schnappte nach Luft. „Du hast den anderen doch wohl nichts von meinen Briefen erzählt?"

Das Grinsen verschwand. „Nein. Habe ich nicht."

Gott sei Dank! „Aber du hast sie bekommen?"

„Ja. Das habe ich."

Und? Hast du sie gelesen? Haben sie dir gefallen? Haben sie dir irgendetwas bedeutet? Warum hast du nie geantwortet?

Sie wartete, doch er sagte nichts.

„Okay", murmelte sie. „Dann sind wir uns ja einig. Du bist in meiner Nähe sicher und versuchst nicht, mir aus dem Weg zu gehen oder so."

„Ja."

„Ja, du gehst mir nicht aus dem Weg?"

„Ja."

Lag es an ihr, oder war es generell schwierig, sich mit ihm zu unterhalten? „Gut, dass wir das geklärt haben. Ist die Wohnung in Ordnung? Ich habe sie überprüft, bevor du eingezogen bist, was irgendwie seltsam war. Obwohl, wenn ich jetzt darüber nachdenke, frage ich mich, ob meine Eltern es mir absichtlich nicht gesagt haben. Wegen … du weißt schon. Früher."

„Du meinst, weil du mir ewige Liebe geschworen hast? Ein Schwur, an den du dich inzwischen ja nicht mehr gebunden fühlst …" Den letzten Satz sagte er mit einem kleinen Lächeln.

„Das war kein echter Schwur", protestierte sie.

„Für mich schon." Seine dunklen Augen funkelten amüsiert.

„Komm schon, Ford, du wusstest doch kaum, wer ich war. Du warst so sehr in meine Schwester verliebt, und sie …" Isabel schlug sich die Hand vor den Mund. „Tut mir leid. Das wollte ich nicht erwähnen."

Er zuckte mit den Schultern. „Das ist schon lange her." Er machte einen Schritt auf sie zu. „Ich bin über Maeve viel schneller hinweg gewesen, als ich erwartet hatte. Sie hat sich damals zwar nicht toll verhalten, aber sie hat die richtige Entscheidung getroffen – und zwar für uns beide."

„Du bist nicht mehr in sie verliebt?"

„Nein." Er zögerte, als wollte er mehr sagen, dann nahm er das Handtuch und zog es von seinen Schultern. „Gibt es sonst noch was? Ich muss nämlich dringend unter die Dusche."

Soll ich dir den Rücken einseifen?

Sie war sich ziemlich sicher, die Frage nicht laut ausgesprochen zu haben, doch das machte die Vorstellung nicht weniger interessant. Bestimmt sah Ford unter der Dusche großartig aus. Nass und eingeseift. Und … nun ja, nackt.

Isabel holte tief Luft. Diese Gedanken waren wirklich seltsam. Sie konnte sich nicht erinnern, wann sie das letzte Mal vom Körper eines Mannes geträumt hatte. Nackte Männer interessierten sie nicht sonderlich. Sie zog eine gepflegte Unterhaltung oder gemütliches Kuscheln jederzeit flammender Leidenschaft und wildem Herumgemache vor. Was auch erklärte, warum das zwischen ihr und ihrem Ex schiefgelaufen war.

„Interessanter Gedankengang", sagte Ford.

„Wie bitte?"

„Du hast dir erst vorgestellt, wie ich nackt aussehe. Und dann bist du ganz woanders gelandet."

Ihr Mund klappte auf – und nicht wieder zu. „Ich habe dich nicht … also, nicht so. Wie kommst du nur darauf. So etwas würde ich niemals tun." Ihre Wangen brannten. „Das wäre unhöflich."

Sein umwerfendes Lächeln kehrte zurück. „Das ist Lügen auch. Aber mach dir keinen Kopf. Ich nehme es als Kompliment." Er zuckte mit einer Schulter. „Das ist eben die Gefahr, mit der ich leben muss. Frauen halten mich für einen düsteren, gefährlichen Typ. Und offenbar macht mich das einfach unwiderstehlich."

Schweigend musterte ihn Isabel. Der Ford, an den sie sich erinnerte, war lustig und charmant gewesen, aber auch ein Junge aus einer Kleinstadt, der sich noch keiner größeren Herausforderung hatte stellen müssen.

Der Mann, der jetzt vor ihr stand, war vom Krieg geschliffen worden. Er war immer noch charmant, aber was seine Ausstrahlung anging, hatte er recht. Er hatte etwas Undefinierbares an sich, das in ihr sowohl den Wunsch weckte, ihn in die Dusche zu begleiten, als auch, sich auf dem Absatz umzudrehen und wegzulaufen.

Sie schluckte. „Du meinst, die Frauen stehen auf dich?"

„Definitiv."

„Das muss ja ganz schön nervtötend sein."

„Ich habe mich dran gewöhnt. Meistens sehe ich es als meine patriotische Pflicht an, mich um sie zu kümmern."

Sie riss die Augen auf. „Deine Pflicht?"

„Meine *patriotische* Pflicht. Es wäre sehr unamerikanisch, einer Frau in Not nicht beizustehen."

Sie kniff die Augen ein wenig zusammen. So viel dazu, dass Ford sich in ihrer Gegenwart unbehaglich fühlen könnte. Oder dass ihre Briefe ihn gestört hatten. Ohne Zweifel hatte er sie als gottgegebenes Recht angesehen.

„Nur damit wir uns verstehen", sagte sie. „Ich bin über dich hinweg."

„Das hattest du schon erwähnt. Du wirst mich nicht bis in alle Ewigkeit lieben. Das ist sehr enttäuschend."

„Du wirst es überleben."

„Ich weiß nicht. Ich bin ziemlich empfindsam."

„O bitte. Als wenn ich das glauben würde."

Er zuckte sichtlich zusammen. „Du machst dich über einen Helden lustig?"

„Mit jeder Faser meines Herzens."

„Lass das nicht meine Mutter hören. Sie versucht immer noch, mich davon zu überzeugen, dass die Stadt zu meinen Ehren eine Parade abhalten soll. Sie würde es gar nicht gut finden, dass du meine Opferbereitschaft nicht zu schätzen weißt."

„Ist das die gleiche Mutter, die auf dem Stadtfest zum vierten Juli einen Stand gemietet hatte, um dir eine Frau zu suchen?"

Zum ersten Mal, seit sie das Studio betreten hatte, sah sie einen Anflug von Unbehagen in Fords Blick.

„Ja, das ist sie wohl", murmelte er. „Danke, dass du mich daran erinnerst."

„Sie hat schriftliche Bewerbungen angenommen."

„Ja, das hat sie erwähnt." Er verlagerte das Gewicht und drehte den Kopf, als suche er nach einem Fluchtweg.

Jetzt war es an ihr, zu lächeln. „Wenn es um deine Mutter geht, bist du auf einmal gar nicht mehr so groß und böse, oder?"

Er fluchte leise. „Tja, verklag mich doch. Ich kann es nicht ändern. Sie ist nun mal meine Mom. Kannst du dich gegen deine Mutter durchsetzen?"

„Nein", gab sie zu. „Aber meine befindet sich gerade auf der anderen Seite der Erde. Also kann ich so tun, als ob."

„Das könnte ich auch, wenn ich auf einem anderen Kontinent wäre. Aber jetzt bin ich zurück in Fool's Gold."

Er tat ihr beinahe leid. Aber nur beinahe. „Ich schlage dir einen Deal vor", sagte sie aus einem Impuls heraus. „Du hörst auf, davon zu reden, wie du Frauen aus reinem Pflichtgefühl heraus verführst, und ich werde im Gegenzug deine Mom nicht mehr erwähnen."

„Abgemacht."

Sie schauten einander an. Isabel war sich seiner Stärke und seiner Attraktivität immer noch sehr bewusst. Trotzdem war sie inzwischen nicht mehr so nervös. Vielleicht, weil sie seine Schwäche herausgefunden hatte. Dieses Wissen hatte quasi zu einem Gleichstand zwischen ihnen geführt.

„Also ist zwischen uns jetzt alles wieder gut?", fragte sie. „Die Briefe, meine Schwester, deine Mutter …?"

Er nickte. „Alles bestens." Sein Blick wurde misstrauisch. „Du hast dich nicht beworben, oder?"

Sie grinste. „Als deine Frau? Nein. Die Auswahlkriterien sind sehr streng. Und da ich ja nicht in Fool's Gold wohnen bleiben werde, passe ich nicht ins Schema."

„Du Glückliche."

„Ach, Ford", sagte sie gespielt besorgt. „Mach dir keine Sorgen. Ich bin mir sicher, deine Mom findet jemanden für dich. Ein nettes Mädchen, das deine Freigiebigkeit zu schätzen weiß."

„Sehr lustig." Er grinste. „Was die Dusche angeht …"

„Danke, lieber nicht."

Sie winkte und machte sich auf den Weg zur Tür. Das Treffen war überhaupt nicht so verlaufen, wie sie es sich vorgestellt hatte. Trotzdem stand zu hoffen, dass Ford ihr in Zukunft nicht mehr aus dem Weg gehen würde. Falls er das je getan hatte. Und sie musste sich auch keine Sorgen machen, dass er glaubte, sie würde ihn stalken.

Sie trat in den Flur hinaus. Consuelo kam gerade aus dem Umkleideraum, in der einen Hand ihre Sporttasche, in der anderen den Autoschlüssel.

„Seid ihr zwei fertig?", fragte sie ihre Freundin.

„Ja, die Ordnung ist wiederhergestellt."

Consuelo gehörte zu den zierlichen Frauen, in deren Gegenwart Isabel immer das Gefühl hatte, nur aus Armen, Beinen und riesigen Füßen zu bestehen. Die Tatsache, dass ihre Freundin mit bloßen Händen einen Alligator bezwingen konnte, hätte eigentlich dafür sorgen sollen, dass Isabel sich in ihrer Nähe weiblicher vorkam – doch das war leider nicht so. Vielleicht, weil all diese Muskeln bei Consuelo so unglaublich sexy wirkten.

„Das soll ich dir glauben?", fragte Consuelo. „Du bist Ford den ganzen Sommer über aus dem Weg gegangen."

„Ich weiß, und das war dumm von mir. Ich hätte früher mit ihm sprechen sollen."

„Oh, oh." Consuelo seufzte. „Du wirst doch nicht anfangen, ihn zu stalken, oder? Frauen neigen zu solchem Verhalten. Sie tauchen auch ungefragt in seinem Bett auf – und er macht sich dann normalerweise nicht die Mühe, sie zu verscheuchen."

„Das habe ich schon gehört. Er behauptet, es wäre seine patriotische Pflicht, sie zu befriedigen."

„Du klingst nicht sonderlich betrübt."

„Das bin ich auch nicht. Ford ist nicht mehr der Junge, in den ich damals verliebt war. Der war süß und lustig und fürsorglich. Diese erwachsene Version ist all das – und zudem noch unglaublich sexy."

Consuelo wartete.

„Aber nicht mein Typ", sagte Isabel. „Ich steh nicht so auf Angeber. Ich mag eher die klugen, nachdenklichen Typen. Diese ganze Sache mit der sexuellen Anziehung wird meiner Meinung nach vollkommen überbewertet."

Okay, Ford unter der Dusche hätte sie schon gerne mal gesehen. Das war bestimmt ein aufregender Anblick. Doch sie war sicher, dass ihr Interesse mehr auf Neugierde als auf echter Anziehung beruhte.

„Du hattest schon mal Sex, oder?", fragte Consuelo. „Mehr als einmal?"

„Natürlich. Ich war immerhin verheiratet. Sex ist ganz nett." Na ja, ging so. „Aber ich sehe das eben nicht als treibende Kraft in meinem Leben. Ford ist eher der Typ für Affären, und das bin ich nicht. Außerdem hat er mich gar nicht gefragt."

Consuelo musterte sie von Kopf bis Fuß. „Das wird er aber vermutlich noch. Vielleicht ist er nicht dein Typ, aber du bist definitiv seiner."

„Er mag Blondinen?"

Um Consuelos Mundwinkel zuckte es. „Er mag Frauen."

Isabel hatte Freunde in New York, die es liebten, Nacht für Nacht auf die Jagd zu gehen. Ihnen war Sex wichtig, was in Ordnung war. Aber sie war anders. Sie wollte jemanden, mit dem sie reden konnte. Mit dem sie gemeinsam etwas unternehmen konnte. *Was vermutlich der Grund ist, warum ich bei Eric gelandet bin,* dachte sie traurig. Sie hatten die gleichen Interessen geteilt und sich gut verstanden. Sie waren Freunde gewesen. Sehr gute Freunde. Doch dann hatten sie beide den Fehler begangen, das für mehr zu halten.

„Ich muss wieder an die Arbeit", sagte Isabel. „Heute Nachmittag kommen zwei Bräute, um ihre Kleider anzuprobieren. Lass uns doch diese Woche mal zusammen Mittagessen gehen."

„Ruf mich an."

Ford Hendrix hatte kein Problem damit, monatelang in den Bergen Afghanistans unterzutauchen. Er konnte eine Meile entfernt vom nächsten Dorf wohnen, ohne dass jemand auch nur ahnte, dass er da war. Er hatte die Welt bereist, gekämpft, getötet und war verletzt worden. Mehr als einmal hatte er dem Tod ins Auge geblickt und ihn bezwungen. Doch nichts in seiner vierzehnjährigen Laufbahn beim Militär hatte ihn darauf vorbereitet, mit der sturen, entschlossenen Frau umzugehen, die er seine Mutter nannte.

„Gehst du mit einer Frau aus?", fragte Denise Hendrix, während sie einen Becher Kaffee einschenkte und ihm reichte.

Es war kurz nach sechs Uhr am Morgen. Früher wäre Ford jetzt auf dem Weg zur Arbeit gewesen, aber nun war er Zivilist, und es war nicht länger nötig, vor Anbruch der Morgendämmerung loszuziehen. Er war verschlafen in die Küche geschlurft und hatte dort zu seiner großen Überraschung seine Mutter vorgefunden, die schon frischen Kaffee aufgesetzt hatte.

Er schaute sich in dem kleinen möblierten Apartment um, das er gemietet hatte, und versuchte, das alles zu verstehen.

„Mom, habe ich dir einen Schlüssel gegeben?"

Seine Mutter lächelte und schenkte sich ebenfalls einen Becher ein, mit dem in der Hand sie sich dann an den kleinen Ecktisch setzte. „Marian hat mir die Schlüssel zu der Wohnung gegeben, bevor sie und John zu ihrer Reise aufgebrochen sind. Nur für den Notfall."

„Und jetzt ist der Notfall eingetreten? Weil du befürchtest, ich könne mir keinen Kaffee kochen?"

„Ich mache mir Sorgen um dich."

Die machte er sich auch. Besonders um seinen geistigen Zustand. Er musste wahnsinnig gewesen sein, als er beschlossen hatte, hierher zurückzukommen.

Bei seiner Ankunft war er zunächst in sein Elternhaus gezogen, weil das am einfachsten erschien. Doch dann war er mehrmals nachts aufgewacht und hatte seine Mutter auf dem Stuhl neben seinem Bett sitzen sehen. Okay, vermutlich war ihr nicht ganz klar, dass er dank seiner Ausbildung nicht sonderlich gut darauf reagierte, nachts andere Menschen an seinem Bett vorzufinden. Sich so anzuschleichen, war der sichere Weg in den Tod.

Also war er ausgezogen und hatte sich ein Haus mit Consuelo und Angelo geteilt. Leider waren er und Angelo zu wettbewerbsorientiert für dieses Arrangement, und so war er gezwungen gewesen, erneut umzuziehen. Genau genommen hatte Consuelo gedroht, ihn in Hackfleisch zu verwandeln, wenn er nicht endlich mit den Spielchen aufhörte. Aber diese Drohung würde er ignorieren. In einem fairen Kampf konnte er sie jederzeit besiegen. Das Problem war nur, Consuelo kämpfte niemals fair.

Jetzt hatte er endlich die perfekte Wohnung gefunden. Nah an der Firma, ruhig gelegen und weit weg von seiner Mutter. Doch offenbar nicht weit genug.

Er setzte sich der Frau gegenüber, die ihm das Leben geschenkt hatte, und streckte eine Hand aus.

Sie blinzelte ihn an. „Was?"

„Die Schlüssel."

Denise war Mitte fünfzig und sehr hübsch, mit hellen Strähnen in den Haaren und strahlenden Augen. Sie hatte sechs Kinder großgezogen, darunter Drillingsmädchen, und den Tod ihres Ehemannes überlebt. Vor ein paar Jahren hatte sie sich in einen Mann verliebt, den sie seit der Highschool kannte. Seine Schwestern hatten Ford von der Romanze erzählt. Soweit es ihn betraf, war seine Mutter über zehn Jahre eine treue Witwe gewesen. Wenn sie zu diesem Zeitpunkt in ihrem Leben noch einmal jemanden fand, freute er sich für sie.

„Du meinst, die Schlüssel zu …"

„Zu der Wohnung, genau", ergänzte er den Satz für sie. „Gib sie mir."

„Aber Ford, ich bin deine Mutter."

„Ich kenne dich jetzt schon eine ganze Weile, Mom. Aber so geht das nicht weiter. Du kannst nicht einfach bei mir auftauchen. Außerdem hast du jetzt Enkelkinder. Geh doch und jag denen einen Heidenschreck ein."

In ihren dunklen Augen wallten Gefühle auf. „Aber du warst so lange fort. Nie bist du nach Hause gekommen. Ich musste an fremde Orte reisen, um dich zu sehen, und selbst das hast du nicht allzu oft gestattet."

Er wollte sagen, dass sie der Grund dafür war. Sie erstickte ihn. Er war zwar von den drei Brüdern der jüngste, aber trotzdem war er schon vor langer Zeit erwachsen geworden.

„Mom, ich war ein SEAL. Ich kann mich gut allein um mich kümmern. Gib mir jetzt den Schlüssel, bitte."

„Was, wenn du dich aussperrst? Was, wenn es einen Notfall gibt?"

Er sagte nichts, sondern schaute sie weiter ruhig und entschlossen an. Sie war keine größere Bedrohung als eine Kalaschnikow – und von denen waren in seinem Leben schon so einige auf ihn gerichtet gewesen.

„Na gut", sagte sie mit leiser Stimme. Dann zog sie einen Schlüssel aus der Hosentasche und ließ ihn in Fords Hand fallen. Er schloss die Finger darum.

Ein Teil von ihm wollte fragen, ob sie eine Kopie davon gemacht hatte. Dann aber beschloss er, abzuwarten. Für den Moment reichte es aus, zu wissen, dass sie nicht einfach hereinschneien würde, wenn er es am wenigsten erwartete.

„Du möchtest vermutlich, dass ich gehe", flüsterte sie.

„Mom, hör auf, dich wie eine Märtyrerin zu benehmen. Ich liebe dich. Ich bin wieder zu Hause. Kann das nicht für den Augenblick genügen?"

Sie schniefte und nickte. „Du hast recht. Ich bin froh, dass zu zurück bist und in Fool's Gold bleibst. Ich werde dir ein paar Tage Zeit geben, um dich einzuleben, und dich dann anrufen. Wir können gemeinsam zu Mittag essen oder du kommst zum Abendessen vorbei. Was hältst du davon?"

„Perfekt."

Sie erhoben sich. Er legte einen Arm um sie und gab ihr einen Kuss auf den Scheitel. Gemeinsam gingen sie zur Tür. Er öffnete sie, und seine Mutter trat hinaus. Gerade wollte er tief durchatmen, da drehte sie sich noch einmal zu ihm um.

„Hattest du schon Gelegenheit, dir die Bewerbungen anzusehen, die ich dir geschickt habe?", fragte sie. „Es sind ein paar ganz entzückende Mädchen darunter."

„Mom", sagte er mit warnendem Unterton.

Sie schaute ihn an. „Nein, mein Lieber. Du bist schon viel zu lange allein. Du musst heiraten und eine Familie gründen. Du wirst auch nicht jünger, weißt du?"

„Ich liebe dich auch", sagte er nur und schob sie sanft von der Tür weg, die er dann fest ins Schloss drückte, bevor seine Mutter noch etwas sagen konnte.

„Ich will, dass du heiratest, Ford", rief sie von draußen. „Die Bewerbungen sind alle in meinem Computer gespeichert, wenn du sie durchsehen willst. Sie sind übersichtlich in einer Tabelle angeordnet, sodass du sie nach verschiedenen Kriterien sortieren kannst."

Er hörte sie immer noch, als er schon längst im Schlafzimmer war und auch diese Tür hinter sich zumachte.

2. KAPITEL

Isabel schob den Einkaufswagen den Gang hinunter. Sie musste sich dringend etwas einfallen lassen, sonst würde ihre mangelnde Inspiration noch zum Problem werden. Denn wenn sie sich nichts kochte, würde sie spätestens in ein paar Stunden mit knurrendem Magen die Nummer des Pizzadienstes wählen und natürlich alles bis zum letzten Krümel aufessen. Und das war nicht gut – weder für ihre Hüften noch für ihre Oberschenkel. Der Gedanke an die birnenförmigen Körper, zu der die Frauen in ihrer Familie mit steigendem Alter leider neigten, ließ sie eilig die Gemüseabteilung ansteuern und sich einen Salat holen. Super. In ihrem Wagen befanden sich jetzt ein paar grüne Blätter, eine Flasche Rotwein und eine Packung Eiscreme – nicht gerade Zutaten für ein vernünftiges Abendessen.

Also machte sie noch einen Abstecher in die Fleischabteilung, obwohl sie nicht wusste, was sie dort kaufen wollte. Als sie um die Ecke bog, wäre sie beinahe mit einem anderen Kunden zusammengestoßen.

„Sorry", sagte sie automatisch und starrte in ein Paar dunkle Augen. „Ford."

Er lächelte. Das gleiche träge, sexy Lächeln, das sie heute Mittag schon in den Bann gezogen hatte. Das Lächeln, bei dem ihr der Atem stockte. Das Wissen, dass er dieses Lächeln so freigiebig verteilte wie Pusteblumen ihre Samen, half auch nicht, das enge Gefühl in ihrer Brust zu lösen. Was wirklich seltsam war. Noch nie hatte sie sich in Gegenwart eines Mannes so zittrig gefühlt.

„Hey", sagte er und hob seinen Einkaufskorb ein wenig an. „Ich besorg mir gerade ein paar Lebensmittel."

„Ich auch." Sie warf einen Blick auf die Steaks und das Sixpack Bier in seinem Korb. „Ist das deine Vorstellung von einem Abendessen?"

„Du hast Eis und Rotwein."

„Und Salat", sagte sie spitz. „Das macht mich zur Könnerin."

„Das macht dich zum Kaninchen. Und zwar zu einem hungrigen." Das Lächeln wurde zu einem Grinsen. „Ich habe gesehen, dass ihr einen Grill auf der Veranda stehen habt. Warum schmeißen wir unsere Einkäufe nicht einfach zusammen?"

Ein verlockendes Angebot. „Du bist doch nur scharf auf den Wein und das Eis."

„Stimmt, aber ich würde aus Höflichkeit auch den Salat essen."

„Typisch Mann. Kannst du den Grill überhaupt bedienen? Der ist ziemlich groß und wirkt unglaublich kompliziert."

Er hob eine Augenbraue. „Ich wurde mit dem Wissen geboren, wie man einen Grill bedient. Das ist Bestandteil meiner DNA."

„Was eine ziemliche Verschwendung von genetischem Material ist."

Irgendwie hatten sie während ihres Gesprächs angefangen, sich gemeinsam in Richtung Kasse zu begeben. Wie es dazu gekommen war, wusste Isabel selbst nicht so genau. Sie hatte sich nicht bewusst entschieden, Fords Angebot anzunehmen. Trotzdem standen sie jetzt hier zusammen in der Schlange, und fünf Minuten später waren sie auf dem Parkplatz und gingen zu ihren Autos.

An seinem kamen sie zuerst an.

„Ist das dein Ernst?", fragte sie und starrte den schwarzen Jeep an.

„Das ist ein Klassiker."

Sie deutete auf die goldene Farbe an den Seiten. „Da sind Flammen drauf gemalt. Jeeps sind seit vielen Jahrzehnten für ihre treuen Dienste bekannt. Warum folterst du diesen armen Wagen so?"

„Was? Das gefällt dir nicht? Die Flammen sind doch cool."

„Nein. Consuelos Auto ist cool. Deins ist peinlich."

„Ich habe es gekauft, gleich nachdem mich deine Schwester mit meinem besten Freund betrogen hat. Ich war nicht ganz ich selbst."

„Das ist inzwischen vierzehn Jahre her. Warum hast du ihn nicht verkauft?"

„Ich bin ihn nie gefahren, und er befindet sich in einem Top-Zustand. Nachdem ich beschlossen hatte, zurückzukommen, hat Ethan ihn für mich in Schuss gebracht."

„In der Nähe dieses Scheusals gesehen zu werden, muss für ihn sehr demütigend gewesen sein", neckte sie ihn, obwohl sie wusste, dass Fords Bruder ihm bestimmt nur zu gerne geholfen hatte. „Fährt Angel nicht eine Harley?"

Ford runzelte die Stirn. „Woher weißt du das?"

„Es ist schwer, in Fool's Gold einen Kerl wie ihn in schwarzer Ledermontur auf einem Motorrad zu übersehen."

„Du fährst einen Prius", gab er zurück. „Du dürftest dich zu solchen Themen eigentlich gar nicht äußern."

„Du meinst, weil ich ein sicheres, praktisches, umweltfreundliches Auto fahre?"

„Logik", murmelte er. „Typisch Frau."

Er half ihr, die Einkäufe zu verstauen – die genau aus einer Tüte bestanden. Das hätte sie auch alleine geschafft. Trotzdem war es ein nettes Gefühl. Und ziemlich ungewohnt. Eric hatte ihren Wunsch nach Gleichberechtigung stets unterstützt und sie ihren Teil der Lebensmittel schleppen lassen, wenn sie gemeinsam einkaufen gingen. Was nur fair ist, ermahnte sie sich. Wenn auch nicht sonderlich romantisch.

Ford folgte ihr nach Hause. Jedes Mal, wenn sie in den Rückspiegel schaute, erblickte sie seinen fürchterlich bemalten Jeep. Selbst ein gebrochenes Herz war keine Entschuldigung, ein so treues Auto dermaßen zu verunstalten.

Sie bog in die Auffahrt. Er parkte neben ihr und stieg aus. „Ich packe schnell das Bier in meinen Kühlschrank", sagte er. „Dann komme ich runter und kümmere mich um die Steaks."

„Klingt gut."

Sie ging ins Haus und stellte alles auf den Tresen in der Küche. Die Sonne ging auf der anderen Seite des Hauses unter, sodass der Raum im Schatten lag. Isabel schaltete das Deckenlicht an. Die Eichenschränke waren erst wenige Jahre alt, und die gelben Mosaikfliesen ihrer Kindheit waren durch eine Arbeitsplatte aus Granit ersetzt worden. Kurz überlegte sie, ins Badezimmer zu huschen und sich ein wenig zurechtzumachen. Nach einem langen Tag im Laden war ihre Wimperntusche bestimmt verschmiert, und ihre Haare hingen platt herunter. Außerdem trug sie ein so schlichtes Kleid. Sie hatte nicht nur in New York gewohnt, wo es quasi Gesetz war, Schwarz zu tragen. Nein, jetzt arbeitete sie auch noch in einem Brautladen. Da war es sehr wichtig, professionell auszusehen und die Bräute nicht zu überstrahlen. Also bestand ihre Garderobe hauptsächlich aus schlichten schwarzen Kleidern.

Sie zog ihre Pumps aus und rollte die langen Ärmel ihres Kleides hoch. Schon besser. Schließlich ging es nur um ein Abendessen mit ihrem Nachbarn. Kein Grund, sich schick zu machen. Außerdem hatte er sie bis vor wenigen Tagen noch als vierzehnjähriges Mädchen in Erinnerung gehabt, das ihm schluchzend die Straße hinunter nachgelaufen war und ihn angefleht hatte, nicht zu gehen. Im Vergleich dazu war alles besser.

Sie packte die Tüte aus und stellte die Eiscreme ins Gefrierfach. Den Tisch auf der Terrasse zu decken, dauerte keine drei Minuten. Sie wollte sich gerade an die Zubereitung des Salats machen, als Ford kam.

„Ich habe drei Nachrichten von meiner Mutter", knurrte er und ging an den Tresen, wo er eine Schublade öffnete. Nachdem er eine Weile zwischen Pfannenwendern, Löffeln und Dosenöffnern herumgewühlt hatte, fand er schließlich den Korkenzieher. Er nahm zwei Weingläser aus einem der Oberschränke. „Sie möchte mit mir über die Bewerberinnen sprechen."

Isabel war weitaus interessierter daran, wieso er sich in der Küche so verdammt gut auskannte. Hatte er sich umgeschaut, während sie weg gewesen war? War er ...

Maeve, dachte sie. Er war drei Jahre lang mit ihrer Schwester ausgegangen und hatte in diesem Haus viele Stunden verbracht. Oft war er zum Abendessen geblieben und hatte ihrer Schwester geholfen, den Tisch zu decken. Obwohl eine neue Küche eingebaut worden war, hatte sich die Aufteilung insgesamt nicht verändert. Das Besteck befand sich immer noch in der obersten Schublade bei der Spüle und die Gläser in dem Schrank über der Geschirrspülmaschine.

„Bewerberinnen für das Amt als deine zukünftige Gattin?", fragte sie.

„Genau die."

„Hast du dir je Zeit genommen, dich mit einer von ihnen zu treffen? Sie könnten doch ganz nett sein."

Er bedachte sie mit einem Blick, der besagte, dass er den Korkenzieher für intelligenter hielt als sie.

„Nein", knurrte er. „Ich bin an niemandem interessiert, der eine Bewerbung ausfüllt."

„Du bist ziemlich kritisch, und deine Mom versucht nur, dir zu helfen."

„Interessant, dass du das so siehst. Vielleicht steckst du ja in der ganzen Sache mit drin?", erwiderte er. „Habt ihr einen Plan ausgeheckt, mich zu quälen?"

„Nein. Das ist nur ein angenehmer Nebeneffekt."

„Sehr lustig. Ich erinnere mich nicht, dass du vor vierzehn Jahren schon so warst. Damals hast du mir besser gefallen." Er schenkte den Rotwein ein, den sie gekauft hatte, und reichte ihr ein Glas.

„Du hast mich damals doch gar nicht gekannt", erwiderte sie. „Ich war die kleine Schwester deiner Freundin. Du hast kaum ein Wort mit mir gewechselt."

„Wir hatten eine besondere Beziehung, die keiner Worte bedurfte."

Sie lachte. „Du bist so ein Spinner."

Seine dunklen Augen funkelten amüsiert. „Und du bist nicht die erste Frau, die das sagt." Er stieß mit ihr an. „Darauf, dass ich verrückt genug war, in meine Heimatstadt zurückzukehren."

„Du wirst dich hier einleben, und deine Mom wird sich beruhigen."

„Das hoffe ich sehr. Ich weiß, sie freut sich, dass ich zurück bin, aber ihre Aktion ist einfach lächerlich."

Isabel dachte an die Zeit, nachdem Ford gegangen war. Als sie gewusst hatte, dass ihr Herz brechen würde. „Du bist fast nie zu Besuch gekommen. Lag das an Maeve?"

Er lehnte sich gegen die Arbeitsplatte und verschränkte die Arme. „Anfangs ja", gab er zu. „Aber hauptsächlich habe ich mich ferngehalten, weil das mit meiner Familie zu kompliziert war. Sie wollten in alles einbezogen werden – vor allem meine Mom. In meinem dritten Jahr wurde ich SEAL, und das war ziemlich intensiv. Ich konnte nicht darüber reden, was ich tat oder wohin ich ging. Also habe ich den einfachen Weg gewählt und bin erst gar nicht mehr hierhergekommen."

Er nippte an seinem Wein. „Maeve hatte recht, mit mir Schluss zu machen. Als es passiert ist, dachte ich, ich würde sie für immer vermissen. Aber innerhalb weniger Wochen wurde mir klar, dass ich mich geirrt hatte. Wir waren Kinder, die so taten, als wären sie verliebt. Ich schätze, mit Leonard hat sie jetzt die echte Liebe gefunden."

Isabel versuchte, Gefühle in seinen Worten zu entdecken. Doch sie konnte nicht sagen, ob es Ford wirklich nichts ausmachte, dass seine Exfreundin ausgerechnet den Mann geheiratet hatte, der damals ihre Beziehung zerstört hatte.

„Sie sind jetzt seit zwölf Jahren verheiratet", sagte sie.

„Die Anzahl der Kinder finde ich beeindruckender. Wie viele sind es inzwischen?"

„Vier, und ein weiteres ist unterwegs."

Er stieß einen anerkennenden Fluch aus. „So viele? Das hätte ich Leonard gar nicht zugetraut."

„Ich auch nicht. Er ist jetzt Steuerberater mit einer eigenen Kanzlei und einigen beeindruckenden Kunden. Er verdient ziemlich gut."

„Das sollte er mit einer so großen Familie auch. Wie ist das für dich, Tante von so vielen Kindern zu sein?"

„Manchmal ziemlich überwältigend", gab sie zu. Das stimmte zumindest teilweise, denn in den letzten sechs Jahren hatte sie in New York gelebt und ihre Familie nicht allzu oft gesehen. Ob Maeves Jüngste sie bei einer Gegenüberstellung erkennen würde, war höchst zweifelhaft. Sie und ihre Schwester hatten nicht viel miteinander zu tun. Sie waren beide mit ihrem eigenen Leben beschäftigt und hatten sowieso nicht allzu viele Gemeinsamkeiten.

Ein leichtes Schuldgefühl regte sich in ihr. Vielleicht sollte sie ihre Schwester mal anrufen und sich mit ihr treffen.

„Alles in Ordnung?", fragte Ford und musterte sie aufmerksam.

„Ja, alles okay. Du bist vermutlich nicht der Einzige mit familiären Problemen."

„Vermutlich nicht. Aber ich bin der Einzige, dessen Mutter auf einem Stadtfest einen Stand gemietet hat, nur um die passenden Frauen für meinen Bruder und mich zu finden."

Sie lachte. „Das stimmt."

Es dauerte nicht lange, das Essen zuzubereiten. Zu den Steaks hatte Ford noch zwei Kartoffeln mitgebracht, die Isabel schnell in der Mikrowelle kochte. Dann machte sie den Salat und brachte die beiden Weingläser nach draußen, während Ford den Grill anheizte und sich um die Steaks kümmerte.

„Du darfst den Grill gerne jederzeit benutzen", sagte sie.

Ford legte die Steaks auf den Rost und schloss den Deckel. „Danke. Das Angebot nehme ich gerne an." Er grinste. „Fleisch, Feuer und Bier, was braucht der Mensch mehr." Er griff nach seinem Glas. „Oder Wein."

Sie musterte ihn, nahm die breiten Schultern in sich auf, das entspannte Lächeln. Sie suchte nach einem Hinweis darauf, dass er immer noch dabei war, seine Zeit in der Army zu verarbeiten. Doch sie konnte nichts entdecken. Wenn er von Geistern heimgesucht wurde, so konnte nur er sie sehen.

„Hat es dir gefallen, ein SEAL zu sein?", fragte sie.

„Ja. Ich mochte es, Teil eines Teams zu sein. Und nicht zu wissen, was als Nächstes passieren würde."

„Sicherheit und Abwechslung. Zwei Schlüsselkomponenten zum Glück."

Er sah sie fragend an.

„Ich habe einen Abschluss in Marketing, aber im Nebenfach auch Psychologie studiert. Die meisten Menschen brauchen ein gewisses Maß an Sicherheit. Es ist schwer, Spaß zu haben, wenn man hungert oder obdachlos ist. Aber wir mögen auch Abwechslung. Positive Veränderungen stimulieren das Gehirn."

„Hübsch und klug. Ich bin beeindruckt."

Sie sagte sich, dass mit Frauen zu flirten für ihn ganz natürlich war, und wenn sie irgendetwas von dem glaubte, was er sagte, war sie ein Dummkopf. Doch das half nicht, das Kribbeln in ihrem Magen zu beruhigen.

„Warum bist du ausgetreten?", fragte sie.

„In den letzten fünf Jahren habe ich in einer internationalen Sondereinheit gedient. Unsere Arbeit war wichtig, aber auch sehr anstrengend."

„Waren die Einsätze gefährlich?"

Er grinste. „Gefahr ist mein zweiter Vorname."

Sie lächelte. „Ich bin sicher, das stimmt nicht, und es wäre mir ein Leichtes, mir das von deinen Schwestern bestätigen zu lassen."

„Verdammte Kleinstadt." Er nippte an seinem Wein. „Die Arbeit war sehr intensiv, und ich musste viel herumreisen. Die Zusammensetzung des Teams hat ständig gewechselt. Nach einer Weile hat mir das zugesetzt. Dann rief Justice an und schlug mir die Sache mit CDS vor, und ich habe Ja gesagt."

„War es schwierig für dich, wieder nach Fool's Gold zu ziehen?"

„Hauptsächlich habe ich mir Sorgen wegen meiner Mutter gemacht." Er verzog das Gesicht. „Und wie sich herausstellte, aus gutem Grund."

Wahrscheinlich hätte Ford sich leichter eingelebt, wenn seine Familie nicht da gewesen wäre. Denn es war schwer, jemandem etwas abzuschlagen, der so liebevoll und fürsorglich war wie Denise.

„Du solltest deine Mom auf eine Kreuzfahrt um die Welt schicken", schlug Isabel vor. „Bei mir hat das geklappt."

„Wenn sie so etwas nur mitmachen würde." Sein dunkler Blick hielt sie fest. „Wie steht es mit dir? Du bist wegen deiner Scheidung zurückgekommen?"

„Ja. Die Papiere sind endlich durch, ich bin also offiziell wieder eine freie Frau."

„Geht es dir damit gut?"

„Eigentlich schon. Eric und ich haben uns gütlich getrennt. Unsere Wohnung gehörte uns beiden, also hat er mich ausgezahlt, sodass ich jetzt ein wenig Geld habe, um meine eigene Firma zu gründen."

„Und damit fängst du an, sobald Paper Moon verkauft ist?"

„Genau. Du siehst also, alles ist bestens."

„Keine negativen Gefühle?", wollte er wissen.

Sie hatte die beinahe wahre Variante der Geschichte so oft erzählt, dass die Worte automatisch über ihre Lippen kamen. „Nein. Eric ist ein toller Mann, aber wir haben uns auseinandergelebt. Als Freunde verstehen wir uns besser als je zuvor."

Ford wandte sich erneut dem Grill zu und überprüfte die Steaks, dann schloss er den Deckel wieder.

„Das klingt alles so zivilisiert", sagte er. „Obwohl es natürlich besser ist, als wenn man einander am Ende nur noch hasst."

Einander zu hassen hätte mehr Energie bedurft, als wir beide am Ende noch übrig hatten, dachte Isabel traurig.

„Ich bewundere, wie du mit der Situation umgehst", sagte Ford.

Ein Lob, das sie nicht verdient hatte. Sie öffnete den Mund, um sein Kompliment zurückzuweisen, doch was sie stattdessen sagte, war: „Ich dachte, alles wäre gut. Ich dachte, wir führen eine tolle Ehe. Wir waren beste Freunde, sind zusammen essen und in Ausstellungen gegangen. Haben uns am Wochenende auf Flohmärkten und in Antiquitätenläden herumgetrieben. Er hat meine Träume unterstützt und ich seine."

Ihr Sexleben hatte nicht existiert, aber da Sex für sie nicht wichtig war, hatte es ihr nichts ausgemacht. Irgendwie war es sogar befreiend gewesen, bei einem Mann einfach sie selbst sein zu können.

„Ich war gerne mit ihm zusammen", fuhr sie fort. „Es war so leicht." Sie hielt inne. „Aber es war keine Liebe."

„Nein, so klingt es tatsächlich nicht", sagte Ford leise.

Sie schaute ihn an und wandte dann schnell den Blick ab, bevor sie ihr Weinglas behutsam auf dem Tisch abstellte. Sie hatte es so fest gehalten, dass es beinahe zerbrochen wäre.

„Er hat sich in jemand anderen verliebt", gestand sie leise. Noch immer konnte sie den Schock spüren, wenn sie sich an seine Worte erinnerte. Er hatte gewartet, bis sie sich gesetzt hatte, ihre Hände in seine genommen und ihr gestanden, dass er sein Herz verloren hatte.

„Er war so aufgeregt, so glücklich. Diese übersprudelnde Energie hatte ich nie zuvor an ihm gesehen. Ich denke, das hat mich mehr schockiert als seine Untreue. Dieser Enthusiasmus. So hat er sich mir gegenüber nie verhalten."

„Er ist schwul."

Mit offenem Mund starrte sie Ford an. „Woher weißt du das?"

„Kein Hetero-Mann geht auf Flohmärkte."

Sie brachte ein ersticktes Lachen zustande. „Natürlich tun sie das. Aber du hast recht. Eric hatte sich in einen Mann verliebt. Er schwor, dass ihm das nie zuvor passiert wäre. Aber ich wusste nicht, ob ich ihm glauben sollte."

Wie konnte er es nicht gewusst haben? Wie konnte er sie all die Jahre angelogen haben? Sie hatte nicht nur mit dem Ende ihrer Ehe klarkommen müssen, sondern sich auch um ihre Gesundheit gesorgt. Wenn Eric sie mit einem Menschen betrogen hatte, wer sagte dann, dass es nicht vorher schon andere gegeben hatte?

Alle Testergebnisse beim Arzt waren gut gewesen, und sie hatte sich wieder beruhigen können. Trotzdem hatte das Ende ihrer Ehe einen bitteren Geschmack hinterlassen. Und eine große Traurigkeit.

„Ich habe ihn vermisst", gab sie zu. „Wir waren so lange Freunde, und dann auf einmal war er fort. Ich musste mir darüber klar werden, was ich als Nächstes tun wollte. Sonia und ich haben immer davon gesprochen, gemeinsam einen Laden aufzumachen. Und auf einmal saßen wir da und schmiedeten echte Pläne. Ich bin hergekommen, um meinen Eltern zu helfen und um etwas Geld zu verdienen. Aber vor allem wollte ich mit meinem alten Leben abschließen."

Sie atmete tief ein. „Ich habe es nicht kommen sehen, weißt du? Das hat mich am meisten fertiggemacht. Ich hatte nicht die leiseste Ahnung. Ich meine, wir haben nur selten miteinander geschlafen, aber ich dachte einfach, jeder Mensch ist anders. Er war nicht sonderlich an Sex interessiert, und mir war das recht. Nur – was, wenn es an mir lag?"

„Wenn er schwul ist, liegt es nicht an dir. Das wäre mit allen Frauen so gewesen."

Ford musterte sie mit freundschaftlicher Besorgnis. Wenn er sie heimlich doch verurteilen sollte, so behielt er das für sich, was sie sehr zu schätzen wusste.

„Du hast nichts falsch gemacht", sagte er. „Er war nicht ehrlich zu dir – oder zu sich. Daran trägst du keine Schuld."

„Ich schätze, du hast recht."

Er berührte ihr Kinn leicht mit einem Finger und zwang sie, ihm in die Augen zu sehen. „Da gibt es nichts zu schätzen."

„Was, wenn ich ihn schwul gemacht habe?"

Ford lächelte. „Das hast du nicht."

„Das kannst du doch gar nicht wissen. Vielleicht war ich im Bett so schlimm, dass er sich zu einem Mann geflüchtet hat."

„Ich denke nicht, dass das so funktioniert. Sind sexuelle Vorlieben nicht biologisch bedingt? Tut mir leid, dich enttäuschen zu müssen, aber so viel Macht hast du nicht."

Er ist so nett, dachte sie. Sanft und freundlich. Seine unerwartete Unterstützung weckte in ihr den Drang, sich an ihn zu lehnen. „Ich fühle mich einfach unglaublich dumm. So etwas hätte ich doch wissen müssen."

„Du hast ihm vertraut, Isabel. Du hast an ihn geglaubt, und er hat dich benutzt."

„Bei dir klingt das so einfach."

„Weil es das ist." Sein Lächeln kehrte zurück. „Ich habe immer recht."

„O bitte." Sie spürte, dass auch sie langsam wieder lächeln konnte.

„Schon besser." Er beugte sich vor und berührte ihre Lippen sanft mit seinen.

Der Kuss war kurz. Mehr Trost als Verführung. Trotzdem spürte sie die Berührung bis in ihren Unterleib. Sie redete sich ein, dass es eine Mischung aus dem Wein war – obwohl sie kaum einen Schluck getrunken hatte – und der Scham, die sie wegen ihrer Ehe empfand. Noch nie zuvor hatte sie jemand die Wahrheit über Eric erzählt. Es wäre zu demütigend gewesen. Jedenfalls hatte sie das immer gedacht. Jetzt fragte sie sich allerdings, warum sie sich nicht getraut hatte, mit den Menschen zu sprechen, die sie liebten.

„Danke", sagte sie, als er sich wieder aufrichtete. „Dafür, dass du zugehört und nicht gelacht hast."

„Die Geschichte war doch auch nicht lustig."

„Ich meinte eher, dass du mich nicht ausgelacht hast."

„Das ist nicht mein Stil", erklärte er.

Was war wohl sein Stil? Wer war dieser Mann, der ein so lächerliches Auto fuhr und behauptete, Gottes Geschenk an die Damenwelt zu sein, und der dennoch die genau richtigen, tröstenden Worte fand?

Bevor sie ihn fragen konnte, drehte er sich wieder um und sah nach den Steaks. „Sie sind jetzt fertig", sagte er.

„Dann hole ich schnell noch die Kartoffeln und den Salat."

Sie ging ins Haus und atmete tief durch. Die Wahrheit zu sagen, war eine gute Entscheidung gewesen. Sie fühlte sich, als wäre ein schweres Gewicht von ihren Schultern genommen. Zum ersten Mal seit dem schockierenden Ende ihrer Ehe war ihr etwas leichter zumute.

Das Einzige, worüber sie mit Ford nicht gesprochen hatte, war diese Traurigkeit. Über den Verlust ihres besten Freundes – nicht eines Ehemannes oder Liebhabers. Es war nicht so, als wäre ihre große Liebe in die Brüche gegangen. Jedenfalls fühlte es sich nicht so an. Was nur bedeuten konnte, dass in der Ehe mit Eric von Anfang an etwas nicht gestimmt hatte. Und doch hatte sie es nie bemerkt.

Ford lehnte sich in seinem Stuhl zurück und legte die Füße auf den Tisch. „Zwei neue Kunden", sagte er und deutete mit dem Kinn auf die Mappen vor sich.

Consuelo warf ihm einen scharfen Blick zu und schob dann

seine Stiefel vom Tisch. „Ich hasse es, wenn du so selbstgefällig bist."

„Ich bin nicht selbstgefällig, ich bin nur gut in meinem Job", korrigierte er sie und trank einen Schluck von seinem Kaffee.

Angel verzog das Gesicht. „Immer bekommst du den ganzen Ruhm ab, nur weil du diesen Job im Vertrieb hast. Wir anderen arbeiten genauso hart."

„Hörst du was?" Ford schaute Justice an. „Ich habe da so ein Rauschen im Ohr."

Justice hob den Blick von seinem Laptop und öffnete die Mappen. Schweigend schaute er sich die ausgedruckten E-Mails und die unterschriebenen Verträge an.

Die Aufgaben bei CDS waren gleichmäßig verteilt. Justice, der die beiden Firmen zusammengeführt hatte, koordinierte alle ihre Aktivitäten und sorgte für reibungslose Abläufe. Consuelo war für den Unterricht und das Training zuständig. Angel stellte die maßgeschneiderten Programme für ihre Security-Kunden zusammen, und Ford kümmerte sich um den Verkauf.

„Mach keinen Ärger", sagte Justice milde, nachdem er die Dokumente studiert hatte. Er war groß und breitschultrig und der Einzige von ihnen, der einen Anzug trug. Ford, Angel und Consuelo hatte Cargohosen und T-Shirts an. Der Einfluss ihrer Zeit beim Militär war nicht zu übersehen. Zudem konnte man sich in dieser Kleidung in jeder Situation bequem bewegen.

„Schön." Justice schaute auf. Dann wandte er sich an Angel. „Ich spreche mit den Firmen und frage, was sie genau benötigen. Dann kannst du damit anfangen, die Programme zusammenzustellen."

Angel verzog das Gesicht. „Wie machst du das? Jede Woche unterschreiben neue Kunden, und wir haben noch nicht mal einen Monat geöffnet."

„Eifersüchtig? Ich bin eben gut in dem, was ich tue."

„Bring mich nicht dazu, euch zwei zu trennen", sagte Consuelo.

„Ich habe Stil, Kumpel." Ford ignorierte ihren Einwand. „Echten Stil."

Das Geschäft von CDS beruhte auf drei Säulen. Die erste Gruppe waren Kunden, die bereits im Security-Geschäft tätig waren. Diesen Firmen wurden Fortbildungen für erfahrene Mitarbeiter und Grundlagentraining für die neuen Angestellten angeboten. Für die meisten Security-Unternehmen war es billiger, diese Ausbildung bei CDS zu buchen, als sie selbst anzubieten.

Die zweite Einkommensquelle waren Unternehmen, die nach einem einzigartigen Teambuilding-Erlebnis suchten. Ihnen bot Ford in der idyllischen Umgebung von Fool's Gold eine Reihe von Übungen an, um das gegenseitige Vertrauen innerhalb der Gruppe zu stärken. Die meisten Unternehmen wählten eines der vielen Festivals als Termin, sodass sie von Montag bis Mittwoch mit ihren Angestellten arbeiten konnten und am Donnerstag deren Familien einflogen. Am Ende gab es dann eine Gruppenumarmung und einen Schlachtruf wie „Kumbaya" – oder so etwas.

Die letzte Einnahmequelle von CDS waren die Kurse, die sie für die Bewohner von Fool's Gold anboten. Selbstverteidigung und allgemeine Körperertüchtigung. Das war gut für die Stadt und gut für CDS, und mehr interessierte Ford nicht.

„Du hast keinen Stil", grummelte Angel. „Guck dir nur mal dein Auto an."

„Das ist ein Klassiker."

„Es ist eine Beleidigung für alle Jeeps. Der Hersteller sollte es dir wegnehmen."

Der Kommentar seines Freundes erinnerte ihn daran, was Isabel gesagt hatte. Was weitere Gedanken an den gestrigen Abend hervorrief – unter anderem ein paar ziemlich intensive an den Geschmack ihrer Lippen.

Süß. Verführerisch süß. Er hatte den Drang verspürt, sie an sich zu ziehen und noch viel mehr zu tun, als sie nur zu küssen. Während seiner Abwesenheit war Isabel eine Frau geworden, lustig, sexy – und absolut tabu. Denn sie bedeutete Ärger, und das konnte er jetzt wirklich nicht gebrauchen. Sie war außerdem ein Typ für langfristige Beziehungen, was wiederum gar nicht seinem Stil entsprach. Aber ein wenig träumen durfte ein Mann ja wohl noch.

„Wenn wir dann mal wieder zum Geschäftlichen zurückkehren könnten", ermahnte Justice sie. Er ging den restlichen Terminplan für diese Woche durch. „Angel hat mehr Arbeit, als er bewältigen kann."

„Dank mir", sagte Ford grinsend. „Verdammt, ich bin echt gut."

Consuelo verdrehte die Augen.

„Bitte Ford ja nicht, mir zu helfen", verlangte Angel. „Auf keinen Fall."

„Du kannst nicht alle Pläne selbst entwickeln", sagte Justice. „Zumindest nicht am Anfang, wo alles noch neu ist. Wir müssen uns alle gegenseitig helfen."

„Aber ich werde die größte Hilfe sein", warf Ford ein.

Angel stürzte sich auf ihn. Sie fielen zu Boden, wo sie miteinander rangen.

Keiner von ihnen gab jedoch sein Bestes. Wenn einer es wirklich ernst gemeint hätte, würde der andere schwere Verletzungen davontragen ... oder beide. Justice hatte sie bereits ermahnt, nichts zu tun, was die Prämie ihrer Krankenversicherung in die Höhe schnellen ließ.

„Sind wir dann fertig?", fragte Consuelo.

„Offensichtlich", erwiderte Justice und kehrte zu seinem Computer zurück.

Angel versuchte, seinen Arm um Fords Hals zu schlingen. Ford wand sich jedoch gekonnt aus seinem Griff, nur um kurz darauf erneut von seinem Freund auf den Boden gezogen zu werden. Consuelo nahm sich ihren Kaffee und machte einen großen Schritt über die beiden hinweg.

An der Tür hielt sie inne und schaute zurück. „Das Máa-zib-Festival steht vor der Tür. Als Höhepunkt wird einem Mann das Herz herausgeschnitten. Ich werde euch beide als freiwillige Opfer für dieses Ritual anmelden. Keine Sorge, dafür müsst ihr mir nicht danken."

3. KAPITEL

Ford ging die Treppe neben der Garage hinunter und zu seinem Jeep. Dabei warf er einen Blick in Richtung Küche und fragte sich, ob Isabel schon auf war. Es war noch recht früh für normale Verhältnisse, und er wusste, ihr Laden öffnete erst um zehn oder elf, also hatte sie keinen Grund, schon wach zu sein. Seltsamerweise verspürte er trotzdem den Wunsch, in ihre Küche zu gehen, Kaffee aufzusetzen und auf sie zu warten. Ein Drang, den er weder erklären noch rechtfertigen konnte. Er schätzte, sie wäre von seinem unerwarteten Besuch genauso wenig angetan wie er von dem seiner Mutter.

Nach Hause zurückzukommen, hatte einige unerwartete Probleme aufgeworfen. Nicht seine Mutter – sie war genau so, wie er sie kannte. Er wusste, sie tat das alles nur aus Liebe – aber bei Gott, die Frau brauchte ein Hobby. Er hatte seine Brüder getroffen, und das war in Ordnung gewesen. Keine große Sache. Sie hatten sich über seine Rückkehr gefreut und ihn willkommen geheißen, ohne ein großes Theater zu machen. Keine überflüssigen Sorgen und Umarmungen. Was man von seinen Schwestern nicht behaupten konnte. Ehrlich gesagt graute ihm schon etwas davor, Zeit mit ihnen zu verbringen.

Aber Isabel war anders. Mit ihr zusammen zu sein, machte Spaß. Er konnte sich entspannen und genoss es, ihr zuzuhören oder sie aufzuziehen. Vermutlich wegen der Briefe. Sie hatte ihm jahrelang geschrieben. Er hatte sie dadurch aufwachsen sehen, war in ihre Geheimnisse eingeweiht worden und hatte besser geschlafen in dem Wissen, dass es da draußen noch irgendwo gute Menschen gab.

Er bezweifelte, dass sie wusste, was ihre Briefe ihm bedeuteten. Wie ihre Worte ihm Halt gegeben hatten. Er hatte ihr nie geantwortet, und im Laufe der Zeit hatten die Briefe sich verändert. Sie waren mehr eine Art Tagebuch geworden und weniger eine Korrespondenz. Das hatte ihm auch gefallen.

Über die lustigen Sachen hatte er gelacht, und bei den harten Lektionen, die das Leben ihr erteilt hatte, war ihm das Herz schwer geworden. Er hatte sich ebenfalls verändert, und auf gewisse Wiese war es so, als wenn sie das alles gemeinsam durchgemacht hätten.

Sie zu sehen war anders, als von ihr zu lesen. Besser. Die lebendige, erwachsene Isabel war wesentlich faszinierender als der naive Teenager. Sie war hübsch genug, um ihn anzuziehen, aber mehr auch nicht. Das jedenfalls sagte er sich immer wieder. Er war kein guter Fang, was langfristige Beziehungen anging, und sie verdiente einen guten Kerl. Er war eher ein Mann für etwas Spaß und ein paar lustige Stunden. Das mit ihrem Ex tat ihm leid. So eine Erfahrung musste jedes Mädchen aus der Bahn werfen. Wenn es …

Er erstarrte mitten auf der Treppe.

Jemand stand hinter seinem Jeep. Er hatte eine Bewegung wahrgenommen, die plötzlich aufgehört hatte. Als würde jemand versuchen, nicht gesehen zu werden. Sofort war er in höchster Alarmbereitschaft. Automatisch griff er nach seiner Waffe, bis ihm klar wurde, dass das hier Fool's Gold war und er gar keine Waffe mehr trug.

Kein Problem. Dann würde er diesen Stalker eben auf die gute altmodische Weise überwältigen.

Lautlos rannte er die Treppe hinab. Dann schlich er sich um den Wagen herum und kam hinter dem Mann zum Stehen. Als er erkannte, wer das war, senkte er den Arm wieder, den er schon erhoben hatte.

„Leonard?"

Leonard sprang erschrocken in die Höhe. „Ford! Du hast mich erschreckt."

Leonard war knapp eins siebzig groß, hatte dunkle Haare und eine Brille. Er trug eine Anzughose, Hemd und Krawatte. Ford sah seinen weißen SUV an der Straße parken und schätzte, dass das passende Sakko ordentlich gefaltet auf der Rückbank lag. Oder – noch schlimmer – auf einem Kleiderbügel an der hinteren Tür hing.

Leonard streckte seine Hand aus. „Schön, dich zu sehen. Willkommen daheim."

„Danke." Sie schüttelten einander die Hände. „Was tust du hier?"

Leonard schob seine Brille auf der Nase hoch. „Ich dachte, wir sollten reden. Die Differenzen zwischen uns klären."

Ford unterdrückte ein Lachen. „Das ist so lange her, Kumpel, da gibt es nichts mehr zu klären."

„Das sehe ich anders. Was ich getan habe, war nicht richtig." Leonards Wangen liefen vor Scham rot an. „Du warst mit Maeve verlobt. Ich hatte kein Recht, mich dazwischenzudrängen. Du warst mein bester Freund." Er hielt inne, um sich zu räuspern. „Ich werde mir nie vergeben, dass ich dich so verletzt habe."

Ford erinnerte sich, wie erstaunt er gewesen war, als er das von Maeve und Leonard herausgefunden hatte. Bestimmt war er damals auch traurig gewesen, doch das war schon so lange her. Es kam ihm eher vor wie die Erinnerung an einen Film als an eine tatsächlich erlebte Situation.

„Der Bessere hat gewonnen."

„Nein", widersprach Leonard ernst. „Ich bin nicht der Bessere. Das kann ich nicht sein, bis ich mich entschuldigt habe und du die Entschuldigung annimmst." Er straffte die Schultern. „Wir hätten es dir sagen sollen. Wir hätten dir erklären müssen, dass wir uns ineinander verliebt haben."

„Ja, das hättet ihr. Aber nun hast du das ja, und alles ist wieder gut, okay?"

Leonard schüttelte den Kopf. „Nein. Das reicht nicht. Maeve und ich waren jung und dumm. Das musst du verstehen."

„Tue ich", entgegnete Ford. Er verstand aber auch, dass sich das hier wohl leider noch eine ganze Weile hinziehen würde.

„Sicher, wir sind inzwischen verheiratet und haben vier Kinder, ein weiteres ist auf dem Weg. Aber unsere glückliche Ehe macht das, was geschehen ist, nicht wieder gut. Du hast deine Genugtuung verdient."

Ford seufzte. „Muss ich wirklich?"

Leonard trat einen Schritt vor. „Schlag mich."

Ford unterdrückte ein Stöhnen. „Ernsthaft?"

„Ja. Schlag mich. Dann sind wir quitt."

„Ich weiß dein Angebot sehr zu schätzen, aber mal ernsthaft, Leonard. Ich bin ein gut ausgebildeter SEAL. Glaub mir, du willst dich nicht mit mir anlegen."

„Das tue ich auch nicht. Ich stehe hier als der Mann, der dir Unrecht angetan hat. Schlag mich. Ich nehme meine Strafe auf mich. Ich habe sie verdient."

Ford fragte sich, wie lange Leonard schon auf diesen Augenblick wartete. Dann wurde ihm die Antwort klar. Vierzehn Jahre. Er sah die Entschlossenheit in den Augen seines früheren Freundes und nahm an, dass es kein Entkommen gab.

„Okay", sagte er langsam. „Wenn du es so willst."

Leonard nickte und setzte die Brille ab. „Ich bin bereit."

Ford zog sein Handy aus der Tasche und wählte den Notruf.

„Notrufzentrale Fool's Gold. Um was für einen Notfall handelt es sich?"

„Hier liegt ein bewusstloser Mann auf dem Boden. Bitte schicken Sie einen Krankenwagen."

„W..."

Leonard wollte noch etwas sagen, doch mehr als das bekam er nicht raus, bevor Fords Faust ihn traf und er zusammensackte.

Kent ging auf das CDS-Gebäude zu. Es war ein ehemaliges Lagerhaus neben dem Kongresszentrum im Osten der Stadt. Er war noch nie zuvor hier gewesen. Seinen Bruder Ford hatte er seit dessen Rückkehr zwar schon ein paarmal gesehen, doch da hatten sie sich immer in einem Restaurant oder im Haus ihrer Mutter getroffen.

Als er das große Gebäude betrat, dachte er nicht an den Grund seines Besuchs. Stattdessen grübelte er über die Arbeit nach, die heute vor ihm lag. Es waren zwar noch einige Wochen bis zum Schulbeginn, doch er hatte bereits angefangen, seinen Lehrplan zu entwerfen. Dieses Jahr war er entschlossen, die „Mathlethen", wie die besten Matheschüler genannt wurden, zu den nationalen Ausscheidungen zu führen. Die Kinder arbeiteten hart und hatten die Gelegenheit verdient, sich mit den Besten des Landes zu messen. Außerdem wollte er einen Fortgeschrittenenkurs in Analysis geben, der sowohl ihn als auch seine Schüler ziemlich herausfordern würde.

„Kent, richtig?"

„Wie?" Erst jetzt bemerkte er, dass er in einem Flur stand und ein großer Mann ihm den Weg versperrte. Sein Blick flackerte zwischen den kalten grauen Augen und der Narbe am Hals des Mannes hin und her.

„Angel", sagte er, als ihm der Name wieder einfiel. „Ja, ich bin Kent Hendrix, Fords Bruder. Wir sind uns schon ein paarmal begegnet."

„Sicher." Angel schüttelte ihm die Hand. „Ford ist nicht hier. Es hat irgendwelchen Ärger gegeben, und er ist im Krankenhaus."

„Ist er verletzt?"

Angel grinste. „Nein, aber der andere."

Klingt ganz nach Ford, dachte Kent und wünschte sich, er könnte ein wenig mehr wie sein Bruder sein. Nicht, was das Kämpfen anging. Er wollte nicht tun, was auch immer sein Bruder in der Army getan hatte. Aber er beneidete ihn um die Fähigkeit, sich das zu nehmen, was er wollte, und sich nicht um Konventionen oder die Meinung anderer Leute zu scheren.

„Ich bin auch mit Consuelo verabredet. Es geht um meinen Sohn."

In Angels Augen trat ein wissender Ausdruck. „Na klar." Er dehnte das Wort. „Das ist mal was Neues."

„Was Neues?"

„Den Sohn vorzuschieben ... Die Geschichte ist allerdings gut. Originell. Dafür bekommst du vielleicht Punkte."

Kent schüttelte den Kopf. „Wovon redest du?"

„Von deinem Treffen mit Consuelo."

Kent fragte sich, ob der andere Mann ein paar Schläge zu viel gegen den Kopf abbekommen hatte. „Mein Sohn geht in eine ihrer Martial-Arts-Klassen. Er möchte gerne noch mehr Kurse belegen, was bedeutet, dass er keine Zeit mehr für Fußball hat.

Inzwischen ist er aber schon ein paar Jahre in der Mannschaft, und ich möchte gerne sichergehen, dass er die richtige Entscheidung trifft."

Das Grinsen schwand. „Oh. Du bist wirklich wegen deines Sohnes hier."

„Warum denn sonst?"

Angel schlug ihm auf den Rücken. „Anscheinend bist du Consuelo bisher noch nicht begegnet."

Das war keine Frage, aber Kent antwortete trotzdem. „Nein, ich habe Reese telefonisch angemeldet, nachdem ich mich bei Ford erkundigt hatte."

Angel lachte leise. „Dann wappne dich besser. Sie ist verdammt heiß."

„Danke für die Warnung."

Er wollte sagen, dass ihn Consuelo nicht interessierte, außer als Trainerin seines Sohnes. Aber er bezweifelte, dass Angel ihm glauben würde.

Mit jemandem auszugehen, ist doch sowieso ein sinnloses Unterfangen, dachte er. Es war ja nicht so, dass er es nicht wollte. Aber er traute sich einfach nicht zu, die ganze Sache richtig zu machen. Schließlich war seine Ehe die reinste Katastrophe gewesen. Und dann hatte er diesen Fehler noch vergrößert, indem er seiner Exfrau jahrelang nachgetrauert hatte. Er hatte sich eingebildet, noch immer unsterblich in sie verliebt zu sein. Doch das war er gar nicht gewesen. In Wahrheit hatte er sich nur die Wahrheit über sie nicht eingestehen wollen. Inzwischen hatte er dieses Problem zwar gelöst. Doch das machte ihn auch nicht zu einem weniger großen Idioten.

„Vergiss nur nie, dass sie dich ohne zu blinzeln auf der Stelle töten könnte."

Kent war nicht sicher, was das Blinzeln damit zu tun hatte. „Tut sie das oft?"

Angel grinste. „Häufig genug."

Vermutlich war das eine Art Scherz, dachte Kent. Also reagierte er nicht, sondern folgte dem Mann nur in den großen Fitnessraum. Angel blieb mitten im Türrahmen stehen und brüllte:

„Consuelo, Kent Hendrix ist hier, um mit dir zu sprechen. Er ist Fords Bruder, also solltest du ihn nicht umbringen."

Eine Frau trat kopfschüttelnd aus dem kleinen Büro in der Ecke. „Was ist nur mit dir los? Hör auf, so einen Mist zu erzählen, oder ich mache dich zum Eunuchen. Dann klingt dein Geschrei in Zukunft wenigstens etwas melodischer."

Sie sagte noch ein paar andere Sachen – jedenfalls ging Kent davon aus, denn ihre Lippen bewegten sich. Doch er hörte kein einziges Wort, konnte keinen einzigen Gedanken fassen und vermutete stark, dass er auch das Atmen eingestellt hatte.

Sie war nicht schön. Das Wort wurde ihr nicht annähernd gerecht. Genauso wenig wie *heiß* oder *unglaublich*. Er war ziemlich sicher, dass es kein Wort gab, das diese zierliche brünette *Göttin* angemessen beschreiben konnte, die nun auf ihn zukam.

Sie trug Cargohosen und ein Tanktop. Nichts blieb seiner Fantasie überlassen. Ihr Körper war die perfekte Mischung aus Kurven und Muskeln, doch es war ihr Gesicht, das seine Aufmerksamkeit fesselte. Sie hatte große Augen und einen vollen Mund. Ihre langen Haare bewegten sich bei jedem Schritt. Sie war die pure Verkörperung von Sex und Weiblichkeit.

Er fühlte sich, als hätte ein Packesel ihm in den Magen getreten. Es gab keine einzige Zelle in seinem Körper, die nicht auf sie reagierte. Und zum ersten Mal seit der Highschool hatte er Angst vor einer ungewollten Erektion.

Angel fing an zu lachen. „Ich hab's dir doch gesagt", rief er durch den Raum. Dann ging er zum Ausgang und rief: „Sei nett. Er ist ein Zivilist."

Kent fluchte innerlich.

Consuelo runzelte die Stirn. „Angel ist eine Nervensäge, und später werde ich ihn dafür bestrafen." Sie schüttelte den Kopf und schaute Kent an. „Hi. Ich bin nicht ganz sicher, ob wir uns schon mal begegnet sind. Consuelo Ly."

Sie streckte ihm ihre Hand hin. Kent wollte sie nicht nehmen. Also, er wollte schon, aber er hatte furchtbare Angst davor, was dann passieren würde. Entweder er würde die Frau packen und versuchen, sie zu küssen – oder seine Hose würde feucht werden. Beides keine schönen Szenarien.

„Kent Hendrix." Er wappnete sich innerlich und schüttelte ihre Hand.

In der Sekunde, in der sie einander berührten, schienen Flammen aufzulodern. Die plötzliche Hitze war so intensiv, dass sich das Problem mit den feuchten Hosen von selbst erledigte. Dafür war sein Kopf auf einmal komplett leer und sein Sprachzentrum wie gelähmt.

„Ich kenne Ford schon seit Jahren", sagte die Göttin und ließ seine Hand los. Dann schenkte sie ihm ein Lächeln. „Keine Angst, das werde ich nicht gegen Sie verwenden."

Ihr Lächeln traf ihn bis ins Mark. Das Aufblitzen der Zähne und diese fröhlichen Fältchen um die Augen machten sie nur noch schöner.

„Äh, danke", stotterte er.

„Sie sind Reeses Vater, richtig? Ein guter Junge. Sehr talentiert. Er und Carter versuchen immer, mehr zu machen, als sie sollen. Das ist typisch für Kinder in ihrem Alter." Erneut blitzte das Lächeln auf. „Ich sollte eher sagen, für *Jungs* in ihrem Alter."

Sie ist nett, dachte er. Wunderschön und nett. Was für eine tödliche Kombination.

Er zwang sich, sich zu konzentrieren. „Reese würde gerne noch weitere Kurse hier belegen und anfangen, für den schwarzen Gürtel zu trainieren. Ich mache mir Sorgen, dass er dafür zu jung ist. Er spielt seit Jahren Fußball und redet nun davon, das aufzugeben."

Consuelo runzelte die Stirn. „Dummes Kind", murmelte sie und zuckte dann zusammen. „Tut mir leid. Was ich meinte, ist, dass einige Schüler sich so von der anfänglichen Begeisterung mitreißen lassen, dass sie übers Ziel hinausschießen."

Die Erkenntnis, dass sie auch nur ein Mensch war, erleichterte ihn ein wenig. Er schaffte es, einen vollen Atemzug zu tun, bevor er scheinbar höchst irritiert fragte: „Haben Sie eben ‚dummes Kind' gesagt?"

„Ich ... äh ..."

„So reden Sie also über meinen Sohn und Ihre anderen Schüler?"

Sie reckte das Kinn. „Manchmal ja. Sehen Sie, Mr Hendrix, was wir hier tun, ist ein gefährlicher Sport, der absolute Disziplin verlangt. Ich arbeite mit Experten vom Militär und mit ausgebildeten Scharfschützen zusammen. Außerdem arbeite ich mit Zivilisten. Manchmal vergesse ich, wer auf welche Themen sensibel reagiert. Wenn das für Sie ein Problem ist, bin ich vermutlich nicht die richtige Lehrerin für Reese."

Er verschränkte die Arme vor der Brust, wohl wissend, dass er wesentlich größer war als sie. Was ihm bei einer körperlichen Auseinandersetzung allerdings wenig nützen würde, das wusste er nur zu gut. Er war Mathelehrer, und sie war eine ...

Plötzlich fiel ihm auf, dass er keine Ahnung hatte, was sie vor ihrem Umzug nach Fool's Gold getan hatte. Trotzdem fühlte er sich etwas weniger unsicher.

Sie schaute zu ihm auf. „Reese ist gut. Er liebt Sport und hat ein ausgezeichnetes Koordinationsvermögen. Aber verfügt er über ein einzigartiges Talent, das nur einmal in hundert Jahren auftaucht? Nein. Natürlich kann er den schwarzen Gürtel erreichen, und vermutlich wird er das auch. Doch deswegen alles andere aufgeben?" Sie zuckte mit den Schultern. „Ich würde ihn ein Jahr warten lassen und schauen, ob er das dann immer noch will. Vielleicht kann er einen zusätzlichen Kurs belegen. Er ist ein Kind – er sollte Spaß haben und sich nicht schon völlig festlegen."

„Ich weiß Ihren Rat sehr zu schätzen."

„Dafür bezahlen Sie mich ja schließlich." Sie verlagerte ihr Gewicht. „Sind Sie böse wegen dem, was ich gesagt habe?"

„Werden Sie mir wehtun, wenn ich Ja sage?"

Sie brauchte eine Sekunde, um zu erkennen, dass er nur Spaß machte. Dann kehrte ihr Lächeln zurück. Und mit ihm das Gefühl, von einem Esel in den Magen getreten worden zu sein. So viel zum Thema sich sicherer fühlen.

„Ich kann nicht gut mit Eltern umgehen", gab sie zu. „Ich bin zu sehr daran gewöhnt, zu sagen, was ich denke."

„Leute bedrohen, und wenn das nicht funktioniert, sie grün und blau schlagen?"

Das Lächeln wurde breiter. „Genau. Zivilisierte Unterhaltungen werden meiner Ansicht nach vollkommen überschätzt."

„Genau. Dummerweise habe ich aber nicht die Freiheit, zu sagen, was ich denke."

Sobald die Worte raus waren, sah er die Gefahr in ihnen. Was auch immer er für eine Verbindung mit ihr geschaffen hatte, sie würde sich auflösen wie Zuckerwatte im Regen, sobald Consuelo erfuhr, was er beruflich tat.

Sie neigte den Kopf, und ihr dunkles, glänzendes Haar fiel ihr über die Schulter. „Sie sind Mathelehrer, oder?"

„Ja. An der Highschool."

Sie lachte leise und legte ihre Hand auf seinen Arm. Die Wärme der Berührung schien sich bis in seine Lenden fortzusetzen. „Dann sind Sie wesentlich mutiger, als ich es je sein könnte. Teenagern Mathe beizubringen ..." Sie schüttelte den Kopf.

Wenigstens war sie nicht schreiend davongelaufen. „Nicht nur Mathe. Auch Algebra, Geometrie und Analysis."

In ihrem Gesicht blitzte etwas auf, das er nicht deuten konnte. Sie zog ihre Hand zurück. „Harter Stoff", murmelte sie.

Er spürte, irgendetwas hatte sich verändert, doch er wusste nicht, was. Warum war es okay, dass er Mathelehrer war, doch wenn er die spezifischen Fächer erwähnte, zog sie sich zurück?

„Ich mag es", gab er zu. „Ich mag meine Schüler und dass sie bei mir etwas lernen, das ihnen später im Leben hilft. Letztes Jahr habe ich ein Programm für leistungsschwache Schüler aufgebaut, damit sie sich in ihrem eigenen Tempo entwickeln und auch aufs College gehen können."

Er ermahnte sich, aufzuhören – er klang wie der typische Nerd, der seine selbst gebaute Rakete vorzeigte.

„Das ist ein nobles Ziel", sagte sie und trat einen Schritt zurück.

Ganz eindeutig sollte das ihr Gespräch beenden. Okay, dachte er grimmig. Er hatte ja sowieso nie eine Chance gehabt. Trotzdem hätte er gerne gewusst, wo er den entscheidenden Fehler begangen hatte.

„Danke, dass Sie sich die Zeit genommen haben", sagte er. „Und für Ihren Rat."

„Gern geschehen. Reese ist ein toller Junge – und Sie sind ein toller Dad."

Kent nickte und ging. Auf dem Weg zum Auto schoss ihm die Ironie der Situation durch den Kopf: Nach all den Jahren, in denen er seiner Exfrau nachgetrauert hatte, war er endlich gewillt, sich die Wahrheit einzugestehen. Seine Ex hatte ihn und ihren Sohn im Stich gelassen, und er war ein Idiot gewesen, sie überhaupt zu heiraten. Also würde er jetzt mit seinem Leben weitermachen. Er würde jemand Besonderen finden und sich verlieben.

Und genau so war es gekommen. Nur dass diese Frau leider absolut nichts mit ihm zu tun haben wollte.

Ford stand im Warteraum der Notaufnahme und fragte sich, warum ausgerechnet ihm immer solche Sachen passierten. Er hatte doch nur tun wollen, worum Leonard ihn bat. Ein freundlicher Schlag aufs Kinn. Er war davon ausgegangen, der andere würde zu Boden gehen, da er in seinem ganzen Leben garantiert noch keine einzige Schlägerei mitgemacht hatte. Leonard war jemand, der es bestimmt schon für sehr hart hielt, wenn er sonntags den Wagen ohne Gummihandschuhe wusch.

Und zunächst war die ganze Sache ja auch perfekt gelaufen. Wie erwartet hatten Leonards Beine unter ihm nachgegeben. Doch dann war er dummerweise im Fallen mit dem Kopf gegen den Jeep geknallt und ohnmächtig geworden. Zum Glück hatte Ford den Krankenwagen schon vorher gerufen. Auch wenn das eigentlich nur eine Vorsichtsmaßnahme hätte sein sollen.

„Hier bist du!"

Er drehte sich um und sah eine mittelgroße Frau mit schulterlangem blondem Haar entschlossen auf sich zukommen. Sie war kurviger, als er sie in Erinnerung hatte, und eindeutig schwanger, doch ansonsten noch so ziemlich die Alte. Nur dass Maeve bei ihrem letzten Treffen in Tränen aufgelöst gewesen war und dieses Mal aussah, als würde sie gleich Feuer spucken.

„Was ist nur mit dir los?", fauchte sie. „Was für ein Idiot läuft herum und schlägt andere Menschen nieder?"

„Ich …"

„Sag mir, dass es ihm gut geht. Verdammt, Ford. Ich kann nicht glauben, dass du das getan hast."

„Er …"

„O ja, sicher. Schieb Leonard die Schuld in die Schuhe. Meinst du, ich weiß nicht, warum er dich aufgesucht hat?" Sie stieß ihm ihren Zeigefinger in die Brust. „Seit du wieder zurück bist, kann er über nichts anderes reden als über dich. Darüber, dass er sich bei dir entschuldigen und alles wiedergutmachen will. Es ist vierzehn Jahre her! Wie kann man da immer noch einen Groll hegen?"

„Ich …"

Sie funkelte ihn an. „Du bist doch über die ganze Sache hinweg, oder?"

„Ja." Er hielt inne, um die Wahrheit dieser Aussage zu überprüfen. „Vollkommen."

Sie hob die Augenbrauen.

Er räusperte sich. „Nicht dass du nicht entzückend aussiehst."

Sie schubste ihn ein paar Schritte zurück. Für eine Frau ihrer Größe und in diesem Stadium der Schwangerschaft war sie ganz schön kräftig. „Du hast ihn geschlagen!"

„Er hat mich darum gebeten. Ja, er hat sogar darauf bestanden. Ich habe nicht fest zugeschlagen. Er ist nur unglücklich mit dem Kopf aufgekommen. Das war nicht mein Fehler. Jedenfalls nicht wirklich." Er ging freiwillig noch einen Schritt zurück, um etwas Abstand zwischen sich und Maeve zu bringen.

„Im Gegensatz zu dir ist er ein sehr verantwortungsbewusster Mann", fauchte sie. „Er ist der Vater von viereinhalb Kindern. Hast du daran mal gedacht, als du versucht hast, ihn umzubringen?"

„Ich habe nicht versucht, ihn umzubringen. Leonard ist zu mir gekommen."

„Ja, und ich hätte erwartet, dass du dich der Situation angemessen verhältst. Wie ein Erwachsener. Ich sehe, dass ich mich geirrt habe. Du bist noch genau der Gleiche wie damals, als du gegangen bist."

„Hey, das ist nicht fair."

Ihre Augen verengten sich. „Ich sage dir, was nicht fair ist. Dass der Vater meiner Kinder deinetwegen mit einer Gehirnerschütterung im Krankenhaus liegt."

„Er hat sich den Kopf angeschlagen", wiederholte Ford hilflos.

Die Tür zum Warteraum öffnete sich, und zwei uniformierte Polizistinnen traten ein. Die Größere der beiden kam auf sie zu. „Ford Hendrix?", fragte sie.

Er nickte.

„Wir müssen Ihre Aussage aufnehmen."

„Geschieht dir recht", sagte Maeve. „Ich hoffe, sie sperren dich für immer ein."

Sie stakste davon. Ford folgte den beiden Polizisten in eine etwas ruhigere Ecke des Wartezimmers. Dabei tröstete er sich mit dem Gedanken, dass er den absoluten Tiefpunkt in seinem Leben erreicht hatte. Von jetzt ab konnte es nur besser werden.

Doch da hatte er sich offenbar geirrt. Denn gerade als er erklärte, was passiert war, kam seine Mutter auf ihn zugeeilt.

„Siehst du", sagte sie seltsam triumphierend. „Nichts von all dem wäre passiert, wenn du verheiratet wärst. Das habe ich ja schon die ganze Zeit gesagt."

Ford tigerte in Isabels Küche auf und ab. Sie sah ihm zu und fühlte sich ein wenig wie im Zoo. Sein Frust und seine Energie waren in der gesamten Küche zu spüren, aber sie hatte trotzdem keine Angst, dass er sich laut knurrend auf sie stürzen und sie zum Abendessen verspeisen würde.

Der Vergleich brachte sie zum Lächeln. Jetzt, wo sie wusste, dass es ihrem Schwager wieder gut ging, konnte sie die lustige Seite der Angelegenheit sehen. Ford hingegen war noch lange nicht so weit.

„Es war nicht meine Schuld", murmelte er zum ungefähr tausendsten Mal, seitdem er an ihre Tür geklopft hatte. „Er wollte, dass ich ihn schlage. Er hat mich förmlich angebettelt."

„Nächstes Mal solltest du einfach nicht hinhören."

Er drehte sich zu ihr um. „Danke für den Tipp."

„Hey, lass deine schlechte Laune nicht an mir aus. Ich bin nicht diejenige, die einen zwei Köpfe kleineren Mann k. o. geschlagen hat. Noch dazu einen, der zwanzig Kilo leichter ist und eine Brille trägt."

Ford stöhnte. „Die hat er vorher extra abgesetzt und in die Hemdtasche gesteckt. Das ist so typisch Leonard."

Sie stellte sich ihm in den Weg. „Sieh mal, es wird bestimmt alles wieder gut. Er hat erklärt, was passiert ist, und eure Geschichten haben übereingestimmt. Er wird keine Anzeige erstatten. Du hast recht. Es ist nicht deine Schuld, dass er sich den Kopf angeschlagen hat."

„Erklär das mal Maeve."

Isabel war schon zu Ohren gekommen, dass ihre Schwester ein wenig ausgeflippt war, als sie hörte, was geschehen war.

„Sie und Leonard sind schon sehr lange zusammen. Sie liebt ihn und hat nicht damit gerechnet, dass ihr Exverlobter ihn windelweich prügelt und zum Sterben auf dem Bürgersteig zurücklässt."

Ford zuckte zusammen.

Sie legte die Hand auf seinen Oberarm. „Tut mir leid. Ich zieh dich nur ein wenig auf. Alles ist gut. Wirklich."

„Sie behalten ihn über Nacht zur Beobachtung da."

„Das ist eine reine Vorsichtsmaßnahme."

„Maeve ist schwanger. Sie hat vier Kinder."

„Wir entstammen einer langen Reihe guter Brüter."

Seine dunklen Augen blickten weiter besorgt. „Ich hätte ihn umbringen können."

„Er wird schon wieder. Offensichtlich hat er jahrelang auf diesen Moment gewartet. Du hast ihm zu einem dramatischen Abschluss und einer großartigen Geschichte verholfen. In Zukunft solltest du dir deine zuschlagende Art allerdings lieber für deine toughen Freunde aufsparen."

„Ich weiß", murmelte er und schüttelte den Kopf. „Ich dachte, ich würde Leonard helfen. Ich dachte ..."

Da sie nicht wusste, was sie sonst tun sollte, versuchte Isabel, Ford an sich zu ziehen. Er war ungefähr so leicht zu bewegen wie ein Haus. Also trat sie einfach näher und schlang ihre Arme um ihn.

Er war groß, breit und muskulös. Doch er war auch warm und brauchte Trost, also hielt sie ihn in ihren Armen, obwohl er die Geste nicht erwiderte.

Nach ein paar Sekunden schlang er dann doch seine Arme um sie und zog sie an sich. Sie legte ihre Wange an seine Schulter und dachte, wie nett sich das anfühlte. Es war, als ...

Mit einem Mal wurde ihr bewusst, dass ihre Brüste gegen seine Brust drückten. Und ihre Schenkel seine berührten. Ein leichtes Kribbeln überlief sie, und sie dachte, wie schön es wäre, wenn Ford sie noch einmal küssen würde. Nur dieses Mal mit etwas mehr Leidenschaft. Und vielleicht ein wenig Zunge ...

Die Vorstellung war so schockierend, dass sie einen Satz zurück machte. Zum Glück schien er weder ihren Rückzug noch ihre Panik zu bemerken.

„Du hättest meine Mutter hören sollen", sagte er und stützte sich mit den Händen auf der Granitarbeitsfläche ab. „Sie hat gar nicht mehr aufgehört, davon zu reden, dass ich mich endlich niederlassen soll. Wenn ich heiraten würde, wäre sie endlich glücklich. Sie hat all die Frauen ins Spiel gebracht, die sie aufgetrieben hat, und will, dass ich mir die Bewerbungen ansehe."

„Ich denke nicht, dass eine Beziehung dich davon abgehalten hätte, Leonard zu schlagen."

„Vermutlich nicht. Aber es hätte mir meine Mutter vom Hals gehalten." Er drehte den Kopf und schaute sie an. „Du bist eine Frau."

Sie hob beide Hände. „Schön, dass es dir aufgefallen ist, aber nein."

Sein Blick blieb fest auf sie gerichtet. „Du ziehst doch sowieso bald fort, also gäbe es keine Missverständnisse zwischen uns. Du würdest ja gar nicht wollen, dass ich mich in dich verliebe."

Schlug er ihr gerade vor, eine Scheinbeziehung einzugehen? Das konnte doch nicht sein Ernst sein. Aber wie auch immer. Ihre Antwort darauf war jedenfalls ein sehr entschlossenes: „Nein."

„Komm schon, Isabel. Ich bin verzweifelt. Sieh dir doch an, was mir passiert ist."

„Du hast einen Kerl geschlagen. Ganz alleine. Dir ist nichts *passiert*." Das letzte Wort begleitete sie mit angedeuteten Gänsefüßchen. „Leonard geht es gut. Du musst dich einfach nur besser vor deiner Mutter verstecken, dann kommst du schon klar."

Er richtete sich auf und drehte sich vollends zu ihr um. Schon komisch, bis zu diesem Moment war ihr gar nicht bewusst gewesen, wie sehr Fords Präsenz die Küche ausfüllte.

„Es ist mehr als das." Er klang geschlagen. „Alle sagten, ich wäre zu lange in der Army gewesen und hätte deshalb Schwierigkeiten, mich an das zivile Leben zu gewöhnen. Ich habe ihnen nicht geglaubt, aber sie hatten recht."

Sie wollte mit dem Fuß aufstampfen. Wie sollte sie denn bitte gegen die „Ich habe meinem Land gedient"-Karte ankommen?

„Du schlägst dich ganz gut. Das hier war nur ein winziger Rückschritt."

„Und dann ist da noch meine Mutter."

„Ich gebe zu, Denise ist eine Herausforderung."

„Mehr als das." Sein dunkler Blick ruhte auf ihrem Gesicht. „Die ganze Zeit war ich fort und habe für deine Sicherheit gesorgt."

Sie trat einen Schritt zurück. „Nein", sagte sie entschlossen. „Vergiss es, Ford. Diese Nummer zieht bei mir nicht."

„Ich habe mein Leben riskiert, während du auf Abschlussbälle gegangen bist und dich auf dem College amüsiert hast."

Sie hielt sich die Ohren zu und fing an zu summen. Er sprach lauter.

„Du hast versprochen, mich immer zu lieben. Das habe ich sogar schriftlich."

Sie nahm die Hände herunter. „Hör auf damit."

„Du bist in deine Welt zurückgekehrt und hast mir das Herz gebrochen." Er senkte den Kopf wie ein geschlagener Krieger.

Sie schaute ihn an. Eine Sekunde lang erlaubte sie sich die Vorstellung, dass er es ernst meinte. Dass er sie wirklich liebte, so wie Leonard ihre Schwester liebte – von ganzem Herzen. Oder wenn nicht Ford, dann jemand anderes. Denn Eric hatte sie nie geliebt. Zumindest nicht mehr, als man eine gute Freundin liebt.

Sie verdrängte den Gedanken und zwang sich zu einem Lächeln. „Du wirst dein Problem auf andere Weise lösen müssen, denn ich werde nicht so tun, als wäre ich deine Freundin."

Er seufzte schwer. „Ich bin dem Untergang geweiht."

„Sieht so aus. Willst du ein Bier?"

Er hob den Kopf und grinste. „Klar."

„Und wie durch ein Wunder ist er geheilt."

„Hey, ich habe eben ein schlichtes Gemüt."

4. KAPITEL

Zwei Tage später betrat Ford Leonards Büro. Sein ehemals bester Freund saß an einem riesigen Schreibtisch. Hinter ihm gab es ein großes Fenster, und die beiden Wände zierten Bücherregale. Das Büro gehörte eindeutig zu einem erfolgreichen Mann mit viel Geld. Der kleine Leonard hatte sich ganz schön entwickelt.

Er erhob sich, als er Ford sah, und kam um seinen Schreibtisch herum.

„Schön, dich zu sehen", sagte Ford, als sie einander die Hand schüttelten.

Leonard zeigte zu einer Sitzecke aus Leder, die dem Fenster gegenüberstand. „Ich freue mich, dass du vorbeikommst."

Als sie sich gesetzt hatten, musterte Ford ihn eindringlich. „Alles okay?"

Leonard schob die Brille hoch und berührte dann seinen Kopf. „Es tut nur weh, wenn ich atme." Er lächelte. „Nur ein Witz. Mir geht es gut."

„Was macht dein Kiefer?"

„Der tut weh."

Ford fühlte sich wie ein Mistkerl. „Es tut mir leid, dass ich dich geschlagen habe."

„Ich habe dich doch darum gebeten. Ich habe dich förmlich angefleht, es zu tun." Leonard lächelte immer noch. „Komm schon, Ford. Wir beide wussten, dass ich es wollte."

„Ich hätte ablehnen sollen."

„Du hast das Richtige getan. Dank dir habe ich jetzt Frieden schließen können. Die Beule am Kopf hab ich ganz allein verursacht."

„Hast du das auch Maeve gesagt?"

„Mehr als einmal sogar. Sie überlegt, dir zu vergeben. Ich würde an deiner Stelle jedoch keine Karte zu Weihnachten erwarten."

Ford nickte. „Im Krankenhaus war sie echt sauer."

„Maeve nimmt unsere Beziehung sehr ernst. Sie hat erklärt, dass sie noch nicht bereit ist, mich sterben zu lassen."

„Das ist nett", sagte Ford, wohl wissend, dass es niemanden gab, der so über ihn dachte. Zumindest nicht auf romantische Art. Sollte er sterben, würde seine Mutter zwar sofort in die Totenwelt reisen und versuchen, ihn zurückzuzerren. Aber die Fürsorge zwischen einem Mann und seiner Frau war etwas ganz anderes.

Früher hatte er gedacht, er würde Maeve lieben. So sehr, dass er ihr einen Antrag gemacht hatte. Doch nachdem sie die Beziehung beendet hatte, war er schneller als erwartet über sie hinweg gewesen. Bei ihrem Wiedersehen im Krankenhaus hatte er nichts mehr für sie empfunden. Was nur ein weiterer Beweis für das war, was er schon immer vermutet hatte.

Er war einfach niemand, der sich verliebte. Er mochte Frauen. Er mochte es, mit ihnen zusammen zu sein, und meistens machte es ihm Spaß, mit ihnen auszugehen. Doch sobald es ernst wurde, zog er sich zurück. Wenn eine Frau ihn loswerden wollte, musste sie nur sagen: „Ich denke, wir sollten den nächsten Schritt wagen." Dann überlegte er sich sofort, eine Versetzung zu beantragen, weiterzuziehen und das ganze Spiel von vorn zu beginnen. Anders als Leonard, der seit über zehn Jahren mit der gleichen Frau zusammen war.

„Du hast die Kinder", sagte Ford. „Ihr habt eine ziemlich große Familie aufgebaut."

Leonards Schultern strafften sich sichtlich, und seine Miene füllte sich mit Stolz. „Zwei Jungen, zwei Mädchen. Wir hatten geschworen, dass wir durch sind, und ich wollte mich gerade einer Vasektomie unterziehen, da sagte Maeve, dass sie noch eines wollte. Dieses Mal werde ich mich unters Messer legen, während sie sich noch von der Geburt erholt. Auf diese Weise ist sie zu abgelenkt, um mich aufzuhalten. Fünf Kinder sind mehr als genug."

„Es muss bei euch ganz schön laut zugehen", sagte Ford in Erinnerung an seine eigene Kindheit mit fünf Geschwistern.

„Ich würde ja gerne behaupten, dass es ein kontrolliertes Chaos ist", gab Leonard zu. „Doch ehrlich gesagt ist es eher unkontrolliert. Maeve hat jedoch alles im Griff. Sie ist wirklich und wahrhaftig unglaublich."

„Und immer noch eine Schönheit."

„Ja, das stimmt." Leonard schaute ihn an. „Ich fühle mich so verdammt schuldig, weil ich hiergeblieben bin und mein Leben gelebt habe, während du sonst wo auf der Welt gekämpft hast. Ich weiß deinen Einsatz sehr zu schätzen."

Ford wehrte den Dank mit einer Geste ab. „Ich habe einfach einen anderen Weg eingeschlagen. Ich bin froh, dass es dir gut geht."

Sie erhoben sich und schüttelten einander noch einmal die Hand. „Wir sollten mal gemeinsam ein Bier trinken gehen oder so", schlug Leonard vor.

„Ja, das wäre schön."

Sein Freund lächelte. „Ich weiß, es klingt seltsam, aber danke, dass du mich geschlagen hast. Das hat die Dinge zwischen uns wieder geradegerückt. Maeve wird das zwar nie verstehen, aber ich hoffe, du tust es."

Ford nickte. „Wir sind jetzt quitt, Kumpel. Und nächstes Mal fall bitte nicht wieder auf den Kopf."

„Nächstes Mal trete ich dir in den Arsch."

„Klar tust du das", erwiderte Ford und unterdrückte ein Grinsen.

Consuelo schlenderte durch das Zentrum von Fool's Gold. Das Máa-zib-Festival war in vollem Gange. Um sie herum wurde alles von Schmuck bis zu keltischer Musik an bunt geschmückten Ständen verkauft. Es gab eine Fressgasse, und später würden im Park verschiedene Bands spielen.

Sie wohnte erst seit ein paar Monaten in der Stadt, doch sie hatte schnell gelernt, dass der Lebensrhythmus hier von den vielen Festen bestimmt wurde. Jeden Monat gab es mindestens zwei und in den Ferien sogar noch mehr. Bei solchen Anlässen wimmelte es nur so von Touristen, doch sie hatte inzwischen genügend Einheimische kennengelernt, um immer wieder mal jemandem zuzuwinken oder zuzulächeln.

Heute war sie ganz allein. Daran war sie eigentlich gewöhnt, doch seitdem sie hierhergezogen war, hatte sie viele Freundschaften geschlossen. Eine Abwechslung zu ihrem vorigen Leben, die sie sehr genoss. Doch Patience stand im Brew-haha hinterm Tresen, und Isabel hatte samstags im Paper Moon auch immer alle Hände voll zu tun. Felicia leitete das Festival, und Noelle hatte erkannte, dass der Plan, ihren Weihnachtsladen am Labor Day-Wochenende zu eröffnen, bedeutete, dass sie langsam anfangen musste, die Waren auszupacken. Consuelo hatte ihr angeboten, zu helfen, und Noelle hatte auch versprochen, darauf zurückzukommen, doch dieses Wochenende wollte sie alleine sein und sich überlegen, wo alles hinkommen sollte.

Womit Consuelo irgendwie im luftleeren Raum schwebte. Es war schon lustig, wie schnell sie sich daran gewöhnt hatte, ihre Zeit mit den Mädels zu verbringen.

Sie bog um eine Ecke und sah einen großen, dunkelhaarigen Mann, der neben einer älteren Frau stand. Kent ist so attraktiv, dachte sie sehnsüchtig, während er sich vorbeugte und der Frau einen Kuss auf die Wange gab. Die Frau drehte sich um, und Consuelo erkannte Denise Hendrix. Kent sagte etwas, woraufhin seine Mutter lachte und dann ging.

Kent setzte sich ebenfalls in Bewegung. Consuelo sah ihm hinterher und fing dann an, ihm nachzugehen, ohne zu wissen, was sie tun sollte, wenn sie ihn einholte.

Ihr Treffen letzte Woche hatte sie verstört. Sie wusste schon seit einer ganzen Weile, wer er war. Schließlich hatte sie die Poster gesehen, die seine Mom auf dem Festival aufgehängt hatte. Schon damals hatte sie ihn attraktiv gefunden. Doch was sie wirklich an ihm angezogen hatte, war die Güte in seinen Augen gewesen. Ihm bei CDS so nah zu sein, war gleichzeitig aufregend und Furcht einflößend gewesen. Er war lustig und charmant. Und wahrscheinlich hatte er noch nie jemanden mit einem Messer bedroht – wie die meisten ganz normalen Menschen. Sie hingegen hatte sich immer wieder in gefährlichen Situationen wiedergefunden.

Als er angefangen hatte, über seine Arbeit zu sprechen, war ihr klar geworden, dass er eine Nummer zu groß für sie war. Der Mann war aufs College gegangen. Er hatte einen Abschluss und unterrichtete Mathematik. Sie hatte kaum die Highschool geschafft. Er war gebildet, und sie war ein Straßenkind. Ein Mädchen, das in einem üblen Viertel aufgewachsen war und sich in die Armee geflüchtet hatte. Dort war sie für verdeckte Missionen eingesetzt worden – als jemand, der alles tat, was notwendig war, um an Geheimnisse zu kommen, und dann verschwand.

Um ihre Aufträge zu erledigen, hatte sie Sex mit Männern gehabt, deren Namen sie kaum kannte, und einige von ihnen danach getötet. Das entsprach vermutlich kaum Kents Bild von einer Traumfrau.

Es ist dumm, ihm zu folgen, ermahnte sie sich. Er würde sie niemals verstehen, und von ihm zurückgewiesen zu werden tat vermutlich mehr weh als jede Kugel, die sie je abbekommen hatte. Doch obwohl sie wusste, dass sie einen großen Fehler beging, konnte sich nicht anders, als ein wenig schneller zu gehen.

An der Ecke holte sie ihn ein.

„Hey", sagte sie.

Er drehte sich um und sah sie. Seine Überraschung hatte etwas Komisches – oder hätte es gehabt, wenn dieser Mann ihr nicht so wichtig gewesen wäre.

„Consuelo. Ich habe Sie gar nicht gesehen. Sind Sie wegen des Stadtfestes hier?"

„Ja." Trotz ihres pochenden Herzens brachte sie ein Lächeln zustande. „Sehe ich etwa nicht aus wie der typische Festivalbesucher?"

„Doch. Und besonders dieses Fest lieben die Frauen. Später gibt es eine Parade und den zeremoniellen Tanz der Máa-zib. Am Ende wird einem Mann das Herz herausgeschnitten."

„Gibt es sehr viele Frauen, die ihre Partner gerne zur Verfügung stellen wollen?"

Er lachte. „Vermutlich." Dann wurde er ernst. „Kann ich Ihnen irgendwie helfen?"

Sie fluchte innerlich. Offensichtlich war ihm nicht entgangen, dass sie sich bei ihrem letzten Gespräch zurückgezogen hatte. Vermutlich dachte er, sie wolle nichts mit ihm zu tun haben.

Ihr war völlig klar, wie Männer sie sahen: Sie mochten ihre Kurven und fanden sie hübsch. Ihr Selbstbewusstsein war eine Herausforderung, und sie bewegte sich mit einer Mischung aus Anmut und Kraft – das Ergebnis jahrelanger Trainingsstunden und zahlreicher Einsätze. Sie bekam Dutzende Einladungen und lehnte sie alle ohne nachzudenken ab.

Doch Kent war anders. Er war ein normaler Mann, der in einer normalen Welt lebte. Vermutlich dachte er, sie würde ihm gerade zu verstehen geben, dass sie nicht an ihm interessiert war.

„Consuelo?"

Stimmt ja, er hatte ihr eine Frage gestellt.

„Haben Sie eine Sekunde?", fragte sie.

„Sicher. Reese ist heute bei seinen Freunden. Ich habe Zeit. Was gibt es?"

Um die Ecke in der Fourth Street mit ihren teuren Boutiquen gab es eine Bank. Consuelo ging voraus in der Hoffnung, dass niemand dort saß.

Sie hatte Glück und setzte sich ans eine Ende. Er setzte sich dazu und wartete.

„Es tut mir leid, wie ich mich bei unserem letzten Treffen verhalten habe."

Sie atmete tief durch. An Ehrlichkeit in einer Beziehung hatte sie bislang nicht geglaubt. Ihrer Meinung nach sorgte die Wahrheit nur dafür, dass noch mehr Fragen gestellt wurden. In ihrem Fall führte das dazu, dass sie irgendwann lügen musste. Das verlangte ihr Job. Doch inzwischen arbeitete sie nicht mehr in diesem Job und war es leid, ständig jemand anderes sein zu müssen.

Sie mochte Kent. Schon seit sie ihn zu Anfang des Sommers das erste Mal gesehen hatte. Sie hatte gelernt, ihrem Bauchgefühl zu vertrauen, und das sagte ihr, dass er den Versuch wert war.

„Sie haben mich ein wenig eingeschüchtert." Sie schluckte. „Sehr sogar", gab sie zu. „Als Sie darüber sprachen, was Sie alles unterrichten. Und die Sache mit dem College erwähnten. Sie sind klug und gebildet, und ich bin das nicht." Sie zwang sich, den Kopf nicht zu senken und ihre Stimme nicht leiser werden zu lassen. „Ich habe einen Highschool-Abschluss, aber das ist auch alles."

Verschiedene Gefühle spiegelten sich in seiner Miene. Er war einfach zu lesen. Ungläubigkeit, gefolgt von Verwirrung, gefolgt von etwas, das Hoffnung sein konnte.

„Ich bin kein hoch bezahlter Wissenschaftler am JPL", sagte er. „Ich unterrichte lediglich Mathematik an der Highschool."

Sie war ziemlich sicher, dass JPL ein Luftfahrtunternehmen in Südkalifornien war. „Ich bin nicht sicher, ob das einen Unterschied macht."

„Die meisten Leute halten Mathe zu unterrichten für keine große Sache."

„Ich bin nicht die meisten Leute."

„Nein, das sind Sie ganz offensichtlich nicht."

Seine Stimme war sanft, und es schwang ein Hauch Bewunderung darin, also nahm sie an, das war als Kompliment gemeint.

„Ich habe keine Ahnung von Algebra", gab sie zu.

„Tja, aber Sie könnten mir ordentlich in den Hintern treten." Er beugte sich vor. „Meinen Sie das ernst? Ich schüchtere Sie ein?"

„Warum ist das so schwer zu glauben?"

„Haben Sie mal in den Spiegel geschaut?"

Plötzlich verzog sich seine Miene. Als würde er seine letzten Worte bedauern.

Sie schaute auf das Kleid, das sie angezogen hatte. Ein Kleid! So demütigend und mädchenhaft. Aber sie hatte sich trotzdem dafür entschieden. Und auch ihre Haare offen gelassen. Alles in der Hoffnung, auf Kent zu treffen.

„Ich komme aus einer nicht so guten Gegend", sagte sie. „Und mein bisheriges Berufsleben habe ich beim Militär verbracht. Ich kann mit Waffen sehr gut umgehen, und die meisten Schlösser knacke ich in weniger als einer Minute."

Seine Augen weiteten sich. „Okay. Das ist beeindruckend."

„Vielleicht von außen betrachtet, aber ich bin nicht wie Sie. Sie haben eine tolle Familie und einen guten Job. Sie sind ein netter Kerl."

„Netter Kerl. Na danke." Er drehte sich weg.

Sie berührte seinen Arm. „Nein. Nett ist gut. Nett ist das Ziel." Sie hielt inne. „Ich dachte, wenn Sie mögen, könnten wir einander vielleicht kennenlernen."

Erleichterung stahl sich in seinen Blick. „Wirklich? Das wäre toll." Er strahlte. „Was wollen Sie wissen? Von meiner Familie haben Sie ja bereits gehört. Ford hat Ihnen sicher das eine oder andere erzählt." Er runzelte die Stirn. „Was auch immer er über mich als Kind erzählt hat, stimmt nicht. Das müssen Sie mir glauben."

Sie lachte und entspannte sich ein wenig. „Er hat nichts Schlechtes gesagt."

„Natürlich hat er das. Ich kenne doch meinen Bruder." Er lehnte sich auf der Bank zurück und streckte seine Arme auf der Lehne aus. Seine Finger waren nur wenige Zentimeter von ihrer Schulter entfernt. Wäre er jemand anderes, würde er sicher versuchen, sie zu berühren oder sie irgendwie anzumachen, das wusste sie. Doch sie ahnte auch, dass Kent nicht so ein Mann war.

„Was halten Sie von Fool's Gold?", wollte er wissen.

„Mir gefällt es hier sehr gut. Anfangs war ich mir nicht so sicher, weil ich noch nie in einer Stadt wie dieser gelebt habe."

„Es ist nicht Afghanistan."

„Woher wissen Sie, dass ich in Afghanistan war?", fragte sie.

„Das wusste ich nicht. Ich wollte nur einen Witz machen. Waren Sie wirklich dort?"

Sie schüttelte den Kopf. „Das darf ich nicht sagen."

Er musterte sie kurz. „Okay. Unterhalten wir uns über Fool's Gold. Festivals, Touristen. Nicht sonderlich aufregend."

„Das gefällt mir. Ich bin bereit für Ruhe und Stille." Sie neigte den Kopf. „Ford erwähnte, dass Sie auch erst kürzlich wieder hergezogen sind?"

„Ja, das ist aber bereits ein paar Jahre her. Ich bin schon eine Weile geschieden und wollte mal etwas anderes sehen."

„Warum sind Sie Mathelehrer geworden?"

Er lächelte verlegen. „Ich bin ein Nerd und kann nicht anders. Ich mag Mathe und Naturwissenschaften, war aber nicht gut genug für eine wissenschaftliche Laufbahn. Eine Weile spielte ich mit dem Gedanken, Ingenieur zu werden, doch nach ein paar Vorlesungen wusste ich, dass es nicht mein Ding ist." Er zuckte mit den Schultern. „Ich mag es, mit Kindern zusammen zu sein. Dieser Ausdruck auf ihren Gesichtern, wenn sie etwas Schwieriges begriffen haben …"

„Ich wette, Sie sind ein Lehrer, an den sich Ihre Schüler noch in zwanzig Jahren erinnern", sagte sie.

„Das hoffe ich. Kennen Sie sich mit Hunden aus?"

Sie lächelte. „Ich weiß, wie sie aussehen, aber ich hatte nie einen."

„Carter, ein Freund von Reese, hat einen Schäferhundwelpen. Jetzt will Reese auch einen. Aber ich bin mir nicht sicher, ob wir bereit sind für einen Welpen. Wir haben schon eine etwas ältere Hündin – Fluffy." Er hob entschuldigend die Hände. „Von mir hat sie den Namen nicht."

Ihr Lächeln wurde breiter. „Fluffy?"

„Daran ist meine Schwester schuld. Fluffy sollte eigentlich ein Therapiehund werden, aber sie hat die Prüfung nicht geschafft. Also haben wir sie genommen. Da war sie schon fast ein Jahr alt. Jetzt meint Reese, es wäre cool, einen Welpen zu haben. Ich bin mir da nicht so sicher."

„Ich weiß, dass Felicia ihren Hund mit ins Büro nimmt, aber sie arbeitet ja auch nicht an einer Schule und ist so gesehen etwas flexibler."

„Felicia ist Carters Stiefmutter, oder?"

Consuelo nickte. Der Himmel war strahlend blau, die Luft angenehm warm. Kent trug ein schlichtes T-Shirt zu seiner Jeans. Das Sonnenlicht betonte die hellbraunen Strähnen in seinen dunklen Haaren.

Sie mochte sein Lächeln und die Form seines Mundes. Und wie er sich während ihres Gesprächs immer mehr zu entspannen schien und dass er sie die ganze Zeit anschaute. Okay, ab und zu glitt sein Blick über ihren Körper, aber das war in Ordnung. Am besten gefiel ihr jedoch, dass sie in seiner Gegenwart nicht versuchen musste, jemand anderes zu sein.

Sie überlegte, was wohl passieren würde, wenn sie ihn küsste. Sich einfach vorbeugen würde und …

Sie zuckte zurück. Was dachte sie sich nur? In Amerika liefen Frauen nicht herum und küssten Männer, die sie kaum kannten. Es musste erst ein paar Verabredungen geben, zu denen der Mann die Frau einlud. Sie hatte zwar das Gefühl, dass Kent ein nicht ganz so traditioneller Mann war. Trotzdem zweifelte sie daran, dass er es gut fände, wenn sie jetzt einfach die Initiative ergriff.

Aber was sollte sie dann tun? Sie konnte das nicht. Konnte nicht wie alle anderen sein. Sie wusste nicht, wie das ging, sie verstand die Regeln nicht.

Der Drang, auf etwas einzuschlagen, wurde immer stärker. Eine Stunde mit dem Sandsack, danach würde es ihr besser gehen. Oder vielleicht sollte sie schnell mal zehn Meilen laufen.

Da sie keine Lust hatte, zum zweiten Mal innerhalb weniger Stunden durch ein merkwürdiges Verhalten aufzufallen, zwang sie sich zu einem freundlichen Lächeln. Dann stand sie auf.

„Das war wirklich nett", sagte sie und hoffte, aufrichtig zu klingen. „Jetzt muss ich leider los, ich bin noch mit einer Freundin verabredet. Genießen Sie das Festival."

Kent wirkte ein wenig verwirrt, stand aber ebenfalls auf und versuchte nicht, sie zurückzuhalten. „Ja, sicher. Es war schön, mit Ihnen zu reden."

Sie ging so schnell, wie sie konnte, ohne zu rennen. Ihre Augen brannten, doch sie redete sich ein, dass das nur eine Allergie war. Auf gar keinen Fall wurde sie wegen eines Mannes gefühlsduselig. Heute nicht und niemals.

„Du bist so kritisch", beschwerte Charlie sich und nahm sich eines der Pommes frites.

„Bin ich nicht", widersprach Patience und verdrehte die Augen. „Ich sage nur, dass es letztes Jahr emotionaler war." Sie wandte sich an die anderen Frauen am Tisch. „Letztes Jahr hat Annabelle nach der Parade den Pferdetanz aufgeführt, und dann wollte sie sich daranmachen, dem Opfer das Herz herauszuschneiden. Sie dachte, es wäre Clay, weil er sich freiwillig gemeldet hatte. Aber es war Shane, und er hat ihr gesagt, dass er sie liebt, und ihr einen Antrag gemacht." Sie schaute wieder Charlie an. „Du hast nur so getan, als würdest du Clays Herz rausschneiden."

„Ich weiß gar nicht, was du willst. Wir haben uns geküsst", grummelte Charlie. „Aber okay, ich gebe es zu. Annabelles Vorstellung war besser."

Isabel lachte mit den anderen zusammen. Sie hatte den Großteil des Festivals verpasst. An Samstagen war im Brautladen immer sehr viel los, also war sie nur am Sonntag auf dem Festival gewesen. Und auch dann nur ganz kurz, weil sie noch die Buchhaltung für Paper Moon fertig machen wollte.

Noelle schaute sie an. „Geht es dir gut? Du bist so still."

„Ich denke nach", gab sie zu. Hauptsächlich über Ford. Der Mann hatte sie mit seinem Vorschlag in den Wahnsinn getrieben. Aber noch schlimmer war, dass sie sich schuldig fühlte, weil sie Nein gesagt hatte.

Sie merkte, dass alle sie anschauten.

„Worüber?", wollte Felicia wissen und biss sich auf die Unterlippe. „Oder darf ich das nicht fragen? Ist das einer dieser Momente, wo ich als Frau darauf warten sollte, dass meine Freundin freiwillig darüber spricht? Oder einer von jenen Momenten, wo ich nachhaken soll, damit sie es endlich ausspuckt?"

„Warten", sagte Charlie.

„Nachhaken", sagten Noelle, Consuelo und Patience gleichzeitig.

Felicia nickte Charlie zu. „Du bist überstimmt."

„Ja, aber das heißt nicht, dass ich falschliege."

Isabel war von ihren Freundinnen gleichzeitig amüsiert und frustriert. „Interessiert hier auch irgendjemanden meine Meinung?"

„Offensichtlich nicht", erwiderte Felicia. „Also los, erzähl schon. Wo liegt das Problem? Dein Widerstand deutet darauf hin, dass es um einen Mann geht. Die einzigen anderen Themen, über die Menschen ungerne sprechen, haben alle mit Geld zu tun. Manchmal auch mit Politik oder …" Sie seufzte. „Tut mir leid. Da ist mal wieder mein analytisches Denken mit mir durchgegangen."

Noelle, die neben ihr saß, umarmte sie. „Ich liebe dich so sehr."

„Danke. Deine Unterstützung bedeutet mir viel."

Patience schaute Isabel an. „Glaub ja nicht, dass mich das alles vom Thema ablenkt. Was ist los?"

„Es ist nichts", erwiderte Isabel. „Wirklich, es ist albern." Sie hielt inne, wohl wissend, dass sie aus dieser Nummer nicht mehr herauskam. Außer, es würde ihr eine sehr gute Lüge einfallen.

„Ford will, dass ich so tue, als wäre ich seine Freundin, um seine Mutter zu beruhigen. Ich habe abgelehnt und fühle mich jetzt schuldig."

Fünf Augenpaare weiteten sich.

„Ich wusste nicht, dass du mit Ford ausgehst", sagte Patience.

„Tue ich auch nicht. Wir reden nur manchmal."

„Sie war bei CDS", sagte Consuelo grinsend.

„Danke für deine Unterstützung", murmelte Isabel. „Aber es ist nicht so, wie ihr denkt. Ich wollte die Sache nur bereinigen. Er hat die Wohnung über der Garage gemietet, und ich will nicht, dass er mich für eine Stalkerin hält. Also bin ich hingegangen, wir haben uns unterhalten, und es war ganz nett. Wir sind jetzt Freunde."

„Hattet ihr Sex?", fragte Charlie geradeheraus.

Isabel war froh, dass sie die Gabel mit ihrem Salat noch nicht zum Mund geführt hatte. „Was? Nein. Natürlich nicht. Wir gehen nicht miteinander aus."

„Technisch gesehen ist das keine Voraussetzung für Sex", warf Felicia ein. „Mit Gideon habe ich ..." Sie presste die Lippen aufeinander. „Egal."

Patience grinste. „Stimmt ja. Du hattest diese wilde Nacht mit ihm. Ich war ja so beeindruckt." Sie wandte sich wieder an Isabel. „Und bei dir – keine wilden Nächte?"

„Wir sind nur Freunde." Der kurze Kuss war nett gewesen, doch obwohl sie ein Kribbeln verspürt hatte, war sie nicht an Sex interessiert. Diese ganze Angelegenheit hielt nie, was der Hype darum versprach. Und sie war nicht in der Stimmung, sich von einem weiteren Mann enttäuschen zu lassen.

„Hast du ihn nicht mal geliebt?", fragte Consuelo. „Als du noch jünger warst?"

„Ich war vierzehn, also nein, es war keine Liebe."

„Du könntest ihn als Übergangsbeziehung nutzen", schlug Felicia vor. „Es gibt sehr viele Untersuchungen über den Wert von Übergangsbeziehungen. Sie helfen, das emotionale Band zu einem Partner zu brechen, mit dem man lange zusammen war. In deinem Fall also dein Exmann."

„Felicia hat immer so hilfreiche Tipps." Charlie nahm ihren Burger zur Hand. „Das mag ich an ihr."

„Außerdem", fügte Felicia hinzu, „hat Ford, nach allem, was ich gehört habe, den Ruf, ein exzellenter Sexpartner zu sein. Über die Jahre haben verschiedene Frauen, die mit ihm geschlafen haben, ihr Wohlwollen über ihn ausgedrückt." Sie hielt inne. „Ich kann allerdings nicht aus persönlicher Erfahrung sprechen."

Isabel spürte, dass ihr der Mund offen stand. Selbst Charlie wirkte ein wenig geschockt.

„Stimmt", sagte Consuelo grinsend. „Alle Ladys sagen, dass er ziemlich heiß ist."

„Hast du …", setzte Noelle an und machte dann eine ungelenke Handbewegung. „Du weißt schon."

Consuelo schüttelte den Kopf. „Nein. Er ist einfach nicht mein Typ. Wir arbeiten zusammen, aber auf diese Weise bin ich nicht an ihm interessiert."

„Da hast du's", wandte sich Patience triumphierend an Isabel. „Ein Plan, den alle deine Freundinnen für gut befinden."

„Ich werde nicht mit Ford schlafen!", verkündete Isabel ein wenig lauter, als sie beabsichtigt hatte. Einige der anderen Gäste drehten die Köpfe zu ihr um.

Sie senkte die Stimme. „Wirklich nicht. Darum geht es auch überhaupt nicht. Er hat mich einfach nur gebeten, ihm zu helfen."

„Sei vorsichtig", warnte Consuelo. „Er ist charmant und sexy. In meinen Augen natürlich nicht. Ich finde ihn nervtötend und zu gefühlsduselig. Aber eine Menge Frauen schwärmen für ihn. Er sagt ihnen allen ganz klar, dass er nicht an feste Beziehungen glaubt und auch keine eingehen will. Woraufhin jede dieser Frauen denkt, sie wäre die Auserwählte, die das ändern wird. Und prompt bricht Mr Superlover ihr das Herz."

„Ich bin ebenfalls nicht an einer festen Beziehung interessiert", sagte Isabel fest. „Nächstes Jahr werde ich Fool's Gold verlassen und zurück nach New York ziehen."

„Dann ist doch alles gut." Patience grinste. „Nein, mal im Ernst. Diese vorgetäuschte Freundin-Sache? Sag ihm einfach, dass du im Gegenzug ein paar Vergünstigungen einforderst. Sexuelle Vergünstigungen."

Charlie hob die Augenbrauen. „Wann bist du denn so ... offensiv geworden?"

„Seit ich angefangen habe, mit Justice zu schlafen." Patience lachte. „Ich kann nicht anders. Ich bin so glücklich, und er ist so gut im Bett. Ich will, dass alle anderen auch so viel Spaß haben. Nur nicht mit ihm."

Noelle seufzte. „So was will ich auch. Ich bin bereit für heißen, wahnsinnigen Sex, selbst wenn der ohne feste Beziehung kommt. Wenn du Ford nicht willst, sag ihm, dass ich nur zu gerne seine Freundin spiele. Zumindest, wenn damit gewisse Vorzüge verbunden sind."

Alle lachten. Dann wandte sich die Unterhaltung Sex im Allgemeinen zu, und von da kamen sie aus irgendeinem Grund auf Felicias vergebliche Versuche, ihren Welpen stubenrein zu bekommen. Offensichtlich war das Verhalten eines Hundes nicht so vorhersehbar, wie in den Büchern behauptet wurde.

Isabel hörte zu, beteiligte sich aber nicht an dem Gespräch. Sie fühlte sich unbehaglich – als wenn etwas mit ihr nicht stimmte.

Finden denn außer mir alle Sex gut? dachte Isabel verwirrt. Gab es ein Geheimnis, das sie nicht kannte? Hatte sie es die ganze Zeit falsch gemacht?

Im Nachhinein war ihr natürlich klar, warum die Beziehung zu Erik nicht gerade leidenschaftlich gewesen war. Doch was war mit den Männern davor? Billy war ihr erstes Mal gewesen. Auf der Ladefläche eines Trucks, also nicht gerade romantisch. Von daher war es vielleicht nicht weiter überraschend, dass sie keinen besonderen Spaß dabei empfunden hatte. Danach hatte es nur ein, zwei Versuche mit anderen Jungs gegeben. Denn wozu diese ganze Aufregung? Ja, das Küssen war nett, und das Streicheln auch. Aber alles, was dann folgte, war nicht weiter interessant.

Nach dem Mittagessen hatte sie immer noch keine Antwort darauf gefunden, was mit ihr nicht stimmte. Darum kümmere ich mich ein andermal, sagte sie sich.

Draußen auf dem Bürgersteig verabschiedeten sich die Freundinnen und gingen ihrer Wege. Nur Consuelo blieb stehen.

„Hast du mal eine Sekunde?", fragte sie Isabel.

„Sicher. Was ist los?"

„Ich muss dich mal etwas fragen."

Isabel lächelte. „Ehrlich gesagt fällt mir nichts ein, was ich weiß und du nicht. Aber klar, gerne. Schieß los."

„Du bist hier aufgewachsen. Du kennst dich hier aus."

Isabel nickte. „Sicher. Hat es was mit der Stadt zu tun?"

Consuelo verlagerte das Gewicht vom einen Fuß auf den anderen und schaute sich dann um, wie um sicherzugehen, dass sie alleine waren. „Nicht ganz."

Das wird ja immer seltsamer, dachte Isabel.

„Ich bin an jemandem interessiert", gestand Consuelo.

„Das überrascht mich." Isabel schüttelte den Kopf. „Okay, das kam falsch rüber. Ich meine, es überrascht mich nicht, dass du jemanden magst. Ich bin eher überrascht, dass du glaubst, Rat zu brauchen."

„Ich weiß, dass ich attraktiv bin." Consuelo senkte den Kopf. „Ich treibe Sport. An mir ist alles dran und an den richtigen Stellen."

„Ich denke, da verkaufst du dich viel zu billig. Du bist umwerfend und sexy und bewegst dich wie ein Panther." Man brauchte keinen Doktortitel, um zu verstehen, dass Consuelo etwas besaß, das andere Frauen aussehen ließ wie Zaunpfosten.

Vielleicht ist das mein Problem, dachte Isabel: Ich bin nicht sexy genug. Wenn sie sich erotischer geben würde, würde sie vielleicht auch irgendwann erotischer sein. Aber auch darüber konnte sie später noch nachdenken.

„Der Panther könnte genau das Problem sein. Ich will als Frau wahrgenommen werden, nicht als Bedrohung." Sie ballte die Hand zur Faust und entspannte sie dann wieder. „Das ist dumm. Ich kann nicht ändern, wer ich bin. Wenn mich jemand nervt, haue ich ihn um. Wem will ich hier was vormachen? Ich werde nicht nett und normal werden. Das funktioniert einfach nicht. Aber danke, dass du mir zugehört hast."

Sie drehte sich weg, doch Isabel packte sie am Arm. „Hey, warte. Du kannst doch nicht einfach so aufgeben. Ich glaube dir nicht, dass du andere Menschen einfach umhaust. Ich war schon oft nervig, und mich hast du noch nie k. o. geschlagen."

Consuelo brachte ein kleines Lächeln zustande. „Das ist etwas anderes. Du bist ja auch meine Freundin."

„Aber trotzdem – du verfügst über die Fähigkeit, dich selbst zu kontrollieren. Was ist dein Problem mit dem Typen?"

Die eigentlich interessante Frage wäre, wer *ist* dieser Typ? Isabel konnte sich niemanden aus Fool's Gold vorstellen, der ihrer Freundin so zusetzte. Consuelo hatte immer alles unter Kontrolle. Ford und Angel gehorchten ihr zum Beispiel aufs Wort – was ziemlich lustig anzusehen war.

„Wir haben uns unterhalten, und ich wollte ihn einfach küssen", sagte Consuelo. „Aber dann fiel mir ein, dass Männer den ersten Schritt machen sollen."

„Ich bin nicht sicher, ob es ihm etwas ausgemacht hätte, wenn du ihn geküsst hättest. Vermutlich wäre er sehr erfreut gewesen."

„Und was, wenn nicht?"

„Jeder ..." Sie wollte gerade „heterosexuelle Mann" sagen, stellte dann aber fest, dass ihr die Worte nicht über die Lippen gingen. „Wie ist er denn so?", fragte sie stattdessen.

„Sehr süß", murmelte Consuelo und schaute auf ihre Füße und dann wieder Isabel an. „Klug und lustig. Ein guter Mann. Ich mag ihn. Aber ich bin keine typische Hausfrau. Ich weiß nicht, wie man normal ist. So wie du."

„Gewöhnlich und langweilig, meinst du."

„Nein. Die Art Frau, mit der ein Mann mehr als nur Sex haben will. Ich will keine Eroberung sein. Ich will …"

„Eine Beziehung?"

Consuelo nickte langsam. „Er ist seit langer Zeit der erste Mann, den ich mag. Aber er ist mir überhaupt nicht ähnlich."

„Ist das nicht etwas Gutes? Von wegen Gegensätze ziehen sich an und so?"

Consuelo seufzte. „Ich sollte einfach losziehen und jemanden umbringen. Danach fühle ich mich immer besser."

„Das ist natürlich eine Lösung." Isabel hoffte, dass ihre Freundin nur Witze machte. „Oder du könntest es einfach wagen. Ein paar Mal mit ihm ausgehen und schauen, wohin es führt."

„Vielleicht. Ist der Sex anders?"

„Wie bitte?"

„Der Sex zwischen normalen Leuten. Ohne Gefahr und Tod im Hintergrund."

Isabel öffnete den Mund und schloss ihn wieder. „Da bin ich echt die Falsche. Mir fehlt da der Vergleich. Ich hatte noch nie gefährlichen Sex."

„Stimmt ja. Bei euch findet er meistens drinnen und im Bett statt."

Abgesehen von den wenigen Erfahrungen in Billys Truck. Aber das ist jetzt nicht der richtige Zeitpunkt für diese Geschichte, dachte Isabel. Sie räusperte sich. „Du magst es draußen? Dann kannst du den Mann doch einfach fragen. Ich denke, er wird sich freuen, mal etwas anderes auszuprobieren."

Lächerlich. Was Consuelo und sie hier betrieben, war einfach absurd – zwei Blinde, die sich über Farben unterhielten. „Vielleicht solltest du noch mal jemand anderen um Rat fragen. Jemanden, der ein wenig abenteuerlustiger ist."

„Ich will nicht, dass noch jemand es erfährt. Du sagst doch keinem was, oder?"

„Nein." Zum einen, weil sie Consuelo gerade ihr Wort gegeben hatte. Und zum anderen, weil es nichts zu erzählen gab. Sie wusste nicht, über wen sie sprachen oder weswegen ihre Freundin so nervös war.

„Jeder Mann könnte sich glücklich schätzen, dich in seinem Leben zu haben", sagte sie. „Das nächste Mal, wenn dich ein Typ einlädt, sag einfach Ja. Und wenn du ihn küssen willst, küss ihn. Aber versprich mir eins: Wenn er doof reagiert, bring ihn nicht gleich um."

Ein seltsamer Ausdruck legte sich über Consuelos Gesicht. „Du meinst, ich soll ihm nicht nach dem Sex die Kehle durchschneiden?"

Isabel lachte. „Besser nicht."

Doch anstatt in das Lachen mit einzufallen, schüttelte Consuelo den Kopf. „Ich werde das nie hinkriegen", murmelte sie, bevor sie davonstapfte.

Isabel starrte ihr hinterher, nicht sicher, was zum Teufel da gerade passiert war.

5. KAPITEL

„Der Plan gefällt mir", sagte Jeff Michael, als er mit Ford über das CDS-Gebäude ging. „Die Mischung aus körperlich herausfordernden Aktivitäten und theoretischem Unterricht ist perfekt."

„Freut mich, dass Sie das so sehen. Das Gold Rush Resort hat in der Woche, für die Sie sich interessieren, noch ausreichend Zimmer frei. Zudem können wir die Reservierungen noch ausweiten, wenn jemand am Wochenende seine Familie herholen möchte. Zwischen dem Resort und dem CDS wird es einen Shuttleservice geben. Außerdem steht eine Reihe an Mietwagen zur Verfügung."

„Wunderbar."

Es war Fords zweite Präsentation in dieser Woche, und sie lief genauso gut wie die erste. Beide Firmen würden den Vertrag unterschreiben. Im Moment lag er weit über den anvisierten Zielen, was kein Wunder war, da die Firma gerade erst neu angefangen hatte. Später würde es schwieriger werden, Kunden zu gewinnen.

Der Plan war, dass es den Kunden bei CDS so gut gefiel, dass sie jedes Jahr oder zumindest alle zwei Jahre wiederkehrten und so für ein stetes Einkommen sorgten. Doch es würde eine Weile dauern, bis das so weit war.

Die zwei Männer kehrten in Fords Büro zurück. Er bestätigte die vereinbarten Termine und druckte die Verträge aus.

Jeff nahm die Mappe entgegen. „Danke. Wir werden noch diese Woche eine Entscheidung treffen."

„Wir reservieren Ihnen die Termine bis Freitag in zwei Wochen", erwiderte Ford.

„Es sind auch andere Firmen interessiert, oder?"

Ford lächelte. „Wir sind gut im Geschäft, aber machen Sie sich darüber keine Sorgen. Sobald ich von Ihnen höre, wird der Termin für Sie geblockt. Für die Hotelzimmer gilt das Gleiche."

„Auf dem Weg in die Stadt habe ich ein Kasino gesehen. Könnten wir auch dort übernachten?"

Ford lehnte sich in seinem Stuhl zurück. „Das können Sie, aber ich sage Ihnen ganz ehrlich, dass das Kasino eine große Ablenkung darstellt. Ihre Leute werden lange aufbleiben, um zu spielen, wodurch sie am nächsten Tag weniger konzentriert sind. Ich würde vorschlagen, wir wechseln das Hotel Freitagnacht, sodass alle das Wochenende im Kasino verbringen können."

„Guter Punkt", sagte Jeff.

Sie erhoben sich und schüttelten einander die Hände. Ford begleitete den Kunden nach draußen. Auf dem Parkplatz sah er zwei blonde Frauen auf sich zukommen und seufzte. Jeff bemerkte sie ebenfalls und stieß einen leisen Pfiff aus.

„Gehören die zum Team?"

„Nein, das sind meine Schwestern."

„Tut mir leid, Mann."

„Kein Problem. Sie sind übrigens beide verheiratet."

„Okay."

Jeff nickte und stieg in seinen Mietwagen. Ford überlegte kurz, sich schnell im Gebäude zu verstecken, wusste aber, dass es keinen Sinn hatte. Er konnte zwar versuchen, erst mal zu entfliehen, doch Dakota und Montana würden ihn so lange jagen, bis sie ihn aufgespürt hatten. Sich zu verstecken, würde das Unausweichliche nur unnötig aufschieben.

Also wartete er, bis die beiden Frauen ihn erreicht hatten.

Sie waren beide gleich groß und gleich attraktiv. Braune Augen, blonde Haare. Montana trug ihre etwas länger. Die Dritte im Bunde – Nevada – fehlte, aber Ford wusste, dass er noch früh genug von ihr hören würde.

„Hey, großer Bruder", sagte Montana und beugte sich vor, um ihm einen Kuss auf die Wange zu geben. „Wie geht es dir?"

Er umarmte sie. „Ich frage mich, wie sehr ihr mich heute nerven wollt."

Sie trat einen Schritt zurück und lachte. „Mehr, als du ahnst."

„Hey", sagte Dakota und umarmte ihren Bruder ebenfalls. „Du machst ihm Angst."

„So schnell bekomme ich keine Angst." Er legte die Hände auf Dakotas Schultern und schaute ihr direkt in die Augen. Dann sagte er laut und deutlich: „Nein."

„Ich habe doch noch gar keine Frage gestellt."

„Das musst du auch nicht. Ich weiß, dass du das noch tun wirst. Und ich weiß, dass es mir nicht gefallen wird. Also nein."

„Es geht um Mom", schaltete Montana sich ein.

Er ließ die Arme sinken und ging einige Schritte auf die rettende Eingangstür von CDS zu. Wenn es doch nur ein Sicherheitssystem gäbe, mit dessen Hilfe er die beiden aussperren könnte. Im Kühlschrank war noch etwas zu essen – er könnte hier also eine Weile überleben. Sich hier verstecken, bis sie ihn vergessen hatten.

Doch seine Schwestern folgten ihm hartnäckig. Sobald er den Flur erreicht hatte, wusste er nicht, wohin er gehen sollte, was bedeutete, er saß in der Falle.

„Sie ist wirklich enttäuscht", sagte Montana.

Dakota nickte. „Es würde dich nicht umbringen, ihr den Gefallen zu tun."

„Vielleicht doch", murmelte er.

„Sie will doch nur, dass du glücklich bist." Montana schaute ihn an. „Ist das so schlimm? Sie liebt dich. Wir alle lieben dich und wollen nicht, dass du wieder weggehst." Tränen füllten ihre Augen. „Wir haben dich so vermisst."

Als wäre das noch nicht genug, versetzte Dakota ihm jetzt den finalen Schlag. „Nur eine einzige Verabredung. Wie schlimm kann das schon sein?"

„Sehr schlimm."

„Ford, sie ist deine Mutter", sagte Dakota.

Als könnte er das jemals vergessen. Ford spürte, wie die Gefängnismauern sich um ihn schlossen. Zum geschätzten tausendsten Mal seit seiner Heimkehr dachte er, wie viel einfacher das Leben wäre, wenn er seine Familie nicht mögen würde. Wenn er sie einfach ignorieren oder anschreien könnte.

Was sie nicht verstanden – und er ihnen offenbar auch nicht erklären konnte –, war, dass der Plan seiner Mutter niemals funktionieren würde. Er würde kein nettes Mädchen kennenlernen und mit ihr sesshaft werden. Schon deshalb nicht, weil er das keiner Frau antun konnte. Die meisten Frauen wollten sich verlieben und dieses Gefühl für immer bewahren. Er nicht.

Er hatte nur eine sehr kurze Aufmerksamkeitsspanne, was andere Menschen betraf. Sobald es ernst wurde, war er weg. So war das immer abgelaufen, seit er damals aus Fool's Gold verschwunden war. Und da ihm inzwischen klar geworden war, dass er Maeve nicht mehr liebte, gab es auch keine Ausrede. Die Schuld lag bei ihm. Es musste sich um eine Art angeborenen Charakterfehler handeln.

Ein paar Mal hatte er versucht, dabeizubleiben, sich emotional einzubringen. Doch egal, was er tat, irgendwann wurde er rastlos und wollte nur noch weg. Es schien ihm einfach nicht zu gelingen, mehr als flüchtiges Interesse aufzubauen. Er hatte die Frauen, mit denen er zusammen gewesen war, gemocht, aber nie geliebt. Nicht einmal Maeve, wenn er ganz ehrlich war.

Doch das würde seine Familie nicht verstehen. Seine Mutter war zehn Jahre lang Witwe gewesen, bevor sie auch nur daran gedacht hatte, sich wieder mit einem Mann zu verabreden. Beide Großelternpaare hatten Ehen geführt, die weit über ein halbes Jahrhundert gehalten hatten. Wie also sollte er das seinen Schwestern jetzt erklären? So, dass sie es endlich einmal kapierten?

„Ich treffe mich bereits mit jemandem." Die Worte überraschten ihn genauso sehr wie die beiden Frauen vor ihm.

Montana wirkte erfreut, während Dakota eher skeptisch dreinschaute.

„Wie praktisch", murmelte sie.

„Ich konnte mich ja wohl kaum mit einem einheimischen Mädchen verabreden, bevor ich wieder hier war", erwiderte er.

„Aha." Sie klang nicht überzeugt.

„Wirklich?", hakte Montana nach – sie war schon immer die Vertrauensseligste gewesen. „Das sagst du nicht nur so, damit wir dich in Ruhe lassen?"

Er hasste es, zu lügen, aber wenn er es schaffen würde, Isabel zu überzeugen, log er ja nicht direkt, sondern erzählte nur eine Art Vorwahrheit.

„Ich bin sehr an Isabel Beebe interessiert."

„Wie interessiert?", wollte Dakota wissen.

Er dachte daran, wie Isabel ihn immer zum Lachen brachte und sich nicht alles von ihm gefallen ließ. Die Frau hatte sich über sein Auto lustig gemacht. Außerdem war sie sexy, und er würde gerne mehr tun, als sie nur zu küssen.

„Das habe ich gesehen", rief Montana erfreut aus. „Du auch, Dakota?"

„Was?", fragte er.

„Du hattest diesen raubtierhaften Ausdruck in deinen Augen." Montana lächelte ihre Schwester an. „Er ist wirklich an Isabel interessiert. Die Beebe-Mädchen müssen irgendetwas an sich haben."

Er öffnete den Mund, um zu protestieren, doch dann fiel ihm wieder ein, dass er seine Schwestern ja genau davon überzeugen wollte.

Dakota stieß ihm mit dem Zeigefinger in den Magen. „Es wäre besser für dich, wenn du uns nicht anlügst."

Er rieb sich über die Stelle. „Gehst du so mit deinen Patienten um?"

Sie ignorierte die Frage. „Gut. Wir erzählen Mom, was du gesagt hast. Aber wenn sie herausfindet, dass das alles nur ein Trick ist, um uns loszuwerden, bekommst du Ärger. Und zwar nicht zu knapp."

„Ich zittere vor Angst."

Sie hob die Augenbrauen. „Noch nicht, großer Bruder, aber das wirst du noch."

Die Schwestern wandten sich zum Gehen und ließen ihn allein zurück. Er redete sich ein, dass das Zufallen der Eingangstür nicht klang wie ein Gefängnistor. Denn er hatte wirklich größere Probleme als die Drohung seiner Schwestern. Er musste einen Weg finden, Isabel davon zu überzeugen, bei seiner Scharade mitzumachen.

Isabel ignorierte das wachsende Gefühl der Besorgnis. Heute Vormittag hatte sie einen Termin mit einer neuen Braut namens Lauren. Die knapp über Zwanzigjährige hatte eine desinteressierte jüngere Schwester, aber keine Freunde mitgebracht, was nie ein gutes Zeichen war. Lauren hatte Isabel einige Bilder von ihrem Wunschkleid gezeigt. Obwohl Isabel diesen Look problemlos hinkriegen konnte, wusste sie, dass der Stil an der kräftigen Statur ihrer Kundin nicht gut aussehen würde.

Doch sie hatte sich den Wünschen der Braut gefügt. Wie ihre Großmutter immer gesagt hatte: Es war besser, die Braut fand selber heraus, dass ihr Kleid fürchterlich aussah, als dass man es ihr vorab sagte. Erst nachdem das falsche Kleid verworfen worden war, konnte das richtige Kleid gefunden werden.

Der Gedanke an ihre Großmutter entspannte sie und brachte sie zum Lächeln. Grandma hatte es geliebt, Bräute glücklich zu machen. Und Paper Moon war ihr Lebenswerk gewesen.

Obwohl seitdem viel Zeit vergangen war, sah der Laden noch beinahe genauso aus wie damals. Die grundlegende Ausstattung hatte sich in den letzten fünfzig Jahren kaum verändert. In den großen Fenstern standen Schaufensterpuppen mit Kleidern, genau wie im Eingangsbereich. In einem separaten Raum befanden sich die Kleider für Brautjungfern und Schulabschlussbälle. Die Mütter der Bräute hatten einen eigenen Bereich mit getrennten Umkleidekabinen.

In drei wunderschön geschnitzten antiken Schränken wurden die Schleier ausgestellt, während sich in einem vierten aller möglicher Kopfschmuck, unter anderem Diademe und Kämme, befand.

Madeline gesellte sich zu ihr. „Das läuft nicht gut. Lauren will nicht aus der Umkleide herauskommen."

Die Umkleidekabine der Bräute war absichtlich nicht mit Spiegeln ausgestattet. Die wahre Schönheit eines Kleides konnte man nur in den extra für diesen Zweck angeordneten und perfekt beleuchteten Spiegeln davor sehen. Isabels Großmutter hatte fest daran geglaubt, dass jede Braut schön war. Und sie hatte alles dafür getan, um diesen Glauben wahr werden zu lassen.

„Ich hole sie", sagte Isabel und wünschte sich, Lauren hätte eine Freundin mitgebracht. Die jüngere Schwester zeigte keinerlei Interesse an der Situation, sondern lungerte nur gelangweilt in einem Polstersessel und tippte auf ihrem Smartphone herum.

Abgesehen von dem Handy hätte sie Isabel vor vierzehn Jahren sein können. Da hatte sie nämlich auch kein Interesse an Maeves Hochzeitskleid aufbringen können, wenn auch aus einem ganz anderen Grund. Sie war in Ford verliebt gewesen und hatte verzweifelt versucht, nicht daran zu denken, dass er ihre Schwester heiraten wollte. Bei Laurens Schwester hingegen war es wohl einfach nur Langeweile.

Vielleicht würden die beiden Schwestern sich im Laufe der Jahre irgendwann etwas besser verstehen. Was bei ihr selbst und Maeve leider nie geschehen war. Vermutlich war der Altersabstand zwischen ihnen zu groß. Oder es lag daran, dass sie so unterschiedliche Leben führten. Was auch immer der Grund war, sie und ihre Schwester waren eher entfernte Verwandte als Geschwister.

Jetzt, wo ich in Fool's Gold bin, könnte sich das ändern, dachte Isabel und beschloss, Maeve in den nächsten Tagen einmal anzurufen.

Dann klopfte sie vorsichtig an die Tür der größten der drei Umkleidekabinen. „Lauren, Liebes, komm raus, damit wir dich anschauen können."

„Ich kann nicht."

„Sicher kannst du. Lass uns mal sehen."

Lauren gab ein kleines hicksendes Geräusch von sich, dann stieß sie die Tür auf.

„Ich sehe abscheulich aus", erklärte sie, während Tränen über ihre Wangen liefen. „Ich bin hässlich. Aber ich liebe Dave, und ich will ihn nicht enttäuschen."

Isabel gab es nicht gerne zu, aber Lauren hatte recht. Es war nur zu offensichtlich, dass das Kleid ihrer rundlichen Figur nicht gerade schmeichelte. Die verschiedenen Lagen von Rüschen machten sie dort breiter, wo sie es nicht vertragen konnte, und das klare Weiß ließ sie blass und kränklich aussehen. Die mausbraunen Haare und etwas zu klein geratenen Augen waren auch nicht sonderlich hilfreich.

„Das ist das dritte Kleid, das ich anprobiere, und alle waren furchtbar."

Isabel warf einen Blick auf die Bilder, die Lauren aus irgendwelchen Hochglanzmagazinen sorgfältig herausgeschnitten hatte. „Die Kleider, die du ausgesucht hast, sind wirklich entzückend, aber ich habe noch etwas anderes im Kopf. Würde es dir etwas ausmachen, wenn ich dir einige Beispiele zum Anprobieren heraussuche?" Sie lächelte. „Vertrau mir, Lauren. Ich weiß, wie du zu deinem Traumkleid kommst."

Lauren schniefte. „Ist doch auch egal. Dave wird seine Meinung sofort ändern, wenn er mich in diesem Ding hier sieht."

„Wird er nicht, aber das ist auch egal, weil ich dir dieses Kleid gar nicht verkaufen werde. Hier bei Paper Moon ist es keiner Frau gestattet, ein Kleid zu kaufen, das sie nicht liebt und in dem sie nicht aussieht wie eine Prinzessin. Was das anging, war meine Großmutter sehr streng."

Isabel öffnete den Reißverschluss des Kleides und reichte dem Mädchen einen flauschigen Bademantel. „Zieh den über, und dann treffen wir uns hier draußen."

Drei Minuten später kam Lauren heraus. Der Bademantel sah an ihr so schlimm aus wie das Kleid, aber da sie mit ihm nicht zum Altar schreiten sollte, war das egal.

„Hier entlang", sagte Isabel und führte sie zu einem kleinen Erker links von den Umkleiden. Hier bat sie Lauren, sich auf einen Stuhl vor dem Spiegel zu setzen.

„Öffne die oberste Schublade. Da findest du ein paar Wimperntuschenproben. Du darfst die Probe danach behalten, also sag mir, ob sie dir gefällt, dann kann ich dir sagen, wo du sie kaufen kannst."

Lauren beugte sich zum Spiegel vor und trocknete ihre Augen, dann tuschte sie die Wimpern. Isabel nahm eine Bürste aus einer Schublade und kämmte damit die schulterlangen Haare der traurigen Braut. Mit ein paar wohlplatzierten Nadeln hatte sie schnell einen Dutt gesteckt, der an den Seiten für ein wenig Volumen sorgte.

Als sie damit fertig war, zog sie sich einen Hocker heran, setzte sich und öffnete weitere Schubladen. Auf Laurens Oberlid trug sie dunklen Lidschatten auf und auf die Wangen ein wenig Rouge.

„Keinen Lipgloss", sagte sie. „Der kommt nur auf mein Kleid, und dann muss ich dich leider töten."

Lauren brachte ein zittriges Lächeln zustande. „Das würde mein Problem lösen."

„Das wirst du nicht mehr sagen, wenn ich mit dir fertig bin, junge Dame. Jetzt komm. Ich werde dir ein Vera-Wang-Kleid zeigen, das dir den Atem raubt."

Hoffnung erfüllte Laurens braune Augen. „Versprochen?"

„Ja, versprochen. Ich bin gut in dem, was ich tue. Und auch von dir lasse ich mir meine Erfolgsgeschichte nicht vermasseln. Denn hier geht es nicht um dich – hier geht es um mich."

Dieses Mal kam das Lächeln von Herzen. „Danke", flüsterte Lauren.

„Gern geschehen." Isabel drückte ihre Hand und stand auf. Plötzlich bemerkte sie im Spiegel eine Bewegung. Es war Ford, der in der Tür zum Umkleidebereich stand.

Sie ignorierte die plötzliche Enge in ihrer Brust und das Gefühl der Leichtigkeit, das sie mit einem Mal überkam. Als wenn sie in einer kleinen Glücksblase schweben würde. Außerdem ignorierte sie natürlich seine breiten Schultern und die Art, wie die abgetragenen Jeans sich an seine Hüften und Oberschenkel schmiegten.

„Was tust du denn hier?", fragte sie. „Es liegt viel zu viel Östrogen in der Luft. Wenn du dich hier länger aufhältst, wachsen dir noch Brüste."

Er schenkte ihr ein träges, sexy Lächeln. „Das Risiko gehe ich ein."

Lauren schaute ihn im Spiegel an. „Wow", sagte sie leise.

„Ich weiß", erwiderte Isabel. „Aber jetzt suchen wir dir erst einmal ein Kleid aus."

Sie wählte drei schlichte Kleider, deren Schnittführung und dezente Verzierungen äußerst elegant wirkten. Lauren beäugte sie misstrauisch, stimmte dann aber zu, sie wenigstens anzuprobieren, und verschwand in der Umkleidekabine.

„Was tust du hier?", wiederholte Isabel und sah Ford mit gerunzelter Stirn an. „Sag mir jetzt bloß nicht, dass es wieder um diese Sache mit der falschen Freundin geht. Es gibt viele scharfe Gegenstände hier in diesem Laden, und ich habe überhaupt keine Angst, sie zu benutzen."

Er musterte sie. „Das war toll, wie du mit der Braut umgegangen bist. Ich konnte förmlich sehen, wie du sie beruhigt hast."

„Danke. Ich habe von einer Meisterin gelernt. Meine Großmutter glaubte, dass eine hübsche Braut auch eine glückliche Braut ist."

Er schaute sich um. „Du verkaufst hier ganz schön viele Sachen."

„Tja, was man halt so braucht. Also, zum dritten Mal, was ist los?"

„Du musst meine Freundin spielen. Bitte hör mich an", fügte er schnell hinzu, als sie protestieren wollte. „Heute haben mich zwei meiner Schwestern besucht."

„Und das wäre aus welchem Grund mein Problem?"

„Sie sind meine Schwestern. Sie geben nie auf. Heute haben sie mir in den Ohren gelegen, dass meine Mom mich doch nur glücklich sehen will. Und wie glücklich ich sie im Gegenzug machen könnte, wenn ich mit einigen der Frauen ausgehen würde, die sich beworben haben." Er schaute sie hilflos an. „Was soll ich denn nur tun?"

„Werde erwachsen und sag Nein?"

„Sie sind meine Familie."

Diese Aussage konnte sie vollkommen verstehen. Familien waren eine Plage. Sie machten das Leben schrecklich kompliziert.

„Ich habe ihnen gesagt, du wärst diejenige", sagte er.

„Wie bitte?"

„Ich habe Dakota und Montana gesagt, dass ich mit dir ausgehe."

Sie öffnete den Mund und schloss ihn gleich wieder. Was sollte sie dazu sagen?

„Hör zu." Er nahm ihre Hand in seine. „Ich bin verzweifelt. Ich tue alles. Ich wasche dein Auto, streiche dein Haus. Ich gebe dir Geld. Bitte. Nur für ein paar Wochen. So lange, bis meine Mom Ruhe gibt."

Sie war nicht sicher, warum sie sich so sträubte. Was machte es schon aus, wenn die Leute dachten, sie und Ford wären ein Paar? Er war nett anzusehen, und sie war gerne mit ihm zusammen. Das eigentliche Problem lag vermutlich darin, dass sie sich in seiner Nähe immer so seltsam fühlte. Gleichzeitig fasziniert und ein wenig verängstigt. Er war ein sexuelles Wesen, und sie war … das nicht.

Felicia und die anderen Frauen hatten sie gedrängt, eine Übergangsbeziehung einzugehen. Fords Freundin zu spielen, gehörte wohl eindeutig in diese Kategorie.

„Wie sieht es aus?"

Diese Frage kam nicht von Ford. Isabel drehte sich um und sah Lauren langsam näher kommen.

Das Kleid mit dem V-Ausschnitt war perfekt. Die schlichte Schnittführung betonte ihre Kurven auf sinnliche Weise, und der schimmernde Stoff ließ ihre Haut strahlen.

Isabel löste sich aus Fords Griff und ging zu den Schleiern, die an der Wand hingen. Sie wählte einen mit einem schlichten Blumenkranz und setzte ihn Lauren auf. Dann half sie ihr, sich auf die kleine Plattform vor den Spiegeln zu stellen.

Lauren starrte sich ungläubig an. „Ich liebe es."

Ford verschwand für eine Sekunde und kehrte dann mit der kleinen Schwester im Schlepptau zurück. Das Mädchen blinzelte ein paarmal.

„Du siehst toll aus", sagte es überrascht. „Das Kleid gefällt mir."

„Was für eine sexy Braut", fügte Ford hinzu.

Lauren errötete. „Ich weiß nicht, was ich sagen soll", gab sie zu. „Isabel, du hattest recht. Dieses Kleid ist perfekt."

„Du musst die anderen noch anprobieren, nur um sicherzugehen", sagte Isabel. „Das ist immerhin eine große Entscheidung."

„Ich helfe dir", sagte die kleine Schwester und steckte ihr Handy weg. „Komm, Lauren, zeig mir, was du noch hast."

Gemeinsam verschwanden sie in der Umkleidekabine.

Ford wandte sich Isabel zu. „Du bist wirklich gut. Bist du dir sicher, dass du Paper Moon nicht kaufen und dich hier niederlassen willst?"

„Halt den Mund."

„Sagst du dann Ja?"

Sie verdrehte die Augen. „Dir ist es wirklich ernst, oder?"

„Hatte ich das nicht klar genug gesagt?"

Sie fand es irgendwie süß, dass ein großer, böser SEAL Angst vor seiner Mutter und seinen Schwestern hatte.

„Du bestimmst die Regeln", sagte er. „Sex, keinen Sex. Ich koche dir jeden Morgen Kaffee, fege den Laden, was auch immer du willst."

Es läuft doch immer wieder auf Sex hinaus, dachte sie. Vielleicht war Ford ja wirklich die perfekte Übergangsbeziehung. Genau das, wozu ihre Freundinnen ihr geraten hatten. Aber sie wollte keinen Übergangsmann. Sie wollte …

Magie, dachte sie traurig. Sie wollte diese kribbelnde, aufregende Liebe, die sie jeden Tag hier im Laden sah. Frauen, die es kaum erwarten konnten, den Mann ihrer Träume zu heiraten. Sie hatte Eric geliebt und gedacht, sie hätten eine Beziehung unter Gleichberechtigten, mit gemeinsamen Interessen. Sie hatte ihn respektiert und sich in seiner Gegenwart wohlgefühlt. Nur diese Magie hatte es zwischen ihnen nie gegeben. Genauso wenig wie Leidenschaft, aber das lag vermutlich daran, dass er schwul war. Sie fragte sich, ob sie etwas hätte ahnen müssen, als sie mitbekam, wie interessiert Eric an allen Einzelheiten ihres Hochzeitskleids gewesen war.

Ford ergriff erneut ihre Hand. „Eine gute Freundin lässt nicht zu, dass ihr Freund von seiner Familie gemobbt wird."

Sie lachte, weil er lustig war und sie ihn mochte.

Ich sollte es einfach tun, dachte sie. Warum auch nicht? In ein paar Monaten war sie doch sowieso weg. Was konnte schon schiefgehen?

„Okay. Ich tue es, aber nur, wenn du mir versprichst, mir nie wieder meinen Schwur, dich für immer zu lieben, unter die Nase zu reiben."

„Versprochen." Er drückte ihr einen schnellen Kuss auf die Lippen. „Noch was? Willst du vielleicht eine Niere?"

„Heute nicht."

„Ich muss zurück in die Firma, aber wir sehen uns später. Danke. Du hast was bei mir gut."

Damit verschwand er, was eigentlich gut gewesen wäre, hätten ihre Lippen nicht so seltsam gekribbelt. Plötzlich verspürte sie den starken Drang, Ford zurückzurufen und sich noch einmal von ihm küssen zu lassen.

„Ich weiß, das kommt wirklich in letzter Minute", sagte Noelle und knetete verlegen die Hände. „Ich dachte, ich hätte alles zusammen."

Isabel schaute die Kartons an, die immer noch unausgepackt im Laden standen. Es war Mittwoch, und die große Eröffnung sollte am Freitag stattfinden. „Du steckst in einem ganz schönen Schlamassel."

„Ich weiß."

„Ich hatte es da leichter", sagte Patience und suchte sich einen Weg durch die Kartons. „Das Brew-haha hat nicht so viel Inventar."

Vor einer Stunde hatte Isabel einen panischen Anruf von Noelle erhalten, der klar geworden war, dass sie es auf keinen Fall alleine schaffen würde, ihren Laden rechtzeitig vorzubereiten.

Felicia war mit dem End-of-Summer-Festival am Labor Day beschäftigt, aber Isabel und Patience hatten Zeit, um zu helfen.

„Das kriegen wir auch zu dritt niemals hin", sagte Patience. „Ich besorge uns Verstärkung." Sie holte ihr Handy heraus und drückte einen Knopf. Sekunden später lächelte sie. „Hey, ich bin's." Ihr Lächeln wurde breiter. „Hm, ich auch. Aber deshalb rufe ich nicht an." Schnell erklärte sie das Problem.

„Sag Justice, er soll Ford mitbringen", rief Isabel, die davon ausging, dass Patience mit ihrem Verlobten telefonierte. „Er soll ihm sagen, ich hätte darum gebeten."

Patience wirkte ein wenig verwirrt, nickte aber. Nachdem sie aufgelegt hatte, sagte sie: „Sie werden in fünfzehn Minuten hier sein."

„Sie?"

„Ford, Justice, Angel und Consuelo. Du wirst mehr Hilfe haben, als du gebrauchen kannst, also sollten wir uns schon mal ein wenig organisieren." Sie wandte sich an Isabel. „Was hatte das zu bedeuten, dass er Ford sagen sollte, du bittest darum?"

„Ich bin seine falsche Freundin. Er ist mir was schuldig."

Noelle riss überrascht die Augen auf. „Du hast zugestimmt?"

„Es ist für einen guten Zweck."

Patience lachte. „Bekommt die vorgespielte Freundin auch vorgespielten Sex?"

„Den Teil haben wir bisher noch nicht besprochen."

„Lass dich nur auf echten Sex ein", sagte Noelle. „Und dann erinnere mich daran, wie toll es ist." Sie schaute düster zu den vielen Kisten hinüber. „Okay, wir brauchen einen Plan, und zwar schnell."

Das Team von CDS stand wie versprochen eine Viertelstunde später vor der Tür. Noelle teilte alle Helfer in Zweierteams auf und wies jedem Team einen Bereich des Ladens und einen Stapel Kisten zu. Sie selber behielt die Oberaufsicht.

„Du nutzt deine Macht über mich also schon aus, hm?", murmelte Ford Isabel zu, während er einen Karton mit Weihnachtsteddybären aufriss.

„So oft ich kann."

Er reichte ihr die Bären, und sie befestigte die Preisschilder daran. Dann setzte Ford die Bären auf das Regal. Sie arbeiteten gut zusammen, fanden schnell einen gemeinsamen Rhythmus. Ab und zu streiften ihre Finger einander, was Isabel dummerweise jedes Mal an den kurzen Kuss von vorhin im Laden erinnerte. Und damit an das kribbelnde Gefühl auf ihren Lippen, was einfach nur seltsam war.

Auf der anderen Seite des Ladens bauten Angel und Consuelo eine Krippenszene auf, während Patience und Justice die Bücherregale unter den Fenstern füllten.

„Muss ich dich drauf hinweisen, dass du gesagt hast, ich hätte was bei dir gut?", fragte sie und unterdrückte ein Lächeln.

„Ich wusste, dass mich das noch einholen würde."

Er sah überraschend süß aus, wie er da so die Bären ins Regal setzte und darauf achtete, dass die Preisschilder unter den Armen der Teddys verschwanden. Seine Hände hatten beinahe die Größe der Stofftiere.

Er hat große Hände, dachte Isabel und ermahnte sich dann, nicht lächerlich zu werden. Sie half nur einem Freund, mehr nicht. Sie war an Ford nicht interessiert. Das hatte sie vor Jahren hinter sich gelassen.

„Hat das Mädchen das Kleid gekauft?", fragte er. „Sie sah darin echt gut aus."

„Ich habe Lauren gesagt, sie soll sich mit der Entscheidung Zeit lassen. Sie kommt am Wochenende wieder, um es noch mal anzuprobieren. Ich denke, danach wird sie es bestellen."

„Sind alle Bräute so emotional?"

„Sie war noch gar nichts im Vergleich zu manch anderen Bräuten."

Er legte den Karton flach zusammen, warf ihn auf einen Stapel anderer leerer Kartons und öffnete den nächsten. „Sie hat geweint." Er hob ein Stoffrentier hoch, das genauso groß war wie die Teddybären. „Ich merke langsam, dass es hier ein verbindendes Thema gibt."

„Ja, Weihnachten. Und Tränen bei den Bräuten machen mir nichts aus. Nur die Schreie gehen mir unter die Haut."

„Sie schreien?"

„Manchmal. Mich schreien sie nur selten an, aber dafür die Freundinnen und Verwandten, die sie als Begleitung mitgebracht haben."

Er schüttelte sich. „Da habe ich es lieber mit bewaffneten Aufständischen zu tun."

Sie fuhren fort, die Kartons auszupacken. Nach den Rentieren kamen Eisbären.

„Noch mehr Bären", stöhnte Ford.

„Die sind doch aber komplett anders."

„Wieso?"

„Zum einen, weil sie weiß sind."

Er gab ein geringschätziges Geräusch von sich. „So reden nur Verrückte."

„Wenn du immer so mit deinen Freundinnen sprichst, ist es kein Wunder, dass du in deinem Alter noch Single bist."

„Du genießt deine Macht, oder?"

Sie grinste. „O ja." Vielleicht würde sie auf sein Angebot, ihr Auto zu waschen, auch noch zurückkommen.

Um vier Uhr nachmittags waren alle Kartons ausgepackt. Noelle dankte ihren Helfern und versprach großzügige Rabatte für alle zukünftigen Einkäufe. Patience und Justice gingen gemeinsam zum Brew-haha hinüber. Consuelo und Angel liefen im leichten Joggingschritt zurück zu CDS, wobei sie sich darüber stritten, wer den besseren Laufstil hatte.

„Gehst du in den Laden zurück?", fragte Ford, der so nah vor Isabel stand, dass sie seine Körperwärme spürte.

„Ja. Madeline hat sich in der Zwischenzeit um alles gekümmert, aber um fünf Uhr kommt eine Braut zur Anprobe. Ich muss die Schneiderin in Empfang nehmen und zwischen den beiden Parteien vermitteln."

„Noch eine Braut, die schreit?"

„Nein, aber dafür eine Brautmutter, die sehr spezielle Vorstellungen hat."

Sein dunkler Blick glitt über ihr Gesicht. „Wir müssen auch noch über unseren ersten Auftritt als Paar sprechen."

„Ach ja." Ihre gute Laune verschwand. „Stimmt. Wie hast du dir das vorgestellt? Am Wochenende ist das Stadtfest. Ich muss Samstag in den Laden, aber Sonntag habe ich frei."

„Das passt mir gut. Meinst du, du bekommst das hin? Also, so zu tun, als wärst du an mir interessiert?

Es fiel ihr schwer, nicht auf seinen Mund zu starren. Küssen hatte schon immer zu ihren Lieblingsbeschäftigungen gehört, und bisher hatte Ford sie noch nicht richtig geküsst. Der kleine Dankeschön-Kuss zählte da nicht richtig.

„Wir sind Freunde", sagte sie. „Ich muss nicht so tun, als würde ich dich mögen."

„Aber das hier ist etwas anderes. Persönlicheres."

„So anders auch nicht", erwiderte sie. „Es ist ja nicht so, als wenn wir es irgendwie so arrangieren müssten, dass jemand uns beim Sex erwischt."

Sein Blick wurde schärfer. „Willst du, dass wir Sex haben?"

„Ich ... Nein! Wie kannst du das nur fragen? Sex? Wir? Ich ... Das ist nicht ..." Sie presste die Lippen aufeinander.

Seine eine Augenbraue schoss in die Höhe. „Das war ganz schön viel ganz schön energisches Verneinen. Ich bin dafür übrigens offen."

Sie spürte, wie ihre Wangen heiß wurden. „Das hast du aber vorhin nicht gesagt."

„Ich denke doch. Tu nicht so überrascht. Du bist sexy, und wir haben viel Spaß zusammen. Glaubst du nicht, im Bett wäre es genauso?"

Diese Frage würde sie nicht beantworten. Nein, auf gar keinen Fall. Warum sollte Ford plötzlich Interesse daran haben, mit ihr zu schlafen? Und wieso brachte er das Thema überhaupt auf?

Bevor sie etwas erwidern konnte, veränderte sich etwas in seinem Blick. Es geschah so schnell, dass es ihr nicht aufgefallen wäre, wenn sie ihn nicht sowieso gerade angestarrt hätte.

Innerhalb eines Herzschlags war der lustige, charmante Ford weg und von einem Mann ersetzt worden, der nach einer Frau hungerte. Selbst mit ihrer begrenzten Erfahrung erkannte sie seine Begierde.

Ihr Magen zog sich zusammen, als eine unerwartete Welle der Lust durch sie hindurchbrandete. Sie vergaß, wo sie war und worüber sie gerade gesprochen hatten. Doch im nächsten

Augenblick verwandelte er sich wieder, und ihr netter Nachbar, der charmante Ford, war zurück.

Er lachte leise. „Du musst dich nicht jetzt gleich entscheiden." Sanft berührte er ihr Gesicht. „Denk darüber nach. Meine Tür steht immer offen, wie man so schön sagt."

„Ich … Du …" Sie atmete tief durch. „Wir sind hier fertig."

„Das merke ich."

Vermutlich hätte sie noch mehr sagen, einen prägnanten, schneidenden oder sonst wie erinnerungswürdigen Kommentar abgeben sollen. Doch ihr Gehirn war leer, und sie versuchte immer noch, mit der Vorstellung klarzukommen, dass er sie vielleicht wirklich auf *diese* Weise wollte.

Nach Eric konnte sie sich nicht mehr sicher sein, aber es war nett, darüber nachzudenken. Sehr nett sogar. Aber auch verwirrend. Sie seufzte.

„Ich muss los", sagte sie.

„Das hast du bereits erwähnt."

„Ich gehe dann mal."

„Okay, dann wünsche ich dir noch einen schönen Tag heute. Wir sehen uns dann Sonntag um elf Uhr. Ich hole dich ab."

Sie wollte ihm sagen, dass sie nicht da sein würde, dass sie ihre Meinung geändert hatte. Doch stattdessen nickte sie einfach nur und stakste davon, wobei sie das leise männliche Lachen ignorierte, das ihr folgte.

6. KAPITEL

„Das war nicht meine beste Idee", sagte Isabel, als sie neben Ford herging. Sie war sich nicht sicher, womit sie größere Schwierigkeiten hatte – mit ihm Händchen zu halten oder sich hier mit ihm beim End-of-Summer-Festival zu zeigen, umgeben von so ziemlich jedem, den sie in Fool's Gold kannte. Es war nur eine Frage der Zeit, bis jemand ihre miteinander verschränkten Finger bemerken und einen entsprechenden Kommentar abgeben würde. Schlimmer noch, ihr *gefiel* die Wärme seiner Berührung und dass ihre Schulter ab und zu seinen Arm streifte. In Fords Nähe fühlte sie sich einfach gut – doch das reichte nicht, um die Übelkeit loszuwerden, die sie fest im Griff hatte.

„Was war denn deine beste Idee?", fragte er.

„Wie bitte?"

„Du hast gesagt, das hier wäre nicht deine beste Idee. Aber was war sie?"

Sie blieb stehen und schaute ihn an. Er trug Jeans und ein T-Shirt und eine verspiegelte Sonnenbrille. Er sah gut aus. Besser als gut – fit und sexy und gefährlich.

„Ich habe keine Ahnung, wovon du sprichst", sagte sie und betrachtete ihr Spiegelbild in seinen Gläsern.

Für den ersten Auftritt als seine falsche Freundin hatte sie sich für ein blaues Sommerkleid entschieden. Schlicht, aber mit einem tollen Schnitt und in einer Farbe, die zu ihren Augen passte. Sie hatte darüber nachgedacht, sich Locken zu machen, doch das hätte gewirkt, als bemühe sie sich zu sehr. Sie wusste, dass sie viel zu Fuß gehen würden, also hatte sie die niedlichen flachen Sandalen angezogen, die zu dem schmalen Gürtel passten, den sie trug.

„Entspann dich", sagte er lächelnd. „Du musst aussehen, als hättest du Spaß, sonst denken alle, ich wäre lausig im Bett."

Sie blieb an einem Stand stehen, der Lavendelprodukte verkaufte – Körperlotion, Lippenpflege, Honig. Normalerweise hätte sie sich das Angebot genau angeschaut, doch wie sollte sie sich darauf konzentrieren, wenn so eine Bemerkung zwischen ihnen in der Luft hing?

„Was hat denn deine Leistung im Bett mit irgendetwas zu tun?", fragte sie, sorgsam darauf bedacht, leise zu reden.

Er setzte die Sonnenbrille ab. Sie sah das amüsierte Funkeln in seinen Augen. „Das hier ist eine frische Beziehung. Du solltest dich noch wie auf Wolke sieben fühlen, weil du mit mir zusammen bist."

„Ehrlich? Das hier ist unser erster öffentlicher Auftritt, also können wir in den Augen der anderen noch gar so nicht lange zusammen sein. Wieso sollte ich da schon mit dir geschlafen haben? Willst du andeuten, ich wäre leicht zu haben?"

„Nein", sagte er und strich sanft mit dem Daumen über ihre Unterlippe. „Ich will andeuten, dass ich unwiderstehlich bin."

Gerade wollte sie die Augen verdrehen, doch das sanfte Summen in ihrem Inneren lenkte sie davon ab. Es war mehr ein Gefühl als ein Klang. Als würde etwas Wundervolles auf sie warten.

„Du hast ein ziemlich übertriebenes Selbstwertgefühl", murmelte sie.

„Ja, manchmal."

Um sie herum waren Hunderte von Leuten, dazu die Livemusik im Park und die Schreie der Kinder auf den Karussells. Eine sehr laute Geräuschkulisse, die völlig in den Hintergrund zu treten schien, als Isabel in Fords dunkle Augen schaute.

„Außerdem bist du ziemlich nervtötend", sagte sie, allerdings mit wenig Überzeugung in der Stimme.

Er beugte sich so weit vor, dass seine Lippen leicht ihr Ohr streiften. „Und das ist noch nicht mal meine beste Eigenschaft."

Sie erschauerte leicht, aber nicht vor Kälte. Was ist dann wohl seine beste Eigenschaft? fragte sie sich. Und würde es zu wissen die Sache zwischen ihnen besser oder schlimmer machen?

Bevor sie sich entscheiden konnte, setzte Ford die Sonnenbrille wieder auf, nahm Isabel bei der Hand und führte sie daran zur Fressgasse.

„Besorgen wir dir eine kleine Zuckerinfusion", sagte er. „Danach wirst du dich besser fühlen."

„Wirst du jetzt auch noch sexistisch? Willst du sagen, alle Frauen mögen Süßes?"

„Du bist heute aber sehr empfindlich."

„Ich weiß. Tut mir leid. Ich bin nervös. Was soll ich sagen, wenn deine Mom zu uns kommt und Fragen über unsere Beziehung stellt?"

„Ich halte die Augen offen und werde mein Bestes geben, dass das nicht passiert."

„Du nutzt dein Millionen Dollar teures SEAL-Training, um deiner Mutter aus dem Weg zu gehen? Die Navy wäre so stolz auf dich."

Er kaufte eine Limonade. Isabel wollte es nicht zugeben, aber nach dem Getränk fühlte sie sich wirklich besser. Sie würde das schaffen. Bei Eric war sie ja eigentlich auch nur eine vorgetäuschte Ehefrau gewesen. Fords vorgetäuschte Freundin zu spielen, konnte doch wohl kaum schwieriger sein.

Als sie ihren Weg fortsetzten, legte er einen Arm um sie.

„Wie geht es den Bräuten?", fragte er.

„Denen geht es gut. Ich habe die zeternde Brautmutter in den Griff bekommen, einer anderen Frau ein blassgrünes Kleid ausgeredet, in dem sie seekrank aussah, und eine Brautjungfern-Meuterei niedergeschlagen. Und das alles an einem Tag."

„Siehst du, du bist auch ziemlich beeindruckend."

Sein Arm fühlte sich so gut an. Irgendwie sicher. Ford war gerade so groß, dass sie perfekt zu ihm passte. Sie konnte die Bewegung seiner Muskeln unter dem T-Shirt spüren, wie sie sich anspannten und wieder lösten, während sie nebeneinander hergingen. Eric war in guter Form gewesen, aber dünner als Ford. Er hatte schmale Schultern und einen wesentlich schmaleren Oberkörper gehabt.

Ford strahlte Macht aus – sowohl körperlich als auch mental. Es war gar nicht mal so sehr seine Intelligenz als vielmehr seine Entschlossenheit. So etwas nennt man wohl mentale Härte, dachte sie. Etwas, worin sie nie sonderlich gut gewesen war.

„Mir ist aufgefallen, dass dir die Arbeit im Laden sehr leicht von der Hand geht", sagte er. „Immerhin warst du lange Zeit weg und mit anderen Dingen beschäftigt. Konntest du da ohne Probleme wieder weitermachen, als zu zurückgekommen bist?"

„Eigentlich ja. Dafür muss ich meiner Großmutter danken. Ich habe immer die Wochenenden bei ihr verbracht, und meistens waren wir dann zusammen im Laden. Sie konnte großartig mit Bräuten umgehen. Sie wusste genau, was sie sagen musste – oder nicht sagen sollte. Manchmal hat sie den ganzen Nachmittag damit verbracht, die Brautmutter abzulenken, damit die Braut in Ruhe nach ihrem Traumkleid suchen konnte. Außerdem hatte sie immer Spiele und Bücher im Büro für den Fall, dass jemand kleine Kinder mitbrachte."

Seine Hand schloss sich fester um ihre Schulter. „Du hast sie geliebt."

„Das tue ich immer noch. Es war schwer, als sie gestorben ist."

„Ja, ich erinnere mich."

Seine Worte überraschten sie. Sie schaute ihn an. „Ah, die Briefe. Ich habe von ihrem Tod geschrieben."

„Du warst sehr lange sehr traurig. Ich weiß noch, wie ich mich gefühlt habe, als mein Dad gestorben ist. Mein ganzes Leben hat sich verändert."

„Haben meine Briefe dich an seinen Tod erinnert? Das wollte ich nicht."

„Nein. Ich habe verstanden, was du durchgemacht hast, und gehofft, es würde bald leichter für dich werden."

„Wieso hast du mir eigentlich nie geantwortet?" Sie kamen an einem Stand mit Körnerkissen vorbei, die man in der Mikrowelle erwärmen und auf schmerzende Muskeln legen konnte. „So eins könntest du bestimmt gut gebrauchen", sagte sie.

Er lächelte. „Oder auch zwanzig, je nachdem, wie mein Training aussieht."

Kurz blitzte vor ihrem inneren Auge das Bild auf, wie sie ihn massierte, ihre Hände über seine warme Haut gleiten ließ. Reflexartig krampften sich ihre Finger um den Becher, den sie noch hielt, als die imaginäre Isabel sich vorbeugte, um ihm einen Kuss auf die Schulter zu geben.

Was um alles in der Welt sollte das? Fing sie jetzt an, sexuelle Fantasien in Bezug auf Ford zu entwickeln? Es war eine Sache, sich vorzustellen, wie sie gemeinsam essen gingen oder am Strand spazierten, aber sich berühren? Vielleicht war sie zu lange in der Sonne gewesen.

Sie schob die Bilder in ihrem Kopf hastig beiseite und versuchte, sich daran zu erinnern, worüber sie gerade gesprochen hatten. Doch Ford ergriff vor ihr das Wort.

„Anfangs lag es daran, dass du noch ein Kind und zudem Maeves Schwester warst. Ich war zwar über sie hinweg, habe aber immer noch geschmollt. Ich dachte, wenn ich auf deine Briefe antworte, denkt ihr beide vielleicht, ich würde versuchen, sie auf diese Weise zurückzugewinnen."

„Ich hätte vermutlich gedacht, dass du genauso in mich verliebt wärst wie ich in dich", sagte Isabel mit einem Lächeln. „Oder ich hätte es zumindest gehofft."

„Du warst minderjährig."

„Stimmt. Aber das war in meinem Kopf auch das Einzige, was uns trennte."

„Du bist ohne mich ganz gut zurechtgekommen."

„Ich hatte einige katastrophale Beziehungen."

„Ja, dein erster Schulball lief nicht so toll. Aber ich bin stolz darauf, wie du damit umgegangen bist."

„Dass ich Warren in seine … du weißt schon was getreten habe? Er hat sich daraufhin übergeben. Es war schrecklich."

„Das lag nicht an dem Tritt, das lag am Alkohol. Und er hatte es verdient."

„Jedenfalls war das kein besonders toller Abend", gab sie zu. „Und danach, mit Billy, war es auch nicht so toll. Er war jedenfalls nicht der Allerklügste."

„Ach, komm schon. Du hast surfen gelernt und dir Strähnchen machen lassen."

Sie blieb stehen und schaute ihn an. „Du erinnerst dich noch an meine Haare?"

Er grinste. „Ich hatte keine Ahnung, was Strähnchen sind, also habe ich mich umgehört. Dann hast du ein Bild geschickt, und mir wurde klar, was du gemeint hast." Er nahm die Sonnenbrille ab. „Die Bilder haben mir gefallen. Es war schön, dich aufwachsen zu sehen."

„Es war idiotisch, dich mit Briefen und Fotos zu bombardieren." Sie rümpfte die Nase. „Als du nicht geantwortet hast, hätte ich beinahe aufgehört, zu schreiben. Doch dann war es mehr wie ein Tagebuch. Ich dachte, wenn du willst, dass ich aufhöre, würdest du es schon sagen. Oder du würdest die Briefe einfach wegwerfen, also war es egal, ob du noch ein paar mehr bekommst oder nicht."

„Ich habe sie nicht weggeworfen."

„Sonderlich spannend können sie nicht gewesen sein. Ich war so ein *Mädchen* …"

„Ja, die Beschreibungen der Nagellackfarben zogen sich ein wenig in die Länge."

Sie verzog das Gesicht. „Wahrscheinlich sollte ich mich bei dir entschuldigen."

„Nicht." Er schüttelte den Kopf. „Während ich fort war, ist viel passiert. Ich war an schlimmen Orten und in noch schlimmeren Situationen. Deine Briefe haben mich geerdet. Du hast mich zum Lachen gebracht und durch einige sehr lange Nächte begleitet. Es gibt nichts, wofür du dich entschuldigen müsstest, Isabel."

Seine Stimme ist so sanft, dachte sie und lehnte sich leicht in seine Richtung. „Sprichst du je darüber? Über das, was du gesehen hast, meine ich?"

„Nein. Das habe ich alles hinter mir gelassen."

Wie konnte das sein? War das überhaupt möglich? „Habt ihr irgendeine Gruppe oder so? Einen Ort, an dem ihr reden könnt?"

„Sehe ich aus wie ein Mann, der über seine Gefühle spricht?"

„Aber das solltest du vermutlich. Du könntest dir einen Therapiehund zulegen. Von denen habe ich gelesen. Oh! Ich vergaß. Deine Schwester bildet sie ja aus."

Er legte den Kopf in den Nacken und lachte. Ein volles, dröhnendes Lachen, bei dem sie sowohl lächeln musste als auch den Wunsch verspürte, ihn zu boxen.

„Ich meine es ernst", sagte sie, als er sich wieder beruhigt hatte.

„Ich weiß." Er gab ihr einen Kuss auf die Nasenspitze. „Ich benötige aber keinen Therapiehund."

„Ich meine ja nur, wenn du Unterstützung brauchst, solltest du sie dir holen."

„Das habe ich bereits."

Sie war sich nicht sicher, was er damit meinte. Aber bevor sie fragen konnte, gingen sie schon weiter.

„Du glaubst wirklich, dass du all das hier eines Tages einfach zurücklassen kannst?", fragte er und zeigte auf das bunte Treiben um sie herum.

„Ja, schon." Sie atmete tief ein. „Erzähle es keinem, aber irgendwie gefällt es mir hier. Was nicht heißt, dass ich bleibe. Mein neues Geschäft wird in New York sein. Sonia und ich haben Pläne. Doch das hier ist ein sehr nettes Zwischenspiel. Ich hatte ganz vergessen, wie es ist, Teil einer Gemeinschaft zu sein."

„Du wirst nicht mehr hier sein, wenn Lauren heiratet. Das heißt, du wirst sie gar nicht in ihrem Kleid sehen."

„Ich weiß."

Unwillkürlich musste sie an die Erinnerungswand in ihrem Büro denken. Eine weitere Tradition ihrer Großmutter. Jede Braut brachte nach der Hochzeit ein Bild vorbei. Einige zeigten nur die Braut am Hochzeitstag, andere zeigten sie mit ihrem Ehemann oder der gesamten Hochzeitsgesellschaft. Die Fotos füllten eine ganze Wand und fingen langsam an, einander zu überlappen. Sie würde keines mehr dazuhängen – und konnte auch nicht sicher sein, dass der neue Besitzer die Tradition fortführen würde.

„Ich werde in meinem neuen Laden neue Erinnerungen schaffen. Was ist mit dir? Abgesehen von dem Wunsch deiner Mutter, dich zu verkuppeln, wie findest du es, wieder hier zu sein?"

„Gut. Auch wenn meine Familie etwas anstrengend ist." Er zuckte mit den Schultern. „Na ja, manchmal jedenfalls. Abgesehen von Kent und mir sind alle verheiratet. Und Mom hat Max."

„Ach, stimmt ja. Der Neue. Hast du ihn schon getroffen?"

„Ja, ein paar Mal. Er ist verrückt nach ihr und scheint ein guter Kerl zu sein. Ich bin froh, dass sie glücklich ist. Allerdings liegt sie mir ständig damit in den Ohren, ihr Enkelkinder zu schenken."

Isabel blieb so abrupt stehen, dass ihr beinahe der Becher aus der Hand gefallen wäre. „Du erwartest doch nicht, dass wir …"

Um seinen Mund zuckte es. „Hatte ich das mit den Kindern nicht erwähnt?"

Sie boxte ihm gegen den Oberarm. „Du bist schrecklich. Zieh mich nicht mit so etwas auf. Ich liege manchmal nachts wach und denke darüber nach, wie viel schlimmer unsere Scheidung gewesen wäre, hätten Eric und ich Kinder gehabt."

Er setzte erneut die Brille ab und nahm ihr den Becher aus der Hand. Nachdem er ihn in einen Mülleimer geworfen hatte, drückte er ihre Finger. „Tut mir leid. Ich werde keine Witze mehr über irgendwelche Babys machen."

Sie wollte gerade etwas Schnippisches erwidern, doch es blieb ihr im Halse stecken. Denn in der Sekunde, in der er „Babys" gesagt hatte, hatte sich in ihr eine so schmerzhafte Sehnsucht geregt, dass es ihr die Tränen in die Augen trieb.

Sie war geschieden. Sie trauerte ihrer Ehe, die nie wirklich eine gewesen war, nicht hinterher. Und doch war sie nun hier, achtundzwanzig Jahre alt und Single. Wieder ganz am Anfang. Obwohl sie nie sonderlich intensiv über eigene Kinder nachgedacht hatte, war sie immer davon ausgegangen, irgendwann welche zu haben. Sie war traditionell genug eingestellt, um auch einen Ehemann dazu haben zu wollen. Sie hatte hart gearbeitet, immer geglaubt, das Richtige zu tun, und jetzt war sie geschieden, wohnte im Haus ihrer Eltern, hatte keinen richtigen Job und nur ein paar zarte Fetzen von Träumen, die sie am Leben hielten.

Ford nahm auch ihre andere Hand. „Was ist? Du hast eine Krise, das sehe ich."

„Mir geht es gut", erwiderte sie automatisch. „Es hat nichts mit dir zu tun, also mach dir keine Sorgen."

„Du bist meine Freundin. Da mache ich mir natürlich Sorgen."

„Deine vorgespielte Freundin."

„Du bekommst Sorgenfalten. Komm. Erzähl es mir. Was ist los?"

Sie schluckte. „Ich bin eine Versagerin. Es ist sechs Jahre her, dass ich meinen Collegeabschluss gemacht habe, und sieh dir an, wo ich bin. Zurück in meinem alten Zimmer bei meinen Eltern und ohne etwas in der Hand, was ich vorweisen könnte."

„Vermisst du Eric?"

„Was? Nein, natürlich nicht. Wir hätten niemals heiraten dürfen. Das mit Eric und mir war immer nur Freundschaft, keine Liebe. Aber ich habe nie Leidenschaft erlebt, also habe ich sie auch nicht erwartet. Trotzdem fühlt es sich seltsam an, nicht mal bemerkt zu haben, dass der Mann, mit dem ich verheiratet war, schwul ist. Wie ist das möglich? Ich habe meinen Job geliebt, aber da bisher auch nichts Großes erreicht. Und jetzt bin ich hier."

„Nicht mehr lange", sagte er. „Dann wirst du mit Sonia deinen Laden eröffnen und die Modewelt im Sturm erobern."

Trotz des Gefühls, versagt zu haben, brachte sie ein Lächeln zustande. „Weißt du überhaupt, was die Modewelt ist?"

„Nein, aber du wirst das fabelhaft machen."

Er versuchte es wenigstens, das musste sie ihm zugutehalten. „Danke. Tut mir leid, dass ich das bei dir abgeladen habe. Gleich geht es mir wieder gut."

„Bist du sicher?"

Sie nickte. Irgendwann würde es wieder bergauf gehen. Sie musste sich auch dringend mal wieder um ihren Businessplan kümmern. Nächste Woche würde sie Sonia anrufen. Schon allein, um sicherzugehen, dass alles so lief wie geplant.

„Ich muss mich ein wenig ablenken", sagte sie. „Vielleicht hattest du recht, was die Zuckersache anging. Wir könnten uns ein Schweinsohr teilen."

„Oder wir könnten das hier tun."

Ohne Vorwarnung ließ er ihre Hände los, was schade war, denn sie mochte das Gefühl von seinen Fingern an ihren. Doch anstatt sich von ihr zu lösen, schlang Ford seine Arme um sie und zog sie an sich.

Sie gab nach, weil ... Sie war sich nicht sicher, warum. Aber es fühlte sich auf jeden Fall ziemlich nett an, gegen Ford gepresst zu werden. Bevor sie sich noch enger an ihn schmiegen konnte, neigte er den Kopf und berührte ihre Lippen mit seinen.

Die Berührung war vollkommen unerwartet. Heiß und zart zugleich. Leicht und locker, als wäre es ein Spiel. Aber ist es das, ein bloßes Spiel? fragte sie sich, als sie ihre Hände auf seine Schultern legte, um mit den Fingerspitzen dann vorsichtig seinen Nacken zu berühren.

Ohne es zu wollen, ohne darüber nachzudenken, reckte sie sich ihm entgegen. Sein Mund drückte sich fest auf ihren. Der nächste logische Schritt war, die Lippen ein wenig zu öffnen. Also tat sie es. Ford ließ seine Zunge sanft über ihre Unterlippe streichen, bevor sie in ihren Mund hineinglitt und ihre umspielte.

Plötzlich liefen mehrere Dinge parallel ab. Der praktische Teil ihres Gehirns wies sie scharf darauf hin, dass sie sich nicht nur in der Stadt befanden – mitten im Festivalgetümmel –, sondern dass Ford das alles nur tat, um seine Mutter zu beruhigen.

Gleichzeitig durchströmte ein schmelzendes Gefühl ihren Körper, stahl ihr alle Kraft und machte sie nachgiebig und willig. Lust regte sich in ihr – so unvertraut, dass sie diese Empfindung beinahe nicht erkannt hätte. Doch dann wurde das Bedürfnis, Ford noch näher zu kommen, in ihn *hineinzukriechen*, immer überwältigender.

Er vertiefte den Kuss, erregte mit jedem Zungenschlag ihre Nervenzellen. Sie erwiderte den Kuss leidenschaftlich, wollte ihn genauso erregen, wie er sie erregte. Hitze stieg in ihre Wangen, sie fühlte die Spannung in ihren Brüsten und das Ziehen in ihrem Unterleib. Und zum ersten Mal in ihrem Leben begriff sie, was sexuelles Verlangen wirklich bedeutete – diese seltsame Mischung aus Angst und Macht.

Erbarmungslos brannte die Lust in ihr. Früher hatte sie es immer bedauert, wenn das Vorspiel zu Ende ging und es ernst wurde, aber heute nicht. Heute wollte sie Fords Hände auf ihrem Körper spüren. Auf jedem Teil ihres Körpers. Sie wollte von ihm berührt und geküsst und gestreichelt werden, bis sie ... Okay, der Teil war ihr weniger klar, aber eines war sicher: Nur zu küssen reichte ihr nicht.

Das meinten ihre Freundinnen also, wenn sie über Sex sprachen. Sie drängte sich näher an ihn. Dieses Verlangen, sich auszuziehen, zu spüren, zu schmecken. Sie wollte jeden Millimeter von Fords Körper erkunden, wollte die harten Ebenen und die weichen Täler erforschen. Sie wollte seinen Duft einatmen, von ihm gehalten und immer wieder von ihm erfüllt werden, während er ...

Er ließ sie los.

Sie tauchte auf, blinzelnd, atemlos und nicht sicher, was sich da eben zwischen ihnen abgespielt hatte. Das konnte doch nicht stimmen. Sie war doch diejenige, die Sex nicht befriedigend fand – und noch nie gefunden hatte. Warum in aller Welt war das mit Ford auf einmal anders?

„Okay", sagte er mit leicht erstickter Stimme. „Ich dachte, das würde etwas jugendfreier ausgehen." Er fuhr sich mit der Hand durchs Haar. „Nächstes Mal sei so lieb und warne mich vor."

Sie starrte ihn an. „Ich soll dich vorwarnen?"

Hastig wollte sie weitergehen, doch er hielt sie zurück. „Nicht so schnell. Ich brauche noch eine Minute."

Sie verstand erst nicht, wovon er redete. Dann fiel ihr Blick nach unten. Oh. Was sich da gegen den Reißverschluss seiner Jeans drückte, war die größte Erektion, die sie jemals gesehen hatte.

Consuelo hatte sie gewarnt, dass Ford Frauen mochte, und offensichtlich wusste er, wie man küsste. Seine Erregung war also nicht persönlich zu nehmen. Trotzdem freute es sie, zu sehen, dass auch er etwas überrumpelt war.

„Ich kenne dieses Grinsen", murmelte er.

„Was?"

„Diese selbstgefällige Miene."

Sie grinste. „Stimmt. Ich denke, wir sollten dir etwas zu trinken besorgen."

„Gib mir einfach eine Sekunde. Ich denke an Kätzchen. Kätzchen sind nicht sexy."

Sie legte eine Hand auf seinen Bauch. „Kann ich dir irgendwie helfen?"

Er packte sie am Handgelenk und zog ihre Hand weg. „Wenn du das lassen könntest, wäre es schon eine große Hilfe."

Sie kicherte und genoss dieses ungewohnte Machtgefühl. Vielleicht sollte sie ...

Er seufzte schwer und legte einen Arm um sie. „Warum habe ich nur gedacht, du würdest es mir leicht machen?", fragte er.

„Keine Ahnung. Es ist doch viel schöner, es dir schwer zu machen."

Obwohl es schon später Nachtmittag war, herrschte noch reges Treiben auf dem Festival. Consuelo hatte nicht vorgehabt hinzugehen, doch irgendwie hatten die Musik und die Menschenmenge sie wie magisch angezogen. Sie schlenderte zu einem Stand, an dem eine hübsche junge Frau selbst gemachten Schmuck verkaufte.

Die Steine waren meist ungeschliffen und von dünnen silbernen und goldenen Fäden umwickelt. Winzige Kristalle hingen an zarten Haken und Ketten.

Trotz der Tatsache, dass sie eher klein und schmal war, fand Consuelo sich nicht zierlich. Nichts von all dem hier würde mir stehen, dachte sie düster. Das war alles zu ätherisch. Sie war eher robust – wenn nicht im Aussehen, so doch ihrer Seele nach. Pragmatisch mit dem lächerlichen Wunsch nach weniger Pragmatismus.

Sie berührte ein Armband, und als ihre Finger über das kühle Metall strichen, bemerkte sie, dass zwei Männer ihr folgten.

Sie hatte sie schon einige Stände weiter vorne gesehen, als sie sich ein paar Vogelhäuschen angeschaut hatte. Beide Mitte zwanzig, etwas außer Form und ein wenig angetrunken. Einer trug eine Baseballkappe und der andere ein T-Shirt mit dem Bild einer Waffe darauf. Echte Kerle, dachte sie spöttisch.

Jetzt bemerkten die beiden Typen sie. Laut lachend kamen sie immer näher. Idioten, dachte Consuelo. Sie würde sich wohl direkt darum kümmern müssen.

Der Gedanke ermüdete sie. Sie war nicht sicher, ob sie die beiden verbal oder auch körperlich auseinandernehmen sollte. Das hier war ein Familienfest, und beide Varianten hatten so ihre Vor- und Nachteile.

Sie drehte sich um, bereit, es mit ihnen aufzunehmen – auf welche Weise auch immer. Der Kerl mit der Baseballkappe trat einen Schritt näher.

„Hey, hübsche Lady." Sein Lächeln war mehr als anzüglich und auch ein wenig bedrohlich. „Mein Freund und ich dachten, wir könnten zusammen irgendwohin gehen und uns besser kennenlernen."

Ein Mann trat zwischen sie und den Jungen mit der Kappe.

„Ich denke nicht", sagte er und stellte sich neben Consuelo. „Ihr solltet die Lady in Ruhe lassen."

Consuelo starrte Kent fassungslos an. Versuchte er wirklich, sie zu beschützen? Der Gedanke überraschte sie so sehr, dass sie einfach nur stumm dastand.

Der Kerl im T-Shirt grinste Kent an. „Ach wirklich? Und du willst uns davon abhalten, oder was?"

„Wenn nötig", erwiderte Kent fest. Er stand ganz dicht neben ihr, ohne sie jedoch zu berühren. Seine Stimme war ruhig, aber es schwang ein Selbstbewusstsein mit, das sie beeindruckte.

Die Jungs schauten einander an. Als echte Feiglinge zogen sie sich sofort zurück, sobald sie auf Widerstand stießen. Der mit der Baseballkappe nickte kurz. „War nicht böse gemeint, Ma'am."

Sie drehten sich um und gingen weg.

Consuelo stemmte die Hände in die Hüften. „Was sollte das?"

„Mir ist aufgefallen, dass sie Ihnen gefolgt sind. Ich wollte nur sichergehen, dass Sie Ihnen nichts antun."

Antuen? Ihr? „Es gibt im Umkreis von fünfzig Meilen keinen Mann, den ich nicht im Kampf schlagen könnte, und das schließt ihren SEAL-Bruder ein."

Kent nickte langsam. „Daran habe ich keinen Zweifel."
„Warum haben Sie dann versucht, mir zu helfen?"
„Weil man das so macht."
Sie öffnete den Mund – und schloss ihn wieder. Dann setzte sie an, zu sprechen, und verstummte. War er von dieser Welt? Aus diesem Jahrhundert? Sie sollte eigentlich total genervt sein, und doch berührte seine dumme Geste sie.

Er hätte im Kampf verletzt werden können, dachte sie. Immerhin waren die beiden Idioten relativ kräftig gewesen.

Er berührte sie sanft am Arm. „Ich weiß, dass Sie es mit denen hätten aufnehmen können. Ich dachte nur, es wäre nett, wenn Sie das nicht alleine tun müssten."

Sie war immer auf sich allein gestellt gewesen. Selbst als Kind. Ihre Brüder hatten die Gang gehabt, und ihre Mutter war Tag und Nacht bei der Arbeit gewesen, um für ein Dach über dem Kopf und Essen zu sorgen. Ihre Freunde hatte Consuelo nur zwischen den Seiten der Büchereibücher gefunden.

Sobald sie in die Army eingetreten war, hatte sie zu einem Team gehört. Bis sie zu den verdeckten Einsätzen abkommandiert worden war. Hier hatte sie ihre Schlachten ganz alleine schlagen müssen. Für den Notfall stand zwar ein Team bereit, um sie rauszuholen, doch richtige Rückendeckung gab es selten. Nach einer Weile hatte sie sich daran gewöhnt, sich um sich selbst zu kümmern und von anderen nicht allzu viel zu erwarten.

„Danke", brachte sie schließlich heraus.

„Gern geschehen. In letzter Zeit scheinen wir uns ständig über den Weg zu laufen."

Verlegen senkte sie den Blick und schaute auf seine Hände. Sie waren blass, mit sorgfältig geschnittenen Nägeln. Keine Schwielen, keine Narben. Er trug keine Pistole und kein Messer. Sie bezweifelte, dass er jemals jemanden getötet hatte. Ohne Zweifel entrichtete er jeden Monat pünktlich die Rate für seinen Hauskredit, kümmerte sich um seine Familie, zahlte seine Steuern und fuhr nie mehr als fünf Meilen über der erlaubten Höchstgeschwindigkeit.

„Haben Sie Lust auf ein Eis?", fragte er. „Es ist selbst gemacht. Um diese Jahreszeit gibt es viele verschiedene Fruchtsorten. Birneneis klingt erst einmal nicht sonderlich verlockend, aber vertrauen Sie mir, es ist köstlich."

Sie schaute ihn an, hin- und hergerissen zwischen dem, was sie wollte, und dem, was vernünftig war.

„Mich hat noch nie jemand auf ein Eis eingeladen."

Okay, dachte sie. Jetzt würde gleich die Gegenfrage folgen. Und dann würde sie ihm die Wahrheit sagen. Dass Männer sie auf Sex eingeladen hatten. Manchmal hatten sie vorher noch ein Essen als Alibi eingeschoben. Oder ihr Geld und Schmuck als Bezahlung angeboten. Sie hatte für ihr Land mit vielen Männern geschlafen, aber selten, weil sie es gewollt hatte. Sie hatte getötet und war ohne einen Blick zurück davongegangen. Sie hatte feindliche Kämpfer erledigt, weil es für eine Frau tausend Möglichkeiten gab, die einem männlichen Soldaten nicht zur Verfügung standen.

„Dann wird es aber Zeit."

„Was?"

„Für ein Eis."

Er streckte ihr die Hand hin. Einfach so, als erwarte er, dass sie mit ihm käme. Sie wollte ihm sagen, er solle verschwinden. Doch das konnte sie nicht. Stattdessen legte sie ihre Hand in seine und machte sich bereit, unbekanntes Territorium zu betreten.

7. KAPITEL

Kent führte Consuelo zu den bunt geschmückten Ständen. Er konnte kaum glauben, dass sie seine Einladung angenommen hatte. Einerseits war sie die schönste Frau, die er je gesehen hatte – und er nur einfach irgendein Typ. Und andererseits hatte sie so erschrocken reagiert – beinahe wie ein wildes Tier. Sie war eine faszinierende Mischung aus kompetent und verletzlich.

Als er die beiden Typen bemerkt hatte, war ihm sofort klar gewesen, dass sie eine Frau verfolgten. Im ersten Moment hatte er nur nicht bemerkt, welche. Natürlich hatte Consuelo seine Hilfe im Grunde nicht gebraucht. Sie war zäh und kannte garantiert sechsunddreißig Arten, die beiden auf der Stelle zu töten. Doch das hatte nichts an seiner Entschlossenheit geändert, zu ihr zu eilen und sie zu beschützen.

Jetzt, mit ihrer kleinen Hand in seiner, war er gleichzeitig stolz und nervös. Er wollte, dass jeder bemerkte, mit wem er zusammen war. Und zugleich hatte er fürchterliche Angst, alles zu vermasseln.

Sie reichte ihm kaum bis an die Schulter. Ihr langes Haar fiel in sexy Locken über ihren Rücken und schimmerte in der Nachmittagssonne. Er konnte nicht aufhören, sie anzuschauen – die dunklen Augen, den süßen Schwung der Lippen. Sie war eine zum Leben erwachte Fantasie, und er hatte keine Ahnung, was sie von ihm wollte.

„Wo ist eigentlich Reese?", fragte sie.

„Bei Carter und seinem Welpen. Gideon hofft, dass sich die drei gegenseitig müde spielen und er dann Ruhe hat."

Sie lachte. „Da kann er vermutlich lange warten. Der Ruhepol in dieser Familie ist Felicia. Und wenn sie weg ist, fühlen sich die Männer verloren."

„Gideon ist noch dabei, sich daran zu gewöhnen, dass er einen Sohn hat. Das ist nicht leicht für ihn. Ich hatte zum Glück die Chance, mit Reese gemeinsam in meine neue Rolle hineinzuwachsen."

Er blieb stehen und zeigte auf ein paar Stände. „Was darf es sein? Tacos? Pulled Pork? Glasierte Rippchen? Oder selbst gemachtes Eis?"

Sie überlegte eine Sekunde. „Ich stelle gerade fest, dass ich Hunger habe. Vielleicht ein paar Tacos und dann ein Eis?"

„Wird erledigt."

Er kümmerte sich um Tacos und Getränke, während sie zum Eisstand ging. Kent wollte ihr etwas Geld in die Hand drücken, doch sie hob nur die Augenbrauen.

„Ich kann es mir leisten", erklärte sie. „Sogar zwei Waffeln."

„Ich sage ja nicht, dass Sie das nicht können."

Es zuckte um ihren Mund. „Ich weiß. Sie sind einfach ein netter Kerl."

Worte, die ihn innerlich zusammenzucken ließen. Nett. Er wollte nicht nett sein. Er wollte, dass sie ihn faszinierend fand, sexy und …

Kent gab seine Bestellung auf. Wem wollte er hier was vormachen? Sex? Wohl kaum. Sie war der Traum eines jeden Mannes. Er wusste, wie das lief. Frauen, die aussahen wie sie, gingen mit reichen Männern aus – oder mit diesen Helden-Typen, die Kampfjets flogen. Solche Frauen saßen nicht herum und träumten davon, sich in einen Mathelehrer zu verlieben.

Sie trafen sich an einem Tisch im Schatten. Die Band war weit genug entfernt, dass die Musik ein nettes Hintergrundgeräusch bildete und man sich trotzdem unterhalten konnte.

„Rindfleisch oder Hühnchen?", sagte er und deutete auf die beiden Teller. Die Tacos wurden mit Reis und Bohnen und einer Handvoll Chips serviert. „Welchen möchten Sie gerne?"

„Beide", sagte sie und arrangierte die Tacos um, sodass auf jedem Teller einer von jeder Sorte lag. „Ist das in Ordnung?"

„Sicher."

Sie trug Jeans und ein T-Shirt mit dem CDS-Logo darauf. Keinen Schmuck, nicht einmal eine Uhr. Sie hatte auch keine Handtasche dabei, wie viele andere Frauen. Ihre Jeans saß so eng, dass er das Handy in der Vordertasche erkennen konnte – und die Tatsache, dass Consuelo den besten Hintern aller Zeiten hatte. Da konnte keine Fernsehshow von Victoria's Secret mithalten und noch nicht mal die Swimsuit Edition von Sports Illustrated.

Sie nahm einen Taco in die Hand, biss ab und legte ihn wieder hin. Er verteilte Servietten und ermahnte sich, sich ganz normal zu verhalten.

„Verraten Sie mir, warum Sie mich so anstarren?", fragte sie im Plauderton.

So viel zum Thema normal verhalten, dachte er grimmig. „Äh, ja klar. Sie sind wunderschön."

Die Worte waren raus, bevor er sie aufhalten konnte, und er wappnete sich für ihr Lachen, eine böse Erwiderung – oder dass sie einfach aufstehen und gehen würde.

Consuelo legte den Taco, den sie gerade zum Mund führen wollte, wieder hin. „Das ist alles?", fragte sie. „Etwas Besseres fällt Ihnen nicht ein?"

„Es ist die Wahrheit." Er lächelte. „Sie spielen weit außerhalb meiner Liga, das weiß ich, aber ich werde mir diese Gelegenheit trotzdem nicht entgehen lassen."

Überrascht bemerkte er, wie sie den Kopf senkte. „Das stimmt nicht. Ich spiele nicht außerhalb Ihrer Liga."

„Sie sind Männer wie meinen Bruder gewohnt. Soldaten. Kämpfer."

Sie rümpfte die Nase. „Nicht mein Typ."

„Was ist denn Ihr Typ?" Wenn sie jetzt sagen würde, alleinerziehende Väter, Mitte dreißig mit einem unspektakulären Job …

„Es ist lange her, dass ich einen bestimmten Typ gehabt habe", sagte sie. „Ähnele ich irgendwie Ihrer Ex?"

„Nein. Überhaupt nicht. Sie war groß und blond. Kühl, wenn Sie wissen, was ich meine." Eisig wäre das bessere Wort gewesen, aber er redete nur selten schlecht von Lorraine. Das hatte viele Gründe. Einige lagen in seiner Erziehung, und andere gründeten auf Stolz. Außerdem würde sie immer die Mutter von Reese sein.

„Wo haben Sie sich kennengelernt?"

„Auf dem College. Ich habe Mathe im Hauptfach studiert, sie BWL. Im vorletzten Jahr sind wir zufällig im gleichen Wohnheim gelandet. Ihre Mitbewohnerin feierte gerne. Eines Nachts, kurz vor den Halbjahresprüfungen, hat sie an meine Tür geklopft und gefragt, ob sie bei mir im Schrank lernen dürfte. Ich habe ihr den Küchentisch angeboten."

„Natürlich haben Sie das." Sie seufzte. „Weil es die Höflichkeit gebot."

„Ich wollte nicht, dass sie sich in einen Schrank zurückziehen musste." Das war doch selbstverständlich. „Wir fingen an, mehr Zeit miteinander zu verbringen. Und eines führte zum anderen." Er hielt inne, nicht sicher, wie viel er ihr erzählen sollte.

„Und dann?", hakte sie nach.

„Dann ist sie schwanger geworden", gestand er. „Wir haben es direkt nach der Abschlussfeier erfahren. Ich habe sie geliebt, also habe ich ihr einen Antrag gemacht. Wir haben geheiratet und Reese bekommen." Er nahm seinen Taco hoch und legte ihn gleich wieder hin. „Ich denke, sie war nicht glücklich. Vielleicht hat sie mitgemacht, weil es leichter war, als es nicht zu tun."

„Wussten Sie, dass sie Sie verlassen würde?"

„Ich war nicht überrascht. Dass sie nicht glücklich war, hatte ich schon länger bemerkt. Aber ich bin davon ausgegangen, das läge an all dem Stress mit Arbeit, Familie und Kind. Es war keine ganz einfache Zeit, doch ich dachte, wir hätten das gut gemeistert. Dann war sie auf einmal weg."

Das war für ihn ein Schock gewesen. Er war eines Tages nach Hause gekommen und hatte nur einen Zettel von ihr gefunden. Lange Zeit hatte er geglaubt, sie würde wiederkommen, aber das tat sie nicht. Nicht einmal für ihren Sohn.

Das war der Teil, den er nicht verstand – diese totale Zurückweisung ihres Kindes. Was für ein Mensch tat so etwas? Anfangs hatte sie Reese noch hin und wieder gesehen, doch selbst das war jetzt vorbei.

„Sie werden sie jetzt aber nicht mit allen möglichen Schimpfnamen bedenken, oder?", fragte Consuelo.

„Nein. Ich werfe ihr nicht vor, dass sie mich verlassen hat. Aber sie hätte Reese nicht auch verlassen dürfen. Für ihn ist es sehr schwer gewesen."

„Er ist ein guter Junge", sagte Consuelo. „Sie haben das toll hinbekommen."

„Danke. Vor ein paar Jahren dachte ich, dass er mehr Familie um sich braucht. Ich auch. Also sind wir wieder hierhergezogen. Es war die richtige Entscheidung."

Sie musterte ihn eindringlich. Er konnte nicht sagen, was sie dachte, doch dass sie Fragen stellte, fand er ein gutes Zeichen.

„Ich bin froh, dass wir einander über den Weg gelaufen sind", sagte er. „Später gibt es noch ein Konzert. Hätten Sie Lust, mit mir hinzugehen?"

„Tut mir leid, aber nein", sagte sie leise.

Ihr Gesichtsausdruck hatte sich nicht verändert, sodass er erst nicht begriff, was sie ihm gerade gesagt hatte. Dann stand sie auf, sammelte ihren Teller, den Becher und die Plastikgabel ein und warf alles in die Mülltonne.

„Auf Wiedersehen, Kent", sagte sie und ging.

Am Dienstagmorgen ging Ford zu Isabels Haus hinüber. Er hätte auch ins Büro gehen können, doch das hatte wenig Sinn. Die Verträge mit den neuen Kunden waren unterzeichnet, und bis es so weit war, die Kurse dafür zusammenzustellen, hatte er nichts zu tun. Er brauchte einen Kaffee. Den hatte er zwar auch in seiner Wohnung, aber er war sich ziemlich sicher, dass der von Isabel besser war.

Er ging zur Hintertür und klopfte kräftig. Die Tür schwang auf. Natürlich war sie unverschlossen. Diese verdammte Kleinstadt, dachte er, als er hineinging. Wie erhofft stand eine Kanne mit frisch gebrühtem Kaffee auf der Maschine. Er nahm zwei Becher aus dem Regal und schenkte ein. Da er noch nicht wusste, wie Isabel ihren gerne trank, ließ er ihn schwarz. Er konnte später immer noch Milch oder Zucker dazugeben, wenn sie das wollte.

Mit beiden Bechern ging er den Flur hinunter und blieb kurz stehen, um einen Schluck zu trinken. Seine Tour führte ihn an einem großen Schlafzimmer vorbei, einem Gästezimmer und dem Büro. Am Ende gab es zwei offene Türen. Eine führte in ein weiteres Schlafzimmer mit einem ungemachten Doppelbett. Die Wände waren rosa gestrichen. Es gab Regale voller Bücher, gerahmter Bilder und Pokale. Ein paar abgeliebte Stofftiere saßen auf der breiten Fensterbank. Die Möbel waren alle weiß, auch der Schreibtisch mit dem schmalen Laptop darauf. Verschiedene Schuhe lagen wild auf dem Fußboden verstreut.

Das Zimmer war eine faszinierende Mischung aus Teenager-Kitsch und dem Stil einer erwachsenen Frau. Die alte Isabel und die neue.

Auf der anderen Seite des Flures war die Tür zum Badezimmer halb geöffnet. Isabel stand in einem kurzen blauen Morgenmantel vor dem Spiegel. Ihre Haare hatte sie auf elektrische Lockenwickler gedreht, während sie ihre Wimpern tuschte.

Er lehnte sich gegen die Wand und beobachtete sie.

Die meisten Männer waren an diesem Prozess nicht interessiert – sie wollten nur das Ergebnis. Aber er hatte es schon immer genossen, Frauen dabei zuzusehen, wie sie sich zurechtmachten. Vielleicht, weil er wissen wollte, woher die Magie kam. All diese Zaubermittel in den verschiedenen Töpfen und Tiegeln, dachte er und grinste.

Isabel legte die Wimperntusche beiseite, schaute in den Spiegel. Als sie ihn sah, stieß sie einen Schrei aus.

Dann riss sie die Tür ganz auf. „Was zum Teufel tust du hier? Du hast mir einen Heidenschreck eingejagt." Sie presste eine Hand auf ihre Brust. „Ich glaube, ich kriege einen Herzanfall."

„Die Hintertür war unverschlossen. Wie trinkst du deinen Kaffee?" Er reichte ihr einen der beiden Becher.

„Schwarz. Danke." Sie nahm den Kaffee und schaute ihn dann wieder an. „Du bist einfach hier hereinspaziert?"

„Klar. Ich sagte doch, die Hintertür war nicht verschlossen."

„Ich habe gestern Abend vergessen, sie abzuschließen. Das war aber keine Einladung an dich."

Er grinste. „Und doch bin ich jetzt hier."

Ihre Augen verengten sich. „Du langweilst dich, oder? Deshalb bist du hier."

„Ich gebe zu, ich habe einen ruhigen Tag."

„Das ist so typisch. Mein Tag ist nicht ruhig. Ich erwartete heute mehrere neue Kleider. Weißt du, was das bedeutet?" Sie wartete seine Antwort gar nicht erst ab. „Auspacken und dann stundenlang bügeln. Möchtest du etwas über den heiklen Ablauf beim Bügeln eines Hochzeitskleides erfahren?"

„Nicht wirklich. Aber du könntest mir für den Kaffee danken."

„Den ich gekocht habe?"

„Aber ich habe ihn hierhergetragen."

Sie schüttelte den Kopf und wandte sich wieder dem Spiegel zu. „Jemand muss dir mal gehörig den Hintern versohlen."

„Ich hätte nicht gedacht, dass du jemand bist, der sich von Gewalt antörnen lässt."

„Ich bin n…" Sie atmete tief ein. „Egal", stieß sie zwischen zusammengebissenen Zähnen hervor.

Sie nahm die Lockenwickler heraus, stellte sie zurück auf das Heizgerät und ließ die Nadeln, mit denen sie befestigt waren, in eine kleine Plastikschüssel fallen. Ihr blondes Haar fiel ihr in losen, sexy Locken bis über die Schultern. In der Luft lag der Duft von einem blumigen Duschgel und vielleicht einer Bodylotion.

Er hatte viel Zeit auf Schiffen der Navy verbracht und konnte in weniger als hundertzwanzig Sekunden duschen. Inklusive Rasieren und Anziehen benötigte er von dem Moment, in dem er das Badezimmer betrat, bis zu dem, in dem er es verließ, weniger als fünf Minuten.

Frauen in der normalen Welt waren nicht so.

Er lehnte sich gegen den Türrahmen und sah zu, wie Isabel sich vornüberbeugte und ihren Kopf schüttelte. Dann kämmte sie die Locken mit den Fingern durch. Sein Blick glitt zu ihrem Hintern, der sich unter dem Stoff des Morgenmantels abzeichnete.

Sie war groß und kurvig. Er mochte es, wie sie sich in seinen Armen anfühlte. Ihre Wärme, ihre Weichheit. Und wie sie ihn geküsst hatte! Er war immer noch dabei, sich davon zu erholen. Er hatte erwartet, es zu genießen. Doch damit, dass sie ihn so schnell auf Touren bringen würde, hatte er nicht gerechnet.

Wenn sie sich nicht in der Öffentlichkeit befunden hätten, wäre es ihm schwergefallen, sie nicht sofort ...

Hastig schob er den Gedanken beiseite. Diese Frau war tabu. Obwohl. Vielleicht war sie ja doch nicht so ganz tabu, wie er anfangs gedacht hatte. Die kleine Isabel war inzwischen erwachsen, und er musste sagen, er fand es wunderbar, was aus ihr geworden war.

Isabel richtete sich auf und sah, dass Ford immer noch da war. Und sie mit diesem halben Lächeln beobachtete, das so typisch für ihn war. Ein Lächeln, mit dem er sie augenblicklich in den Wahnsinn treiben konnte.

„Tritt zurück, wenn du nicht riskieren willst, in eine Frau verwandelt zu werden", sagte sie und nahm eine Sprühdose in die Hand.

Er folgte ihrem Vorschlag und zog sich eilig in den Flur zurück. „Ich werde mal schauen, was du so zum Frühstück hast", rief er ihr zu.

„Tu das."

Sie legte letzte Hand an ihre Haare und ging dann schnell in ihr Schlafzimmer. Nachdem sie die Tür hinter sich zugezogen *und* abgeschlossen hatte, zog sie sich an. Sie steckte die Bluse in den Rock und sagte sich dabei die ganze Zeit, dass sie sich über Fords unangekündigtes Auftauchen herzhaft aufregen sollte. Und doch schien sie die nötige Energie dafür nicht aufbringen zu können. Er war einer dieser Männer, die Frauen einfach zu mögen schienen, und sie war dagegen nicht im Mindesten immun.

Immer noch barfuß, ging sie den Flur hinunter in die Küche. Ford saß auf einem der Hocker am Tresen. Vor ihm stand ein Karton mit Müsli.

„Du hast keine Eier", sagte er. „Und auch keinen Bacon. Wie kommt das?"

„Weil ich morgens weder Eier noch Bacon esse."

Er musterte sie misstrauisch. „Du bist aber nicht so eine, die Eier zum Mittag isst, oder? Denn das ist falsch."

„Du bist ein Spinner. Erwartest du womöglich noch, dass ich die Eier und den Bacon zubereite, oder was?"

„Nein, aber es wäre nett, wenn du es tätest."

„Du weißt schon, dass du in deiner Wohnung eine eigene Küche hast, oder? Du könntest dir Eier und Bacon kaufen, so viel du willst, und sie dir selber machen."

Er lehnte sich auf dem Hocker zurück. „Hier ist es besser."

„Ich dachte, Macho-SEALs wie du sind lieber alleine. Ihr seid doch angeblich alle solche Einzelgänger."

„Nein. Da liegst du völlig falsch. Wir sind Rudeltiere. Wir arbeiten im Team und verbringen die gesamte Zeit zusammen."

So hatte sie das noch nie betrachtet, aber sie verstand, was er meinte. „Und jetzt, wo wir eine Scheinbeziehung haben, gehöre ich also zu deinem Rudel?"

Er schenkte ihr sein sexy Lächeln. „Das ist doch der Traum jeder Frau."

Unter normalen Umständen hätte sie ihn ausgelacht. Lange und laut. Doch das hier waren leider keine normalen Umstände. Denn vor ihr stand der Mann, bei dem sie zum ersten Mal in ihrem Leben Lust verspürt hatte. Also konnte sie ihn jetzt nicht auslachen, sondern sich nur rasch wegdrehen. Und sich das Hirn zermartern, ob es nicht irgendeine höfliche Art gab, auf die sie ihn bitten konnte, das mit dem Küssen noch mal zu wiederholen. Natürlich nur aus einer Art Forschungsinteresse heraus. Damit sie sichergehen konnte, dass es kein Zufall gewesen war.

Er schüttete Müsli in zwei Schalen, schälte dann eine Banane, schnitt sie klein und verteilte die Stücke gleichmäßig auf beide Portionen. Dann goss er Milch darüber.

„Was, wenn ich keine Bananen mag?", fragte sie und setzte sich neben ihn.

„Dann hättest du sie nicht gekauft."

Sie seufzte. „Du hast auch auf alles eine Antwort."

„Klar. Und wenn nicht, denke ich mir eine aus. Man muss ständig nach vorne gehen, denn sonst holt einen das, was hinter einem ist, irgendwann ein."

Sie griff nach ihrem Löffel. Ford hatte offenbar bereits geduscht und sich rasiert. Zu seiner Jeans trug er ein T-Shirt, doch seine Füße waren nackt. So beim Frühstück neben ihm zu sitzen, war irgendwie sexy.

Die Erinnerung an den Kuss schwebte zwischen ihnen – ein erotisches Gespenst. Die ganze Sache war wirklich passiert, oder? Ja, wahrscheinlich schon. Schließlich war sie ja dabei gewesen und fühlte immer noch das Kribbeln und Zittern und diesen seltsamen Hunger. Diese Gefühle waren neu und ein wenig furchterregend.

Wahrscheinlich würden ihre Freundinnen ihr jetzt sagen, dass es reine Chemie war und sie diesen Schauer der Erregung genießen sollte. Doch was, wenn das alles war? Wenn diese Sehnsucht schon der Höhepunkt ihrer Erfahrungen darstellte? Tief in ihrem Herzen fürchtete sie immer noch, anders zu sein als alle anderen.

„Woran denkst du?", riss er sie unerwartet aus ihren Gedanken.

Sie legte den Löffel weg und entschied sich für eine abgemilderte Form der Wahrheit. „Manchmal frage ich mich, ob ich das mit Eric hätte wissen müssen. Dass er schwul ist, meine ich."

„Er hat es ja ziemlich lange vor sich selber gar nicht zugegeben. Warum hättest du es also erkennen sollen? Er sagte, er liebt dich. Er wollte dich heiraten. Du hast ihm geglaubt. Das ist sein Pech, nicht deines."

„Bei dir klingt das alles so einfach."

„Weil ich ein einfacher Kerl bin."

„Dein Plan mit der vorgetäuschten Beziehung ist mehr als nur ein bisschen kompliziert. Wie lange sollen wir das eigentlich durchziehen?"

„Ich weiß nicht. Eine Weile. Dann können wir uns trennen, und ich werde ganz und gar am Boden zerstört sein." Er grinste und aß einen weiteren Löffel Müsli. „Du ziehst irgendwann nach New York. Vielleicht können wir bis dahin miteinander ausgehen. Dann wäre ich einige Wochen lang vor meiner Mutter in Sicherheit."

Einige Wochen lang? Vielleicht sogar Monate? Das war eine ganz schön lange Zeit, um sie mit Ford zu verbringen. Nachdenklich starrte Isabel auf ihr Müsli. Die ganze Sache konnte unerwartete Gefahren bergen. Zumindest für sie. Sie mochte Ford und war gerne mit ihm zusammen. Aber fingen die meisten Beziehungen – also die meisten echten – nicht genauso an?

„Irgendwann wirst du deiner Mutter die Wahrheit sagen müssen."

„Nein, muss ich nicht."

„Du kannst sie nicht den Rest deines Lebens anlügen."

Sie erwartete einen schnippischen Kommentar, doch stattdessen wurde er ernst. „Sie würde mir die Wahrheit nie glauben."

„Die da wäre?"

„Ich werde niemals heiraten, weil ich mich niemals verlieben werde. Das kann ich nicht. Oder will es nicht. Ich habe einige tolle Frauen getroffen, die in mich verliebt waren. Aber sobald sie mir ihre Gefühle gestanden, war ich weg. Ich sah mich nicht in zwei Jahren mit ihnen, geschweige denn in fünfzig. Ich habe kein Interesse an etwas Langfristigem. Nicht jetzt und niemals."

„Du wolltest doch Maeve heiraten."

„Da war ich jung und nahm an, wir sollten das tun. Vergiss nicht, wie schnell ich über sie hinweg war. Das war keine Liebe."

„Vielleicht nicht, aber du gibst dir ja gar keine Chance. Du hast einfach noch nicht die richtige Frau getroffen." Sie glaubte an die Liebe, auch wenn er es nicht tat. Eines Tages würde Ford sein Herz schon noch verlieren.

Eine Sekunde überlegte sie, einen Scherz darüber zu machen. Doch dann wurde ihr klar, dass ihr der Gedanke, er könnte sich in jemand anderen verlieben, gar nicht gefiel. Nicht dass sie auf diese Weise an ihm interessiert war, aber trotzdem.

Sie hielt inne. Ihr wollte keine Erklärung für dieses Gefühl einfallen.

„Mir fehlt einfach etwas", sagte er. „Irgendetwas scheine ich nicht zu verstehen." Er zuckte mit den Schultern. „Ich mag Frauen. Ich bin gerne mit ihnen zusammen. Aber eine auszuwählen und für immer bei ihr zu bleiben? Das sehe ich nicht."

Der Unterricht fing morgens an. So stand es auf dem Schild, das sich direkt vor dem Eingang der Fool's Gold Highschool befand. Consuelo konnte es von ihrem Platz auf dem Bürgersteig aus genau erkennen.

Sie hasste es, sich zu entschuldigen. Und noch mehr hasste sie es, sich zu irren. Außerdem konnte sie es nicht leiden, sich unsicher und dumm zu fühlen und tausend andere Dinge, die nichts damit zu tun hatten, dass sie jetzt hier stand.

Sie hatte es erneut getan. War einfach gegangen, weil sie Angst gehabt hatte. Hatte den nettesten Mann, den sie je kennengelernt hatte, sitzen lassen, weil sie in seiner Gegenwart nicht hatte atmen können.

Widerwillig begann sie die Stufen hinaufzusteigen und ins Gebäude zu gehen. Die nette Frau im Sekretariat nannte ihr die Nummer von Kents Klassenraum und zeigte ihr, in welche Richtung sie gehen musste. Langsam ging Consuelo den Flur entlang, immer noch unsicher, was sie sagen würde.

Seit zwei Tagen hatte sie nicht mehr richtig geschlafen, und selbst die gestrige Sparringsrunde mit Angel hatte die Dinge nicht besser gemacht. Er war irgendwann auf der Matte zusammengebrochen und hatte um Gnade gefleht, doch sie war noch immer nicht müde gewesen. Also war sie ein paarmal am Seil hochgeklettert und hatte das Training mit einem Achtmeilenlauf beendet. Und trotzdem hatte sie den Großteil der Nacht damit verbracht, einfach nur an die Decke zu starren.

Das ist alles so lächerlich, dachte sie. Die Angst und die Gründe dafür. Ein Mann hatte sie eingeladen, und sie war davongelaufen wie ein verängstigter Welpe.

Jetzt war sie vor dem Klassenzimmer angelangt. Die Tür stand offen, und Kent saß alleine am Tisch ganz vorne. Sie beobachtete ihn ein paar Sekunden lang, sah die Konzentration, mit der er von dem Computer zu der Leinwand hinter sich schaute, auf der eine Powerpoint-Präsentation lief. Ohne Zweifel war er bereit, sobald die Glocke zum Unterrichtsbeginn läuten würde.

Der Mann trägt einen Schlips, dachte sie, nicht sicher, ob sie lachen oder weinen sollte. Einen Schlips und aufgerollte Hemdsärmel zu Jeans. Die Kombination war sexy und ansprechend, und sie wollte ihn so sehr. Gleichzeitig verspürte sie das dringende Bedürfnis, schnellstmöglich in die entgegengesetzte Richtung zu laufen. Bevor sie sich entscheiden konnte, was sie tun sollte, schaute er auf und sah sie.

„Consuelo."

Mehr sagte er nicht. Nur ihren Namen. Einfach so. Ohne ein Anzeichen, was er dachte, ohne Ärger oder Frustration oder Desinteresse.

Sie betrat das Klassenzimmer und ging zu ihm.

Für diese Gelegenheit hatte sie extra ihre Lieblings-Cargohose angezogen, dazu ein olivgrünes Tanktop und Kampfstiefel. Sie war ungeschminkt und hatte ihre Haare zu einem Pferdeschwanz zusammengebunden. Das war sie. Ganz pur. Sie wollte, dass er sie so sah. Dann würde er vielleicht verstehen, wer sie wirklich war.

Er erhob sich, als sie näher kam. Natürlich tat er das. Dieser Mann war höflich.

„Wie kann ich Ihnen helfen?", fragte er.

„Das können Sie nicht. Deshalb bin ich hier. Es tut mir leid, was auf dem Festival passiert ist. Ich wollte gerne zu dem Konzert gehen. Ich wollte es sogar sehr, ich wusste nur nicht, wie."

Er runzelte die Stirn. „Konzerte sind normalerweise nicht sonderlich schwierig. Man sitzt da und hört sich Musik an. Ab und zu, bei einer Ballade, hält man sein Handy hoch wie eine Lampe. Meine Mom schwört, dass zu ihrer Teenagerzeit die Leute noch Feuerzeuge und Streichhölzer in die Luft gestreckt hätten. Klingt für mich allerdings nach einer drohenden Feuerkatastrophe."

Trotz allem, trotz der ganzen Angst und Verzweiflung, fing sie an zu lachen. Dann verstummte sie abrupt und kämpfte gegen die Tränen.

Was zum Teufel ... Sie weinte niemals. Sie machte sich über Heulsusen lustig. Sie war zäh. Sie war ...

Starke Arme schlangen sich um sie und zogen sie näher. Sie wurde gehalten. Sanft, ohne Zwang. Sie hätte sich leicht befreien können. Eine leise, sanfte Stimme versprach ihr, dass alles gut werden würde.

Große Hände streichelten ihren Rücken, doch auf eine tröstende Art. Er versuchte nicht, ihren Hintern zu betatschen oder sie sonst wie zu begrapschen. Stattdessen war Kent wieder einmal der perfekte Gentleman.

Sie riss sich los und funkelte ihn an. „Ich bin nicht wie die anderen Frauen, mit denen Sie ausgegangen sind."

Eine Augenbraue schoss in die Höhe. „Welche meinen Sie?"

„Alle. Wählen Sie irgendeine. Ich bin nicht wie die Frauen da draußen." Sie zeigte zum Fenster. „Ich bin nicht von hier."

„Okay", sagte er langsam. „Mit ‚hier' meinen Sie vermutlich Fool's Gold. Oder eine Kleinstadt. Und die Erde an sich."

Sie wischte sich über die Wangen. „Ich bin kein Alien aus einer anderen Galaxie."

„Gut, denn ich halte nicht viel von interstellaren Verabredungen."

„Wie kann es sein, dass Sie mit mir ausgehen wollen?", fauchte sie. „Ich bin das reinste Chaos. Ich mache alles falsch." Sie erinnerte sich an all die Gründe, aus denen Männer normalerweise Zeit mit ihr verbringen wollten. „Außer, es geht Ihnen darum, mich ins Bett zu kriegen."

„Darum geht es nicht."

Sie starrte ihn an, wollte ihm so gerne glauben.

Er schenkte ihr ein verlegenes Lächeln. „Also nicht nur. Denn, hey, welcher Mann würde Sie nicht wollen?"

„Wissen Sie, was ich beim Militär getan habe?", fragte sie. Sie musste schnell weiterreden, bevor sie den Mut verlor. „Ich habe Menschen getötet. Und damit wir uns richtig verstehen: Ich war keine Heckenschützin, Kent. Es gab keine Gewehre mit großer Reichweite. Wenn ich getötet habe, dann aus nächster Nähe." Sie merkte, wie ihre Hände sich zu Fäusten ballten.

„So jemand können Sie in Ihrem Leben nicht gebrauchen", sagte sie leise. „Es tut mir leid. Das wollte ich Ihnen sagen. Dass es mir leidtut. Sie müssen wissen, dass es besser für Sie wäre, sich von mir fernzuhalten."

Sein dunkler Blick ruhte auf ihrem Gesicht. „Haben Sie mal mit jemandem darüber geredet?", fragte er. „Mit einem Berater, einem Coach?"

Sie reckte ihr Kinn. „Sie meinen, mit mir stimmt etwas nicht?"

„Ich denke, Sie tragen viel Schmerz in sich."

Worte, die sie schon einmal gehört hatte. Und vor gar nicht allzu langer Zeit. „Ich gehe zu einem Therapeuten", murmelte sie. „Einmal die Woche, in Sacramento." Sie brachte ein kleines Lächeln zustande. „Es wird langsam besser. Stellen Sie sich nur mal vor, wir hätten uns vor sechs Monaten getroffen."

„Ich hätte Sie vermutlich trotzdem gefragt, ob Sie mich auf das Konzert begleiten."

„Und ich hätte Sie vermutlich ausgeweidet wie einen Fisch."

„Polizeichef Alice Barns sieht so etwas gar nicht gerne."

„Vor Ihnen habe ich mehr Angst."

Worte, die sie nicht hatte sagen wollen, doch es war zu spät, sie zurückzunehmen.

„Ich mache niemandem Angst."

„Mir schon. Sie sind nett."

Er zuckte zusammen. „Na toll."

„Nein, ich meine das ernst. Sie sind freundlich und lustig und ein guter Vater. Mein Gott, Kent, warum geben Sie sich überhaupt mit mir ab?"

„Sie haben etwas an sich, das mir gefällt. Reese mag Sie, und er ist ein guter Menschenkenner. Und mein Bruder hat Angst vor Ihnen." Ein Mundwinkel zuckte nach oben. „Und, ja, Sie sind die schönste Frau, die ich je gesehen habe. Männer sind visuelle Menschen, es tut mir leid."

„Das muss es nicht." Es gefiel ihr, dass er sie attraktiv fand. Das war doch schon mal ein Anfang. „Ich würde sehr gerne mit Ihnen auf ein Konzert gehen."

„Tut mir leid, aber die Band ist schon abgereist. Würden Sie sich auch mit einem Abendessen zufriedengeben?"

Sie nickte.

„Bei mir zu Hause", fuhr er fort. „Reese wird auch da sein. Es ist kein Date. Ich lade einfach nur die Kampfkunstlehrerin meines Sohnes zu mir ein. Wir werden nie alleine sein. Wie klingt das?"

„Nett", sagte sie.

Er verzog das Gesicht. „Ich bin verflucht."

„Sagen Sie das nicht. Sie sind ein Traum."

Er lachte leise. „Ja, klar."

Er glaubte ihr nicht, was in Ordnung war. Denn sie wusste, dass es stimmte.

8. KAPITEL

Während Isabel die Kleider auspackte und aufhängte, dachte sie daran, was Ford behauptet hatte. Dass er noch nie verliebt gewesen war. Das kam ihr unvorstellbar vor. Er war charmant und lustig – die Frauen mussten ihm doch zu Füßen gelegen haben. Und dennoch hatte er ihre Gefühle nie erwidert.

Sich nicht zu verlieben ... wie traurig, schoss es ihr durch den Kopf. Aber vielleicht war sie ja auch nicht anders? Man musste sich nur die Katastrophe anschauen, die sich ihre Ehe genannt hatte. War das romantische Liebe gewesen? Auf Erics Seite sicher nicht, und was ihre eigenen Gefühle anging, hatte sie inzwischen auch so ihre Zweifel.

Hastig schüttelte sie die Gedanken ab und packte das letzte Kleid aus. Insgesamt waren es sechs: zwei Musterkleider und vier Bestellungen. Sie würde sie über Nacht aushängen lassen und am nächsten Morgen mit dem Bügeln anfangen.

Während der Arbeit schaute sie immer wieder auf ihr Handy. Sie hatte Sonia zwei Nachrichten hinterlassen, aber noch nichts von ihr gehört.

Nachdem alle Kleider ausgepackt waren, warf sie das Verpackungsmaterial in die Mülltonnen draußen und faltete die Kartons für die Papiertonne zusammen. Dann kehrte sie in den vorderen Bereich des Ladens zurück. Kurz nach eins kam eine Frau mit einem Kleidersack über dem Arm herein.

„Hey", sagte sie mit einem Lächeln. „Ich weiß nicht, ob du dich an mich erinnerst. Wir sind vor Jahren gemeinsam zur Schule gegangen."

Isabel sah die braunäugige Brünette genauer an. Sie war Mitte zwanzig, ungefähr eins fünfundsechzig groß und sehr hübsch. Ganz verschwommen kehrten ein paar Erinnerungen zurück: Da war dieses Mädchen gewesen. Sie hatte zwei jüngere Schwestern gehabt, und die Eltern waren bei einem Verkehrsunfall gestorben.

„Dellina?"

Das Lächeln der Frau wurde breiter. „Die bin ich. Ich war mir nicht sicher, ob du dich erinnern würdest."

„Natürlich. Wie geht es dir?"

Dellina legte den Kleidersack ab, und sie umarmten einander.

„Mir geht es gut", sagte sie. „In letzter Zeit hab ich nur ziemlich viel zu tun. Und meinen Schwestern geht es auch gut."

Natürlich, jetzt fiel es ihr wieder ein. Die beiden waren Zwillinge.

„Ich habe die letzten fünf Jahre damit verbracht, sie aufziehen", fuhr Dellina fort. „Aber jetzt kann ich mich wieder mehr auf mein Geschäft konzentrieren. Ich bin Inneneinrichterin und arbeite auch als Partyplanerin hier in Fool's Gold."

Isabel nickte langsam. „Ja, davon habe ich gehört. Du hast Charlies und Clays Hochzeit vor ein paar Monaten organisiert. Die war toll. Die Hawaii-Party hat viel Spaß gemacht, und die Trauung war für alle eine echte Überraschung."

„Danke. Charlie musste von der Idee mit dem Luau erst überzeugt werden, aber am Ende ist alles gut geworden."

„Komm." Isabel bedeutete ihr, ihr zu folgen. „Machen wir es uns gemütlich."

Sie ließen sich in den plüschigen Sesseln neben den Spiegeln im Ankleideraum nieder. Von hier aus konnte Isabel sehen, wenn jemand den Laden betrat, während sie mit ihrer alten Freundin plauderte.

„Du bist nach New York gegangen, habe ich gehört", sagte Dellina. „Das ist ziemlich beeindruckend."

„Weniger beeindruckend, als es sich anhört", gab Isabel zu und erzählte kurz von ihrer Scheidung. „Das hier ist natürlich trotzdem ein ziemlicher Kontrast."

„Ja, kann ich mir vorstellen. Ich sage mir auch immer, dass ich mich entscheiden muss. Entweder Partyplanung oder Inneneinrichtung. Bei beidem geht es irgendwie ums Dekorieren, was mir gefällt. Außerdem gibt es hier in der Stadt nicht genug zu tun, um eines von beiden aufzugeben. Also bleibt es im Moment bei zwei Jobs." Sie grinste. „Und vielleicht kommt noch eine dritte Herausforderung hinzu. Lass mich dir zeigen, was ich mitgebracht habe."

Sie holte den Kleidersack und öffnete den Reißverschluss. Darin befanden sich zwei Kleider. Das erste hatte einen U-Boot-ausschnitt. Die Ärmel und Seiten waren schwarz, der Rest des Kleides dunkelblau. An der Taille war der Stoff gerafft.

Isabel sah sofort, dass der Schnitt den Eindruck vermittelte, die Trägerin wäre schlanker, als sie war. Der Stoff war fest, ohne schwer zu sein, und das Kleid an sich war vollkommen zeitlos. Mit den richtigen Accessoires konnte es sowohl tagsüber als auch abends getragen werden.

Das andere Kleid war genauso interessant. Außerdem gab es noch einen Anzug mit einer schwarzen Hose.

„Die gefallen mir gut", sagte sie und sah schon vor sich, wie sie die Stücke im Schaufenster ausstellte oder selbst trug. Im Kopf ging sie ihre Schuhsammlung durch und fand mindestens drei Paare, die zu jedem Outfit passen würden.

„Eine Freundin von mir hat sie geschneidert", erklärte Dellina. „Aber sie ist zu schüchtern, um sie selbst zu verkaufen. Und irgendwann konnte ich es nicht mehr ertragen, diese wunderschönen Sachen einfach nur in ihrem Gästezimmer hängen zu sehen. Also habe ich sie mitgenommen. Das hier sind nur ein paar Beispiele. Ich dachte, du könntest sie vielleicht bei dir ausstellen."

Das war leider unmöglich. Paper Moon bot ausschließlich festliche Kleider für Bräute, Brautjungfern und Abschlussbälle an. Keine Bekleidung, die eine Frau zur Arbeit anziehen konnte.

Isabel öffnete den Mund, um Nein zu sagen. Doch irgendwie kam ihr das Wort nicht über die Lippen. Ihr Blick glitt zu dem Schaufenster an der Seite des Ladens. Es war zu klein für Hochzeitskleider, also nutzte sie es für Abschlussballkleider und ein paar Accessoires.

Wenn sie den Stoffhintergrund wegnehmen würde, kämen die weiß gekalkten Wände zum Vorschein. Die waren für ihre Zwecke normalerweise zu hart, doch für diese Kleidung wären sie der perfekte Hintergrund.

„Ja, hier", sagte sie aus einem Impuls heraus. „In diesem Fenster."

Dellina legte die Kleider über einen Stuhl und folgte ihr.

Schnell hatten sie die Dekoration weggeräumt. Isabel löste die mit blassrosa Stoff bezogene Spanplatte, und gemeinsam zogen sie sie aus dem Fenster heraus.

„Ich habe noch zwei ungenutzte Schaufensterpuppen. Und das dritte Outfit können wir dorthin hängen." Isabel zeigte auf einen Messinghaken an der Wand.

„Das ist perfekt." Dellina betrachtete die beiden Schaufensterpuppen. „Können wir ihre Köpfe abnehmen? Dann wäre der Look irgendwie cleaner."

„Und ein wenig gruseliger", sagte Isabel mit einem Lachen. Aber sie sah, was Dellina meinte. „Versuchen wir's einfach."

Sie griff nach der Puppe und hielt dann inne. „Warte eine Minute. Ich kann das nicht tun. Ich werde nicht hierbleiben."

Dellina starrte sie an. „Ich verstehe nicht. Halte ich dich von einer Verabredung ab? Ich kann gerne noch mal wiederkommen."

„Nein. Ich meine den Laden. Wir werden ihn Anfang nächsten Jahres verkaufen."

Dellinas Augen weiteten sich geschockt. „Ihr verkauft das Paper Moon? Aber der Laden gehört doch schon seit Ewigkeiten zu Fool's Gold."

Das höre ich nicht zum ersten Mal, dachte Isabel grimmig.

„Was ist das?" Madeline kam aus dem hinteren Bereich. „Warst du shoppen? Wo hast du das Jackett her? Das ist toll. Und dieses Kleid."

Sie hielt das violette Kleid hoch.

„Eine Freundin von Dellina hat sie gemacht. Kennt ihr beide euch schon?"

„Ja", sagte Dellina. „Und das hier sind Margos Entwürfe."

Madeline seufzte. „Du hast zwar gesagt, dass sie toll ist, aber bisher habe ich ihre Designs noch nie mit eigenen Augen gesehen." Ihre Miene erhellte sich. „Willst du sie hier im Laden verkaufen, Isabel? Und gibt es dann einen Angestelltenrabatt?"

„Ich habe Dellina gerade erzählt, dass wir das Paper Moon Anfang des Jahres verkaufen", sagte Isabel.

Madeline schüttelte den Kopf. „Sprich nicht davon. Gerade jetzt, wo ich einen Job gefunden habe, den ich wirklich liebe."

„Ich bin sicher, die neuen Besitzer werden dich übernehmen wollen." Isabel war fest entschlossen, ein gutes Wort für ihre Mitarbeiterin einzulegen. „Außerdem ist es ja noch ein paar Monate hin."

Sie schaute von den Kleidern, die Madeline in der Hand hielt, zum Schaufenster. „Wisst ihr was, ich werde mir im Moment keine Sorgen um die Zukunft des Ladens machen. Dellina, wenn du die Sachen deiner Freundin in dem Fenster präsentieren willst, nur zu. Falls das ein Erfolg wird, können wir uns immer noch überlegen, wie wir dann weiter vorgehen."

Dellina grinste begeistert. „Einverstanden."

Sie und Madeline fingen an, die beiden Schaufensterpuppen anzuziehen. Isabel ließ sie damit alleine und ging wieder nach vorne in den Laden. Sobald die beiden fertig wären, würde sie sich das Fenster von außen anschauen.

Das ist eine gute Erfahrung für Sonias und meinen Laden in New York, dachte sie. Mode zu verkaufen war eine ganz andere Welt. Und originelle Entwürfe anzubieten war noch spezieller als Brautkleider.

Isabel nahm die Preisliste, die Dellina mitgebracht hatte, in die Hand. Darauf standen alle Kleider, die Margo im Haus hatte, sowie die Zeit, die sie benötigen würde, um eines herzustellen, das sie nicht vorrätig hatte. Sie könnte ...

Die Eingangstür öffnete sich. Isabel schaute auf und lächelte automatisch. Doch als sie die Frau erkannte, die das Paper Moon betrat, wurde ihr Lächeln ein wenig angespannt und ihre Kehle ganz trocken.

Denise Hendrix schaute sich im Laden um, erblickte sie und kam direkt auf sie zu.

Ohne jeden Small Talk kam Fords Mutter sofort zum Punkt.

„Sind Sie wirklich die Freundin meines Sohnes?"

Ford griff in den Kühlschrank und reichte Isabel eine Cola light. Sie nahm die Dose, öffnete sie aber nicht.

„Du verstehst das nicht", wiederholte sie und funkelte ihn böse an. „Ich musste deine Mutter anlügen. Es war schrecklich."

„Ich weiß. Das hast du mir bereits erzählt." Mehr als ein Mal. Er holte tief Luft. „Du wusstest doch, was wir tun. Und du hast zugestimmt."

Sie schlug ihm gegen den Oberarm. „Es zu wissen und es am eigenen Leib zu erfahren, sind zwei vollkommen verschiedene Dinge. Sie war da, in meinem Laden, hat mich angeschaut. Ich musste in ihre vertrauensvollen Augen sehen und lügen. Weißt du, wie sich das anfühlt?"

„Ja", gab er zu und ignorierte das Gefühl, als würde sein Kragen ihm die Luft abschnüren. Schließlich konnte da nichts drücken, er trug nur ein T-Shirt, kein Hemd.

Isabel schüttelte den Kopf. „Es war grauenhaft. Wie sie mich gemustert hat. Als wenn sie wüsste, dass ich lüge."

„Sie weiß es nicht. Meine Mom hat sechs Kinder großgezogen. Schuldgefühle zu verursachen fällt ihr so leicht wie anderen Leuten das Atmen." Er legte einen Arm um sie. „Komm schon. Lass uns drüber reden, dann fühlst du dich gleich besser."

Sie löste sich aus seiner Umarmung. „Dein Charme hilft jetzt auch nicht."

„Vielleicht doch." Er war gut im Charmantsein. Jedenfalls hatten das schon einige Frauen behauptet. „Sieh mal, Isabel, ich gebe wirklich mein Bestes. Glaubst du, mir gefällt das? Ich gebe zu – alles wäre viel einfacher, wenn ich mich verlieben könnte. Doch das kann ich nicht."

Sie wirkte nicht überzeugt. „Hast du es denn überhaupt mal versucht?"

„Ja. Ich entstamme einer langen Reihe glücklicher Ehen und leide unter keinerlei emotionalem Trauma. Außerdem mag ich Frauen. Ich mag sie sogar ziemlich gern. Kurz gesagt: Ich weiß nicht, was mit mir nicht stimmt, und es tut mir leid, dass ich dich in diese Situation hineingezogen habe."

Sie hielt seinem Blick eine ganze Weile stand, bevor sie schließlich nickte. „Okay", sagte sie seufzend und öffnete die Coladose. „Ich weiß, du quälst mich nicht absichtlich. Es war nur so unangenehm."

„Das ist mir klar. Ich bin dir wirklich was schuldig."

„Mehr, als du ahnst. Deine Mutter hat uns zum großen Familiendinner eingeladen."

„Das schiebe ich so weit raus, wie ich kann."

„Ja, das wäre gut." Um ihren Mund zuckte es.

Ihr Unbehagen führte seltsamerweise dazu, dass er Isabel noch lieber mochte. Sie war ein ehrlicher Mensch, und es betrübte sie, unaufrichtig zu sein.

„Ich mach es wieder gut", versprach er.

„Ja? Ich denke, dazu müsstest du lernen, wie man ein Brautkleid bügelt."

„Warum fühle ich mich schuldig?" Noelle schaute angespannt über ihre Schulter.

„Weil Jo uns alle so abgerichtet hat." Charlie straffte die Schultern, entschlossen, dem Druck nicht nachzugeben. „Wir *müssen* nicht jeden Mittag zum Lunch in ihre Bar gehen. Es ist gut, auch die anderen Geschäfte in der Stadt zu unterstützen."

Isabel grinste. „Rede dir das nur weiter ein, vielleicht glaubst du es dann noch."

Sie standen in der Schlange vor einem glänzenden silberfarbenen Wohnwagen, der zu einer rollenden Küche umgebaut worden war. Köstliche Gerüche wehten aus den Fenstern, und auf der Schiefertafel an der offen stehenden Tür standen viele verlockende Gerichte zur Auswahl.

Dieses Wunderwerk von einem Imbisswagen gehörte Ana Raquel, Dellinas jüngerer Schwester. Sie plante die Menüs und kochte auch alles in dem kleinen Anhänger. Heute stand sie vor dem Pyrite Park und hatte alle Fenster geöffnet und den Ofen angeheizt. Die leckeren Düfte hatten eine Menge hungriger Kunden angelockt.

„Du hilfst einer Freundin", sagte Dellina mit fester Stimme. „Meine Schwester braucht die Unterstützung. Das sagst du Jo einfach, wenn sie fragt."

„Wenn du meinst." Noelle klang immer noch nicht überzeugt.

Isabel hatte weniger Angst vor Jos Reaktion als die anderen Frauen. Vielleicht, weil sie nur kurz in Fool's Gold blieb und sich keine Sorgen darüber machen musste, aus dem besten Lokal der Stadt ausgeschlossen zu werden. Sie warf einen Blick auf die handgeschriebene Karte und spürte, wie ihr das Wasser im Mund zusammenlief.

Es gab Sandwiches und Burger mit Zutaten wie frischem Basilikum, Ziegenkäse oder Wassermelonen-Jalapeño-Mus. Das Rotwein-Risotto mit Sommergemüse hatte einen Stern, der darauf hindeutete, dass der Preis etwas höher war. Alternativ gab es einen Mozzarella-Pasta-Salat mit Balsamico-Hühnchen. Und das Dessert des Tages waren S'Mores-Riegel – gebackene Marshmallows zwischen zwei Keksen – und Apfelringe mit Karamellsoße.

„Schon allein vom Lesen der Speisekarte nehme ich fünf Kilo zu", sagte Patience. „Ich kann mich nicht entscheiden zwischen dem überbackenen Birnen-Schinken-Sandwich und der Fajita Quesadilla."

„Ich nehme einen Burger und einen S'More-Riegel", sagte Charlie. „Versucht nicht, mir das auszureden. Und erwartet bloß nicht, dass ich mit euch teile."

Felicia warf ihr einen Blick zu. „So eine Besitzgier in Bezug auf Essen ist für dich ungewöhnlich", bemerkte sie. „Glaubst du, das liegt an deinem Zyklus oder an einem sonstigen hormonellen Ungleichgewicht?"

Charlie drehte den Kopf langsam herum und funkelte sie an. „Du hast mich nicht gerade nach meiner Periode gefragt."

Felicia gab nicht nach. „War das unangemessen? Ich wollte nicht neugierig sein."

Charlie seufzte und verdrehte die Augen. „Ich weiß. Tut mir leid. Ich steh nur einfach auf S'Mores. Ich will nicht darüber reden."

„Ich verstehe", erwiderte Felicia liebevoll. „Viele unserer Essgewohnheiten können bis in unsere früheste Kindheit zurückverfolgt werden."

Isabel packte Felicia und zog sie energisch von Charlie weg. „Zeit, das Thema zu wechseln", murmelte sie.

Felicia grinste. „Ich kann nicht anders. Ich liebe es, Charlie zu ärgern."

„Du hast das absichtlich gemacht?"

„Vielleicht ein wenig."

Isabel kicherte. Das Allerbeste an ihrer Rückkehr nach Fool's Gold waren die Freundinnen, die sie hier gefunden hatte. In New York hatte sie auch Spaß und einige Freunde gehabt, aber das war nicht das Gleiche. Hier traf man sich öfter, weil man näher zusammenwohnte. Es war leicht, gemeinsam Mittag essen zu gehen oder nach der Arbeit etwas zu trinken. Ob auf den Festivals oder im Buchladen, sie traf ständig jemanden, den sie kannte.

Felicia und sie gaben die Bestellung auf, bezahlten und nahmen ihren Lunch in Empfang. Dellina und Charlie hatten Decken in ihren Autos mitgebracht, die sie jetzt auf dem Rasen im Park ausbreiteten und es sich gemütlich machten.

Abgesehen von Charlies Burger war die Auswahl gleichmäßig auf Sandwiches und Quesadillas gefallen. Dazu gab es drei S'Mores und zwei Portionen Apfelringe, die in der Mitte der Decken standen. Isabel fiel auf, dass Charlie den Blick kaum von ihrem S'More lösen konnte, als wollte sie jeden, der ihm zu nahe kam, umhauen.

„Gute Idee", sagte Patience und nahm den ersten Bissen. „Ich liebe Essen, und ich liebe es, draußen zu sein. Was sind Anas Pläne für den Imbisswagen?"

„Sie will an verschiedenen Tagen an verschiedenen Plätzen stehen und sich darauf spezialisieren, saisonale Speisen anzubieten."

„Ich bin froh, dass sie zurückgekommen ist", sagte Patience.

Isabel nickte zustimmend und gab ihr Bestes, nicht zu stöhnen, während sie ihr Sandwich aß. Der Käse war cremig, die Birnen leicht kross. Die verschiedenen Geschmacksrichtungen bildeten eine perfekte Mischung.

Ana Raquel hatte den Sommeranfang in San Francisco verbracht. Dort war ihr „Streetfood" sehr erfolgreich gewesen.

Aber sie hatte ihr Zuhause vermisst und war vor ein paar Wochen zurückgekehrt. Isabel ging davon aus, dass sie bleiben würde.

„Fayrene hat auch ein eigenes Geschäft", berichtete Charlie. „Sie ist eine super Aushilfe bei uns auf der Feuerwache. Ich habe versucht, sie zu überreden, sich fest anstellen zu lassen, aber sie war nicht interessiert."

„Fayrene will sich verändern", sagte Dellina.

Noelle drehte sich zu Isabel und sah sie fragend an. „Dellina und ihre Schwestern sind also neu in der Stadt?"

„Nein, sie sind alle hier geboren worden. Ana Raquel und Fayrene sind Zwillinge und ein paar Jahre jünger als Dellina. Ihre Eltern sind gestorben, als Dellina noch in der Schule war. Sie hat sich um ihre Schwestern gekümmert, seit sie achtzehn ist."

Noelles Augen wurden groß. „Das ist eine ganz schön große Verantwortung."

„Das stimmt. Und sie haben das fabelhaft gemeistert. Du schmeckst ja selber, wie talentiert Ana Raquel ist. Und Fayrene hat jetzt auch eine eigene Firma, genau wie Dellina. Sie ist Partyplanerin und Inneneinrichterin." Isabel erzählte von den Kleidern, die sie heute in den Laden gebracht hatte.

„Und ich habe nur einen Weihnachtsladen aufgemacht", sagte Noelle seufzend. „Ich fühle mich wie ein Faulpelz."

„Wir lieben deinen Laden."

„Ich auch, aber ... wow."

Charlie schob ihre Pommes frites in die Mitte der Decken. „Ihr könnt euch gerne bedienen, wenn ihr wollt."

Dellina grinste. „Solange wir die S'Mores nicht anfassen. Schon verstanden."

Charlies Augen verengten sich. „Wirklich? Du auch?"

Felicia lachte. „Charlie, wir lieben dich. Du lässt dich so herrlich aufziehen."

„Ja, ja. Wo ist Webster?"

„Der schlummert selig in meinem Büro. Wenn ich ihn mitgebracht hätte, würde er euch keine Sekunde in Ruhe lassen. Er ist immer noch in der Gassi-schlafen-essen-Phase seines Hundelebens." Ihr Blick wurde weich. „Aber er ist toll, und ich liebe ihn. Sobald er ein wenig erwachsener ist, werde ich mit Gideon darüber sprechen, ob wir nicht ein Baby machen sollten."

Isabel blieb der Mund offen stehen. „Einfach so?", fragte sie.

„Natürlich." Felicia wirkte überrascht. „Ich liebe Gideon, und er liebt mich. Warum sollten wir nicht darüber sprechen, was wir wollen? Ich würde von ihm das Gleiche erwarten. Wir unterstützen einander bei unseren Träumen und Zielen. Außerdem ist erwiesen, dass das Glück des Hauptpaares in einer Beziehung der Garant für das Glück der gesamten Familie ist."

„Ich denke, das Überraschende daran ist, wie erwachsen du bist", sagte Dellina. „Ich habe Probleme damit, um das zu bitten, was ich gerne hätte. Vor allem, wenn ich mit Männern spreche."

„Wenn du nicht danach fragst, wie bekommst du es dann?", wollte Felicia wissen. „Sich darauf zu verlassen, dass er es schon errät, bringt nichts."

„Was vermutlich meinen Single-Status erklärt", seufzte Dellina. „Du bist so mutig und nimmst das Heft in die Hand. Das finde ich beeindruckend."

Felicia lächelte. „Danke für das Kompliment. Ich bin aber außerdem zu direkt und in sozialen Situationen sehr ungeschickt. Dank meiner Freundinnen hier in der Stadt ist es aber schon wesentlich besser geworden."

„Wir lieben dich", sagte Patience und wandte sich dann an Charlie. „Du bist doch auch eine, die sagt, was sie will, oder?"

„Ja, so ziemlich. Ich bin allerdings besser darin, zu sagen, was ich nicht will. Clay hingegen ist gut darin, Andeutungen aufzuschnappen."

„Ich bin nicht sonderlich mutig", gab Patience zu.

„Ich auch nicht", pflichtete Isabel ihr bei.

Noelle lächelte mitfühlend. „Ja. Ich kann auch nicht gut aussprechen, was mich stört. Dafür kann ich es umso besser ignorieren."

„Du bist unsere Anführerin", sagte Patience zu Felicia.

„Bei dir wissen wir wenigstens, dass wir ankommen", scherzte Noelle. „Mit GPS, einem Kompass, den Sternen und etwas Astralprojektion bringst du uns überall hin."

„Was Astralprojektionen angeht, war ich bislang nicht erfolgreich", sagte Felicia. „Ich schätze, da braucht man einen gewissen Grad an Vertrauen, den ich nicht besitze. Es fällt mir schwer, mein Gehirn auszuschalten und einfach zu glauben."

Isabel musste sich bemühen, sie nicht anzustarren. „Aber du hast es versucht?"

„Natürlich. Du nicht?"

„In letzter Zeit eher nicht. Mein einziges Erlebnis der dritten Art war die Begegnung mit Fords Mutter, als sie mich verhörte, ob ich seine Freundin bin."

Charlie zuckte zusammen. „Ich liebe Denise, aber sie kann sehr entschlossen sein, wenn es um ihre Kinder geht. Wie ist es ausgegangen?"

„Ich habe gelogen und Ja gesagt. Es war entsetzlich. Ich weiß nicht, ob sie mir geglaubt hat oder nicht. Wie auch immer, ich habe ihre Einladung zu einem Familiendinner angenommen."

„Ford ist dir wirklich was schuldig", sagte Noelle.

„Das habe ich ihm auch gesagt." Isabel stellte ihren Teller ab.

„Ich bin sicher, der Sex ist es wert", warf Patience liebenswürdig ein.

Isabel wäre beinahe aufgesprungen. „Was? Wir hatten keinen Sex."

„Aber das werdet ihr noch."

Das war keine Frage, dennoch dachte Isabel kurz darüber nach. „Ich weiß nicht", gab sie zu. „Wir haben uns geküsst, und das zwar ziemlich heiß, aber ..."

Sie zögerte, nicht sicher, wie sie ihre Verwirrung in Bezug auf das Thema erklären sollte. Vor einer Woche noch hätte sie dankend abgelehnt, aber nach diesem Kuss fragte sie sich ständig, ob der Rest wohl auch so gut war.

„Die Sache mit Eric war kompliziert", schloss sie schließlich.

„Machst du dir Sorgen, dass du immer noch in ihn verliebt sein könntest?", wollte Noelle wissen."

„Nein." Isabel atmete tief durch. „Wir waren eher Freunde als alles andere. Gute Freunde. Ich ... Er ..." Ach, verdammt.

Wenn sie diesen Frauen nicht vertraute, wem konnte sie dann vertrauen?

„Eric und ich haben uns getrennt, weil er bemerkt hat, dass er schwul ist."

Ihre Freundinnen starrten sie alle schockiert an. Sie wappnete sich für das, was kommen würde – Mitleid und unangenehmes Schweigen. Vielleicht Schelte dafür, dass sie es ihnen nicht früher erzählt hatte. Doch stattdessen zog Noelle sie in ihre Arme, und Charlie stieß einen zischenden Laut aus.

„Hätte er seine Supererkenntnis nicht vor der Hochzeit haben können?", fragte sie.

„Das war wirklich egoistisch", stimmte Patience ihr zu. „Er muss dich sehr verletzt haben. Du weißt, dass es nicht deine Schuld ist, oder?"

Felicia nickte zustimmend. „Es gibt immer mehr wissenschaftliche Theorien, die davon ausgehen, dass schon vor der Geburt feststeht, von welchem Geschlecht wir uns angezogen fühlen. Nach dem Zweiten Weltkrieg haben die Briten versucht, das zu erforschen. Sie sind davon ausgegangen, dass der Stress durch den Blitzkrieg in London …" Sie räusperte sich. „Na ja. Das ist ein Thema für ein anderes Mal."

„Ich wollte es euch schon früher sagen", fing Isabel an.

„Nein", unterbrach Noelle sie entschlossen. „Fang nicht an, dich zu entschuldigen. Das ist eine ziemlich große Sache, und es gibt Dinge, die ein Mensch erst einmal mit sich ausmachen muss, bevor er bereit ist, anderen davon zu erzählen."

Sie sprach mit solchem Nachdruck, dass Isabel sich fragte, welche Geheimnisse Noelle wohl vor ihnen hatte. Doch wie ihre Freundin gerade gesagt hatte – sie würde sie ihnen schon erzählen, wenn sie dazu bereit war.

„Ich danke euch", sagte sie. „Dafür, dass ihr zugehört habt. Und dafür, dass ihr meine Freundinnen seid."

„Gern geschehen", erwiderte Patience.

Felicia griff nach einem der S'Mores. Offensichtlich war es der falsche, denn Charlie schnappte ihn ihr weg und funkelte sie an. „Denk nicht einmal daran."

9. KAPITEL

Consuelo parkte vor dem einstöckigen Gebäude im Ranch-Stil, das dem Haus, das sie sich mit Angel teilte, sehr ähnlich war. Das Dach war neu und der Vorgarten hübsch bepflanzt. An der Veranda lehnte ein Fahrrad. Reeses, dachte sie.

Sie nahm die Flasche Wein, die sie mitgebracht hatte, und den Teller mit den Keksen, die sie in der Bäckerei gekauft hatte. Dann ging sie zur Haustür und redete sich gut zu, dass es keinen Grund gab, so nervös zu sein. Sie war in weitaus gefährlicheren Situationen gewesen. Niemand würde versuchen, sie umzubringen, und es standen auch keine nationalen Interessen auf dem Spiel. Sie konnte sich entspannen.

Was deutlich einfacher gesagt als getan war.

Die Haustür wurde geöffnet, bevor sie noch klingeln konnte. Reese Hendrix grinste sie fröhlich an.

„Hi", sagte er. „Bitte sagen Sie meinem Dad, dass ich einen Welpen brauche."

Seine unbefangene Art half ihr, die Anspannung zu überwinden. Er war ein guter Junge, und sie hatte ihn gerne in ihrem Unterricht. Daran würde sie an diesem Abend denken statt an seinen Vater. Oder daran, dass sie, seitdem sie siebzehn gewesen war, kein Date mehr gehabt hatte. In ihrem letzten Jahr auf der Highschool war ihr damaliger Freund ins Gefängnis gekommen. Danach war sie zur Armee gegangen. Es wäre ihr komisch vorgekommen, mit jemandem auszugehen, mit dem sie zusammenarbeitete. Und nach einer Weile hatten ihre Undercover-Einsätze es ihr unmöglich gemacht, überhaupt nur an eine Beziehung zu denken.

Aber das alles liegt hinter mir, ermahnte sie sich. Sie war jetzt eine ganz normale Frau, die in einer Kleinstadt lebte und bei einem Freund und dessen Sohn zum Essen eingeladen war.

Im nächsten Moment drängte sich ein goldener Labradormix an Reese vorbei und stürzte sich freudig auf sie. Er schien nur aus einem wedelnden Schwanz und einer großen, feuchten Zunge zu bestehen. Consuelo packte ihn am Halsband und befahl ihm, Sitz zu machen. Der Hund gehorchte.

„Du willst einen Welpen, obwohl du schon dieses Energiebündel im Haus hast?"

Reese sah sie ehrfürchtig an. „Wow. So gut gehorcht Fluffy sonst nie."

„Du musst streng mit ihr sein, ohne böse zu werden", erklärte Consuelo.

Sie trat ins Haus und gab Reese den Teller mit den Keksen. Er führte sie in ein großes Wohnzimmer, das in neutralen Tönen gehalten war. Selbst das riesige Ecksofa war mittelbraun. Fluffy lehnte sich gegen ihr Bein.

„Glauben Sie nicht, dass sie jemanden zum Spielen braucht?", fragte Reese und streichelte der Hündin den Kopf.

„Sie hat doch dich."

Er grinste. „Heute Abend grillt mein Dad Steaks. Wir essen normalerweise nur Hamburger, also ist das was ganz Besonderes."

„Na toll, jetzt hast du unser Geheimnis verraten."

Consuelo drehte sich zu der Stimme um und sah Kent auf sich zukommen. Er trug Jeans und ein hellblaues Hemd, dessen Ärmel er bis zu den Ellbogen aufgekrempelt hatte, was nicht ungewöhnlich war, aber an ihm unglaublich sexy aussah.

Ihr Blick glitt durch den Raum, als wüsste sie nicht, wo sie sich niederlassen sollte. Das passte zu dem Kribbeln in ihren Fingerspitzen und dem seltsamen Gefühl in ihrer Brust. Wegzulaufen ist eine prima Idee, dachte sie, obwohl sie wusste, dass sie das hier durchstehen musste. Nicht nur aus Höflichkeit, sondern weil sie es tief in ihrem Herzen wolle.

„Dad, es ist okay, wenn Leute wissen, dass wir nicht oft Steak essen", sagte Reese. Er hielt seinem Vater den Teller hin. „Schau mal, ein Geschenk."

„Oh, meine Lieblingskekse", sagte Kent, ohne den Blick von Consuelo zu nehmen.

„Du weißt doch gar nicht, was das für welche sind", erwiderte sein Sohn.

Kent lächelte. „Doch, das weiß ich."

Consuelo spürte, dass sie rot wurde, was ihr seit Jahren nicht mehr passiert war. „Danke für die Einladung", sagte sie. Warum war ihr Mund auf einmal so trocken? Sie konnte kaum sprechen. „Ich, ähm, habe auch eine Flasche Wein gekauft."

„Danke", sagte er. „Kommen Sie mit, ich mache sie gleich auf."

Sie folgte ihm in eine große, moderne Küche mit vielen Schränken. Reese schaute von dem Grill auf der Terrasse zu seinem Vater.

„Kann ich noch am Computer spielen, bis es Zeit zum Grillen ist?", fragte er.

„Sicher. Ich rufe dich, wenn wir so weit sind."

Reese grinste. „Heute bin ich für die Steaks verantwortlich."

„Ein Mann, der kochen kann", neckte sie ihn. „Ich bin beeindruckt."

„Keine Sorge. Ich werfe ab und zu mal ein Auge drauf", erklärte Kent, nachdem sein Sohn verschwunden war. „Aber ich habe gerade angefangen, Reese das Kochen beizubringen und wie man den Grill benutzt. Er lernt wirklich schnell."

„Dann ist er besser als Ihr Bruder", sagte sie. „Ford ist ein grauenhafter Koch. Als wir hierhergezogen sind, haben er und Angel eine Wette abgeschlossen. Ford hat verloren und sollte eigentlich einen Monat lang für uns kochen. Doch es hat so schlimm geschmeckt, dass wir ihn – und uns – nach ein paar Tagen erlöst haben."

Kent öffnete eine Schublade und holte einen Korkenzieher heraus. „Sie haben mit Ford zusammengewohnt?"

„Ja. Er ist dann aber ausgezogen, weil er und Angel sich ständig Wettkämpfe geliefert haben. Irgendwann wurden ihre andauernden Rangeleien eine zu große Gefahr für die Einrichtung."

Kent schaute sie an. „Und jetzt wohnen Sie mit Angel zusammen?"

Sie brauchte eine Sekunde, um die Bedeutung seiner Frage zu verstehen. „Er ist ein Arbeitskollege. Wir sind Freunde und haben schon mal eine Wohnung geteilt."

„Sind Sie je ein Paar gewesen?"

Kent stellte die Frage beiläufig, als wäre ihm die Antwort egal. Sie wollte gerne glauben, dass dem nicht so war.

Sie nahm das Glas Wein, das er ihr reichte. „Falls die echte Frage lautet, ob ich je mit ihm geschlafen habe, dann ist die Antwort Nein. Wie gesagt, wir sind Freunde. Angel hat vor ein paar Jahren Frau und Sohn verloren. Sie sind bei einem Autounfall ums Leben gekommen, und er hat eine schwere Zeit durchgemacht. Ich weiß, dass er Marie sehr geliebt hat. Aber selbst wenn das nicht so gewesen wäre, ist Angel einfach nicht mein Typ. Ich will keinen Mann, der in der Army war. Das ist nicht wie im Kino. Glauben Sie mir, was wir getan haben, war nicht romantisch."

Er tat, als wäre er enttäuscht. „Erzählen Sie mir nicht, dass Actionfilme nicht auf wahren Begebenheiten beruhen. Das würde Reese und mich am Boden zerstören."

„Gucken Sie viele solcher Filme?"

„Ich bin der alleinerziehende Vater eines dreizehnjährigen Jungen. An manchen Tagen sind Actionfilme die einzige Gemeinsamkeit, die wir haben."

„Ich mag gute Actionfilme. Nur wird in den meisten falsch gekämpft, was mich immer wahnsinnig macht."

„Das ist vermutlich so, als wenn man Arzt ist und sich eine Krankenhausserie anschaut", riet er.

„Ja, genau so."

Er schenkte ihr ein Lächeln. „Über Mathelehrer gibt es nicht allzu viele Filme, also bin ich ein sehr leicht zufriedenzustellender Zuschauer."

„Die Leute wissen gar nicht, was ihnen da entgeht. Ich wette, die Hälfte Ihrer Schülerinnen ist heimlich in Sie verliebt."

Kent schüttelte den Kopf. „Auf keinen Fall. Ich habe mir für das Klassenzimmer eine sehr langweilige Haltung angewöhnt. Die meisten meiner Schüler sind geschockt, wenn sie erfahren, dass ich ein Kind habe. Ein paar haben mich sogar gefragt, ob Reese adoptiert ist. Ich bin in ihren Augen ein Mathelehrer, aber kein Mann, und das ist mir nur recht."

Diese Haltung konnte sie respektieren. Doch wieso musste alles, was sie über Kent erfuhr, ihr noch deutlicher zeigen, wie perfekt er war?

„Was ist?", wollte er wissen.

Sie schaute ihn an.

Er stellte sein Weinglas ab und kam auf sie zu. „Da ist er wieder. Dieser Blick. Als wenn Sie daran denken, wegzulaufen."

Wieder. Das sagte er zwar nicht, aber dennoch hing das Wort zwischen ihnen.

„Tut mir leid", murmelte sie. „Vielleicht würde es helfen, wenn Sie mir ein paar Ihrer größten Fehler aufzählen."

„Was? Wieso wollen Sie etwas über meine Fehler erfahren?"

„Um einigermaßen einen Gleichstand zwischen uns herzustellen."

Kent musterte sie eindringlich. „Sie machen Witze, oder? Wenn hier jemand versuchen muss, den Anschluss zu halten, dann ja wohl ich."

„Quatsch. Sie sind erfolgreich und klug. Verantwortungsvoll, gut aussehend und echt nett." Sie hob eine Hand. „Ich weiß, das mit dem Nettsein hören Sie nicht gerne, aber mir gefällt es. Wissen Sie, wo Sie leben?"

Er nickte. „Ja, ich kenne meine Adresse. Bisher habe ich noch keine Anzeichen von Demenz an mir bemerkt. Finden Sie Gedächtnisschwund irgendwie anziehend?"

Sie lachte erstickt. „Nein. Ich meine, sehen Sie sich die Stadt an, in der Sie leben. Ihr Haus. Das ist alles so normal."

„Ist Ihr Haus nicht normal? Haben Sie die Möbel an die Decke genagelt?"

„Ich habe noch nie zuvor in einem Haus gewohnt. Ich hatte nie einen Vorgarten oder eine Veranda oder einen Briefkasten an der Straße. Ich habe nie in einem Vorort gelebt. Und hier winken mir Menschen zu, die ich nicht einmal kenne."

„Winken Sie zurück? Denn das erwartet man hier. Sie zu schlagen oder zu erschießen wird hier äußerst ungern gesehen."

Während er sprach, kam er immer weiter auf sie zu. Consuelo

musste den Kopf ein wenig in den Nacken legen, um ihm in die Augen schauen zu können.

„Sie nehmen mich nicht ernst", beschwerte sie sich.

„Doch, das tue ich. Ich verstehe, dass das für Sie anders ist. Ich bin mir nicht sicher, wie sehr, aber ich respektiere, dass Sie versuchen, sich anzupassen. Es gefällt mir, dass Ihre Vergangenheit mich in Ihren Augen attraktiver wirken lässt, als ich bin. Und ich hoffe, dass Sie Ihre Meinung über mich niemals ändern werden."

Sie fand sich auf einmal zwischen seinem Körper und der Arbeitsplatte gefangen. Aber auf eine gute Art. Ihm zu entkommen wäre kein Problem. Doch das wollte sie gar nicht. So groß ihre Angst auch war, sie wollte genau hier sein – bei Kent, der immer näher und näher kam.

Sie stellte ihr Weinglas ab und wusste dann aber nicht, was sie mit ihren Händen anfangen sollte. Also verschränkte sie sie hinter ihrem Rücken, doch damit kam sie sich so verletzlich vor. Sie verknotete ihre Finger. Ihr wurde immer unbehaglicher zumute, und sie wusste, dass sie nur noch einen Herzschlag davon entfernt war, ärgerlich zu werden und zum Angriff überzugehen.

Doch bevor sie sich in ihr Lieblingsgefühl flüchten konnte, nahm Kent ihre Hände in seine.

„Geht es Ihnen gut?", fragte er.

„Ich bin mir nicht sicher."

„Eine Frau, die sagt, was sie denkt. Das ist neu."

Sie lächelte. Ihr gefiel der sanfte Duft nach Seife und dem Mann. Er war so groß und breitschultrig, ohne übertrieben muskulös zu sein. Sie wollte herausfinden, was Männer in der normalen Welt bei einer Verabredung taten. Sie wollte Kent über alles Mögliche reden hören. Sie wollte sich an ihn kuscheln. Und zum ersten Mal in ihrem Leben wollte sie das Gefühl haben, dass jemand sich um sie kümmerte.

„Glauben Sie, abfällig über Frauen zu reden, ist klug?"

„Wenn ich in Ihrer Nähe bin, kann ich nicht klug sein. Ich kann nicht einmal klar denken", gab er zu. „Das habe ich inzwischen akzeptiert. Genauso wie die Tatsache, dass Sie mir mit einem Schlag die Luftröhre zerquetschen könnten."

Sie senkte den Blick von seinen Augen zu seinem Adamsapfel. „Das ist keine sonderlich effektive Methode, um jemanden zu töten, aber ja, das könnte ich."

Er zog ihre Hände zu sich und dann um sich herum. Als ihre Finger seinen Rücken berührten, ließ er sie los und legte seine Hände an ihre Taille. Dann neigte er den Kopf und küsste sie.

Sein Mund war weich und sanft, wie die Berührung eines Schmetterlings. Kent drängte sich nicht auf und zog sie auch nicht an sich. Er ließ Platz zwischen ihnen. Viel zu viel Platz, um genau zu sein.

Das ist es, was ich will, dachte sie. Einen gütigen Mann, der Frauen respektiert. Einen Mann, der nur nahm, was sie zu geben gewillt war, und der aufhören würde, sobald sie ihn darum bat. Einen Mann, bei dem sie sich nie schmutzig fühlen und niemals Angst haben musste.

Er zog sich zurück und schaute sie mit leichter Besorgnis an. „Alles okay?"

Sie presste die Lippen aufeinander und nickte. „Ich war noch nicht bereit."

Er schüttelte den Kopf. „Es tut mir leid. Ich dachte ..."

Sie las die Gefühle, die in seinen dunklen Augen aufblitzten. Hauptsächlich Entsetzen und Scham. Aber da gab es noch andere Gefühle, und jedes davon vergrößerte ihre Sehnsucht nach ihm nur umso mehr.

„Nein", sagte sie und umfasste seinen Arm, bevor er noch etwas sagen konnte. „Ich möchte, dass du mich küsst. Ich war nur nicht vorbereitet auf das Gefühl, das es in mir auslöst." Sie lächelte. „Es hat mir gefallen."

Er entspannte sich ein wenig, bewegte sich aber nicht auf sie zu.

Also packte sie sein Hemd, um ihn zu sich heranzuziehen. Er rührte sich nicht. Natürlich hätte sie ihn zwingen können, alles zu tun, was sie wollte. Doch das schien ihr nicht der beste Anfang für ihr erstes offizielles Date zu sein.

Sie ließ ihn los und seufzte. „Klein zu sein ist blöd. Könntest du dich bitte zu mir herunterbeugen und mich noch einmal küssen?"

Um seine Mundwinkel zuckte es. „Du wirst mir nicht mit Gewalt drohen, oder?"

„Ich würde gerne, aber ich habe mich daran erinnert, dass das falsch wäre, wo das doch unsere erste Verabredung ist und so."

„Ich bin beeindruckt von deiner Selbstkontrolle. Beeindruckt und erleichtert." Er wurde wieder ernst. „Bist du sicher?"

„Ja. Sehr. Bitte küss mich."

Er kam auf sie zu. „Ich liebe es, wenn Frauen betteln."

Sie lachte, als er seine Arme um sie schlang. Dann berührten sie sich auf einmal überall, und plötzlich war ihr gar nicht mehr nach Lachen zumute.

Sie mochte es, wie er sie hielt. Als wenn er sie nie wieder loslassen wollte. Sein Körper war warm und stark. Sicher, dachte sie und ließ ihre Augen zufallen. Perfekt.

Er senkte seinen Mund auf ihren. Dieses Mal mit ein wenig mehr Druck. Einem Hauch von Verlangen. Die Sanftheit war immer noch da, aber darunter spürte sie, was zwischen ihnen entstehen konnte.

Er versuchte nicht, den Kuss zu vertiefen, und zog sich zurück, bevor sie dafür bereit war. Doch anstatt sie loszulassen, hielt er sie weiter fest und streichelte mit einer Hand sanft über ihr Haar.

„Danke, dass du die Einladung zum Essen angenommen hast", murmelte er.

Sie lehnte sich an ihn. „Danke, dass du mich gefragt hast."

„Jederzeit sehr gerne."

Sie entspannte sich und spürte, wie ihre Verteidigungsmauer langsam bröckelte. Ihr fehlte vielleicht der Instinkt dafür, wie man das machte, was sie hier gerade taten. Aber unter Kents sanfter Führung konnte sie es lernen. Da war sie sich ganz sicher.

„Also, auf der Ladefläche von Billys Truck, hm?", fragte Ford.

Isabel hatte gerade genießerisch an ihrem Eis geleckt und musste nun erst einmal schlucken. „Wie bitte?"

Er blinzelte. „Dein erstes Mal. Es war mit Billy, oder?"

Sie schaute sich um. Es war ein sonniger Samstagnachmittag, mitten in Fool's Gold. Der Morgen war etwas kühl gewesen, aber inzwischen hatte die Sonne noch einmal an Kraft gewonnen. Prompt waren alle Bewohner der Stadt nach draußen geströmt, um den letzten Rest Sommer zu genießen.

„Darüber reden wir nicht", beschied sie ihm. „Und schon gar nicht hier, wo irgendjemand uns hören kann."

„Das heißt, du hast kein Problem mit dem Thema, sondern nur damit, dass jemand mithören könnte."

„Ja, obwohl ich nicht sicher bin, ob ich mit dir über mein erstes Mal sprechen will."

„Zu spät", sagte er triumphierend. „Das hast du in deinen Briefen schon getan."

„Du bist wirklich der nervtötendste Mann der Welt."

„Stimmt ja gar nicht. Du bist gerne mit mir zusammen. Ich bin lustig und nett – und außerdem eine wahre Augenweide."

Sie unterdrückte ein Lächeln. „Was mir am meisten an dir gefällt, ist dein mangelndes Ego. Du bist so schüchtern und bescheiden."

Er stieß sie mit der Schulter an. „Meine Macken machen mich menschlich."

Sie leckte an ihrem Eis. „Dann musst du einer der menschlichsten Menschen sein, die ich kenne. Wie kamst du eben auf Billy?"

Er streckte den Arm aus.

Sie schaute in die Richtung und sah ein junges Pärchen, das neben einem Pick-up-Truck herumknutschte. Die beiden waren vermutlich noch auf der Highschool.

„Wenn einer ihrer Eltern sie dabei erwischt, werden sie wohl einiges zu erklären haben", sagte Isabel und drehte sich wieder zu ihm um.

„War es bei dir auch so?", wollte er wissen.

„Ich weiß nicht. Es passierte ganz spontan. Er war surfen, und ich bin zum Strand gegangen. Es war dunkel, und eines führte zum anderen."

Ford lachte. „Das war nicht spontan."

„Woher willst du das wissen?"

„Er ist ein Kerl. Du warst ein wunderschönes junges Mädchen, das verrückt nach ihm war. Vertrau mir, Billy hatte das wochenlang geplant."

„Meinst du? Er hat nie etwas in der Richtung gesagt."

„Was hätte er auch sagen sollen? ‚Ich werde alles tun, damit du mich in dein Höschen lässt, und zwar so schnell wie irgendwie möglich'?"

„Nicht sonderlich romantisch."

„Das meine ich ja."

Sie ermahnte sich, nicht allzu lange über das „wunderschöne junge Mädchen" nachzudenken. Ford hatte das bestimmt nur als generelle Aussage gemeint. Weil alle Teenager dank ihrer Jugend und Vitalität attraktiv waren.

„Diesen Brief hätte ich dir nie schicken dürfen", sagte sie. „Ich kann nicht glauben, dass ich mich in Einzelheiten ergangen habe." Sie hielt kurz inne. „Hab ich das?"

„Ich habe es quasi in Echtzeit miterlebt."

„Du hättest mir antworten sollen. Dann hätten wir eine echte Unterhaltung geführt."

„Mir hat es gefallen, dein Tagebuch zu sein." Er steckte den Rest seiner Eiswaffel in den Mund und ließ die Serviette in einen Mülleimer fallen. „Du hast mir einen sehr detaillierten Brief über die Geburt von Maeves erstem Baby geschickt und gleich einen zweiten hinterher, in dem du mir geraten hast, den ersten nicht zu lesen."

„Ich hatte Angst, er könnte dich verletzen."

„Ich war damals schon über sie hinweg."

Sie warf den Rest ihrer aufgeweichten Eiswaffel weg und wischte sich die Hände ab. „Was ich gewusst hätte, wenn du mir je geschrieben hättest."

Er legte einen Arm um ihre Schultern. „Das wird nicht passieren."

„Offensichtlich, denn du bist ja nicht mehr in der Army."

„Du könntest mir immer noch schreiben, wenn du willst."

„Aus welchem Grund sollte ich das tun?"
„Um mich zu unterhalten."
„Danke, aber nein."

Sie war noch nie mit einem Mann Arm in Arm spazieren gegangen, wurde Isabel plötzlich klar. Eric war nicht groß genug gewesen, um den Arm um ihre Schulter zu legen, also hatten sie meist Händchen gehalten oder waren einfach nebeneinanderher gegangen. Jetzt jedoch war sie Ford ganz nah, und ihre Körper rieben sich im Gehen aneinander. Das ließ sie an den Kuss denken, auf dessen Wiederholung sie noch immer wartete. Aber da kam nichts. Typisch Mann.

Warum küsste Ford sie nicht? Wollte er nicht, oder hielt er es für unangemessen? Vielleicht hätte sie ihm in ihrer Funktion als falsche Freundin von Anfang an eine Liste mit Vergünstigungen vorlegen sollen, die sie erwartete.

„Nächste Woche kommt ein Neukunde, um endlich den Vertrag mit uns zu unterschreiben", sagte Ford.

Isabel nickte und wartete, weil sie nicht wusste, wieso er ihr das erzählte.

„Er bringt seine Frau mit."

„Wie schade, dass sie das End-of-Summer-Festival verpassen. Das nächste Stadtfest findet erst in zwei Wochen statt. Werden sie so lange hier sein?"

„Nein. Sie bleiben nur über Nacht. Ich dachte, wir könnten zu viert abends essen."

Sie schüttelte seinen Arm ab. „Ein Abendessen mit deinem Kunden?"

„Du bist meine Freundin. Wen sollte ich sonst mitnehmen?"

„Warum kannst du nicht alleine gehen?" Sie schaute sich um und senkte die Stimme. „Wir machen das Ganze doch nur für deine Mutter."

„Und für die Stadt."

„Darüber will ich lieber gar nicht nachdenken."

Sie blieben am Park stehen, wo es schattig und etwas ruhiger war. Auf der anderen Straßenseite strömten die Touristen ins

Brew-haha. Isabel nahm an, dass in Noelles Laden ebenfalls reger Betrieb herrschte.

„Komm schon", sagte er sanft. „Ein nettes Dinner mit netten Leuten. Das wird bestimmt lustig."

Sie machte sich keine Sorgen, dass der Abend nicht nett werden würde. Es war so leicht, mit Ford zusammen zu sein. Er wusste, wann er lustig und wann er ernst sein musste. Sie hatten einen guten Rhythmus gefunden. Es war nur …

Ihr Blick blieb an seinem Mund hängen. Es war der Kuss, dachte sie. Sie wollte wissen, wo sie wirklich standen.

„Okay", sagte sie. „Einverstanden. Aber im Gegenzug musst du mit mir zu einer Haushaltsauflösung gehen."

Er hob abwehrend die Hände und trat einen Schritt zurück. „Bitte nicht. Eine Haushaltsauflösung? Ich bin doch keine Frau."

Sie sagte nichts, sondern wartete einfach.

Er ließ die Hände sinken. „Das ist nicht fair."

„Das ist mein Deal. Nimm ihn oder lass ihn."

Er grub die Spitzen seiner Turnschuhe in den Asphalt wie ein Achtjähriger.

„Na gut", grummelte er. „Ich begleite dich, wenn du mit zu dem Essen kommst."

Sie hakte sich bei ihm unter. „Und, war das jetzt so schwer?"

„Frag mich, nachdem wir bei der Haushaltsauflösung waren."

Ford wendete den Rasenmäher auf dem Bürgersteig, um in die andere Richtung zu mähen. Der Nachmittag war sonnig und warm, doch die Blätter fingen bereits an, ihre Farben zu verändern. In wenigen Wochen würde sie die Wasserhähne außen am Haus abdrehen müssen, damit sie über den Winter nicht einfroren.

Ein blauer Prius bog auf die Auffahrt, und Isabel stieg aus. Sie trug eine schwarze Hose und eine blaue Bluse, die zu ihren Augen passte. Ihr Haar fiel ihr lockig auf die Schultern, und sie hatte sich geschminkt. Der ganz normale Businesslook.

„Hey", rief er und schaltete den Rasenmäher ab. „Hast du ein Kleid verkauft?"

Sie ging zu ihm. „Was tust du da?"

„Hast du noch nie zuvor einen Rasenmäher gesehen?"

Sie verdrehte die Augen. „Natürlich. Aber warum mähst du meinen Rasen?"

„Weil wir ein Paar sind und Männer so etwas für ihre Freundin tun." Er zeigte auf die Säcke, die vor der Garage lagen. „Nachher werde ich den Rasen noch düngen; eine letzte Stärkung, bevor die Kälte kommt."

„Danke", sagte sie. „Das ist echt nett, aber du musst das nicht tun."

„Ich kann nicht anders. Ich bin ein netter Kerl. Ein netter Kerl, der nicht mit auf eine Haushaltsauflösung gehen sollte."

„Tut mir leid", erwiderte sie. „Aber Deal ist Deal." Sie ging in Richtung Haus. „Also mach dich wieder an die Arbeit, du netter Kerl."

Er grinste und startete den Rasenmäher.

Nach den letzten paar Bahnen leerte er den Korb und stellte den Rasenmäher weg. Am Ende der Woche würde er ihn zum örtlichen Eisenwarenladen bringen und ihm vor der Winterpause eine Grundreinigung und ein Schärfen der Messer gönnen.

Er holte den Streuwagen heraus, befüllte ihn mit Dünger und fing an, ihn über den Rasen zu schieben. Erst im Vorgarten, dann hinter dem Haus. Als er damit fertig war, war er verschwitzt und erhitzt. Er wollte den Streuwagen gerade in die Garage zurückstellen, als Isabel auf der hinteren Veranda auftauchte.

Sie hatte sich umgezogen und trug nun Jeans und T-Shirt. Ihre Füße waren nackt. Sie hatte zwei Bierflaschen in der einen und einen Teller mit Tortilla-Chips und Salsa in der anderen Hand. Er ging zu ihr.

„Das ist genau das, was ich jetzt brauche", sagte er und griff nach dem Bier.

„Das ist das wenigste, was ich für dich tun kann", sagte sie und ging ins Haus zurück. „Ich bin gleich wieder da."

Sie kehrte mit einer Schüssel Bohnendip zurück. „Vorsicht. Probier erst mal. Der Dip ist ziemlich gut gewürzt."

„So mag ich es am liebsten."

Sie setzten sich an den Holztisch. Eine kühle Brise strich über Fords Nacken.

Dafür bin ich nach Hause zurückgekehrt, dachte er und nahm einen tiefen Schluck von seinem Bier. Gartenarbeit, scharfer Bohnendip und eine wunderschöne Frau. Vielleicht nicht ganz in dieser Reihenfolge.

„Warum lächelst du?", fragte sie und nahm sich einen Taco.

„Vielleicht liegt es an der Gesellschaft."

Sie lachte. „Vielleicht redest du auch nur dummes Zeug."

„Du findest nicht, dass du eine angenehme Gesellschaft bist?"

„Ich finde, ich bin sogar eine großartige Gesellschaft. Aber ich glaube nicht, dass das der Grund für dein Lächeln war."

„Irrtum." Er zeigte auf den Garten. „Das hier ist ein Top-Ten-Moment."

Sie lehnte sich in ihrem Stuhl zurück und grinste. „Komisch. Aus irgendeinem Grund denke ich, dass du mehr als zehn Top-Momente hast."

„Man sollte jeden Tag *einen* Top-Ten-Moment haben."

Ihr T-Shirt war alt, die Jeans abgetragen. Sie hatte sich abgeschminkt und ihre Locken herausgebürstet. Dieser lässige Look stand ihr hervorragend. Sie war eine schöne Frau mit einem hübschen Gesicht und einem umwerfenden Lächeln.

Was er an Isabel am meisten mochte, war schätzungsweise, dass er sie so gut kannte. Übers Wochenende hatten sie Scherze darüber gemacht, dass er sie das erste Mal gesehen hatte, als sie noch mit Zöpfen herumgelaufen war. Er kannte ihren Charakter. Er hatte zugehört, wenn sie ihm ihr Herz ausgeschüttet hatte. Sie hatte ihm in ihren Briefen Dinge gestanden, die sie ihm von Angesicht zu Angesicht nie gesagt hätte. Und damit hatte sie ihm ihr wahres Ich offenbart.

Sie war ein grundguter Mensch. Sicher, sie hatte auch ihre Fehler, aber sie war vor allem anständig und fürsorglich. Liebevoll und großzügig. Es hatte so viele Tage gegeben, an denen er nur knapp überlebt hatte und nicht sicher gewesen war, ob er überhaupt am Leben bleiben wollte. Mehr als einmal hatte er an seinem Gewehrlauf entlanggeschaut und sich gefragt, worin der Sinn lag, Menschen zu töten.

Aber er hatte überlebt, und am Ende des Tages hatten ihre geschwungene Schrift und der leichte Plauderton ihn vom Abgrund zurückgerissen.

„Lauren ist heute gekommen, um das Kleid zu kaufen", sagte sie.

„Oh, das finde ich gut. Sie wird eine wunderschöne Braut sein."

„Ja, das denke ich auch. Ich freue mich sehr für sie."

„Es ist bestimmt schön, dabei zu helfen. Diese Erinnerung hat man auf ewig."

„Ich hoffe es", gab sie zu. „Meine Großmutter hat mir immer gesagt, es geht um das richtige Kleid und nicht darum, unbedingt etwas zu verkaufen. Sie hat mehr als eine Braut zu anderen Läden geschickt, weil sie einfach nicht das passende Kleid für sie hatte. Es ist definitiv ein interessanter Beruf."

„Das wird dir bestimmt fehlen, wenn du nach New York zurückgehst."

„Ja, vermutlich ein wenig." Sie nahm ihr Bier zur Hand. „Ich habe dir doch von den Sachen erzählt, die Dellina vorbeigebracht hat, oder?"

„Ja. Du hast jetzt kopflose Schaufensterpuppen, über die die ganze Stadt redet."

Sie lachte. „Niemand redet darüber."

„Woher weißt du das?"

„Ich weiß es einfach. Wie auch immer, wir haben alles verkauft, und Dellina bringt morgen Nachschub. Wir werden die Preise ein wenig erhöhen und sehen, was passiert. Ich denke, das ist eine gute Übung für mich, wenn ich bald meinen eigenen Laden mit Sonia aufmache."

Sein Blick blieb an ihren blonden Haaren hängen. Er mochte es, wie die Sonne darauf tanzte. Isabel war nicht sonderlich gebräunt, aber er fragte sich, ob es Stellen an ihrem Körper gab, die heller waren als ihre Arme und ihr Nacken. Von da war es nur noch ein kurzer Weg, sich vorzustellen, wie er ihren nackten Körper erkundete.

Sein Bett? Ihr Bett? Ihm wäre beides recht. Natürlich war er nach der Gartenarbeit verschwitzt und sollte erst duschen. Wobei, das könnten sie auch gemeinsam tun.

„Du hörst mir gar nicht zu", beschwerte sie sich.

Er fing ihren Blick auf. „Das stimmt."

„Woran hast du gedacht?"

Er trank einen Schluck. „Das willst du nicht wissen."

Sie setzte sich anders hin. „Ich kann mich nicht entscheiden, ob ich dir das glauben soll oder nicht."

„Ich würde dich niemals anlügen."

„Wow. Das ist mal eine Ansage. Also, woran hast du gedacht?"

„Dass ich dringend duschen muss und du mich dabei begleiten könntest."

Isabels Wangen liefen dunkelrot an, und sie wandte hastig den Blick ab. „Quatsch. Das hast du nicht gedacht."

„Doch. Möchtest du weitere Einzelheiten?"

Ihr Blick kehrte zu ihm zurück. „Das ist noch etwas, wo ich mir nicht sicher bin."

Er stellte sein Bier auf den Tisch und erhob sich langsam. Für eine Frau, die eine Ehe hinter sich hatte, war sie überraschend naiv, was die Gedanken eines Mannes anging. Wahrscheinlich lag das an ihrem schwulen Ex. Obwohl er bezweifelte, dass Erics Gedanken sich sonderlich von seinen unterschieden hatten. Sie waren nur auf ein anderes Objekt der Begierde gerichtet gewesen.

Er kam um den Tisch herum und zog sie auf die Beine. „Du solltest niemals zweifeln", sagte er, bevor er sie küsste.

Isabel konnte sich noch genau an Fords letzten Kuss erinnern. An das Verlangen, das sich heimlich, still und leise aufgebaut hatte, um dann mit umso größerer Wucht über sie hereinzubrechen. Aus diesem Grund war es ihr auch so schwergefallen, zu verstehen, was da überhaupt vor sich ging.

Dieses Mal gab es das Problem nicht. Ihr Körper erkannte den Kuss, bevor es so weit war, und schien sehr damit einverstanden zu sein. Noch bevor ihre Lippen sich trafen, summten ihre Nerven in freudiger Erwartung.

Seine Lippen eroberten ihre mit einer Mischung aus Hitze und Lust. Sie schloss die Augen und konzentrierte sich allein auf das Gefühl seiner Hände, die sanft ihr Gesicht umfassten. Ihre Finger ruhten auf seinen Schultern.

Er ist stark, dachte sie verschwommen. Stark und kräftig und sehr männlich.

Ihre Münder berührten sich einmal, zweimal, bevor sie ihre Lippen für ihn öffnete. Ja, küss mich genau so, dachte sie, ein wenig erschrocken über ihre Reaktion. Doch er gehorchte ihrem stummen Wunsch und vertiefte den Kuss.

Bei der ersten Berührung ihrer Zungen erwachte ihr gesamter Körper zum Leben. Hitze explodierte in ihrem Unterleib und drang bis in jede einzelne Zelle. Ihre Brüste, die bisher nie zu ihren erogenen Zonen gehört hatten, fühlten sich auf einmal prall und schwer an, und die Nippel richteten sich auf.

Sie erwiderte den Kuss, lockte seine Zunge mit ihrer, wollte mehr von diesem Feuer, dieser Lust. Der Hunger allein war schon köstlich, und die Erwartung auf das, was kommen würde, ließ ihre Nerven auf ungekannte, aufregende Weise vibrieren.

Immer enger drängte sie sich an ihn, wollte spüren, wie ihre weichen Brüste sich gegen seinen harten Brustkorb drückten. Und nicht nur so, schoss es ihr durch den Kopf, während ihre Hände fiebrig über Fords Rücken strichen. Diese Kleider, all die vielen Lagen von Stoff, störten doch nur. Sie wollte ihn Haut an Haut fühlen, wollte von ihm berührt und überall geküsst werden ...

Die Klarheit des Bildes schockierte sie genauso wie die Erkenntnis, dass sie sich so etwas überhaupt vorstellte. Abrupt zog sie sich zurück und stand dann schwer atmend vor ihm. In letzter Sekunde konnte sie sich noch davon abhalten, ihr T-Shirt und den BH von sich zu werfen und Fords Hände auf ihre bloßen Brüste zu pressen. Und nicht nur seine Hände. Auch seinen Mund. Und nicht nur auf ihre Brüste …

Sie versuchte, zu Atem zu kommen. O Gott! Was war hier bloß los? Das sah ihr doch gar nicht ähnlich.

„Geht es dir gut?", fragte Ford grinsend.

Sie nickte. „Ich bin nur verwirrt."

„Das ist meine ganz spezielle Wirkung auf Frauen. Die Leidenschaft überwältigt dich, weißt du? Vielleicht hätte ich dich warnen sollen."

Das wäre eine sehr witzige Bemerkung gewesen – wenn sie nicht gestimmt hätte.

Sein Lächeln schwand. „Ehrlich, Isabel, ist alles in Ordnung?"

„Mir geht es gut. Dich zu küssen ist einfach nur anders."

„Liegt es an den Reißzähnen? Auf die steht nicht jede."

Sie brachte ein zittriges Lachen zustande. Er zog sie wieder an sich und gab ihr einen leichten Kuss auf die Nasenspitze.

„Anders als mit Eric?", fragte er.

„Oder Billy. Oder der namenlosen Horde dazwischen."

„Du hattest Horden von Männern?"

„Ich hatte noch einen anderen. Oder vielleicht auch zwei. Aber nichts, was einen Eindruck hinterlassen hätte."

Sein dunkler Blick bohrte sich in ihren. „Also ist es die Leidenschaft, die dich nervös macht?"

„Ich schätze schon. Mir gefällt, was ich empfinde, aber es ist so fremd."

Um seinen Mund zuckte es. „Verdammt. Jetzt kann ich dich nicht mehr einfach so abschleppen."

„Hattest du das denn vor?"

„Ich hatte darauf gehofft."

Sie atmete tief durch und legte eine Hand flach auf seine Brust. Dann atmete sie tief durch und murmelte: „Vielleicht nächstes Mal."

Jetzt war es an ihm, den Atem anzuhalten. „Du musst nur Bescheid sagen. Ich werde sofort zur Stelle sein."

10. KAPITEL

Consuelo sah zu, wie ihre Klasse in den Fitnessraum kam. Mit dreizehn Jahren hatten die Jungs das seltsame Stadium der Vorpubertät erreicht. Einige waren hoch aufgeschossen und schlaksig, während bei anderen der Wachstumsschub noch auf sich warten ließ. Reese und Carter erschienen wie immer zusammen. Reese lebte schon eine Weile hier, aber Carter war erst vor ein paar Monaten hergezogen. Nach dem Tod seiner Mutter hatte er nach seinem Vater gesucht – Gideon, der nichts von einem Sohn gewusst hatte. Nach ein paar anfänglichen Schwierigkeiten hatten die beiden eine Verbindung zueinander aufbauen können. Und dank Felicia waren sie inzwischen zu einer echten Familie geworden.

Jetzt kam Carter quer durch den Raum auf sie zu und blieb direkt vor ihr stehen.

„Sie hatten eine Verabredung", sagte er anklagend.

Consuelo nickte langsam. „Ich weiß." Sie würde sich nicht entschuldigen. Carters Erklärung seiner ewigen Liebe war zwar süß gewesen, aber wohl kaum realistisch.

„Sie werden nicht auf mich warten, oder?", fragte er mit einem tiefen Seufzer. „Selbst wenn ich in fünf Jahren schon achtzehn bin?"

„Ich bin zu alt für dich. Aber es wird andere Frauen in deinem Leben geben."

„Das ist nicht das Gleiche."

Sie unterdrückte ein Lächeln. „Ich weiß, und ich werde damit leben müssen."

Reese gesellte sich zu ihnen und verdrehte die Augen. „Du musst dich endlich damit abfinden, Kumpel."

„Das werde ich auch. In der Schule gibt es ein paar süße Mädchen."

„Siehst du?", sagte Consuelo. „Dein Herz fängt schon an, zu heilen."

„Aber wenn Sie jemals Ihre Meinung ändern sollten...", setzte er an.

„Werde ich es dich wissen lassen", versicherte sie ihm.

Reese schüttelte den Kopf. „Was für ein dummes Zeug", sagte er und senkte die Stimme. „Mein Dad sagt noch mal Dankeschön, weil Sie zum Essen gekommen sind." Er zuckte mit den Schultern. „Ich fand es auch nett, obwohl Sie ihm nicht gesagt haben, dass er mir einen Welpen kaufen soll."

„In die Angelegenheit werde ich mich garantiert nicht einmischen."

„Aber Sie hätten ihn überzeugen können, wenn Sie es versucht hätten."

Sie dachte kurz an den zärtlichen Kuss, der sie bis in die Grundfesten ihrer Seele erschüttert hatte. „Du überschätzt meinen Einfluss."

„Das glaube ich nicht. Mein Dad findet Sie heiß."

Sie hob die Augenbrauen. „Das wird hier langsam eine sehr unangenehme Unterhaltung. Bist du sicher, dass du sie führen willst?"

„Vermutlich nicht. Aber er ist in Ihrer Nähe so glücklich. Ich freue mich, dass er endlich mal ausgeht. Können Sie kochen?"

„Ein wenig", erwiderte sie vorsichtig. „Also geht es dir um deinen Magen?"

Reese grinste. „Ich muss ja schließlich sehen, wo ich bleibe."

„Ja, das merke ich." Sie schaute auf die Uhr. „Stellt euch auf, wir fangen an."

Reese winkte ihr noch einmal zu und kehrte ans andere Ende des Fitnessraumes zurück, wo die restlichen Schüler schon warteten. Sie folgte ihm. Eine Sekunde lang gestattete sie sich, zu glauben, dass alles möglich wäre. Dass ihr Date mit Kent zu etwas Besonderem führen könnte. Dass er hinter ihren Körper sehen und erkennen würde, wer sie wirklich war – und sie trotzdem mochte.

Aber wie lautete das alte Sprichwort noch? Wenn das Wörtchen wenn nicht wär …

„Ich bin mir nicht sicher, ob ich den richtigen Körper dafür habe." Isabel drehte sich vor den Spiegeln in ihrem Laden hin und her. „Ich glaube, ich brauche Shapewear."

Madeline rannte in den anderen Raum und kehrte mit einem Body zurück, der von den Brüsten bis zur Mitte der Oberschenkel reichte.

„Hier. Aber ehrlich gesagt finde ich nicht, dass du den brauchst."

Isabel lachte. „Du hast dir echt eine Gehaltserhöhung verdient." Sie öffnete die Haken des Kleides und ließ es auf den Boden fallen. Dann machte sie sich daran, den engen, formgebenden Body anzuziehen. Madeline stellte sich zu ihr auf die kleine Plattform, um ihr zu helfen.

Drei Minuten später konnte Isabel kaum noch atmen. Doch ihre Kurven saßen alle an Ort und Stelle, und die etwas hervorstehenden Teile waren schön platt gedrückt. Madeline griff nach dem raffinierten Wickelkleid aus Seide, das Dellina am Morgen vorbeigebracht hatte.

Durch die geschickte Raffung wirkte Isabels Taille schmaler und ihre Beine länger. Die Farbe schien je nach Lichteinfall mal Violett, mal Dunkelblau zu sein. Die langen Ärmel sahen auf den ersten Blick sehr züchtig aus, doch der schmale Schlitz von den Schultern bis zu den Handgelenken ließ bei jeder Bewegung die nackte Haut ihrer Arme hervorblitzen.

„Welche Schuhe?", fragte Madeline.

„Ich habe silberne Pumps", sagte Isabel. „Die würden perfekt hierzu passen." Sie schloss den seitlichen Verschluss des Kleides und betrachtete sich im Spiegel.

„Das ist Wahnsinn", sagte Madeline atemlos. „Du *musst* das Kleid einfach kaufen."

„Ja, es ist nicht schlecht", gab Isabel zu. „Es wäre noch besser, wenn ich zehn Pfund leichter wäre, aber ich finde mich damit ab, nicht atmen zu können."

„Kannst du denn essen? Ihr geht doch zum Dinner aus, oder?"

„Unwichtige Details", erwiderte Isabel.

In ihrem Job trug sie meistens das traditionelle New Yorker Schwarz. Sie musste zwar professionell aussehen, aber niemals besser als die Braut. Daher lebte sie ihr Faible für Mode zumeist an Schuhen und anderen Accessoires aus. Doch ab und zu war es schön, sich mal gehen zu lassen und sich mit einem perfekten Kleid zu belohnen.

Dieses hier hatte den besonderen Vorteil, dass es dem Anlass angemessen war, aber dennoch so heiß, dass Ford zwei Mal hinschauen würde. Zumindest war das der Plan. Nach diesem letzten Kuss hoffte sie, ihn auch mal ein wenig aus dem Gleichgewicht bringen zu können.

„Dazu brauchst du Smokey Eyes", sagte Madeline entschlossen. „Und Ohrringe."

„Da kann ich mir welche von meiner Mom borgen." Isabel drehte die Haare zu einem Dutt zusammen. „So oder offen?"

Madeline grinste. „Ihr geht ins Resort. Also definitiv hoch."

„Damit verlängert sich meine Vorbereitungszeit schlagartig um eine Stunde."

„Das ist es wert", versprach Madeline.

Ford kam durch die Hintertür. „Ich bin's", rief er, als er die Küche betrat. „Du darfst nicht immer vergessen, die Tür abzuschließen."

„Wie würdest du dann reinkommen?"

Ihre Stimme schwebte durch den Flur.

„Ich knacke so ein Schloss schneller, als du gucken kannst. Mir ging es eher darum, dich vor anderen Leuten zu beschützen." Er durchquerte die Küche und blieb dann stehen. „Hast du einen großen Auftritt geplant? Soll ich hier warten?"

„Ich bin schon da."

Isabel trat durch die Tür. Sie trug ein blaues Kleid und hatte die Haare hochgesteckt – eine schlichte Beschreibung, die nicht annähernd die Schönheit dieser umwerfenden Frau wiedergab, deren sexy Kurven von weich fließendem Stoff umschmeichelt wurden.

Die baumelnden Ohrringe lenkten Fords Blick zu ihrem Hals und von da zu dem V-Ausschnitt, der gerade so viel Haut zeigte, dass seine Neugierde geweckt wurde. Dank der sieben Zentimeter hohen Absätze war sie fast auf Augenhöhe mit ihm, und alles, woran er denken konnte, war, sie zu küssen und auszuziehen.

„Du trägst einen Anzug", sagte sie, als sie auf ihn zukam. „Du siehst gut aus."

„Du siehst besser aus. Wow."

Sie lächelte. „*Wow* finde ich gut. Zu viele Männer unterschätzen die Kraft eines ordentlichen *Wows*."

„Ich nicht. Niemals. Versprochen."

Sie drehte sich einmal um die eigene Achse. „Kann ich so gehen?"

„Auf jeden Fall. Das heißt ..."

Sie lächelte und trat vor ihn, um seine Krawatte zu richten. Er nahm einen Hauch von Blumen und Vanille wahr und spürte, wie ihn der Duft direkt in den Magen traf – oder noch weiter unten. Wie sollte er denn nur ans Geschäft denken, wenn Isabel den ganzen Abend neben ihm sitzen würde? Aber sie nicht an seiner Seite zu haben, das wollte er auch nicht.

„Du verdrehst mir den Kopf", sagte er.

„Ich mache doch gar nichts."

„Dann hilf mir Gott, solltest du jemals damit anfangen."

Das Gold Rush Ski Resort lag in den Bergen, nördlich von Fool's Gold. Die große Lodge verfügte nicht nur über einen fantastischen Ausblick, sondern auch über eine Reihe von luxuriösen Zimmern. Im Winter strömten die Ski- und Snowboardfahrer herbei, im Frühling und Sommer gab es jedes Wochenende Hochzeiten. Und im Herbst fanden meistens Seminare und Retreats statt.

„Früher war das Gold Rush für mich der Inbegriff eines Nobelrestaurants", sagte Isabel, als Ford den Wagen auf den Parkplatz lenkte. „Mit meiner Familie sind wir nur ein oder zwei Mal hierhergekommen, wenn es einen ganz besonderen Anlass gab. Du weißt schon, Schulabschluss, Silberhochzeit oder so."

„Mein Kunde hat sich für ein paar Nächte einquartiert."

„Dann wird er garantiert sehr beeindruckt sein." Sie sah den Blick, mit dem der Parkplatzwächter den Jeep musterte. „Oh, guck mal. Er hat Angst."

„Er hat keine Angst. Mein Jeep ist ein Klassiker."

„Dann solltest du ihn mit dem Respekt behandeln, den er verdient. Wenn du ihn schon nicht neu lackieren willst, dann mach wenigstens die Flammen ab."

„Die Flammen sind doch aber das Beste."

Sie fuhren vor.

„Danke", murmelte Isabel, als der Page ihr die Tür öffnete. Hohe Schuhe und ein hohes Auto waren keine gute Kombination – schon gar nicht, wenn man noch dazu ein Wickelkleid trug. Aber sie schaffte es, ohne Unfall auszusteigen.

Auf dem Weg zum Eingang legte Ford seine Hand an ihren Rücken. Sie mochte das Gefühl seiner warmen Hände auf ihrem Körper – selbst mit der Schicht aus festem Lycra zwischen seiner Haut und ihrer.

Drinnen geleitete Ford sie zur Bar. „Dort wollen wir uns treffen", sagte er.

Sie zögerte. „Ich bin irgendwie nervös."

„Es ist doch nicht deine Schuld, dass du die schönste Frau im Raum bist."

Das unerwartete Kompliment brachte sie zum Lachen. Sie wusste, dass sie nicht schlecht aussah, besonders nicht in diesem Kleid, aber die schönste Frau im Raum? Nie und nimmer.

Ford kniff die Augen zusammen. „Du sollst nicht lachen."

„Dann hör mit den Witzen auf, sonst klappt das nicht." Sie hakte sich bei ihm unter. „Geh voran, falscher Freund."

„Du kicherst immer noch."

„Ich bemühe mich ja schon."

„Ford!"

Sie drehten sich um und sahen ein Pärchen von Ende dreißig auf sich zukommen. Er war etwas über eins achtzig, und sie reichte ihm bis zur Schulter. Beide hatten dunkle Haare, und die Frau war eindeutig schwanger.

„Clyde." Ford ging auf sie zu und reichte ihm die Hand. Dann wandte er sich der Frau zu. „Und Sie müssen Linda sein. Schön, Sie kennenzulernen."

„Gleichfalls", erwiderte Linda mit einem Lächeln, das ihr ganzes Gesicht erhellte.

„Darf ich Ihnen Isabel vorstellen?"

Alle schüttelten einander die Hände.

„Auf die Gefahr hin, das Offensichtliche auszusprechen", sagte Clyde und legte besitzergreifend eine Hand an die Taille seiner Frau. „Ich denke, es wäre vielleicht besser, die Bar auszulassen und gleich zu Tisch zu gehen."

Isabel nickte, und Ford stimmte zu. Zusammen gingen sie zu Henri's auf der Westseite des Resorts.

Linda ging neben Isabel. „Ich liebe diese Stadt", sagte sie. „Sie ist so pittoresk. Clyde sagte mir, dass es beinahe jedes Wochenende ein Festival gibt."

„Ja, wir feiern gerne."

„Sind Sie von hier?"

„Ja, ich bin in Fool's Gold geboren und aufgewachsen. Die letzten sechs Jahre habe ich allerdings in New York gelebt."

„Aber Sie sind zurückgekommen." Linda klang erfreut. „Wir wohnen in Phoenix, und das ist ganz anders als hier. Die Hitze im Sommer ist brutal. Außerdem haben wir keine Bäume. Hier ist alles so schön grün."

„Warten Sie, bis der Nebel kommt und Ihnen jede Frisur zerstört", sagte Isabel leichthin. „Ich gebe zu, das hier kommt dem Himmel auf Erden sehr nah, aber Phoenix ist auch schön."

Linda lachte.

Ford nannte der Hostess seinen Namen, woraufhin sie die vier zu einem Tisch am Fenster führte. Von hier aus hatte man einen traumhaften Blick über die Stadt und die dahinterliegenden Berge und Täler.

„Sind das Weinreben?", wollte Clyde wissen.

„Ja", erwiderte Ford. „Hier in der Gegend gibt es ein paar Weingüter, die an den Wochenenden Weinproben anbieten."

„Das sparen wir uns fürs nächste Mal auf", sagte Linda und legte eine Hand auf ihren Bauch. Seufzend fügte sie hinzu: „Lassen Sie es mich so ausdrücken: Nummer drei ist eine Überraschung. Wir haben bereits zwei Kinder, einen Jungen und ein Mädchen. Wir waren eigentlich fertig mit der Planung – das dachten wir zumindest."

Clyde nickte. „Jack, unser Jüngster, ist beinahe sieben."

„Ich konnte es nicht glauben." Linda beugte sich zu Isabel. „Clyde hat sich jetzt operieren lassen, aber das kam ein wenig zu spät." Ein erneuter Seufzer. „Ich freue mich ja auf das Baby, aber erst mal hat mich seine Ankunft ganz schön geschockt."

„Es wird wieder ein Junge?", fragte Isabel.

„Clyde Junior", bestätigte Clyde.

Linda schaute ihren Mann an. „Wir werden nicht einem so kleinen Wesen einen so pompösen Namen aufbürden."

„Warum nicht? Sie könnten ihn CJ nennen", sagte Isabel.

Linda nickte. „Das klingt auf jeden Fall besser."

Die Kellnerin brachte die Speisekarten und erklärte die Spezialitäten des Tages. Dann nahm sie die Getränkebestellung auf.

Linda legte ihre Speisekarte auf den Tisch. „Und was machen Sie beruflich? Ich bin Hausfrau und Mutter und war gerade dabei, meinen Lebenslauf zu aktualisieren, um mich wieder ins Arbeitsleben zu stürzen, als sich der Kleine anmeldete." Ihr Lächeln war ein wenig zittrig. „Verstehen Sie mich nicht falsch, ich liebe meine Kinder, aber es gibt Tage, da möchte ich mir ein Kostüm anziehen und mich mit Erwachsenen unterhalten."

„Meine Schwester hat vier Kinder, und ein fünftes ist unterwegs. Ich bin sicher, sie teilt Ihre Gefühle."

Plötzlich erinnerte sich Isabel daran, dass sie sich endlich mal mit ihrer Schwester treffen sollte. Maeve und sie hatten ein paarmal miteinander telefoniert, aber es war doch albern, dass sie in der gleichen Stadt wohnten und sich nur so selten sahen. Ihre Zeit in Fool's Gold ging schließlich dem Ende zu. Im neuen Jahr würde sie nach New York zurückkehren, und sie hatte keine Ahnung, wann sie dann das nächste Mal zu Besuch käme.

„Haben Sie Kinder?", wollte Linda wissen.

„Nein. Ich bin geschieden worden, bevor wir das Stadium erreicht hatten."

„Oh, das tut mir leid." In Lindas braunen Augen schimmerte Mitgefühl. „Das ist schwer. Aber Ford ist sehr gut aussehend." Sie lächelte und beugte sich konspirativ vor. „Auf so eine sexy, muskulöse Weise. Wenn man das mag."

Isabel grinste. „Ich mag das ganz gerne."

„Was gibt es denn da zu flüstern?", fragte Ford.

„Nichts, was du wissen willst."

Er musterte sie eine Sekunde lang. „Das werde ich dir einfach mal glauben."

„Ein kluger Mann."

Wobei sie zu gerne seinen Gesichtsausdruck sehen würde, wenn er erfuhr, dass die hochschwangere Linda ihn sexy fand. Das wäre bestimmt lustig.

„Sie haben noch gar nicht gesagt, was Sie beruflich so treiben", nahm Linda das Gespräch ein paar Minuten später wieder auf.

„Meiner Familie gehört ein Laden für Brautmoden. Das Paper Moon. Wie schon gesagt, ich habe in New York gelebt. Nach der Scheidung musste ich da mal raus, also bin ich hierher zurückgekehrt, um das Geschäft für ein paar Monate zu führen."

Linda seufzte. „Oh, das muss toll sein. All die glücklichen Bräute, denen Sie helfen, das perfekte Kleid zu finden. Gibt es viele Dramen?"

„Ständig. Bei dem Thema geht es oft hoch her, hauptsächlich zwischen Müttern und Töchtern. Die eine will es traditionell, die andere will es modern."

„Das klingt aufregend. Clyde handelt mit Autozubehör. Sein Vater hat ihm eine kränkelnde Firma hinterlassen, die er zu einer Kette mit Filialen in mehreren Staaten ausgebaut hat. Wir haben über tausendzweihundert Angestellte."

„Beeindruckend." Isabel dachte daran, wie sie und Sonia sich überlegt hatten, für ihren Laden eine weitere Person anzustellen. Tausendzweihundert Mitarbeiter war eine Größenordnung, die sie sich kaum vorstellen konnte.

„Er möchte mit dem Verkaufsteam hierherkommen", fuhr Linda fort. „Damit sie sich besser kennenlernen. Verkäufer zu sein ist ein ziemlich wettbewerbsorientierter Beruf, und Clyde macht sich Sorgen, dass das Gefühl der Einheit verloren geht."

„Das klingt, als wäre Clyde ein sehr kluger Mann."

„Das ist er." Linda lächelte ihren Ehemann an, bevor sie ihre Aufmerksamkeit wieder Isabel widmete. „Außer wenn es um den Namen für unseren Sohn geht."

Die Kellnerin kehrte mit den Getränken zurück und nahm ihre Bestellungen auf.

Clyde reichte seiner Frau den Korb mit den warmen Brötchen, dann schaute er Ford an. „Wie haben Sie einander kennengelernt?"

„Ich bin mal mit ihrer Schwester zusammen gewesen."

Linda hob die Augenbrauen. „Wirklich? Und es macht dieser Schwester nichts aus, dass Sie beide nun zusammen sind?"

Isabel hob abwehrend die Hände. „Das ist schon lange her", sagte sie. „Ford und meine Schwester waren vor vierzehn Jahren verlobt. Ich war damals total in ihn verschossen, aber er hat mich nicht einmal bemerkt."

„Mein Pech", sagte Ford leichthin. „Maeve und ich waren viel zu jung. Ein paar Wochen vor der Hochzeit hat sie ihren Fehler bemerkt. Weil ich immer noch ein Kind war, habe ich natürlich geschmollt, habe wütend die Stadt verlassen und bin in die Navy eingetreten. Vor ein paar Monaten habe ich dann den Dienst quittiert, bin nach Hause zurückgekehrt und habe CDS eröffnet."

Isabel bemerkte, dass er alle Fakten aufzählte und doch viele private Einzelheiten für sich behielt. Sie mochte es, dass er nicht erwähnte, dass Maeve ihn mit seinem besten Freund betrogen hatte.

Er beugte sich zu ihr und grinste. „Isabel hat mir geschrieben. Viele, viele Briefe."

Sie lachte. „Wie ich schon sagte, ich war vierzehn und bis über beide Ohren in ihn verliebt. Also habe ich geschrieben und geschrieben."

„Das ist so romantisch", erklärte Linda.

„Nicht wirklich. Er hat mir nie geantwortet."

„Nicht ein einziges Mal?", fragte Clyde.

Ford zuckte mit den Schultern. „Dafür gab es viele Gründe. Aber ich habe es immer sehr genossen, ihre Briefe zu bekommen." Sein Lächeln schwand. „Ich war ein SEAL. Wir hatten einige harte Missionen. Von Isabels Erlebnissen als normaler Teenager zu lesen, hat mir sehr geholfen. Obwohl sie im College ein wenig wild war, wie ich sagen muss."

Sie schlug ihm spielerisch auf den Arm. „Nun verrate doch nicht gleich beim ersten Mal alle meine Geheimnisse."

Er nahm ihre Hand und küsste sie. „Das würde ich niemals tun."

„Und was ist dann passiert?", fragte Linda nach. „Sie sind zurückgekommen, haben Isabel gesehen und erkannt, dass sie die ganze Zeit die Richtige war?"

„So in der Art", gab Ford zu.

Das sind nur Worte, sagte Isabel sich. Nichts davon stimmte, auch wenn es gut klang. Obwohl ein Teil von ihr sich sehnlichst wünschte, dass es die Wahrheit wäre. Dass Ford wirklich nur einen Blick auf sie geworfen und sofort gewusst hätte, dass sie für immer zusammengehörten.

Du Närrin, schalt sie sich. Sie und Ford taten nur so, als wären sie zusammen. Nichts von all dem war real. Sie war nur vorübergehend in der Stadt, und er war ein Mann, der nicht wusste, wie man sich verliebte. Sie gehörten nicht zusammen.

Sicher, die Küsse waren toll, und sie wollte mehr davon. Sie genoss seine Gesellschaft und war gerne mit ihm zusammen. Ford und sie hatten den gleichen Humor, und wenn sie ihn brauchte, war er für sie da. Doch das war etwas anderes. Sie waren Freunde, und ihre Beziehung diente nur dazu, ihre Umwelt zu täuschen.

„Du warst fabelhaft heute Abend", sagte Ford, als sie durch die stillen Straßen der Stadt fuhren.

Isabel lehnte sich zurück und atmete tief die kühle Nachtluft ein, die durch das offene Fenster strich. Sie hatte gerade genug Wein getrunken, um einen leichten Schwips zu haben. Einen ganz leichten. Natürlich würde sie jetzt nicht anfangen zu singen. Doch sollte sie anfangen zu kichern, bestand die Gefahr, dass sie so schnell nicht mehr aufhören würde.

„Das hat Spaß gemacht. Ich dachte, Clyde und du, ihr würdet euch nur über geschäftliche Dinge unterhalten, aber das habt ihr nicht getan. Außerdem finde ich die beiden wirklich sehr nett."

„Finde ich auch." Er schaute sie an. „Du bist eine tolle Freundin."

„Danke. Abgesehen von diesem Auto bist du auch ein toller Freund."

Er fuhr auf ihre Einfahrt und schaltete den Motor aus. „Ich liebe meinen Jeep. Und vor allem die Flammen."

Sie öffnete die Tür und stieg aus. „Gib es zu. Langsam fangen sie an, dir ein wenig peinlich zu sein."

Er kam um den Wagen herum und legte eine Hand an ihren Rücken. „Niemals. Sie repräsentieren meine verlorene Jugend."

„Wenn diese Flammen für deine verlorene Jugend stehen, solltest du dringend losziehen und sie suchen."

Sie waren an der Hintertür angekommen. Ford drehte den Knauf und seufzte. „Wann wirst du endlich anfangen, abzuschließen?"

„Das hier ist Fool's Gold. Hier passiert niemals etwas Schlimmes."

„Irgendwann vielleicht doch."

„Blödsinn." Sie fegte seine Bemerkung beiseite. „Willst du noch mit reinkommen?"

„Gerne."

„Okay." Sie zog ihre Schuhe aus und ging barfuß über den Parkettboden im Flur. „Das ist immer der beste Teil des Abends. Selbst wenn die Pumps am Anfang noch so bequem sind, irgendwann tun sie unweigerlich weh. Dafür gibt es bestimmt eine Formel – je schöner die Schuhe, desto größer der Schmerz für meine Füße, oder so."

Sie ließ ihre Handtasche auf das kleine Tischchen im Flur fallen und ging weiter in Richtung Wohnzimmer. Auf halbem Weg blieb sie stehen.

„Wohin gehen wir?", fragte sie.

Ford zog sein Jackett aus und hängte es an die Garderobe neben der Tür. Seine Krawatte folgte. Dann die Schuhe. Mit einer gewissen Entschlossenheit ging er auf Isabel zu, was ihren Magen in höchste Aufruhr versetzte.

„Du hast diesen Ausdruck in den Augen", murmelte sie. „So ... raubtierhaft."

„So fühle ich mich auch."

Sie schluckte gegen ihre plötzlich trockene Kehle an. Wenn sie das Gefühl in ihrem Körper beschreiben müsste, würde sie nicht sagen, dass es Nervosität war. Es handelte sich eher um eine Art gespannte Erwartung.

Er griff nach ihr, und sie wich ihm aus. „Wir müssen erst reden", sagte sie.

Eine seiner Augenbrauen schoss in die Höhe. „Ich bin jetzt gerade nicht sonderlich an einer Unterhaltung interessiert."

„Aber es ist trotzdem wichtig, bevor wir diese, du weißt schon, Sexsache machen."

„Diese Sexsache?" Es fiel ihm sichtlich schwer, sein Lächeln zu unterdrücken.

„Hmm. Denn darauf läuft das hier doch hinaus."

Er lehnte sich gegen die Wand. „Gut zu wissen. Und worüber müssen wir reden?"

Das ist nicht der beste Zeitpunkt für ein leicht benebeltes Gehirn, dachte sie, denn sie hatte eine beeindruckende Liste auswendig gelernt, konnte sich aber im Moment an nichts davon erinnern.

„Ich nehme die Pille", sagte sie. „Dann bekomme ich meine Tage regelmäßiger, und die Ärztin meinte, ich kann sie auch nach der Scheidung ruhig weiternehmen."

„Wir werden trotzdem die Kondome benutzen, die ich mitgebracht habe."

„Du hast das hier geplant?"

„Sagen wir mal, ich war optimistisch. Ich bin ein SEAL. Es ist mein Job, immer bereit und optimal vorbereitet zu sein."

Sie verdrehte die Augen. „Ich dachte, das sind die Pfadfinder."

„Die auch. Was noch?"

„Ich glaube nicht, dass ich das so ganz richtig mache", gab sie zu. „Also, diese Sexsache. Wenn ich im Bett gut gewesen wäre, wäre Eric jetzt nicht schwul."

„So viel Macht hast du nicht."

„Mit Billy war es auch nicht gut."

„Und mit den Horden?"

„Sehr witzig." Sie seufzte. „Ich denke, es liegt an mir. Ich bin einfach nicht …" Sie deutete auf ihren Körper. „Vielleicht fehlen mir irgendwelche Teile, oder so."

Er richtete sich auf. „Ist das alles?"

„Willst du über diese Teile reden?"

Sein Blick glitt über ihren Körper. „Das würde ich gerne, aber nicht so, wie du denkst." Er machte einen Schritt auf sie zu. „Denn wenn das alles ist, würde ich jetzt gerne anfangen."

Sie wich ein paar Zentimeter nach hinten. „Nein. Das ist nicht alles. Du darfst mich nicht ausziehen."

„Ist das so eine Amish-Sache?"

„Amish? Was haben die Amish denn damit zu tun?"

„Ich weiß es nicht. Warum darf ich dich nicht ausziehen?"

Sie spürte, dass sie rot wurde. „Was weißt du über SPANX?"

Jetzt wirkte Ford doch leicht verwirrt. „Du willst, dass ich dir den Hintern versohle?"

„Nein! Nicht Spanking, mein Gott. SPANX. Das ist …" Sie schluckte. „Also, es handelt sich um Formwäsche. Die kannst du mir nicht ausziehen, weil sie nicht sehr sexy ist und du dir vermutlich den Rücken verletzt, wenn du es versuchst. Eigentlich bin ich nämlich nicht so dünn. Ich muss die Sachen selbst ausziehen, sonst willst du garantiert keinen Sex mehr mit mir haben."

Sie holte kurz Luft. „Warte einfach im Schlafzimmer", sagte sie. „Ich kümmere mich eben darum und komme dann zu dir."

„Auf keinen Fall. Du kümmerst dich um gar nichts alleine. Außerdem, wenn wir hier schon über diese geheimnisvolle Unterwäsche reden, ist es mein gutes Recht, sie auch mal mit eigenen Augen zu sehen."

11. KAPITEL

Isabel hatte nicht geplant, die Unterhosenszene aus *Schokolade zum Frühstück* jemals selber zu erleben. Aber hier war sie nun und hatte ihren ganz persönlichen, peinlichen Bridget-Jones-Moment.

„Aber ich könnte beinahe nackt sein", erklärte sie Ford. „Sodass du kaum Arbeit hättest. Wäre das nicht nett?"

„Ich mag es, zu arbeiten." Er wirkte und klang verwirrt. „Isabel, ich war schon mit einigen Frauen zusammen. Es gibt nicht viel, was ich noch nicht gesehen habe."

„Tja, also, das hier ... das bestimmt nicht."

Ohne wirklich darüber nachzudenken, löste sie die Haken, die das Kleid zusammenhielten, und ließ den seidigen Stoff zu Boden gleiten. Nur in ihrer hautfarbenen Shapewear, die ihr von den Brüsten bis zum halben Oberschenkel reichte, stand sie dann vor ihm.

„Das ist ein Slip", sagte er.

Sie stemmte die Hände in die Hüften und genoss für einen Moment, wie schmal und fest sie sich anfühlten. Was sich natürlich sofort ändern würde, sobald sie sich aus dem guten Stück herausgeschält hatte.

„Es ist mehr als ein Slip. Es ist quasi Zauberei. Aber das ist nicht der Punkt. Du schaffst es auf keinen Fall, mir das Ding auszuziehen. Also verschwinde ich mal lieber schnell im Badezimmer und ..."

Sie hatte gar nicht bemerkt, dass er näher gekommen war. In der einen Sekunde redete sie noch, und in der nächsten lag sie auch schon in Fords Armen und wurde von ihm geküsst.

Es war ein guter Kuss. Mit Lippen und Zunge. Ihre Entschlossenheit schmolz gemeinsam mit dem Rest von ihr dahin. Sie schlang die Arme um ihn und hielt ihn fest. Er berührte ihr Haar, ihr Kinn, ließ seine Finger über ihre Wirbelsäule wandern.

Dann richtete er sich auf und betrachtete sie intensiv von oben bis unten.

„Lass mich nur schnell ins Badezimmer …"

Bevor sie den Satz zu Ende sprechen konnte, griff Ford nach den Trägern und schob sie über ihre Schultern die Arme hinunter. Der Stoff rollte über ihre Brüste, ihre Taille und endete in einer dicken Rolle zu ihren Füßen. Sie trat aus ihr heraus.

„Problem gelöst", verkündete er mit selbstzufriedener Stimme. „Noch etwas?"

Abgesehen von der Tatsache, dass er vollständig bekleidet war, während sie hier nur in ihrem BH und einem sehr knappen Höschen stand?

„Äh, nicht wirklich."

„Gut."

Er schob sie in Richtung Flur. Während sie ging, bemerkte sie, dass er anfing, sein Hemd aufzuknöpfen. Seine Hose blieb an der Tür liegen, und als sie das Bett erreicht hatten, war er nackt. Vollkommen nackt.

Isabel starrte die breiten Schultern an, die glatte Brust und die schmalen Hüften. Ford war muskulös, mit ausgeprägten Kanten und Ebenen.

„Wenn du Vergleiche anstellen willst, nur zu", sagte er.

Sie lachte. „Gut. Eric war wesentlich dünner und auch kleiner als du. Billy war ähnlich gebaut, aber weniger muskulös."

„Und die Horde?"

„An die kann ich mich kaum noch erinnern."

„Horden hinterlassen normalerweise einen größeren Eindruck." Er streckte die Hände nach ihr aus und zog sie an sich.

Sie wusste, dass es darauf bestimmt eine lustige Replik gab, aber so an seinen nackten Körper geschmiegt fiel sie ihr nicht ein. Zumal sie zu sehr damit beschäftigt war, sich zu überlegen, wo sie wohl mit ihren Händen hinsollte. Da war so viel nackte Haut. Und sein erigierter *Penis*, der sich unzweideutig gegen ihren Bauch drängte.

„Entspann dich", murmelte er und strich mit seinen Lippen über ihren Hals.

„Im Entspannen bin ich nicht so gut. Zumindest nicht während … du weißt schon."

Er hob den Kopf. „Du weißt schon? So nennst du das?"
„Hast du eine bessere Idee?"
Er knabberte an ihrem Ohrläppchen. „Da fällt mir ein Dutzend viel schönerer Wörter ein. Warum bist du so nervös?"
Es fiel ihr schwer, zu denken, wenn er sie so küsste. Überall, wo sich ihre Körper berührten, verspürte sie eine schreckliche Hitze und diese seltsamen kleinen Blitze, die durch sie hindurchschossen, kurz bei ihren Brüsten haltmachten und dann direkt in ihren Unterleib weiterrasten. Am liebsten hätte sie sich gewunden – nicht, um Ford zu entkommen, sondern um ihm noch näher zu sein.

Er ließ seine Hände über ihren Rücken gleiten. Mit jedem Mal ein wenig tiefer. Sie konnte kaum erwarten, dass er ihren Hintern umfasste, was seltsam war, aber sie ließ es einfach zu.

„Isabel?"
„Hm?"
„Warum bist du nervös?"
„Wir werden Sex haben. Darin bin ich nicht sonderlich gut."
Die Worte kamen raus, ohne dass sie darüber nachgedacht hatte, und kaum waren sie ausgesprochen, zuckte sie zusammen. Ford hob den Kopf und sah sie an.

„Das hast du schon mal gesagt, aber ich glaube es nicht."
„Nett von dir, das zu sagen, aber du hast keinen Gegenbeweis. Ich denke, ich war mit Billy nicht gut."
„Er war dein Erster, und es war nicht deine Schuld."
„Und mit Eric hat es auch keinen Spaß gemacht."
Sein dunkler Blick blieb unverwandt auf sie gerichtet. „Das könnte etwas damit zu tun haben, dass er schwul ist."
„Ich mag es eigentlich nicht so gerne."
Er legte seine Hände auf ihre Schultern. „Dann lass uns herausfinden, warum."

Bevor sie sich Gedanken darüber machen konnte, was er damit wohl meinte, hatte er ihr schon den BH ausgezogen und schob ihren Slip über ihre Beine nach unten. Der Mann war wirklich schnell. Sie hatte nicht einmal Zeit, peinlich berührt zu sein.

Als sie so nackt war wie er, führte er sie zum Bett und legte sich neben sie. Auf einen Ellbogen gestützt, beugte er sich über sie und gab ihr einen leichten Kuss.

„Du magst es, zu küssen", sagte er.

„Ja."

„Dann machen wir das." Er rutschte näher heran und senkte seine Lippen auf ihre. Der Kuss fing sanft an, bevor er schließlich seine Zunge in ihren Mund gleiten ließ.

Die Unsicherheit schwand, und Isabel schlang ihre Arme um Ford. Während ihre Zungen einander umspielten und ihr Blut immer schneller floss, strich sie mit den Händen über seinen Rücken. Sie spürte die Muskeln unter seiner Haut. Die breiten Schultern, die sich verjüngenden Rippen und seine schmale Hüfte.

Er unterbrach den Kuss, um eine heiße Spur über ihren Hals bis zu ihrem Schlüsselbein zu ziehen. Eine Hand legte er auf ihren Bauch, woraufhin sie sich sofort verspannte. Doch er ließ die Hand einfach dort liegen und bewegte sie in kleinen, kreisenden Bewegungen. Damit kann ich umgehen, sagte Isabel sich.

Jetzt näherte sein Mund sich ihren Brüsten. Sie ertappte sich bei dem Gedanken, wie es wohl wäre, wenn er sie dort küsste. Ein Blitz schoss von ihren Brüsten zu der Stelle zwischen ihren Beinen. Ein Blitz, der ihren Atem schneller gehen ließ.

Seine Lippen schlossen sich um ihren Nippel, und er saugte sanft. Ein weiterer Blitz traf sie, noch stärker. Offenbar musste da eine Art elektrischer Leitung zwischen ihren Brüsten und ihrem Unterkörper bestehen – eine Stelle ihres Körpers, die für sie ehrlich gesagt bislang nichts Besonderes gewesen war.

Er hob den Kopf. „Ja? Nein?"

„Das ist schön."

Er lachte leise. „Das hier gefällt mir. Darf ich noch ein Weilchen weitermachen?"

„Ja."

Er widmete sich der anderen Brust. Leckte. Saugte. Isabel fühlte sich auf eine merkwürdige Weise in ihrer eigenen Haut gefangen, ihr war heiß und kalt zugleich. Sie hob die Hände und fuhr mit den Fingern durch sein Haar. Ihre Beine bewegten sich unruhig auf den kühlen Laken.

Die Hand auf ihrem Bauch kreiste weiter. Dann schob sie sich ganz langsam weiter nach unten, bis seine Finger zwischen ihre Oberschenkel glitten. Instinktiv spreizte sie die Beine ein wenig, denn sie wusste, was als Nächstes passieren würde. Er würde sie dort ein wenig reiben und dann seinen Platz einnehmen. Sobald er in ihr war, würde sie die Geräusche von sich geben, die den Männern zu gefallen schienen, und dann würde er kommen, und es wäre vorbei.

Sie drehte den Kopf zur Seite, um auf die Uhr zu schauen. Wenn es nicht allzu lange dauerte, würde sie nachher noch einen Film gucken können.

Er erkundete sie sanft, strich über ihre Klitoris, bevor er langsam und vorsichtig einen Finger in sie hineinschob.

„Du bist feucht", murmelte er.

Das ist wohl kaum überraschend, dachte sie. Es war ja nicht so, dass ihr das, was er tat, nicht gefiel. Es war nur ... so was? Ja, es fühlte sich eine Weile lang nett an, aber dann wollte sie, dass es vorbei war. Warum musste es immer so lange dauern?

Ford fing an, sie zu streicheln. Während er das tat, rutschte er ein wenig höher, um sie erneut küssen zu können. Ich bin erregt, dachte sie frustriert. Denn sie war meistens erregt. Doch es führte nie zu etwas. Er fuhr fort, sie zu küssen und mit seinen Fingern ihre Mitte zu stimulieren. Sie mochte das – die Wärme, die durch ihren Körper strömte, die Anspannung. Doch als die Lust sich in ihr aufbaute, fing sie an, sich unbehaglich zu fühlen. Nicht körperlich, sondern ... sie wusste es auch nicht. Vielleicht eher mental?

Ich bin einfach nicht so eine Frau, dachte sie grimmig. Eine Frau, die sich aufs Bett warf und hauchte: „Nimm mich jetzt!" Sex war in Ordnung. Und das hier war besser als alles zuvor, aber trotzdem verstand sie nicht ...

„Ich kann dich von hier aus denken hören", sagte Ford und stützte sich auf dem Ellbogen ab, sodass er sie anschauen konnte.

„Mein Gehirn schaltet einfach nicht ab."

„Das merke ich." Er strich mit einem Finger sanft über ihre Brust, über ihren aufgerichteten Nippel.

Ein Schauer überlief sie.

Er tat es erneut, und sie erschauerte wieder.

„Zähl von tausend rückwärts", sagte er. „In Dreierschritten."

„Was?"

„Ich möchte, dass dein übereifriges Gehirn so beschäftigt ist, dass es dich nicht mehr hysterisch machen kann."

„Ich bin nicht hysterisch. Ich bin total ruhig." Sie nahm seine Hand und legte sie auf ihre Hüfte. Seine Erektion drängte sich gegen sie. Er würde sie komplett ausfüllen, was sich sicher nett anfühlte.

„Du bist dran", murmelte sie. „Lass es uns tun."

„Ich denke nicht." Er stemmte sich auf seine Hände und Knie und glitt zwischen ihre Beine. Obwohl er so über ihr aufragte, versuchte er nicht, in sie einzudringen. „Tausend. Neunhundertsiebenundneunzig …"

„Okay. Aber das ist eine dumme Idee. Neunhundertvierundneunzig."

„Schließ deine Augen und zähle."

Okay. Aber ganz klar war ihr nicht, warum Ford so eine große Sache daraus machte. Nicht jeder hatte jedes Mal das Gefühl, dass die Erde aufhörte, sich zu drehen. Sie fand das gar nicht schlimm.

„Zählst du?"

„Ja", log sie und konzentrierte sich wieder auf die Zahlen.

Ford beugte sich vor und nahm einen Nippel in den Mund. Das hatte er vorher schon getan, und es war immer noch nett. Sie mochte es, wie seine Zunge herumwirbelte und sie lockte. Als er leicht zubiss, stockte ihr der Atem, und sie vergaß, wo sie gewesen war. Neunhundertundirgendwasumdievierzig, dachte sie. Sieben. Siebenundvierzig. Nur konnte sieben nicht durch drei geteilt werden, also stimmte da was nicht.

Er küsste sich an ihrem Bauch entlang nach unten. Sie kicherte, als sein Atem sie kitzelte, und hielt die Luft an, als er ihren Bauchnabel umkreiste. Zwei, dachte sie. Neunhundertundzweiundvierzig. Neunhundertundneununddreißig. Neun…

Er glitt tiefer und tiefer, bis seine Finger sie leicht teilten und er seine heiße Zunge an ihre Mitte drückte.

Sie riss die Augen auf, als er den Kuss intensivierte, seine Zunge auf eine Weise bewegte, die es ihr unmöglich machte, weiterzuzählen. Es war gar nicht so sehr der Druck, wurde ihr klar, während sie die Augen schloss. Oder die Geschwindigkeit. Es war die Kombination. Immer und immer wieder glitt er sanft über den geschwollenen Nervenknoten. Ihre Haut wurde heiß und spannte. Ihre Fußsohlen brannten. Ihr Körper schmerzte an den seltsamsten Stellen, und als sie sich auf ihren Atem konzentrierte, stellte sie fest, dass sie keuchte.

Er wurde nicht langsamer und nicht schneller, sondern behielt mit seiner Zunge einen stetigen Rhythmus bei. Sie war wie gefangen von den Gefühlen, die von diesem einen Punkt in ihren Körper ausströmten. Die Welt um sie herum verschwand, und sie wollte ihn anflehen, nicht aufzuhören, doch sie konnte nicht sprechen.

Da war etwas knapp außerhalb ihrer Reichweite. Sie spürte, dass es näher kam, aber sie wusste nicht, wonach sie Ausschau halten sollte, was sie spüren, was sie ...

Einer seiner Finger glitt tief in sie hinein. Sofort krampften sich ihre Muskeln um ihn. Er zog ihn zurück und schob zwei Finger hinein, um sie von innen weiter zu massieren. Dabei nahm er den Rhythmus seiner Zunge auf. Sie konnte es beinahe sehen. Beinahe. Sie konnte ...

Pure, flüssige Lust rauschte durch ihren Körper und fegte jeden Gedanken hinfort. Isabel schnappte nach Luft. Sie schien nur noch aus diesem bebenden Gefühl zu bestehen, das sie bis ins Mark erschütterte. Sie hatte das Gefühl, auf einer Welle zu reiten, so wie sie es in Beschreibungen immer gelesen hatte. Von ganz weit weg hörte sie sich aufschreien, während sie sich in der unerwarteten Reaktion ihres Körpers verlor und zu einem fließenden, schwebenden Wesen wurde.

Ford hörte nicht auf, wurde aber langsamer, bis ihre Erlösung schließlich verebbte. Begeistert und verlegen zugleich lag Isabel mit geschlossenen Augen auf dem Bett und genoss das andauernde Nachbeben.

Wie um alles in der Welt hatte ihr das in den letzten achtundzwanzig Jahren ihres Lebens entgehen können? Oder in den letzten zehn? Was zum Teufel hatte sie falsch gemacht? Und wann konnte sie ihren nächsten Orgasmus haben?

Sie schlug die Augen auf und sah, dass Ford sie anlächelte. Er sah aus wie ein Mann, der sich seinem größten Widersacher gestellt und ihn bezwungen hatte.

„Ja, ja", sagte sie und konnte das Lächeln nicht unterdrücken. „Du bist umwerfend und darfst so eingebildet sein, wie du willst."

Er grinste. „Also bist du gekommen."

„Ja."

„Zum allerersten Mal in deinem Leben."

„Ja."

„Dank mir."

„Dank dir."

Das Grinsen war plötzlich verschwunden. Sanft strich er über ihre Wange. „Das macht mich froh."

„Mich auch." Sie stützte sich auf den Ellbogen ab. „Glaubst du, ich kann auch kommen, wenn du in mir bist?"

„Finden wir es doch heraus."

Er stand auf und suchte seine Hose. Sie genoss den Anblick seines muskulösen Körpers, erst von hinten, dann von vorne. Er zog sich ein Kondom über und kniete sich zwischen ihre Beine. Doch statt einfach in sie einzudringen, nahm er ihre Hand.

„Du bist dran." Er legte ihre Finger auf ihr immer noch geschwollenes Zentrum.

Sie zog die Hand weg. „Ich kann mich doch nicht selber berühren."

„Warum nicht?"

„Weil ... das macht man einfach nicht."

Er schaute sie ungläubig an. „Wirklich? Das macht man nicht? Das ist der Grund?"

„*Ich* mache das nicht."

„Das habe ich kapiert. Und es könnte Teil deines Problems sein." Er legte ihre Hand wieder zwischen ihre Beine. „Gib mir fünf Minuten. Wenn es dir nicht gefällt, kannst du aufhören."

Sie schaute ihn an und versuchte, zu erraten, was er dachte. Bislang war alles, was er getan hatte, darauf ausgerichtet gewesen, sie zu entspannen und sexuell zu befriedigen. Wollte sie jetzt wirklich anfangen, sich zu beschweren?

„Fünf Minuten", stimmte sie zu und ließ ihre Finger, wo sie waren.

„Langsame Kreise, steter Druck."

Sie blinzelte ihn an. „Du erklärst mir, was ich machen soll?"

„Jemand muss es ja tun."

Sie wusste nicht, ob sie lachen, ihn schlagen oder seine Anweisung in dem Sinne akzeptieren sollte, in dem sie gemeint war. Sie entschied sich für Letzteres und ließ sich zurück aufs Bett sinken.

Ihre Finger waren kleiner als seine, also benutzte sie drei. Ganz langsam ließ sie sie kreisen, nicht sicher, wie sie das, was er gemacht hatte, wiederholen sollte. Doch bei jeder Bewegung erhielt sie sofortige Rückmeldung von ihrem Körper und konnte so die Geschwindigkeit anpassen, dass sie ...

„Verdammt, das ist heiß", sagte er.

Sie öffnete die Augen und sah, dass er sie beobachtete. Sofort zog sie ihre Hand zurück. Hitze brannte auf ihren Wangen. „Du sollst mich nicht angucken."

„Du hast sehr viele Regeln." Er verlagerte das Gewicht, sodass sie seine Härte an ihrer Mitte spürte. „Aber sobald du dich etwas wohler damit fühlst, Sex mit mir zu haben, werde ich dich dazu bringen, das bis zum Ende durchzuziehen."

„Du willst, dass ich mich zum Orgasmus bringe, während du zusiehst?"

„Auf jeden Fall."

Sie öffnete den Mund und schloss ihn gleich wieder. Noch einmal zu wiederholen, dass „man das nicht machte", kam ihr albern vor. „Würdest du das auch tun? Also, ich meine, wenn ich dabei zusehe?"

„Klar."

Die Vorstellung, dass er sich vor ihren Augen selber befriedigte, war irgendwie aufregend. Was taten Paare im Bett wohl noch so alles, von dem sie nichts wusste? Sie hatte das Gefühl, dass Ford ihr diese Frage nur zu gerne beantworten würde.

Er tippte sanft gegen ihren Handrücken. „Zurück an die Arbeit, junge Frau."

Sie gehorchte, auch wenn ihre Wangen brannten. Bei der ersten Berührung fühlte sie die inzwischen vertraute Spannung zurückkehren. Während sie noch mit diesem Gefühl beschäftigt war, drang Ford in sie ein.

Er dehnte sie und schob sich in sie, bis sie ihre Beine noch weiter spreizte. Ihre Nervenenden seufzten zufrieden auf. Er zog sich zurück und stieß erneut zu.

Dieses Mal musste sie nicht zählen, musste ihren Geist nicht ablenken. Ihr Körper verstand, was passierte, und eilte freudig darauf zu. Sie berührte sich so, wie er es ihr beigebracht hatte, und nahm dabei seinen Rhythmus auf. Immer schneller bewegten sie sich. Sie fing an, die Kontrolle zu verlieren, als der Druck in ihrem Inneren immer stärker wurde.

Ohne nachzudenken, ließ sie ihre Hand fallen und hielt sich an ihm fest. Sie schlang die Beine um seine Hüften und zog ihn näher an sich. Er stieß härter zu, tiefer, und schon brandete die erste Welle der Erlösung über sie hinweg.

Ford folgte ihr kurz darauf und öffnete die Augen, um in ihre zu schauen, während sie sich gemeinsam dem Höhepunkt ihrer Leidenschaft ergaben.

Am nächsten Morgen stand Isabel in der Dusche und musste sich sehr bemühen, nicht laut loszusingen. Denn genau danach war ihr zumute. Sie hätte singen und tanzen können, und es hätte sie nicht mal erstaunt, wenn in ihrem Schlafzimmer plötzlich ein Haufen eifriger kleiner Waldbewohner auf sie gewartet hätte, um ihr beim Anziehen zu helfen.

Denn genau so ein Morgen war es. Die Sonne schien, die Erde drehte sich, und sie hatte heute Nacht einen Orgasmus nach dem anderen gehabt.

Vielleicht machte sie das zu einem oberflächlichen Menschen, aber damit konnte sie leben. Die Dinge, die Ford mit ihr angestellt hatte, waren spektakulär gewesen. Sie hatte nicht gewusst, dass ihr Körper zu solch einer Lust fähig war. Warum nur hatte sie das nicht schon früher entdeckt? Gut, sie und Billy waren beide sehr jung gewesen, und die Horde war in Wahrheit ein One-Night-Stand, nach dem sie sich irgendwie schmutzig gefühlt hatte. Und mit Eric ... Nun ja, das Problem hatte sie bereits ausreichend analysiert.

Sie stellte das Wasser ab und stieg aus der Dusche. Nachdem sie sich schnell abgetrocknet hatte, schlüpfte sie in ihren Bademantel, öffnete die Badezimmertür und ... schrie auf.

Ford stand direkt vor ihr.

„Versuchst du, mich zu Tode zu erschrecken?", fragte sie und presste sich eine Hand auf die Brust. Ihr Herz schlug wie wild gegen ihre Rippen.

„Ich habe dir einen Kaffee gemacht."

Sie nahm den Becher, den er ihr hinhielt, und ließ den Blick dann tiefer sinken. Ford war nicht nur nackt, sondern auch erregt. Sofort breitete sich ein vorfreudiges Kribbeln in ihrem gesamten Körper aus.

Sie drehte sich um, stellte den Becher ab, ließ den Bademantel zu Boden fallen und trat in seine Arme. Er küsste sie und drängte sie gleichzeitig rückwärts.

Nachdem er den Becher auf ihrem Schminktisch ganz nach hinten geschoben hatte, hob er sie ebenfalls auf den Tisch und spreizte ihre Beine. Sie streckte die Hand aus und führte ihn in sich ein.

Mit einem festen Stoß füllte er sie vollkommen aus.

Isabel schlang die Beine um seine Hüften und knabberte an seinem Kinn. „Hart", wies sie ihn an, schon auf halbem Weg zu ihrem Orgasmus. „Halt dich nicht zurück."

„Das ist mein Mädchen."

Sie legte seine Hände an ihre Brüste und bog den Rücken durch. Während er in sie hineinstieß, zwirbelte er ihre Nippel. Kaum eine Minute später stieß sie einen erlösenden Schrei aus. Er folgte ihr kurz darauf.

Als sie fertig waren, blieben sie noch eine Weile so beieinander und versuchten, zu Atem zu kommen.

„Du bringst mich noch um", sagte er.

„Ist das etwa eine Beschwerde?"

Er grinste und küsste sie. „Nein. Eine Herausforderung."

Ford lehnte sich auf dem Stuhl zurück. Justin schaute von seinen Notizen auf.

„Halten wir dich von irgendetwas ab?"

„Nö", sagte Ford und bemühte sich, nicht zu grinsen, denn er hatte keine Lust auf Fragen. Doch wenn es jemals einen Morgen gegeben hatte, an dem er glücklich gewesen war, dann heute.

Isabel war eine Offenbarung gewesen. Süß und sexy. Als sie in seinen Armen gekommen war … Er schüttelte den Kopf. Dafür gab es keine Worte. Er wusste einfach, dass es das beste Gefühl aller Zeiten war.

Consuelo schaute ihn an. „Hör auf damit."

„Womit?"

„Du bist zu glücklich. Das nervt."

Angel knurrte. „Du solltest gestern Abend mit Clyde und seiner Frau essen gehen. Er ist ein potenzieller Kunde."

„Inzwischen nicht nur potenziell", erwiderte Ford. „Er kommt später rein, um den Vertrag zu unterzeichnen."

Er griff nach einem Blatt Papier, knüllte es zusammen und beförderte es mit einem perfekten Wurf in den Papierkorb. „Ein weiterer Punkt für mich."

„Das war deine Agenda für unser heutiges Meeting", sagte Justice.

„Ich schaue bei einem von euch mit rein."

Consuelo funkelte ihn weiterhin an. „Ich werde dir nachher noch wehtun."

Da sie für drei Uhr am Nachmittag ein gemeinsames Workout geplant hatten, bestand die große Gefahr, dass sie ihre Worte wahr machen würde. Aber das war ihm egal. Schließlich konnte er Isabel auch mit einem gebrochenen Arm oder Bein noch Freude bereiten.

Sobald sie die Sexsache einmal verstanden hatte, war sie nicht mehr zu halten gewesen. Die ganze Nacht über hatten sie die Finger nicht voneinander lassen können. Und heute Morgen – wow, das war mal richtig heiß gewesen.

Es war kaum zu glauben, dass sich noch niemand die Zeit genommen hatte, um herauszufinden, wie man sie erregen konnte. Sie war nicht besonders schwierig, sie war einfach nur unerfahren. Gut, Eric hatte eine Entschuldigung, er wusste es nicht besser. Aber was war mit den anderen Männern?

Idioten, dachte er.

Vielleicht sollte er im Internet ein paar Spielzeuge für sie bestellen. Nichts, was ihr Angst einjagen würde, aber etwas für ein bisschen Spaß. Er hatte das Gefühl, sie mochte Spiele genauso gerne wie er.

Angel zerknüllte seine Notizen und warf sie ebenfalls in den Papierkorb. Justice klappte sein Laptop zu.

„Was ist mit unserem Meeting?", fragte Consuelo.

„Heute ist das Elterntreffen an Lillies Schule. Bevor ich mich mit diesen beiden hier beschäftigen muss, gehe ich lieber dahin", grummelte Justice.

„Also habe ich jetzt hier das Sagen?" Consuelo klang zufrieden.

„Kein Blut, keine Leichen, keine gebrochenen Knochen."

„Wo bleibt denn da der Spaß?"

„Wir sind immer noch Geschäftspartner. Wenn du sie umbringst, halst du dir nur noch mehr Arbeit auf." Justice verließ den Konferenzraum.

Ford hörte Schritte auf dem Flur, dann erklang Justices Stimme: „Er ist da drin."

War Isabel da, um ihn zu besuchen? Er stand auf und eilte zur Tür, doch es war nur Leonard, der ihm entgegenkam.

„Hey", sagte er und reichte seinem Freund die Hand. „Wie geht's?"

„Können wir irgendwo reden?"

„Sicher." Er zeigte auf sein Büro, das zwei Türen weiter lag. „Ist alles in Ordnung?"

„Ja."

Leonard folgte ihm und schloss die Tür hinter sich. Dann schob er sich die Brille auf der Nase hoch und räusperte sich. „Ich möchte anfangen zu trainieren."

Ford nickte. „Kein Problem. Bist du Mitglied in einem Fitnessclub?"

„Noch nicht, aber ich dachte, du könntest mir ein paar Stunden geben oder so. Um rauszufinden, was ich am besten tun soll." Leonard verzog das Gesicht. „Maeve hat erwähnt, wie gut du aussiehst. Als ich nachgehakt habe, ließ sie einen Kommentar über …" Er schluckte. „Über deinen Hintern fallen."

Ford hob abwehrend die Hände. „Sieh mal, da ist absolut nichts zwischen Maeve und mir. Ich habe sie seit deinem Krankenhausaufenthalt nicht mehr gesehen."

„Ich weiß, ich weiß", erwiderte sein Freund. „Und ich sage ja auch gar nichts in der Richtung. Aber sieh uns doch mal an. Du bist ein SEAL, und ich bin ein Buchhalter. Ich will, dass sie auch über meinen Hintern redet."

Ford sah die Mischung aus Liebe und Sorge in Leonards Augen. „Das ist leicht. Du siehst nicht so aus, als müsstest du abnehmen."

Leonard schlug sich auf den Bauch. „Ich könnte zehn, vielleicht fünfzehn Pfund verlieren, aber was ich hauptsächlich brauche, sind ein paar Muskeln. Kannst du mir dabei vielleicht helfen?"

Ford ging zu ihm und tätschelte ihm den Rücken. „Das kann ich, keine Sorge. Wir arbeiten einen Trainingsplan aus, und ich helfe dir am Anfang. Aber denk dran, es ist kein vernünftiges Work-out, wenn du dich nicht übergibst."

Leonards Augen weiteten sich ein wenig. „Du machst Witze, oder?"

„Das wirst du dann ja sehen."

12. KAPITEL

„Du musst den Türgriff loslassen", sagte Ford.

„Technisch gesehen nicht."

Isabel hielt sich mit beiden Händen am Jeep fest. Wenn sie blieb, wo sie war, würde sie nicht ins Haus gehen müssen. Sie würde niemanden sehen und niemanden anlügen müssen. Wenn sie dagegen losließe, würde Ford sie dazu zwingen, ihn zu diesem Familienessen zu begleiten. Und was dann? Denise würde nur einen Blick auf sie beide werfen und wissen, dass sie Sex gehabt hatten.

Ford stand vor ihr. „Wo ist das Problem? Du kennst jeden in meiner Familie. Wir sind alle freundlich. Wir mögen dich."

„Ich glühe. Das ist mein Problem."

Er lächelte und wirkte mehr als nur ein wenig selbstzufrieden.

„Hör auf!" Sie funkelte ihn an. „Denise ist deine Mutter."

„Sie glaubt, dass wir zusammen sind, warum sollte ihr das etwas ausmachen?"

„Es ist peinlich. Und ich will nicht darüber reden."

Er trat näher und stützte seine Arme rechts und links von ihr ab. „Das hat sich heute Morgen aber noch ganz anders angehört."

Isabel reckte das Kinn und weigerte sich, rot zu werden. Er übertrieb nicht. Jetzt, wo sie entdeckt hatte, was der ganze Wirbel sollte, konnte sie nicht genug von Ford bekommen. Und obwohl er nicht bei ihr eingezogen war, verbrachte er doch jede Nacht in ihrem Bett.

„Was ich heute Morgen gesagt habe, hat nichts mit deiner Familie zu tun. Und schon gar nicht mit deiner Mutter." Sie atmete tief durch. „Okay. Ich schaffe das. Sieh mich nur nicht so an."

Sein Blick wurde lüstern.

„Ja, so meine ich. Du weißt genau, was du da tust. Hör auf."

Er lachte leise und löste ihre Hände vom Türgriff. Dann küsste er sie sanft auf die Knöchel. „Denk immer daran, in drei Stunden können wir gehen. Dann fahren wir nach Hause, und du darfst oben sein."

Die Vorstellung, was passieren würde, wenn sie oben wäre, beschleunigte ihren Atem. „Hör auf", flehte sie.

„Kätzchen", riet er ihr. „Denk an Kätzchen. Das hilft."

Ergeben folgte ihm Isabel zur Haustür, die sofort geöffnet wurde.

„Ihr seid da", begrüßte Denise sie lächelnd. „Willkommen, Isabel."

„Danke für die Einladung", sagte Isabel, während Denise ihren Sohn an sich zog und umarmte. Dann wurde auch sie umarmt, und alle gingen ins Haus.

Das große Wohnzimmer war leer und still, doch den Flur hinunter erklang Lärm.

„Wappne dich", murmelte Ford, während sie seiner Mutter folgten. „Uns erwartet garantiert mal wieder das reinste Chaos."

Er hatte nicht übertrieben. Sie betraten das große Esszimmer und waren sofort von Leuten umringt. Ford hatte fünf Geschwister. Vier von ihnen waren verheiratet und hatten selbst Nachwuchs. Was bedeutete, dass es vierzehn Erwachsene und acht Kinder gab, dazu diverse Hunde und mehr Lärm als auf einem Rockkonzert.

„Ford!", rief Montana und eilte auf ihren Bruder zu. Seine anderen Schwestern folgten ihr auf dem Fuß.

Isabel blieb in der Nähe und begrüßte alle. Wie Ford versprochen hatte, war seine Familie freundlich und offen. Doch als die Minuten vergingen und er ständig umarmt und geküsst und von begeisterten Kleinkindern bestürmt wurde, spürte Isabel eine leichte Anspannung in ihm aufsteigen.

Sie musterte ihn genauer und fragte sich, woher das wohl kam. Er lächelte und machte weiterhin Witze, doch sie sah den Muskel in seiner Wange zucken und die Art, wie Fords Blick immer wieder zur Tür glitt. Immer wenn er auf seine Rückkehr angesprochen wurde, gab es eine winzige Pause, bevor er antwortete.

Sie wusste nicht, ob es an seiner Vergangenheit lag, an der überschwänglichen Art seiner Familie oder an beidem zusammen. Aber je länger sie ihn beobachtete, desto klarer wurde ihr, dass die Situation für Ford schwierig war.

Da sie nicht wusste, was sie tun sollte, trat sie zu ihm und nahm seine Hand. „Bekommen wir hier irgendwo etwas zu trinken?"

Ihre Frage löste einen Sturm von Aktivitäten aus. Während die Familie abgelenkt war, drückte sie seine Finger und stellte sich auf die Zehenspitzen.

„Drei Stunden, großer Mann. Dann werde ich oben sein", flüsterte sie ihm ins Ohr.

Er schenkte ihr ein Lächeln, und sie spürte, dass er sich entspannte.

Nachdem der Wein geöffnet war, kehrten die Männer zu ihrer Footballübertragung zurück, und die Frauen verzogen sich in die Küche. Die älteren Kinder verschwanden im Spielzimmer, während die Babys von einem Arm zum anderen gereicht wurden.

„Kann ich helfen?", fragte Isabel.

„Nein, danke", erwiderte Denise. „Ich habe alles unter Kontrolle." Sie seufzte. „Es ist so schön, die gesamte Familie dazuhaben."

Montana gesellte sich zu ihnen. „Kent ist alleine hier."

„Du klingst überrascht", sagte Denise.

„Das bin ich auch. Ich weiß, dass er mit jemandem ausgeht. Ich hätte gedacht, er würde sie mitbringen."

Denise drehte sich um und schaute zu ihrem mittleren Sohn hinüber. „Kent hat eine Freundin?" Sie hob die Stimme, um über den Lärm des Fernsehers hinweg gehört zu werden. „Kent, du hast eine Freundin?"

Kent schaute sie an und dann zu Montana. „Echt jetzt?", fragte er. „Du konntest mir nicht einmal ein paar Wochen Privatsphäre gönnen?"

Montana zuckte zusammen. „Tut mir leid. Ist mir so rausgerutscht."

Simon, Montanas Mann, war sofort bei ihr, wie um sie zu beschützen. „Ist alles in Ordnung?", fragte er.

Montana lächelte ihn an. „Mir geht es gut. Wenn ich will, dass du meinen Bruder in Stücke schneidest, sage ich Bescheid."

Simon küsste sie. „Das wäre schön."

Dann kehrte er zum Spiel zurück.

„Mit wem trifft Kent sich denn?", wollte Denise mit etwas leiserer Stimme wissen. „Ist es eine der Frauen, dich ich vorgeschlagen habe?"

„Ich glaube nicht, dass sie auf der Liste stand."

Isabel wusste, dass Montana auf die lange Liste an Bewerberinnen anspielte, die Denise auf dem Festival am vierten Juli rekrutiert hatte.

„Kennst du Consuelo Ly?", fragte Montana.

Denise runzelte die Stirn. „Wieso kommt mir der Name so vertraut vor?"

„Sie unterrichtet an der Bodyguard-Akademie", sagte Isabel und fragte sich, warum ihre Freundin gar nichts davon erwähnt hatte, dass sie sich mit Kent traf. „Geht das mit den beiden schon lange?"

„Nein", sagte Montana. „Ich glaube nicht."

Isabel nahm an, dass Montana mit Carter gesprochen hatte, Reeses Freund. Reese wiederum war Kents Sohn und würde wohl wissen, ob sein Dad sich mit jemandem traf.

Ach ja, die Vorzüge des Kleinstadtlebens.

„Er ist echt ein Ladykiller", seufzte Dakota. „Ich will gar nicht daran denken, wie es sein wird, wenn er auf die Highschool kommt."

„Keine Sorge. So lange musst du nicht warten", sagte Nevada grinsend. „Sieh dir nur mal diese Grübchen an."

„Wo wir gerade von Babys sprechen", schaltete Denise sich ein und reichte den Bratenteller herum. „Du und Tucker. Seid ihr bereit für ein weiteres Kind?"

Nevada verzog das Gesicht. „Mom, lass mich damit bitte in Ruhe. Es ist noch keine sechs Monate her."

„Ich weiß, aber ihr habt ja auch eine ganze Weile gewartet. Ich kann gar nicht genug Enkelkinder haben."

„Denise", sagte Max vom anderen Ende des Tisches aus. „Hör auf, deine Kinder zu quälen."

Sie lächelte ihn an. „Du hast recht."

Dakota beugte sich zu Isabel vor. „Max ist die Stimme der Vernunft. Er hält Mom im Zaum, wofür wir ihm sehr dankbar sind."

Isabel wusste, dass Dakota schon seit ein paar Jahren mit Max befreundet war, aber bislang hatten sie noch nicht geheiratet. Er war ein toller Mann, sehr ruhig und überraschend bodenständig.

Die Hendrix-Familie hat ganz schön viel Nachwuchs produziert, dachte Isabel und verspürte einen Hauch von Sehnsucht. Sie und Eric hatten nicht oft über Kinder gesprochen. Irgendwie schien dafür nie der richtige Zeitpunkt zu sein. Jedenfalls hatte sie das gedacht. Und er ... Tja, sie wusste nicht, was ihm durch den Kopf gegangen war. Wie auch immer, es war gut, dass es nie so weit gekommen war. Trotzdem hatte sie sich insgeheim immer als Mutter gesehen. Alleinstehend zu sein, machte die Erfüllung dieses Wunsches nicht gerade einfacher.

Weitere Schüsseln wurden am Tisch herumgereicht. Isabel sah, dass Ford sich von allem ein wenig nahm, doch er schien nicht zu essen. Sie legte eine Hand auf seinen Oberschenkel und spürte die angespannten Muskeln.

„Wie läuft es in der Firma?", fragte Denise ihn.

Isabel drückte seinen Oberschenkel. „Er hat so viel zu tun", sagte sie lächelnd. „Haben Sie das CDS-Gebäude schon mal gesehen? Sehr beeindruckend, finde ich. Im Moment baut Angel einen Außenparcours, der unglaublich anspruchsvoll sein soll." Diese Informationen hatte sie von Consuelo. „Ich könnte das ja nicht, aber diejenigen von euch, die etwas sportlicher sind, sollten es mal versuchen."

„Das wäre bestimmt lustig", sagte Montana. „Also, nicht dass ich das machen würde. Ich bin nicht sonderlich koordiniert. Max, meinst du, wir sollten einen Hindernisparcours für die Hunde aufbauen?"

Und schon stand Ford nicht mehr im Mittelpunkt der Aufmerksamkeit.

Er legte seine Hand auf ihre und lächelte ihr zu. Sie lächelte zurück.

Ford ist immer so lustig und charmant, überlegte sie. Er machte ständig Witze und schien immer fröhlich zu sein. Da war es leicht, zu vergessen, dass er so lange fort gewesen war und seinem Land in schwierigen Missionen gedient hatte.

Er war kein Mann, der ständig grübelte, aber wahrscheinlich verfolgten ihn seine ganz eigenen Dämonen. Ford hatte viele schreckliche Dinge erlebt. Während sie ihr Essen genoss und sich mit den anderen unterhielt, achtete sie daher darauf, dass die Unterhaltung sich nicht Themen zuwandte, die schlechte Erinnerungen in ihm wecken könnten.

Später auf der Heimfahrt fragte sie sich, ob sie etwas sagen sollte. Oder fragen. Doch am Ende entschied sie, es ihm zu überlassen, ob er reden wollte oder nicht.

Als sie bei ihr zu Hause ankamen, kletterte sie aus dem Jeep und ging zur Haustür. Ford hielt sie auf und zog sie in seine Arme. Er küsste sie nicht, sondern hielt sie einfach nur ganz fest.

Sie legte ihren Kopf an seine Schulter und atmete die Kühle der Nacht ein.

Was ist heute Abend passiert? fragte sie sich. Lag es an seiner Familie? An der Enge im Haus? Den Fragen? Oder wurde er an manchen Tagen von seiner Vergangenheit eingeholt und an anderen nicht?

Doch sie fragte nicht, und er sagte nichts. Stattdessen zog er sie an seine Seite und ging mit ihr zum Haus.

„Ich denke, Eiscreme und Sex sind jetzt genau das Richtige", sagte er, als sie die Schlüssel aus der Handtasche holte. „Was meinst du?"

Sie fummelte mit dem Schlüssel herum, bis er ihn ihr abnahm. Während er die Tür öffnete, stand sie ganz still da. Und plötzlich war es glasklar: Das hier war, was sie wollte. Den Spaß und die Unterhaltungen. Den Sex und die Freundschaft. Sie wollte sein Puffer sein, und er sollte sich um ihren Garten kümmern und wie ein Mann am Grill stehen. Ihr gefiel der gemeinsame Rhythmus ihres Lebens.

Es ist keine Liebe, sagte sie sich entschlossen. Aber es war trotzdem etwas Besonderes, etwas, an dem sie so lange sie konnte festhalten wollte.

„Eiscreme und Sex klingen super", sagte sie.

Er grinste. „Du bist die beste Freundin, die ich je hatte."
„Ich wette, das sagst du zu allen Frauen."
„Vielleicht", gab er zu. „Aber dieses Mal meine ich es auch so."

„Bist du bereit?", fragte Consuelo
„Klar", erwiderte Kent, obwohl er es nicht war.
Aus irgendeinem Grund hatte er zugestimmt, mit ihr zu trainieren. Da das ganz und gar nicht seiner Vorstellung von einer Verabredung entsprach, war er nicht sicher, wie es dazu hatte kommen können. Doch jetzt war er hier, im Fitnessraum von CDS.

Der letzte Rest Mut hatte sich in Luft aufgelöst, als er bei seiner Ankunft Ford entdeckt hatte, der gerade Leonard ins Auto half. Der arme Leonard war über den Parkplatz geschlichen, als schmerzten seine Beine zu sehr, um normal zu gehen. Dazu hatte er einen Eisbeutel gegen seine Schulter gedrückt.

Fords Kommentar „Kein guter Ort für Zivilisten" hatte auch nicht geholfen.

Und jetzt sah Kent sich einem kleinen Energiebündel gegenüber, das nur allzu bereit war, ihm kräftig in den Hintern zu treten. Was die Sache noch schlimmer machte, war, dass ihre enge Sportkleidung nichts der Fantasie überließ. Er selbst trug eine ausgebeulte Jogginghose und ein T-Shirt. Doch sollte er jetzt eine Erektion bekommen, würde es trotzdem jeder sehen können.

Sein Plan bestand aus drei Teilen: Zieh dir keine Verletzung zu; mach dich nicht lächerlich; und hör auf, Consuelo auf den Hintern zu starren.

„Was möchtest du gerne machen?", fragte sie ihn und neigte den Kopf, sodass ihr Pferdeschwanz ins Schwingen geriet.

„Sag du es mir." Was definitiv eine bessere Antwort war als die Wahrheit, die nämlich lautete: „Ich will Sex mit dir haben. Überall, zu jeder Zeit, immer wieder." Er hatte das Gefühl, dass sie auf diesen Vorschlag nicht sonderlich gut reagieren und er mit mindestens einem gebrochenen Knochen enden könnte.

„Wir haben ein Basistraining, mit dem wir das Fitnesslevel der Neulinge einstufen", sagte sie. „Wie wäre es damit?"

„Hast du nicht auch eine Basiseinstufung für Mathelehrer? Darin wäre ich nämlich wirklich gut."

„Du kannst Pi bis acht Stellen hinterm Komma aufsagen?", neckte sie ihn.

„Und weiter."

„Toll." Sie grinste. „Okay, fangen wir mit den gesprungenen Kniebeugen an."

Was zum Teufel sollte das sein? Aber bevor er noch fragen konnte, zeigte es ihm Consuelo bereits. Sie ging in die Knie, sprang hoch in die Luft. Und dann wiederholte sie das Ganze ein paarmal.

„Bereit?", fragte sie.

Er nickte, und sie machten es gemeinsam. Beim zehnten Mal fühlte Kent ein schmerzhaftes Pochen in seinen Oberschenkeln. Bei Nummer fünfzehn ging sein Atem merklich schneller. Und als er endlich Nummer zwanzig erreicht hatte, sah er sich vor seinem inneren Auge genauso humpeln wie Leonard vorhin.

Sie wandten sich anderen Übungen zu, jede schwerer als die davor. Consuelo gab ihm währenddessen Anweisungen, ohne auch nur ins Schwitzen zu geraten. Er überlegte, dass er sein übliches Programm in Zukunft vielleicht ausweiten sollte: vier Mal die Woche laufen. Und dazu noch ein wenig Gewichtheben.

„Wie wäre es mit den Seilen?", fragte sie und zeigte auf die Taue, die von einem Balken an der Decke hingen.

„Klar." Darin müsste ich besser sein als sie, dachte er. Immerhin hatten Männer mehr Kraft im Oberkörper als Frauen. Das hoffte er zumindest.

Sie joggten einmal quer durch den Raum und griffen dabei nach einem Seil. Consuelo fing an zu klettern. Sie war schon an der Decke, da hatte er noch nicht einmal zwei Meter geschafft. Resigniert ließ Kent sich auf die Matte fallen und begann schallend zu lachen.

Sie gesellte sich zu ihm. „Was ist los?", wollte sie wissen.

„Du bist unglaublich."

„Ich verdiene damit mein Geld."

„Trotzdem. Du bist in fabelhafter Verfassung. Ich bin total eingeschüchtert."

Sie holte zwei Flaschen Wasser aus dem Kühlschrank in der Ecke. „Bist du nicht. Sonst wärst du heute gar nicht mitgekommen. Du wusstest, dass ich gut bin."

„Stimmt, aber ich habe dich trotzdem unterschätzt." Er nahm einen großen Schluck Wasser und musterte sie. „Das tun Männer häufig, oder?"

Sie zuckte mit den Schultern. „Manchmal."

„Ständig. Sie sehen dich und wollen dich ins Bett kriegen. Wahrscheinlich machen die meisten sich nicht mal die Mühe, dich kennenzulernen, sie nehmen sich nicht die Zeit, dich zu verstehen, und sie zeigen dir keinen Respekt."

Als ihm bewusst wurde, was er da gerade gesagt hatte, zuckte er zusammen und starrte sie entsetzt an. „Tut mir leid. Das hätte ich nicht sagen sollen."

„Aber es stimmt."

„Das war unhöflich."

Sie trank einen Schluck Wasser, ohne den Blick von ihm zu nehmen. Er war sich nicht sicher, was sie dachte. „Du hast gesagt, dass es Männer gibt, die mich nur ins Bett kriegen wollen. Aber du hast nicht gesagt, dass du einer von ihnen bist."

„Es tut mir leid."

„Wie ich schon sagte, es stimmt. Nur wenige Männer machen sich die Mühe, mich kennenzulernen."

Er wollte sagen, dass er sich diese Mühe gerne machen würde, hatte aber Angst, damit alles nur noch schlimmer zu machen.

„Tja, jetzt hast du wenigstens den Beweis, dass ich seit meiner Scheidung nicht viele Verabredungen hatte", sagte er zerknirscht.

„Du glaubst, dass ich sauer bin", sagte sie.

„Bist du nicht?"

Sie lächelte. „Nein."

Er wartete, doch mehr kam nicht.

Sie tranken ihr Wasser aus und machten noch ein paar Übungen. Kent war klar, dass er sich am nächsten Tag vor lauter Muskelkater wahrscheinlich kaum noch bewegen konnte. Was seine Schüler bestimmt ausnehmend amüsant fanden.

„Humpelst du?", fragte Consuelo, als er nach zwei Runden Liegestütze auf die Füße kam. Sie hatte natürlich zwei Dutzend mehr gemacht als er.

„Nein." Er richtete sich auf und ignorierte den brennenden Schmerz in seinen Bizepsen und Oberschenkeln. „Wie wäre es mit einem kleinen Endspurt?"

Sie stemmte die Hände in die Hüften. „Du forderst mich heraus?"

„Na klar."

Er wusste, er würde seine großspurige Haltung noch bereuen. Doch mit seiner Geschichte über Männer, die sie nur ins Bett kriegen wollten, hatte er den Tiefpunkt des Tages sowieso schon erreicht.

Consuelo kam zu ihm und umfasste seinen linken Arm mit beiden Händen. Bevor er wusste, wie ihm geschah, zog sie ihn zu sich heran, dann bewegte er sich plötzlich in Richtung Decke, und im nächsten Moment kam der Fußboden in rasanter Geschwindigkeit auf ihn zu.

Als Kind war er mal von einem Baum gefallen. Das hier fühlte sich sehr ähnlich an, nur ohne gebrochenen Arm. Alle Luft wurde aus seinen Lungen gepresst, und für eine Sekunde konnte er keine neue einatmen.

Consuelo kniete an seiner Seite. „Tut mir leid", sagte sie und berührte sein Gesicht, dann seine Arme. „Alles okay? Das war dumm von mir. Ich wollte angeben. Das hätte ich nicht tun sollen."

Sorge verdunkelte ihre braunen Augen. Ihr Pferdeschwanz strich ihm sanft über die Wange, als sie seinen Körper betastete. Er öffnete den Mund und tat so, als könne er nicht reden.

„Was?", wollte sie wissen. „Bist du verletzt?"

Er bedeutete ihr, näher zu kommen. „Ich kriege keine Luft", keuchte er gespielt. „Ich glaube, ich brauche eine Mund-zu-Mund-Beatmung."

Sie schüttelte den Kopf. „Du bist so ein … Mann."

Er setzte sich auf. „Ist das ein Problem?"

„Für mich nicht."

Er nahm an, sie würde sich aufrappeln und ihm dann auf die Füße helfen. Oder ihn auslachen. Oder einfach sitzen lassen. Doch stattdessen tat sie etwas ganz anderes. Sie beugte sich vor und küsste ihn.

Die Berührung war sanft und leicht, doch sie löste augenblicklich ein Feuer in ihm aus, das sich bis in seinen Unterleib fraß. Er wollte Consuelo an sich ziehen und sehen, was noch so passieren würde. Doch das hier war ihr Arbeitsplatz, und da fand sie das vermutlich nicht sonderlich originell.

Sie zog sich zurück. „Tut mir leid, dass ich dich so umgelegt habe."

„Mir nicht." Er grinste. „Der Kuss war es wert."

„Du bist aber leicht zu befriedigen."

„Damit kann ich leben." Sanft berührte er ihre Wange. „Wie wäre es mit einem gemeinsamen Abendessen? Nur wir beide?"

Sie schaute sich um und beugte sich dann wieder ein wenig vor. Dieses Mal verweilten ihre Lippen etwas länger. „Klingt gut", flüsterte sie.

Isabel blieb auf der Veranda stehen, um auf ihr Handy zu schauen. Immer noch kein Rückruf von Sonia. Sie fragte sich, was mit ihrer Freundin los war. Sie hatte ihr sogar eine Nachricht auf ihrer Facebook-Seite hinterlassen, die ihre Freundin regelmäßig aktualisierte. Langsam fing sie an, sich Sorgen zu machen.

„Tante Is, Tante Is!"

Isabel grinste und ging in die Knie, damit Brandon, Maeves Sechsjähriger, sich in ihre Arme werfen konnte.

„Lass dich anschauen, junger Mann", sagte sie und drückte ihn, während er laut lachte. „Du bist so groß geworden."

Er umarmte sie, riss sich dann aber gleich wieder los und stürmte durch die Haustür hinein. „Ich kann lesen, Tante Is. Ich habe ein Buch."

Isabel folgte ihm langsam ins Haus. Sosehr sie diese fröhliche Begrüßung auch genoss, fragte sie sich doch, wie sehr Brandons

Enthusiasmus durch seine älteren Geschwister beeinflusst war. Denn mit ihnen hatte sie wesentlich mehr zu tun gehabt als mit Brandon. Was hauptsächlich an der Entfernung und mangelnder Zeit gelegen hatte, aber trotzdem.

Maeve wartete an der Haustür. „Du wirst dir jetzt eine Bob-Geschichte anhören müssen", sagte sie anstatt einer Begrüßung. „Das ist die erste Lesestufe. ‚Bob kann gehen. Bob kann springen.'"

„Klingt wie ein Bestseller."

Sie umarmten einander, und Isabel tätschelte den Bauch ihrer Schwester.

„Du siehst aus, als hättest du da drin jemanden versteckt."

„Sehr lustig."

Sie gingen ins Wohnzimmer. Neben dem riesigen Sofa gab es mehrere Sessel, einen großen Couchtisch mit gepolsterten Ecken und überall Spielzeug.

Maeve ließ sich auf die Couch sinken und seufzte. „Ich wollte noch aufräumen, bevor du kommst. Aber im Moment macht mich die Schwangerschaft einfach nur schrecklich müde. Zum Glück gibt sich das ja wieder. In ein paar Wochen kehrt meine Energie zurück, und dann nimm dich in Acht."

„Inzwischen kennst du den Ablauf wohl ziemlich gut", sagte Isabel, denn Maeve hatte ja ausreichend Übung gehabt.

Maeve und Leonard hatten ein Jahr gewartet, bevor sie geheiratet hatten – um sicherzugehen, dass ihre Liebe echt war. In der Zeit hatte Leonard seinen Collegeabschluss gemacht, das Examen zum Wirtschaftsprüfer bestanden und eine Stelle bei der größten Steuerberatungsfirma der Stadt ergattert. Und dann war es Schlag auf Schlag gegangen: vier Kinder in neun Jahren, das fünfte unterwegs.

„Wird das euer letztes sein?", fragte Isabel.

„Ich glaube, ja." Maeve lächelte. „Für Leonard auf jeden Fall – das sagt er zumindest. Aber wir lieben es, Kinder zu haben. Wir haben darüber gesprochen, vielleicht keine eigenen mehr zu bekommen, sondern noch ein paar zu adoptieren. Keine Babys. Es gibt genügend Leute, die Säuglinge wollen. Wir dachten an ältere

Kinder, die von einem stabilen Zuhause in einer Stadt wie dieser profitieren würden."

„Beeindruckend", murmelte Isabel. „Jetzt fühle ich mich ganz offiziell egoistisch, oberflächlich und ziemlich nutzlos."

Die blauen Augen ihrer Schwester blickten besorgt. „Warum sagst du so etwas? Du bist eine erfolgreiche Geschäftsfrau. Das ist beeindruckend. Ich bin einfach nur den ganzen Tag mit einer Horde Kinder zu Hause." Sie lächelte. „Ich will damit nicht sagen, dass das, was ich tue, nicht wichtig ist. Und ich liebe es auch. Aber ich habe noch nie ernsthaft gearbeitet. Am Anfang unserer Ehe wusste ich, dass mein Job darin bestand, für die Anzahlung unseres Häuschens zu sparen. Ich wollte keine Karriere machen. Vielleicht suche ich mir einen Teilzeitjob, wenn unser Jüngster in der Schule ist, aber ich kann mir nicht vorstellen, das zu tun, was du tust."

„Im Moment arbeite ich im Paper Moon. Was nichts Besonderes ist."

„Aber du willst deine eigene Firma gründen."

„So ist der Plan, ja."

Maeve lehnte ihren Kopf gegen die Sofalehne. „Du hast diesen Laden immer geliebt und warst jedes Wochenende mit Grandma da. Mit fünf kanntest du schon alle Schnitte der Kleider, und mit zehn hättest du dich ganz allein um die Bestellungen kümmern können."

Isabel nickte. „Grandma war eine tolle Frau."

„Sie mochte dich am liebsten."

Isabel krauste die Nase. „Es gefiel ihr, dass ich den Laden geliebt habe."

„Das ist das Gleiche. Paper Moon war ihr Leben. Ich habe das nie verstanden. Ich schätze, Einzelhandel ist nicht so mein Ding." Sie schaute Isabel an. „Du hingegen nimmst das mit, wenn du deinen eigenen Laden eröffnest."

„Das hoffe ich. Es wird ganz anders werden. Bald wohne ich wieder in New York."

„Ich wünschte, du könntest bleiben." Maeve hob abwehrend eine Hand. „Ich weiß, ich weiß. New York ist die Modehauptstadt der Welt, und Fool's Gold wird niemals auch nur eine Randnotiz auf irgendjemandes Landkarte sein. Trotzdem. Mom wird durch den Klatsch in der Stadt auf dem Laufenden gehalten, und alle finden, dass du das toll machst. Und nur damit du es weißt: Unsere Eltern hoffen heimlich darauf, dass du deine Meinung änderst und doch hierbleibst."

Isabel seufzte. „Ich weiß. Das hat Mom in unserem letzten Telefonat erwähnt."

„Und, reizt es dich wenigstens ein bisschen?"

„Ich habe ein Ziel, und hierzubleiben gehört nicht dazu." Wobei sie zugeben musste, wieder zu Hause zu sein war nicht so schlimm, wie sie befürchtet hatte. Einige Aspekte ihrer Rückkehr waren sogar ganz fabelhaft. Zum Beispiel ihre Freundinnen. Und Ford. Ford war ein unerwartetes Geschenk.

„Habt ihr eigentlich einen Zeitplan – also Mom und Dad und du?", fragte Maeve.

„Sie kommen kurz vor Thanksgiving von ihrer Reise zurück. Dann werden wir meine Pläne für die Umgestaltung des Ladens durchgehen. Die sollte dann bis zu den Feiertagen fertig sein, sodass wir den Laden gleich nach Neujahr zum Verkauf anbieten können."

„Der Gedanke macht mich traurig", gab Maeve zu. „Das Paper Moon sollte in der Familie bleiben. Aber du hast deine eigenen Träume – und ich habe kein Interesse, den Laden zu leiten."

„Ich weiß, was du meinst", stimmte Isabel zu. „Ich fühle mich deshalb auch ganz schlecht. Manchmal frage ich mich, ob ich nicht bleiben kann, aber ich habe keine Lust, mich den ganzen Tag mit verrückten Bräuten abzugeben. Ich möchte mehr. Und außerdem habe ich eine Geschäftspartnerin."

„Stimmt ja. Sonia. Lass mich raten: Sie ist eine dieser Ostküstenfrauen, für die die Westküste schon zu einem anderen Land gehört, in das sie nie ziehen würden."

„Ja, so in der Art."

Die Unterhaltung wandte sich Leonards Firma und dann den Kindern zu. Brandon kam mit zwei Spielzeugen und einem seiner Bücher nach unten, aus dem er ihnen vorlas. Die Stunden verflogen nur so. Als Isabel bemerkte, wie spät es schon war, stand sie auf.

„Ich habe Madeline schon zu lange allein gelassen. Wenn zu viel los ist, wird sie noch schnell nervös."

„Gefällt ihr die Arbeit?", fragte Maeve und kämpfte sich auf die Füße.

„Ja, sehr. Und sie ist gut. Ich hoffe, der neue Besitzer übernimmt sie."

Die Schwestern umarmten einander.

„Es tut mir leid, dass ich nicht schon eher vorbeigeschaut habe", sagte Isabel. „Bis zum nächsten Mal lassen wir nicht so viel Zeit vergehen."

„Ja, das wäre schön", stimmte Maeve zu. „Du könntest vielleicht sogar etwas ganz Gewagtes tun und Samstagmorgen vorbeischauen, wenn alle zu Hause sind. Dann ist es zwar etwas laut, aber auch sehr lustig."

„Das mache ich", versprach Isabel.

„Gut. Denn du bist jederzeit willkommen, Schwesterherz. Nur damit du es weißt."

13. KAPITEL

„Ich würde gerne mit Ihnen über ein Kleid sprechen."
Isabel schaute zu der Frau auf, die gerade das Paper Moon betreten hatte, und fragte sich, was an dem Bild nicht stimmte. Die Frau war groß und elegant gekleidet. Zu ihrem grauen, maßgeschneiderten Kostüm fielen ihr die langen schwarzen Haare glatt über den Rücken. Ihre Augen schimmerten in einem beinahe violetten Blau, und sie trug knallrote High Heels mit mindestens zwölf Zentimeter hohen Absätzen. Alles in allem wirkte sie so, als könnte sie die Welt regieren und hätte immer noch Zeit, um nebenbei den Bankensektor umzuorganisieren. Sie strahlte pures Selbstbewusstsein und eine große Entschlossenheit aus. Hätte Isabel ihr Alter raten müssen, hätte sie Mitte dreißig gesagt. Und obwohl die Frau ihr vertraut vorkam, wusste sie nicht, wo sie sie schon einmal gesehen hatte.

„Ein Hochzeitskleid?", fragte Isabel.

Die Frau schüttelte sich. „Guter Gott, nein. Ich meine das violette Kleid im Fenster. Es ist zauberhaft. Ich möchte es gerne kaufen."

Isabel grinste. „Vorher wollen Sie es sicher anprobieren."

„Stimmt. Details sind nicht so meine Sache. Aber Sie haben natürlich völlig recht, fangen wir damit an."

„Gerne." Isabel durchquerte den Laden und öffnete die Tür zum Schaufenster. „Das violette, sagten Sie?"

„Ja."

Anstatt die Schaufensterpuppe aus dem Fenster zu wuchten, öffnete sie einfach den Reißverschluss und zog das Kleid über den nicht vorhandenen Kopf. Dann kehrte sie in den Laden zurück.

„Bitte sehr. Die Umkleidekabinen sind hier entlang." Isabel hielt inne. „Ich habe das Gefühl, wir sind uns schon mal begegnet, aber mir fällt Ihr Name nicht ein."

„Taryn Crawford." Die Frau streckte ihre Hand aus. „Ich fürchte, ich ziehe hier in die Stadt."

„Sie wollen nicht nach Fool's Gold ziehen?"

„Nein. Es ist mir zu klein. Ich bin ein Großstadtmensch. Los Angeles ist schneller. Und mir gefällt die dortige Oberflächlichkeit. Das ist so erfrischend. Keine Heuchelei, kein gespieltes Mitgefühl. Man weiß, was man kriegt. Soweit ich das beurteilen kann, ist Fool's Gold ein einziges großes, mitfühlendes Herz. Diese ganzen Festivals. Menschen, die mit mir sprechen, während ich in der Schlange im Coffeeshop stehe." Sie schüttelte sich erneut. „Überall glückliche Familien. Das ist nicht normal."

Isabel lachte. „Sie sind keine Freundin von Familien?"

„Nein. Familien sind für andere Menschen etwas ganz Wunderbares. Ich mag Kinder … in einer gewissen Entfernung." Sie seufzte. „Ich weiß, ich klinge wie ein schrecklicher Mensch, dabei bin ich das gar nicht. Ich bin eigentlich sehr nett. Allerdings nicht so nett wie die Menschen in dieser Stadt."

Isabel öffnete die Tür einer Umkleidekabine und trat beiseite, um Taryn eintreten zu lassen. Die Frau dankte ihr und schloss die Tür hinter sich.

Was für ein interessanter Mensch, dachte Isabel. Da bekam die Redewendung, kein Blatt vor den Mund zu nehmen, eine ganz neue Bedeutung.

Eine Minute später kam Taryn in dem violetten Kleid heraus.

Von vorne wirkte es schlicht, mit langen Ärmeln und einer eher konservativen Rocklänge. Doch von hinten sorgte ein tiefer, tränenförmiger Ausschnitt für eine Menge Sex-Appeal.

Taryn stellte sich auf die Plattform vor den Spiegeln und betrachtete sich.

„Das Kleid ist wirklich gut gemacht", sagte sie. „Sie bieten es viel zu billig an. Die Qualität der Handarbeit wird nur noch durch die Güte des Stoffes übertroffen. Es ist fantastisch. Der Schnitt gefällt mir sehr gut."

„Es sieht toll an Ihnen aus", sagte Isabel und versuchte, nicht verbittert darüber zu sein, dass die andere Frau gut fünf Zentimeter größer war und trotzdem vier bis fünf Kleidergrößen kleiner trug. Isabel hatte es nie viel ausgemacht, kurvig zu sein, doch ab und zu fragte sie sich, ob sie weniger Kekse essen oder mal ins Fitnessstudio gehen sollte.

Ohne einen wirklichen Plan zu haben, schlenderte sie zu dem Schrank mit den Accessoires und fing an, Türen und Schubladen zu öffnen. Sie legte drei Gürtel beiseite, bevor sie den richtigen fand. Ich hatte doch auch noch ein Tuch, dachte sie und wühlte sich durch die übrig gebliebenen Requisiten verschiedener Hochzeiten.

Als sie das Tuch gefunden hatte, gab sie es Taryn gemeinsam mit dem Gürtel. „Probieren Sie das mal dazu."

Taryn hob ihre Haare hoch und drehte sich um. „Fabelhaft", hauchte sie, als sie die Rückseite erblickte, und griff nach dem Schal. „Ist das Ihr Design?"

„Nein. Dellina, eine Freundin von mir, kennt die Designerin. Dellina wohnt hier in der Stadt; sie ist Partyplanerin und Inneneinrichterin und hat mich gebeten, einige der Stücke bei mir auszustellen. Sie verkaufen sich recht gut."

„Ich nehme es." Taryn ließ ihr Haar fallen. „Aber ernsthaft: Diese Dellina muss ihre Freundin unbedingt dazu bringen, die Preise anzuheben." Sie trat von der Plattform herunter und ging barfuß auf Isabel zu. „Ich brauche Dellinas Nummer."

„Okay, aber, äh, warum?"

„Wie ich schon sagte, meine Firma zieht nach Fool's Gold. Wir werden in den nächsten Monaten neue Büros kaufen und umbauen. Ich schätze, der eigentliche Umzug wird im Februar oder März nächsten Jahres anstehen. Dann brauche ich dringend eine gute Inneneinrichterin."

„Was für eine Firma haben Sie?"

„Eine PR-Agentur." Taryn verdrehte die Augen. „Meine Partner sind ehemalige Footballspieler. Und sie haben sich in diese Stadt verliebt. Ein Freund von ihnen hat hier ein Golfturnier organisiert, bei dem sie mitgespielt haben. Danach waren sie völlig hingerissen. Wir haben abgestimmt – und ich habe verloren." Sie ließ ein unerwartetes Grinsen aufblitzen. „Keine Sorge. Ich finde schon einen Weg, sie dafür zu bestrafen. Aber in der Zwischenzeit ziehen wir mit unserer gesamten Firma um."

Ehemalige Footballspieler in Fool's Gold? Isabel wollte gerade sagen, dass gut aussehende Männer hier immer willkommen waren, überlegte dann aber, dass Taryn diese Information vielleicht nicht sonderlich witzig finden würde.

„Es ist ein toller Ort zum Leben", sagte sie stattdessen.

„Wie lange sind Sie schon hier?", wollte Taryn wissen.

„Ich bin hier aufgewachsen und dann nach New York gezogen. Ich bin auch nur für ein paar Monate zurück ..." Ihre Stimme verebbte.

Taryn nickte. „Was meine Aussage beweist. Die Guten ziehen alle weg."

Isabel lachte. „Wenn Sie noch ein paar Tage hier sind, können wir ja mal gemeinsam mit meinen Freundinnen zum Mittagessen gehen. Ein paar Leute kennenzulernen könnte helfen, die Vorfreude auf den Umzug zu wecken."

Taryn starrte sie an. „Bitte, verstehen Sie mich nicht falsch, aber ist jeder hier nett? Denn das finde ich problematisch."

„Nein. Es sind lustige und tolle Menschen, aber sie können auch bissig sein. Vor allem Charlie. Ich glaube sogar, dass Sie beide gute Freundinnen werden könnten."

„Dann komme ich mit."

Das alte Haus lag ungefähr eine Stunde außerhalb von Sacramento. Das Laub der großen Bäume auf dem Grundstück hatte schon angefangen, sich zu verfärben, und orangefarbene und rote Blätter wehten über den Boden. In der Ferne galoppierten ein paar Pferde fröhlich über eine Wiese, als würden auch sie die Perfektion dieses Herbsttages genau spüren.

Neben einer Scheune mit abblätternder roter Farbe parkten vierzig bis fünfzig Autos. Ein paar Meter weiter stand eine weitere Scheune.

„Du hast ja aufgehört zu schmollen", sagte Isabel, als sie aus dem Jeep stieg.

Ford zog seine abgetragene Lederjacke über. „Ich habe nicht geschmollt."

„Natürlich hast du. Und schwer geseufzt und ab und zu sogar gestöhnt."

„Ich stöhne nicht."

Sie lachte. Ford hatte sein Versprechen tatsächlich wahr gemacht, sie zu einer Haushaltsauflösung zu begleiten. Obwohl es von Fool's Gold eine ganz schön lange Fahrt war, hoffte Isabel, dass ihm die Auswahl der zu verkaufenden Gegenstände gefallen könnte.

„Das Farmhaus befindet sich seit über einhundertfünfzig Jahren im Besitz der Familie", sagte sie. „Sieh es dir nur mal an. Der ganze Dachbodenplatz und die Nebengebäude. Wir könnten hier heute etwas wirklich Besonderes finden."

„Hey, vielleicht kaufe ich mir einen Trecker."

Sie seufzte. „Hast du vor, schwierig zu sein? Dann wartest du besser im Auto."

Er lachte und nahm ihre Hand. „Ich werde nicht schwierig sein. Komm, finden wir ein paar Schätze."

Sie gingen gemeinsam zum Haus.

Ein Mädchen im Teenageralter reichte ihnen einen Flyer. „Die Möbel sind im Haus", sagte sie. „Kleinere Gegenstände in den beiden Scheunen. Wir akzeptieren nur Bargeld und bewahren die Möbel nach Kauf eine Woche auf, wenn Sie mögen. Doch dann müssen Sie eine Anzahlung leisten."

„Danke." Isabel nahm den Flyer und drehte sich vom Haus weg.

„Die sind gut organisiert", bemerkte Ford. „Ich dachte, es wäre eher wie ein Flohmarktstand, aber hier gibt es wesentlich mehr Sachen."

„Die meisten Haushaltsauflösungen, auf die ich gehe, sind nicht so wie die hier. Das wirkt außerordentlich gut geplant."

Sie gingen in die erste Scheune, in der ein reger Andrang herrschte. Jemand hatte eine Markise aufgespannt, unter der drei Kassen auf einem Tisch standen. Mehrere Teenager halfen, die Einkäufe zu den Fahrzeugen der Kunden zu tragen.

„Was wollen sie hier machen?", fragte Ford. „Also, mit dem Land?"

„Ich habe gehört, dass es in Parzellen unterteilt werden soll. Was ich traurig finde. Immerhin hat das Land jahrhundertelang einer Familie gehört."

„Für einige Menschen bedeutet das Fortschritt." Er schaute sie an. „Du wirst mir jetzt aber nicht sagen, dass du es kaufen willst, oder?"

„Nein. Ich ziehe nach New York. Trotzdem war das damals bestimmt ein tolles Haus. Vermutlich gab es viele Kinder, die auf dem Grundstück herumgelaufen sind. So wie bei euch."

„Ja. Das war ganz schön laut."

Sie mochte es, Händchen haltend mit ihm hier entlangzuschlendern. Es war so angenehm, mit ihm zusammen zu sein und sich zu unterhalten.

„Willst du über den Abend bei deiner Mutter reden?"

Sie dachte, dass er Nein sagen oder so tun würde, als wüsste er nicht, wovon sie sprach. Stattdessen drückte er jedoch ihre Hand, bevor er antwortete.

„So ist das mit Familien", sagte er. „Sie machen es leichter, aber auch schwerer. Ich bin einer der Glücklichen. Ich habe keine Flashbacks. Keine Albträume. Aber ab und zu werden mir Menschenansammlungen zu viel." Er stellte sich vor sie, sodass sie anhalten und ihn anschauen musste. „Du hast sie abgelenkt."

Sie zuckte mit den Schultern. „Ich habe nur versucht zu helfen."

„Das ist dir gelungen. Danke."

Von der Seite warf sie ihm einen Blick zu und grinste. „Und jetzt werde ich dich auch noch mit den Freuden der Haushaltsauflösungen bekannt machen. Ein weiterer Grund, aus dem du mich anbeten solltest."

Er stöhnte. „Das hatte ich beinahe vergessen. Okay, bringen wir es hinter uns."

Sie betraten die erste Scheune. Isabel gefiel, dass auf den langen Tapeziertischen alles nach Kategorien angeordnet war.

„Die Kleidung können wir ignorieren", sagte sie. „Ich stehe nicht so auf Secondhand. Außer du möchtest etwas aus den 50er-Jahren?"

„Nein, danke. Hey, sieh mal, sie haben alte Schallplatten."

„Hast du einen Plattenspieler?"

„Nein, aber Gideon liebt sie. Mal sehen, was sie haben."

Sie schauten sich die LPs und Singles an. Es gab ein paar alte Jazzaufnahmen aus den späten 40ern und ganz viel Musik aus den 50ern.

Isabel merkte, dass Ford sich die genauer anschauen wollte, und wanderte weiter zu den Büchern. Sie fand mehrere alte Kinderbücher, an die sie sich noch erinnerte, und überlegte, dass Maeve die Bücher vielleicht gerne für ihre Kinder hätte. In der Küchenabteilung fand sie einen schönen Pitcher mit einem gebrochenen Henkel. Sie trug ihn zu Ford hinüber.

„Könntest du das reparieren?", fragte sie.

Er schaute sich den Krug an. „Nein. Ich bin gut im Bett. Für alles andere müssen wir Profis engagieren."

Ein fairer Tausch, dachte sie und betrachtete den Stapel Schallplatten, den er zusammengesucht hatte. „Willst du die alle mitnehmen?"

„Jupp. Sie sind nicht teuer, und Gideon kann die, die er schon hat oder die er nicht behalten will, weiterverschenken."

Sie bezahlten die LPs und brachten sie zum Auto. Dann gingen sie in die zweite Scheune. Hier war Ford ganz aufgeregt, als er den Tisch mit Harley-Davidson-Devotionalien erblickte.

„Für Angel?", riet Isabel.

„Nur ein paar Kleinigkeiten." Er packte seine Schätze in eine leere Kiste, die an der Wand stand. „Schauen wir uns das Spielzeug an. Ich kriege gefühlt jeden Monat einen neuen Neffen oder eine neue Nichte. Da ist das sehr praktisch."

Gegen Mittag hatten sie die Rückbank des Trucks beinahe gefüllt. Isabel hatte sich in einen handgemachten Quilt verliebt. Außerdem kaufte sie zwei antike Hochzeitsschleier. Auch wenn sie selbst nicht auf Secondhandkleidung stand, gab es vielleicht die eine oder andere Braut, der sie gefallen würden.

Dann gingen sie um die Scheunen herum zu einer großen Wiese, auf der Tische und ein Grill standen. Ford bestellte zwei Burger, während Isabel zwei Dosen Wasser kaufte. Mit ihrem Essen setzten sie sich an einen der gemütlichen Picknicktische.

„Okay", sagte er und strich Senf auf seinen Burger. „Du hattest recht. Das ist viel besser, als ich erwartet hatte."

„Nicht alle Haushaltsauflösungen sind wie diese", erklärte sie. „Aber ich bin froh, dass deine erste Erfahrung eine gute war."

„Gibt zu, du triumphierst gerade", sagte er grinsend.

Sie lachte. „O ja. Ich liebe es, recht zu haben. Tut das nicht jeder?"

„Ich nicht. Ich möchte immer, dass alle sich einig sind."

„Ja, klar. Deshalb hast du auch diesen ständigen Wettstreit mit Angel."

„Ich habe keine Ahnung, wovon du sprichst." Er biss in seinen Hamburger und kaute. Nachdem er geschluckt hatte, sagte er: „Das machen wir gar nicht mehr so oft. Vermutlich, weil wir nicht mehr zusammenwohnen." Sein Blick ruhte auf ihr. „Was keine Beschwerde über meine derzeitigen Wohnverhältnisse sein soll."

Sie nippte an ihrem Wasser, sagte aber nichts. Ford war quasi bei ihr eingezogen. Er verbrachte jede Nacht in ihrem Bett und besetzte jeden Morgen ihre Dusche. Das Gute war, er brauchte meistens nur fünfzehn Sekunden. Offensichtlich bekam man bei der Navy auch Schnellduschen beigebracht. Auf einem Schiff mit Dutzenden von Männern war das vermutlich sehr praktisch.

„Du meinst, mit mir ist es netter als mit Angel?", fragte sie.

„Anders nett", erwiderte er augenzwinkernd.

„Danke." Sie griff nach ihrem Burger. „Wie war das eigentlich, als du auf deinen Missionen warst, oder wie auch immer man das nennt. Hattest du da Freundinnen?"

„Ein Mädchen in jedem Hafen?", fragte er.

Sie nickte mit vollem Mund.

„Nein. Wir kamen an, taten, was wir tun mussten, und reisten wieder ab."

„Warst du je länger in einem anderen Land stationiert?"

„Oft sogar. Vor ein paar Jahren war ich Mitglied in einer Sondereinheit, die aus allen möglichen Truppenteilen bestand und ständig woanders eingesetzt wurde."

„Gehörten zu den Truppenteilen auch Frauen?"

Er schaute sie fragend an. „Was willst du wirklich wissen?"
„Keine Ahnung. Nichts Spezielles, glaube ich. War es wie bei James Bond mit einer Frau an jeder Ecke oder mehr wie in den Kriegsfilmen, wo Frauen nur als Kellnerinnen vorkommen?"

„Wo ich war, gab es nicht viele Frauen", erklärte er. „Unser Team bestand nur aus Männern. Consuelo hat mit ein paar Sondereinheiten gearbeitet, aber wir hatten nie einen gemeinsamen Auftrag."

„Wie habt ihr euch dann kennengelernt?"

Er grinste. „Sie ist für einen geheimen Auftrag eingeflogen worden. Mein Team war wegen einer anderen Mission dort. Es gab nicht genügend Unterkünfte, also habe ich ihr mein Zimmer angeboten."

Isabel legte den Burger ab. „Du hast mit ihr geschlafen?"

Sie versuchte, ruhig zu klingen, doch das war nicht leicht. Zu wissen, dass Ford viele Frauen gehabt hatte, ohne sich je auf eine festzulegen, war eine Sache. Aber ihn sich mit der schönen Consuelo vorzustellen war etwas ganz anderes.

„Mit ihr geschlafen?" Er schüttelte den Kopf. „Niemals. Und das nicht nur, weil sie gedroht hat, mir die Eier abzuschneiden, sollte ich irgendetwas in dieser Hinsicht versuchen. Sie hat mich auch an meine Schwestern erinnert, was nicht sonderlich sexy ist." Er zuckte mit den Schultern. „Wir sind Freunde geworden. Sie war nicht bei mir, als Angel und ich Gideon gerettet haben, aber sie hat im Dorf auf uns gewartet. Sie ist diejenige, die für Gideon den Aufenthalt auf Bali organisiert hat."

Seine dunklen Augen weiteten sich. „Du machst dir doch keine Gedanken, dass ich etwas mit ihr angefangen haben könnte, oder?"

„Jetzt nicht mehr."

„Sie ist nicht mein Typ." Er legte eine Hand auf ihre. „Hey, ich bin treu. Ich heirate die Mädchen vielleicht nicht, aber ich betrüge sie auch nicht."

„Das weiß ich zu schätzen."

„Glaubst du mir?"

Sie nickte.

Dann widmeten sie sich wieder ihrem Essen. Isabel wusste, dass sie ihr Herz schützen musste, wenn es um Ford ging. Was als Spaß begonnen hatte, wurde langsam mehr. Nicht nur, weil er ihr half, zu lernen, was es hieß, wirklich körperlich mit einem Mann intim zu sein. Sondern auch, weil sie ihn mochte. Von den Flammen auf seinem Jeep über die Platten, die er für seinen Freund kaufte, bis zu dem Kaffee, den er ihr morgens ans Bett brachte. Sie mochte Ford. Aber er war entschlossen zu bleiben, und sie war entschlossen wegzuziehen. Also konnte es zwischen ihnen nie mehr geben als das, was sie gerade hatten.

Sie würde stark sein. Sie würde ihre Gefühle aus der Sache heraushalten und nicht zulassen, dass dieser Mann ihr Herz berührte. So war es sicherer.

Nach dem Lunch drehten sie noch eine Runde durchs Haus, doch sie sahen keine Möbel, die sie kaufen wollten.

„Ist auch ganz gut so", sagte Ford. „Wir hätten gar keinen Platz mehr im Wagen, um sie mitzunehmen."

„Das Mädchen meinte, dass man Möbel auch später abholen kann. Wir hätten also eine zweite Tour hierher machen können."

„Ich gehe nie zurück", sagte er. „Gehe nach vorn oder stirb."

„Was für ein unglaublich fröhliches Motto."

Er hielt ihr die Beifahrertür auf. Sie wollte gerade einsteigen, da entdeckte sie eine kleine Schachtel auf ihrem Sitz.

„Wolltest du die nicht mit in den Kofferraum packen?", fragte sie.

„Nein. Das ist für dich." Er zuckte mit den Schultern. „Als ich es sah, musste ich an dich denken, also habe ich es gekauft."

Neugierig öffnete Isabel die Schachtel und fand einen Libellenanhänger an einer zarten Goldkette. Die Libellenflügel waren aus verschiedenfarbigen Steinen: Saphir und Amethyst, Granat und Topas. Der Anhänger war zu gleichen Teilen sonderbar und wunderschön.

„Ich liebe ihn", flüsterte sie und schaute ihn an. „Danke."

„Ich weiß, meine Freundin zu spielen ist für dich nicht leicht." Er schenkte ihr ein schiefes Grinsen. „Nicht der Sex; wir wissen ja beide, dass ich gut im Bett bin. Aber meine Mutter und der ganze Familienkram. Du warst toll, und ich bin dir für deine Hilfe sehr dankbar. Das wollte ich dir damit sagen."

Sie nahm die Kette aus der Schachtel und reichte sie ihm. Nachdem sie sich umgedreht hatte, hob sie ihre Haare hoch.

Er legte ihr die Kette um, und sie ließ die Haare wieder los.

„Was sagst du?", fragte sie.

„Wunderschön", murmelte er. „Genau wie du."

Er gab ihr einen Kuss, bevor er die Tür schloss und zur Fahrerseite herum ging.

Isabel berührte den Anhänger und griff dann nach ihrem Gurt. Ford setzte sich neben sie und startete den Motor. Sie unterhielten sich darüber, wie sie am besten nach Fool's Gold zurückfahren sollten, doch ihr Herz war nicht bei der Unterhaltung. Es war, wie ihr nach einer Weile auffiel, auf einem ganz eigenen Weg. Ihr Plan, es nicht aufs Spiel zu setzen, hatte einen entscheidenden Fehler. Und dieser Fehler hieß Ford. Ein Mann, der es ihr unmöglich machte, ihn nicht zu lieben.

Ford betrachtete den leeren Teller vor sich auf dem Tisch. Er und Angel hatten bereits ein Dutzend Kekse gegessen. Noch mehr würde bedeuten, später umso länger laufen zu müssen. Aber das war es wert. Ihr Planungsmeeting zog sich heute sehr in die Länge. Da waren etwas Zucker und ein weiterer Kaffee ausgesprochen hilfreich, um es zu überstehen.

„Denk nicht einmal daran", knurrte Angel. „Bleib schön auf deinem Stuhl sitzen."

„Sprichst du mit mir, alter Mann?"

Angel sah von seinen Papieren auf. „Wir müssen das hier heute zu Ende bringen. Justice soll dem Klienten schnellstmöglich den Hindernisparcours präsentieren."

„Das ist dein Job", erinnerte Ford ihn. „Ich bin nur der Verkäufer."

„Du schleppst zu viele Kunden an", murmelte Angel.

Ford lehnte sich in seinem Stuhl zurück. „Was? Ich habe dich nicht verstanden."

„Ich sollte dich genau da töten, wo du gerade sitzt", grummelte sein Freund.

Ford schaute sich in dem hellen, freundlichen Brew-haha um. „Und Patiences Laden für immer ruinieren? Für den sie so hart gearbeitet hat? Das würde Justice aber gar nicht gefallen. Außerdem, wenn ich tot bin, kannst du deiner erfolgreichen Firma Auf Wiedersehen sagen."

„Wir finden einen anderen Verkäufer."

„Aber keinen wie mich."

Angel warf den Stift auf den Tisch. „Wenn du so toll bist, lös doch das Problem."

Ford drehte den Block zu sich herum und betrachtete den Aufbau. „Für wen ist das noch mal gedacht?"

Sein Freund fluchte. „Ehrlich? Wir reden seit einer Stunde über diesen Kunden, und du weißt nicht, wer er ist?"

„Ich habe an etwas anderes gedacht."

Angels Miene verfinsterte sich. Ford spürte, dass er es langsam zu weit trieb, und trat auf die Bremse.

„Ein Unternehmen, richtig?", fragte er hastig. „Also müssen wir davon ausgehen, dass einige der Teilnehmer nicht in Topform sind." Er schaute sich noch einmal den Parcours an, den Angel aufgezeichnet hatte. „Wir sollten ein paar Wege um die Hindernisse herum anbieten."

Angels Augen leuchteten auf. „Genial. Wir bauen einen anspruchsvollen Parcours auf, bieten aber die Möglichkeit, sich nicht zu überanstrengen oder zurückzufallen."

„Oder ernsthaft verletzt zu werden."

Angel zog den Block zu sich heran und fing an, sich Notizen zu machen. „Meinst du nicht, sie erwarten so etwas? Es muss doch ein wenig Blut fließen. Wenn nicht, wie sollen sie dann wissen, dass sie Spaß hatten?"

„So denken Zivilisten nicht."

Ein Ersatzweg durch den Parcours bedeutete, dass jemand einfach an einem Hindernis vorbeigehen konnte, wenn es ihm zu anstrengend war. Eine Seilbrücke, eine Stange für Klimmzüge, alles, was einige Teilnehmer körperlich nicht bewältigen konnten. Gleichzeitig hatten sie dadurch die Möglichkeit, bei der Gruppe zu bleiben und weiterhin am gemeinsamen Erlebnis teilzuhaben.

„Ist Abseilen zu viel?", fragte Ford. „Ich meine, es ist schwer, aber auch ungemein befriedigend, wenn man es geschafft hat. Und es wäre etwas, worüber sie bestimmt reden würden, wenn sie am Montag wieder zurück im Büro sind."

Er hielt inne, doch bekam keine Antwort. Er schaute seinen Freund an und sah, dass Angel gerade wie gebannt eine Frau anstarrte, die sich einen Kaffee holte.

„Kennst du sie?", fragte er.

Angel antwortete nicht. Soweit Ford das beurteilen konnte, atmete er auch nicht mehr. Dafür nahm seine Miene raubtierhafte Züge an.

Ford betrachtete die Frau. Sie war groß, mit langem, dunklem Haar, das ihr glatt über die Schultern fiel. Sie trug ein Kostüm, also arbeitete sie in irgendeiner Firma. Dazu hatte sie diese unglaublich hohen Schuhe an, bei denen er sich immer fragte, wie Frauen es schafften, sich nicht bei jedem Schritt die Beine zu brechen. Sie wirkte allerdings, als wäre sie damit geboren worden.

Vermutlich war sie also recht attraktiv. Natürlich nicht im Vergleich mit Isabel, aber welche Frau war das schon?

Die Kostümfrau bezahlte ihren Latte macchiato und verließ das Café, ohne Angel auch nur eines Blickes zu würdigen.

„Wer ist das?", wollte Ford wissen.

„Wenn ich das nur wüsste."

„Wirst du es herausfinden?"

Angel schenkte ihm ein entschlossenes Lächeln. „Und wenn es das Letzte ist, was ich auf dieser Welt tue."

14. KAPITEL

„Sollten wir was sagen?", fragte Patience, als sie und Isabel zur Lunchzeit Jo's Bar betraten. „Meinst du, sie hat uns gesehen?"

„Ich denke nicht, dass wir uns Sorgen machen müssen", sagte Isabel. „Wir haben doch auch vorher schon mal in anderen Restaurants gegessen."

„Aber nicht direkt vor meinen Augen", sagte Jo, die aus dem Nichts aufgetaucht war und sie beide anstarrte. „Wirklich? Imbissessen? Ist es so weit gekommen? Habe ich mein Geld ganz umsonst in Tische und Stühle investiert?"

Isabel konnte nicht sagen, ob das ein Scherz war oder nicht. Patience schwieg ebenfalls. Offenbar ging es ihr ähnlich. In diesem Moment kam Felicia herein.

„Jo ist wütend", murmelte Patience.

„Sei nicht lächerlich. Sie hat keinen Grund, wütend zu sein. Wettbewerb lässt sich nun mal nicht vermeiden, schon gar nicht in einer so kleinen Stadt. Vielleicht sollte Ana Raquel nicht direkt vor Jo's Bar parken, aber ansonsten hat sie jedes Recht, hier zu sein. Außerdem wird ihr Imbisswagen an Attraktivität verlieren, sobald es kälter wird, und alle werden zu Jo zurückkehren. Ich denke nicht, dass sie ihre Kunden jetzt vertreiben wird, indem sie so tut, als wäre sie sauer." Sie hielt inne. „Ich könnte mich aber in allem auch total irren."

„Nein", sagte Jo und reichte ihnen die Karten und zeigte auf einen Tisch an der hinteren Wand. „Ich habe gehört, dass du heute eine große Truppe erwartest, also habe ich euch einen Platz reserviert."

„Also wirklich! Sie hat uns mit Absicht in die Irre geführt", sagte Patience. „Ich weiß nicht, was ich davon halten soll."

„Gönn ihr doch den Spaß", meinte Isabel. „Schließlich kommen wir gerne hierher."

Kaum hatten sie sich gesetzt, erschienen auch schon Charlie und Noelle, gefolgt von Consuelo. Heidi und Annabelle setzten sich dazu und sagten, wie sehr sie sich freuten, endlich mal wieder dabei zu sein. Als Letzte stieß Taryn Crawford dazu.

Als die große, wunderschöne Brünette an den Tisch kam, verstummten alle. Isabel deutete auf den freien Stuhl neben sich und stand auf.

„Also, Leute. Ich möchte euch allen Taryn vorstellen. Sie ist neu in der Stadt, weil ihre Firma hierherzieht."

„Offiziell erst im Januar, aber ich bin früher gekommen, um alles vorzubereiten." Taryn hob die Augenbrauen. „Mir wurde versichert, dass ihr alle nicht sonderlich nett seid, und ich hoffe, das stimmt."

Charlie kicherte. „Setz dich nächstes Mal einfach neben mich."

„Gerne", erwiderte Taryn und setzte sich.

„Ich werde dir einfach mal alle der Reihe nach vorstellen", sagte Isabel. „Danach bist du auf dich allein gestellt."

„Super Kostüm", sagte Heidi, nachdem sich alle vorgestellt hatten. „Ich kann mich leider nie so anziehen – das wäre zu unpraktisch."

„Wieso das denn?"

„Ich züchte Ziegen und mache aus ihrer Milch Seife und Käse."

Taryn blinzelte. „Wirklich?"

„Ja. Ich verkaufe auch Ziegenmilch und Ziegenmist."

„Müssen wir uns die Hand geben?", wollte Taryn wissen.

Heidi grinste nur.

„Du bist sehr schön", sagte Patience. „Das ist echt ein Problem. Wir haben uns gerade erst an Felicia gewöhnt."

„Mein gutes Aussehen wird aber durch soziale Ungeschicktheiten wieder wettgemacht", sagte Felicia.

„Sie ist sehr klug", ergänzte Consuelo. „Eine seltsame Kombination. Aber sie ist auch lustig. Ich hingegen bin einfach nur eine Nervensäge."

„Das stimmt überhaupt nicht", widersprach Annabelle. „Übrigens bist du kürzlich mit einem bestimmten Jemand gesehen worden. Abendessen mit Kent, um genau zu sein. Von Küssen wurde zwar nichts berichtet, trotzdem brodelt die Gerüchteküche."

„Also stimmt es?", fragte Isabel. „Du gehst wirklich mit ihm aus? Seine Schwestern erwähnten so etwas beim Familiendinner, aber ich war mir nicht sicher."

„Ausgehen ist ein wenig zu viel gesagt", murmelte Consuelo. „Wir treffen uns ab und zu. Ist noch frisch."

Isabel wandte sich an Taryn. „Kent ist Teil der Hendrix-Familie. Sie sind eine der beiden Gründerfamilien der Stadt und haben sechs Kinder, einschließlich Kent. Drei Jungs und Drillingsmädchen. Bis auf Kent und Ford sind alle verheiratet."

„Erzähl ihr von deiner vorgetäuschten Beziehung mit Ford", rief Charlie vom anderen Ende des Tisches.

Isabel zuckte zusammen. „Sag das nicht so laut. Wir sind hier in Fool's Gold. Was, wenn jemand es Denise erzählt?"

Taryns Augen wurden leicht glasig. „Vorgetäuschte Beziehung?"

„Das ist kompliziert", sagte Isabel. „Und eine lange Geschichte."

„Sie schläft auch mit ihm", fügte Charlie grinsend hinzu.

„Was hätte eine vorgetäuschte Beziehung auch für einen Sinn, wenn man nicht flachgelegt wird?", murmelte Taryn.

Jo kam in der Minute an den Tisch und hörte diese letzte Bemerkung. „Die gefällt mir. Was darf es sein, Ladys?"

Sie bestellten Cola light, Wasser und Eistee, Tacos, Salsa und Guacamole für den ganzen Tisch.

„Ich habe heute ein paar Spezialitäten." Jo zählte die Tagesgerichte auf und ging dann wieder, um die Getränke zu holen.

„Also, was hast du für eine Firma?", wollte Annabelle wissen.

„Eine PR-Agentur", erwiderte Taryn. „Unsere Kunden sind hauptsächlich Sportfirmen – was angesichts meiner Partner kein Wunder ist. Außerdem betreuen wir ein paar Mikrobrauereien, aber ich schwöre, das tun wir nur, damit die Jungs immer mal wieder zum Probieren hinfahren können."

„Die Jungs?", hakte Patience nach. „Das können wohl kaum deine Söhne sein."

„Oh, tut mir leid. Ich bin daran gewöhnt, sie so zu nennen. Vom Alter her sind sie keine Jungs mehr, wobei ich sie auch nicht unbedingt emotional erwachsen nennen möchte. Sie sind meine Geschäftspartner – drei ehemalige Footballspieler."

„Irgendjemand, von dem wir schon mal gehört haben?", fragte Charlie.

Taryn seufzte. „Jack McGarry, Sam Ridge und Kenny Scott."

Selbst Isabel hatte schon von Jack McGarry gehört. „War Jack nicht ein ziemlich berühmter Quarterback?"

„Unglücklicherweise ja."

Consuelo lachte. „Wieso unglücklicherweise?"

„Weil ihm das zu Kopf gestiegen ist. Jetzt hält er sich für den König der Welt oder so. Sam war Placekicker, und zwar einer der besten. Und Kenny ist Receiver. Gute Hände, schnell wie der Wind." Sie lächelte. „Sie sind alle gut aussehend, attraktiv und alleinstehend. Die Frauen laufen ihnen in Scharen hinterher. Einer der Gründe, warum ich dem Umzug hierher zugestimmt habe, ist, dass ich dachte, hier wäre es ruhiger. Weniger Fans, die uns bei der Arbeit stören."

„Sie sind alle Singles?", wollte Heidi wissen. „Und du? Nicht interessiert? Ich meine, wenn sie so sind, wie du sagst …"

„Ja, so sind sie", bestätigte Taryn. „Aber sie sind außerdem verwöhnt, launisch und unglaublich gut in ihrem Job. Sam kümmert sich um die Finanzen. Ich möchte mich gerne beschweren, doch das kann ich nicht. Jack und Kenny schaffen die Aufträge rein. Es gibt keinen Kunden, den sie mit ihrem Charme nicht dazu bringen können, zu unterschreiben."

„Und was ist deine Aufgabe?", wollte Charlie wissen.

„Ich halte alles zusammen. Sie bringen die Kunden, ich leite die Präsentation. Wir haben ein eigenes Grafikteam und einige Kundenberater, die sich um die Klienten kümmern. Darum bin ich auch hier. Ich suche Büroräume für uns, die weder neben einem Basketballfeld noch zu dicht an einem Strip Club liegen."

„Ich glaube, wir haben gar keinen Strip Club in Fool's Gold", sagte Annabelle.

„Das ist ein Segen."

„CDS, die Firma, bei der ich arbeite, hat ein altes Lagerhaus umgebaut", schaltete Consuelo sich sein. „Schau doch mal bei uns vorbei. Es gibt noch ein paar andere alte Lagerhäuser in der Stadt. Die sind groß, aber nicht teuer. Und umbauen müsst ihr wahrscheinlich sowieso."

„Das ist eine gute Idee. Wenn unser Büro nicht mitten in der Stadt liegt, können die Jungs außerdem so laut sein, wie sie wollen."

„Sie sind laut?", fragte Patience.

Taryn zuckte mit den Schultern. „Sie sind im Grunde ihres Herzens gute Menschen. Aber sie sind auch Footballspieler, die es bis in die NFL geschafft haben. Niemand hat ihnen je Grenzen gesetzt. Wenn sie etwas nicht gewinnen können, wollen sie es kaufen. Trotzdem sind sie irgendwie süß. Vor allem Jack und Kenny. Sam ist etwas reservierter. Wie auch immer – jedenfalls verlieren die drei nicht gerne. Niemals. Das ist auf Dauer ziemlich anstrengend."

„Und hast du …", setzte Heidi an.

„Mit ihnen geschlafen", unterbrach Charlie sie. „Sie will wissen, ob du Sex mit ihnen hattest."

„Das stimmt nicht", widersprach Heidi. „Ich habe es lediglich zart angedeutet."

„Nein", beantwortete Taryn die Frage. „Na ja, abgesehen von der Zeit, als ich mit Jack verheiratet war."

Isabel riss die Augen auf. „Du warst mit deinem Geschäftspartner verheiratet?"

„Das ist eine lange Geschichte, die ich ein andermal erzähle. Am liebsten bei ein paar Martinis", erklärte Taryn, als Jo mit den Getränken und Tacos kam.

„Jetzt wollen wir alle die Jungs sehen", sagte Annabelle. „Um zu überprüfen, ob sie so heiß sind, wie du gesagt hast."

„Sie sind heiß. Tolle Körper, und sie sehen nackt fantastisch aus." Taryn nippte an ihrem Mineralwasser.

„Ich dachte, du hast nur mit Jack geschlafen", hakte Consuelo nach.

„Ja, aber diese Männer haben den Großteil ihres Lebens in Umkleidekabinen verbracht. Es stört sie nicht, nackt zu sein. Außerdem sind sie wahnsinnig stolz auf ihre Körper. Wenn ich einen Nickel für jedes Treffen hätte, das in irgendeiner Art Sauna oder Dampfbad stattgefunden hat …"

„Das kenne ich", stimmte Consuelo zu. „Ich arbeite mit ein paar ehemaligen Soldaten. Sie laufen ständig nackt herum. Irgendwann wird das auch langweilig."

Sie und Taryn stießen miteinander an.

Isabel schaute zu Patience. „Das ist neu für mich. Für dich auch?"

„O ja", sagte Patience mit entschlossener Miene. „Da wird Justice nachher noch einiges zu erklären haben."

Die Unterhaltung wandte sich anderen Themen zu. Beinahe zwei Stunden später war das Treffen beendet, und alle kehrten zu ihrer Arbeit oder ihren Ziegen zurück. Draußen auf dem Bürgersteig nahm Taryn kurz Isabel in die Arme.

„Danke, dass du mich eingeladen hast. Das war echt lustig, und es ist schön, jetzt ein paar Leute hier zu kennen. Sobald ich die passenden Büroräume gefunden habe, werde ich ein paar Wochen wieder weg sein. Aber ich melde mich, sobald ich zurück bin. Vielleicht können wir ja ab und zu etwas zusammen unternehmen."

„Das fände ich gut."

Consuelo und Isabel schauten ihr hinterher, als sie ging.

„In ihrer Nähe fühle ich mich klein und underdressed", grummelte Consuelo. „Aber ich muss zugeben, sie ist echt heiß."

Isabel lachte. „Mir geht es genauso, dabei habe ich ungefähr ihre Größe."

„Also, wie läuft es mit der vorgetäuschten Beziehung?", wollte Consuelo wissen.

„Gut. Es macht Spaß. Wir waren sogar zusammen auf einer Haushaltsauflösung." Isabel berührte die Libellenkette, die sie trug.

„Für dich ist es nicht nur vorgespielt, oder?", fragte Consuelo mit ungewohnt sanfter Stimme.

„Ich glaube nicht. Nicht mehr. Ich mag ihn."

„Jemanden zu mögen kann gefährlich sein."
„Du bist auch ein wenig nervös, oder?"
„Ja. Kent ist ein toller Kerl, und ich mag auch seinen Sohn. Aber wem will ich was vormachen? Ich werde nie in ihre Welt passen."
„Warum nicht? Du bist Single, er ist Single. Du kommst prima mit Reese klar. Liegt es an der Kleinstadt? Hast du immer noch Schwierigkeiten, dich an das Leben hier in Fool's Gold zu gewöhnen?"
„Ein wenig. Ich mache mir Sorgen um meine Vergangenheit." Sie schaute über ihre Schulter. „Okay, ich muss los."
Isabel hatte noch so viele Fragen. Über Consuelos Kriegserfahrungen und Fords Vergangenheit. Doch ihre Freundin war schon losmarschiert. Hatte sie wirklich einen dringenden Termin? Oder war sie nur vor der Unterhaltung geflüchtet?

Ford betrat die Bar und nickte Jo zu. Weil es hier sehr locker zuging und Jo keine Fragen stellte, war es einer der wenigen Orte, an denen er sich nie bedrängt fühlte. Die Begrüßung lautete „Bier". Und die Antwort war ein gut gefülltes Glas.
„Genau", sagte Ford und ging direkt durch ins Hinterzimmer.
Dieser Raum war kleiner, dunkler, und die Fernseher zeigten keine Modeschauen, sondern Baseball und eine Autoversteigerung. Ethan stand am Billardtisch und sortierte die Kugeln.
„Hey", sagte er, als er seinen Bruder erblickte.
„Hey."
Kent stieß mit drei Bieren in der Hand zu ihnen. „Die hat Jo mir gegeben."
„Gute Frau." Ethan nahm ihm eines ab.
Ford nickte zustimmend.
Sie stellten sich nebeneinander und entschieden per Stein-Schere-Papier, wer anfangen würde. Ethan verlor und trat vom Tisch zurück. Ford und Kent schnappten sich je ein Queue.
„Und, wie läuft's?", fragte Ethan.
„Gut", sagte Kent.

„Bei mir auch." Ford trank einen Schuck und schaute Ethan an. „Und bei dir?"

„Super."

Kent machte den ersten Stoß, und die Kugeln verteilten sich über den gesamten Tisch. Zwei und drei rollten in die Taschen.

„Gut", sagte Ford.

„Reese und ich haben geübt." Kent grinste. „Sieben oben links." Er setzte an und stieß zu. Die Kugel rollte, ohne die Bande zu berühren, in die angekündigte Tasche.

Ethan stellte seine Flasche ab. „Hast du Bargeld dabei?", fragte er Ford.

„Ja, aber vielleicht nicht genug."

Kent lachte. „Es ist dein erstes Mal nach deiner Rückkehr, Kleiner. Ich werde es heute jedenfalls vorsichtig angehen."

„Gut zu wissen."

Im Fernsehen schlug ein Spieler der Red Sox einen Home Run. Die drei Männer unterbrachen ihr Spiel, um zuzusehen, wie der Ball über das Outfield flog und auf der Tribüne landete.

„Was für ein Schlag", sagte Ethan.

„Guter Spieler." Kent machte sich für seinen nächsten Stoß bereit.

Ethan ging zu Ford hinüber. „Alles okay bei dir?"

„Klar."

Er wandte sich an Kent. „Bei dir?"

„Auch. Und zu Hause?"

„Alles prima."

„Vier über Bande", sagte Kent und zückte sein Queue.

Und damit, dachte Ford, war alles gesagt. Emotionale Temperaturen gemessen, Probleme diskutiert, die Welt geradegerückt. Etwas, das die Frauen in seinem Leben niemals verstehen würden.

Ford zog den Rechen über den Rasen. Der Herbst war nach Fool's Gold gekommen. Die Tage waren merklich kürzer, die Blätter verfärbten sich und fielen zu Boden. Die Berge waren von einer rot-gelb-orangefarbenen Decke überzogen. Hier in der Stadt bedeuteten diese Farben, dass man ständig Laub harken musste.

Isabel ging zur Biotonne und beäugte den wachsenden Laubhaufen. „Das wird nie im Leben alles reinpassen", sagte sie. „Die Bäume meinen es dieses Jahr ernst."

„Du hast noch Laubsäcke in der Garage", erinnerte er sie. „Auf dem Regal über dem Rasenmäher. Da können wir den Rest reintun."

Sie stemmte die Hände in die Hüften. „Du verbringst definitiv zu viel Zeit hier bei mir, wenn du schon weißt, wo solche Dinge sind."

Er grinste. „Ich habe sie zufällig letztes Mal beim Mähen gesehen."

Ford trug ein altes Sweatshirt mit dem Logo der Los Angeles Stallions und dazu Jeans, abgetragene Stiefel und keine Jacke. Sein Haar war zerzaust, und er hatte sich morgens nicht rasiert. Er sah besser aus als ein Eis mit heißer Schokolade. Bei seinem Anblick lief ihr förmlich das Wasser im Mund zusammen.

Ihre vorgetäuschte Beziehung fing langsam an, sie zu verwirren. Hauptsächlich, weil es so leicht war. Ford verbrachte jede Nacht bei ihr. Sie aßen gemeinsam zu Abend, kümmerten sich zusammen um Haus und Garten. Sie begleitete ihn hin und wieder zu Geschäftsessen, und er schaute ab und zu im Paper Moon vorbei.

In letzter Zeit war der Gedanke, Fool's Gold zu verlassen, nicht mehr so aufregend wie zuvor. Sicher, der Traum von einem eigenen Laden war immer noch da. Aber was ist mit Ford? dachte Isabel.

Immer wenn diese Fragen auftauchten, erinnerte sie sich daran, dass das alles nicht echt war. Sie war zwar emotional engagiert, aber er nicht. Und wenn sie blieb, würde er ihr nur das Herz brechen. Wäre es nicht besser, auf die andere Seite des Landes zu fliehen, um es gar nicht erst so weit kommen zu lassen?

Sie hörte das Telefon im Haus klingeln. „Ich geh schnell ran", sagte sie.

„Ich weiß, dass du dich selber übers Handy anrufst", rief er ihr hinterher. „Ein ganz mieser Trick, um dich vor der Arbeit zu drücken."

Sie lachte immer noch, als sie das Telefon abhob. „Hallo?"

„Isabel, hier ist Denise Hendrix. Wie geht es Ihnen?"

Das Lachen blieb ihr im Halse stecken. „Gut. Danke. Und Ihnen?"

„Mir geht es fabelhaft. Ich dachte gerade, dass wir gar keine Zeit hatten, uns zu unterhalten, als Sie mit Ford zum Essen hier waren. Diese Familie ist so groß … Ich denke, wir sollten mehr Zeit miteinander verbringen. Was halten Sie davon, wenn wir gemeinsam einen Tee trinken gehen? Die Lodge bietet jeden Samstag eine echte englische Teatime an. Ich habe auch die Drillinge eingeladen, sodass wir Mädchen mal ganz unter uns wären. Wie klingt das?"

Isabel öffnete den Mund – und schloss ihn wieder. Teatime mit Fords Mutter und seinen Schwestern? Ihnen für einige Stunden direkt ins Gesicht lügen?

„Tut mir leid, Denise, aber Samstage sind für mich immer etwas schwierig", sagte sie. „Da ist am meisten los im Laden, und meistens gibt es viele Anproben. Wir sind nur zu zweit, und an so einem Tag kann ich Madeline wirklich nicht alleine lassen."

„Hm, daran hatte ich nicht gedacht. Okay. Ich überlege mir etwas anderes. Montags ist Ihr Laden doch geschlossen, oder?"

„Ja", sagte Isabel schwach.

„Gut. Ich melde mich wieder."

Geradewegs in die Falle gelaufen, dachte Isabel grimmig. Aus der Nummer kam sie so leicht nicht mehr raus.

Sie schleppte sich zurück auf die Veranda und sackte auf den Stufen zusammen. Ford runzelte die Stirn, ließ dann seinen Rechen fallen und kam zu ihr. Doch selbst bei seinem maskulinen, sexy Anblick fühlte sie sich nicht besser.

„Was ist?", fragte er, als er vor ihr stand.

„Deine Mutter hat mich zum Tee mit ihr und deinen Schwestern eingeladen. Die Lodge bietet das jedoch nur am Samstag an, und da kann ich den Laden unmöglich alleine lassen."

„Dann ist das Problem doch gelöst."

„Nein. Sie hat sich bestätigen lassen, dass ich montags frei habe, und wird sich etwas anderes überlegen. Etwas, aus dem ich mich nicht rauswinden kann."

Er zog sie auf die Füße und schlang seine Arme um sie. „Das tut mir leid", sagte er und schaute ihr in die Augen. „Wie kann ich das wiedergutmachen?"

Er roch gut. Sauber und ein wenig nach Laub. Die Luft war kühl, doch er war warm, und als sie sich in seine Umarmung sinken ließ, fragte sie sich, wie es wohl wäre, nie wieder loszulassen. Gefährliche Gedanken, ermahnte sie sich. Und sinnlose noch dazu. Doch die Frage blieb bestehen.

„Das musst du nicht", sagte sie. „Ich wollte nur ein wenig schmollen."

„Du bist eine zauberhafte Schmollerin. Die süßeste, die ich je gesehen habe."

Das brachte sie zum Lächeln.

Dann war sein Mund auf ihrem, und er drängte sie rückwärts zur Haustür.

„Was tust du da?", fragte sie, ohne sich allzu energisch gegen seine heißen, erregenden Küsse zu wehren.

„Ich mache es wieder gut."

„So gut bist du nicht", erwiderte sie.

Er grinste. „O doch."

Ja, das ist er, dachte sie und ergab sich ganz seinem Mund und seiner Zunge, die heiß über ihre Lippen strich. Sie hielt sich an ihm fest, während er die Tür mit dem Fuß zustieß und dann seine Hände unter ihren Pullover gleiten ließ.

Ihr Körper freute sich schon auf das Vergnügen, das jetzt folgen würde. Den langsamen, steten Weg zur Erregung, während er sie überall berührte und küsste und verwöhnte. Sie zitterte leicht, als sie daran dachte, wie sie sich gleich lachend darüber streiten würden, wer von ihnen oben sein würde – und die Art, wie sie im gleichen Rhythmus immer schneller atmen würden, während sie sich dem Höhepunkt näherten. Wie er sich zurückhalten würde, bis er sicher war, dass sie vom Rand der Welt gefallen war, und ihr dann folgen würde.

Kaum waren sie im Wohnzimmer angekommen, zog sie ihren Pullover aus. Er nahm ihn und ließ ihn auf einen Sessel fallen. Gleichzeitig zogen sie sich Schuhe und Socken aus. Sie knöpfte seine Jeans auf, während er sich seines Sweatshirts entledigte. Ihre Jeans und der Slip folgten in Windeseile, denn der echte Spaß begann erst, wenn sie beide nackt waren.

„Ich", keuchte sie und ging um ihn herum.

Was bedeutete, dass sie das Sagen darüber hatte, wo und wie sie es tun würden.

Er stöhnte protestierend auf, sagte aber nichts.

Als sie direkt hinter ihm stand, fiel ihr auf, wie perfekt sein Körper war. Natürlich hatte er Schnitte und Verletzungen. Man konnte nicht täglich das tun, was er tat, ohne körperliche Schäden davonzutragen. Es gab auch Narben – ein paar davon sahen aus wie Schusswunden. Was er ihr niemals bestätigen würde. Ford sprach nicht darüber, was er während seiner Zeit beim Militär erlebt hatte.

Aber er wusste, wie man sich sportlich betätigte, sodass jeder Zentimeter von ihm durchtrainiert und muskulös war. Sie legte ihre Hände auf die Mitte seines Rückens und ließ sie auf und ab gleiten, bevor sie seinen Hintern packte und zudrückte.

Sie kam näher und presste ihren Körper gegen seinen. Dann umfasste sie ihre Brüste und strich mit ihren Nippeln über seinen Rücken. Er sog hörbar die Luft ein.

Nachdem sie ihre Hände wieder an seine Hüften gelegt hatte, schob sie sie langsam um ihn herum nach vorne. Sie lehnte ihre Wange an seinen Rücken und schloss die Augen, um dann alles zu erkunden, was sie erreichen konnte. Seine Brust, seine Rippen. Sie ließ ihre Finger um seine Brustwarzen tanzen, bevor sie ihre Hände über den Bauch zu seiner Erektion gleiten ließ.

Mit immer noch geschlossenen Augen, die Wange fest gegen seinen Rücken gepresst, fing sie an, ihre Hände so zu bewegen, wie er es ihr beigebracht hatte – und wie sie ihn es eines Morgens hatte tun sehen, nachdem sie gemeinsam gebadet hatten. Er hatte sich auf dem Bett ausgestreckt und ihr gesagt, sie solle sich neben ihn setzen, ohne ihn zu berühren. Dann hatte er sie zusehen lassen, wie er sich selbst zum Höhepunkt brachte.

Sie war zu schüchtern gewesen, um diesen Gefallen zu erwidern, so angetörnt sie auch war. Also hatte er sie mit seinem Mund in ungefähr dreißig Sekunden zum Orgasmus gebracht. Ein paar Tage später war sie so weit gewesen, ihm in der Werbepause zur Halbzeit eines Footballspiels ihre ganz eigene Show zu zeigen. Ford hatte danach gesagt, es wäre das Beste am ganzen Spiel gewesen.

Jetzt bewegte sie ihre Hände auf und ab, wobei sie kontinuierlich schneller wurde und sich auf die Spannung konzentrierte, die sie in seinem Körper spürte, und auf seinen schwerer gehenden Atem.

Hitze breitete sich in ihr aus, weckte in ihr den Wunsch, sich an ihn zu drängen, sich an ihm zu reiben. Blut summte in ihrem Kopf, während ihre Erregung stieg. Sie spürte, dass sie feucht wurde, für ihn bereit war. Der Gedanke, von ihm ausgefüllt zu werden, ließ ihr den Atem stocken.

Er packte ihr Handgelenk und drehte sich zu ihr um. Bevor sie noch begriff, was er plante, hatte er sie bereits auf den Couchtisch gesetzt und ihre Beine gespreizt.

Er erfüllte sie mit einem langen, mächtigen Stoß. Sie schlang ihre Beine um seine Hüften und hielt ihn fest.

„Jetzt lasse ich dich nie wieder los", sagte sie lächelnd.

Er nahm ihre Brüste in seine Hände und rieb mit den Daumen über die Spitzen. „Warum sollte ich auch wegwollen?"

Dann küsste er sie. Tief, intensiv. Seine Zunge umspielte ihre. Sie fuhr mit den Fingern über seine Schultern, seinen Nacken. Plötzlich legte er die Arme um sie und hielt sie fest. In seiner Umarmung lag eine gewisse Grimmigkeit. Keine Aggression, dachte sie, als sie die Umarmung erwiderte. Sondern ein Drang, den er niemals würde benennen können.

Er war immer noch hart und in ihr, doch etwas hatte sich verändert. Sie hatten keinen Sex mehr. Jetzt ging es darum, eine Verbindung zu schaffen, und das erschütterte sie weit mehr als jeder Orgasmus.

Sie klammerte sich an ihn, fühlte die Wärme seines Körpers, lauschte dem steten Klang seines Herzens. Sie war nicht sicher, wie lange sie so blieben. Schweigend. Vollkommen still. Schließlich fing er wieder an, sich zu bewegen.

Er zog sich aus ihr zurück und füllte sie wieder und wieder aus. Dann umfasste er ihr Gesicht mit seinen Händen.

„Sieh mich an", keuchte er.

Sie öffnete die Augen und schaute in seine. Gefühle jagten über sein Gesicht, doch sie wechselten zu schnell, als dass sie sie hätte lesen können. Sie klammerte sich immer noch an ihn und spürte, wie ihr Körper die Reise zum Höhepunkt antrat.

„Isabel."

Ihr Atem stockte, als er noch tiefer in sie eindrang. Sie verlor die Kontrolle und erschauerte, als die Erlösung sie davontrug. Er behielt seinen Rhythmus bei, während sie in tausend Stücke zerfiel. Dann, den Blick immer noch in ihre Augen versenkt, kam auch er, und in diesem Moment gemeinsamer Leidenschaft war sie sicher, endlich alles von ihm zu sehen.

15. KAPITEL

Isabel, Consuelo und Felicia setzten sich an einen Tisch im Brew-haha. Patience war hinten im Lagerraum, um eine frühe Lieferung in Empfang zu nehmen. Ansonsten war der Laden noch leer.

„Ohne Hund?", fragte Isabel.

„Webster schläft in meinem Büro", erwiderte Felicia. „Er bekommt den Tag über genügend Aufmerksamkeit. Außerdem glaube ich nicht, dass Patience sonderlich erfreut über ein Tier in ihren heiligen Hallen wäre. Abgesehen von den hygienischen Bedenken fühlen einige Menschen sich von Hunden abgestoßen." Sie lächelte. „Ich gebe zu, ich war mir erst nicht sicher, als Gideon für Carter einen Hund haben wollte, aber inzwischen finde ich, er ist ein exzellenter Gesellschafter. Er ist freundlich und hilft mir, mit Menschen in Kontakt zu kommen, die ich nicht kenne."

„Wir sprechen über den Hund, nicht über Gideon, oder?", fragte Isabel.

Felicia lächelte. „Ja, den Hund."

„Du bist nicht so seltsam, wie du glaubst", sagte Consuelo. „Du hast dich hier in Fool's Gold ziemlich verändert. Du bist wesentlich offener und entspannter."

„Die Stadt hat mir geholfen", gab Felicia zu. „Und eine Familie zu haben auch."

„Und der Sex", neckte Isabel sie.

Felicia nickte ernst. „Die Mischung aus körperlicher Freude und emotionaler Bindung ist sehr befriedigend."

Isabel fand Felicia manchmal wirklich seltsam, aber auf gute Weise. Die Frau war eine Art Genie und hatte eine interessante Vergangenheit, die den Einsatz bei geheimen militärischen Operationen beinhaltete. So war sie überhaupt erst nach Fool's Gold gekommen – durch Ford und seine Firma. Aber inzwischen passte sie perfekt hierher.

Isabel nahm an, das lag daran, dass die Stadt sich Leuten gegenüber, die anders waren, besonders offen zeigte.

Felicia schaute Consuelo an und nahm ihren Latte macchiato in die Hand. „Nachdem du dich jahrelang um mich gekümmert hast, kann ich jetzt endlich mal fragen, was mit dir los ist. Irgendetwas ist anders."

Isabel erwartete, dass die zierliche Kämpferin Felicia körperliche Gewalt androhen würde, doch stattdessen ließ Consuelo den Kopf in die Hände sinken.

„Mein Leben ist das reinste Chaos."

„Empirisch oder emotional?", wollte Felicia wissen.

„Emotional." Consuelo wandte sich an Isabel. „Du darfst keinem was verraten. Versprich es mir."

„Ich schwöre." Isabel stellte ihr Glas ab und schlug ein Kreuz über ihrem Herzen.

Consuelo seufzte. „Es geht um Kent. Wir treffen uns immer noch."

„Ich dachte, du magst ihn", sagte Isabel. „Er ist ein echt netter Kerl."

„Ich weiß. Das ist ja das Problem. Er ist so normal. Nett und klug. Reese ist ein toller Junge, und Kent ist ein toller Vater. Es ist, als wäre ich in eine perfekte Sitcom hineingestolpert. Nur ich gehöre nicht dazu."

Isabel war verwirrt. „Hast du mal in den Spiegel geschaut? Du bist der Traum jeden Mannes. Außerdem hast du diese harte Seite, was ganz lustig ist, aber insgeheim bist du ein sehr fürsorglicher Mensch."

Consuelo funkelte sie an. „Was hast du da gerade gesagt?"

Felicia schüttelte den Kopf. „Wir sollen so tun, als würden wir diese Seite an ihr nicht bemerken. Sonst fühlt sie sich so verletzlich."

Isabel überlegte, ob sie sich besser langsam rückwärts aus dem Café schleichen sollte. „Tut mir leid."

„Nein, schon gut." Consuelo berührte ihren Arm. „Mir tut es leid. Das ist so eine automatische Reaktion von mir. Was beweist, dass ich für Kent die Falsche bin. Hast du seine Familie schon getroffen?"

„Ja", sagte Isabel trübsinnig und dachte an den Tee, den sie mit seiner Mutter und seinen Schwestern würde trinken müssen. „Schon zu oft."

„Ich noch nicht, aber das werde ich müssen. Sie werden mich nach meiner Familie fragen. Was soll ich dann sagen? Dass mein Vater kurz nach der Geburt meines jüngsten Bruders abgehauen ist und seitdem nie mehr gesehen wurde? Mom ist tot, genau wie einer meiner Brüder. Der andere ist im Gefängnis. Das wird eine super Unterhaltung, echt kuschelig."

Diese Einzelheiten aus Consuelos Vergangenheit waren neu für Isabel. „Du hast eine ganze Menge durchmachen müssen", sagte sie leise.

„Ich habe es nicht durchgemacht, ich bin abgehauen. Ich bin gegangen und habe nie zurückgeschaut. Ich dachte …" Sie schüttelte den Kopf. „Ach, zum Teufel, ist auch egal. Es kann nicht funktionieren. Er und ich sind zu verschieden."

„Du suchst ja förmlich nach Schwierigkeiten", sagte Felicia und lächelte glücklich, als wäre sie froh, das richtige Bild gefunden zu haben. „Deine Vergangenheit hat dich zu dem Menschen gemacht, der du jetzt bist. Ja, du und Kent, ihr habt einen unterschiedlichen Hintergrund, aber ihr habt auch viel gemeinsam. Ihr könnt beide gut mit Kindern umgehen. Er ist Lehrer, und du unterrichtest Sport. Deine Schüler mögen dich sehr. Du hast ein starkes Gerechtigkeitsempfinden."

„Bla, bla, bla", murmelte Consuelo.

„Hat es damit zu tun, dass du Soldatin warst?" Isabel fragte sich, ob Consuelo das aussprach, worüber Ford niemals reden würde. „Mit dem, was du gesehen und getan hast? Hat deine Schwierigkeit, eine Verbindung aufzubauen, vielleicht mehr mit der Angst zu tun, eine Tür zu öffnen? Fürchtest du, dass dann zwei Welten aufeinanderprallen und etwas Schlimmes passieren könnte?"

Consuelo starrte sie mit einer Miene an, die Isabel nicht deuten konnte.

„Tu mir nicht weh", sagte sie schnell.

„Mach ich nicht", versicherte Consuelo ihr. „Aber woher weißt du das?"

„Ich weiß es gar nicht. Ich habe nur wegen Ford darüber nachgedacht. Es gibt Zeiten, zu denen habe ich keine Ahnung, was er denkt. Ich kann nur raten und mich fragen, ob er jemals über das reden wird, was passiert ist."

„Nicht mit dir", entgegnete Consuelo knapp. „Er wird ganz bestimmt nicht wollen, dass du ihn durchschaust."

Bei dieser Bemerkung fragte Isabel sich, was Consuelo wohl verbarg. „Mit wem sprecht ihr denn dann über solche Dinge?"

„Einige von uns sprechen mit niemandem. Sie lassen es in sich gären. Oder es löst sich irgendwann von selber auf." Sie zögerte. „Ich gehe zu einem Berater."

„Das finde ich gut", sagte Felicia leise und berührte ihre Freundin am Arm.

„Ich weiß nicht, ob es hilft", gab Consuelo zu. „Manchmal fühle ich mich besser, und dann wieder ..." Sie schaute Isabel an. „Niemand kann das tun, was Ford getan hat, und davon unberührt bleiben. Kriege hinterlassen Narben. Einige äußerlich, andere innerlich, aber wir alle haben sie. Ford ist an sich ein guter Kerl, aber er versucht immer noch, damit zurechtzukommen."

„Und wie?", fragte Isabel.

„Es gibt Momente, in denen er nicht sicher ist, wo er sich befindet. Oder warum er es geschafft hat und andere nicht."

Davon hatte Isabel bislang noch nichts bemerkt. Ab und zu wurde Ford ein wenig still, aber das war alles. Wie beim letzten Mal, als sie sich geliebt hatten. Als er sie festgehalten hatte. Wenn sie raten müsste, würde sie sagen, sie war das einzig stabile Objekt in einer sich immer schneller drehenden Welt.

„Sind diese Narben der eigentliche Grund, warum du nicht mit Kent zusammen sein willst?", fragte Felicia.

„Ich weiß es nicht. Vielleicht. Ich bin einfach nicht wie er."

„Das sagst du ständig", schaltete Isabel sich ein. „Aber ganz offensichtlich ist er an dir interessiert – und du an ihm."

„Weil er mich nicht kennt."

„Natürlich." Felicia nickte. „Die Wurzel aller Ängste – dass wir von denen, die uns am Herzen liegen, nicht angenommen werden. Die Furcht vor Zurückweisung und Isolation liegt allen Menschen im Blut. Unsere Spezies ist darauf ausgerichtet, in einer Gruppe oder Gemeinschaft zu leben. Wir misstrauen Einzelgängern, weil wir sie nicht verstehen. Oder wir romantisieren sie in Büchern und Filmen."

Consuelo starrte sie an. „Wovon redest du da?"

„Du hast Angst, dass Kent dich zurückweisen könnte, also hältst du dich von ihm fern. Er wird spüren, dass es in deinem Leben Geheimnisse gibt, die du niemals mit ihm teilen wirst, und Teile von dir, die er nicht berühren darf, was in ihm wiederum das Gefühl wecken wird, zurückgewiesen zu werden." Sie sprach mit ganz sanfter Stimme. „Du planst bereits, wie du dich aus der Affäre ziehen kannst."

„Tue ich nicht!", widersprach Consuelo, dann seufzte sie. „Okay, vielleicht. Aber ..." Sie presste die Lippen zusammen. „Verdammt, Felicia."

Felicias Lächeln war nur ein kleines bisschen selbstgefällig.

„Du bist gut", sagte Isabel.

„Nur bei anderen. Was mich selber angeht, bin ich weit weniger verständnisvoll."

„Wo du gerade so brillant bist, was ist mit Ford? Er behauptet, er könne sich nicht verlieben. Angeblich hat er es versucht, aber es hat nicht geklappt."

„Was denkst du?", gab Felicia die Frage zurück.

„Er war noch ziemlich jung, als er sich mit Maeve verlobt hat. Dass er so schnell über sie hinweggekommen ist, sehe ich deshalb nicht als Charakterschwäche an. Seitdem war er in verschiedenen Kriegsgebieten und auf geheimen Missionen. Ich weiß, dass er in einer Sondereinheit gedient hat, aber mehr auch nicht."

Isabel nahm ihren Latte macchiato in die Hand und stellte ihn gleich wieder ab. „Es gab kaum Frauen, mit denen er zusammengearbeitet hat, und ich glaube nicht, dass seine Urlaube lang genug waren, um sich ernsthaft auf jemanden einzulassen. Also hat er sich entschieden, die Beziehungen oberflächlich zu halten. Ford mag Frauen, und sie mögen ihn. Aber ist das alles? Ist er an der Oberfläche geblieben, weil er sich so sicherer fühlt? Oder traut er sich einfach nicht, mehr auszuprobieren?"

„Das ist möglich." Felicia nickte.

Isabel lachte. „Ich hatte auf eine etwas ausführlichere Antwort gehofft."

„Warum? Deine Analyse klingt richtig. Wenn Ford nie die Gelegenheit hatte, eine ernsthafte Beziehung aufzubauen – ob durch die Umstände oder durch eigene Entscheidung ist eigentlich egal –, dann wird er ohne entsprechende Motivation vermutlich keinen Anlass sehen, das zu ändern. Gibst du ihm diese Motivation?"

Die Frage traf Isabel unerwartet. „Nein. Ich ziehe in ein paar Monaten zurück nach New York. Wir tun ja nur so, als wären wir zusammen."

Das hoffte sie zumindest. Isabel dachte daran, wie es sich angefühlt hatte, ihn zu halten. Wie sie sich darauf freute, ihn zu sehen, und wie sie es vermied, darüber nachzudenken, wie es wäre, wenn sie nicht mehr hier wohnte.

„Ich weigere mich, mich in ihn zu verlieben", sagte sie. Aber während sie sprach, berührte sie die Libellenkette, die Ford ihr gekauft hatte. Und die sie nie abnahm, außer beim Duschen.

„Viel Glück damit", sagte Consuelo und schaute sie mitfühlend an.

Patience tauchte hinter dem Vorhang auf. „Tut mir leid"; sagte sie, als sie zum Tisch kam. „Aber jetzt sind meine Vorräte wenigstens gut verpackt. Was habe ich in der Zwischenzeit verpasst?"

Isabel beugte sich vor und rückte den Zehentrenner an ihrem rechten Fuß zurecht. Sie hatte beschlossen, dass zu spektakulärem Sex auch spektakulär lackierte Zehennägel gehörten, und hatte eine Nagelfeile und Nagellack hervorgekramt. Jetzt schimmerten ihre linken Zehennägel in einem dunklen Violettton.

Sie stieß einen überraschten Schrei aus, als die Badezimmertür ohne Vorwarnung geöffnet wurde. „Was machst du hier?"

Ford stellte sich ans Waschbecken und schaute sie verletzt an. „Du hast die Hintertür abgeschlossen."

„Ja", sagte sie. „Mit voller Absicht. Ich wollte ein wenig Privatsphäre."

Er sah sich im Badezimmer um. „Warum? Was könntest du tun wollen, was ich nicht sehen soll? Du wachst dir ja nicht gerade die Beine oder so."

Sie steckte den Pinsel in die Flasche zurück. „Und du klopfst ja nicht gerade an, bevor du hier hereinstürmst."

„Guter Punkt. Also, was tust du?"

Sie wedelte mit der Nagellackflasche vor seiner Nase herum. „Ich denke, das ist ziemlich offensichtlich."

Neugierig betrachtete er ihre Zehen. „Das könnte ich doch machen."

„Meine Fußnägel lackieren? Ich glaube nicht."

„Warum nicht? Ich bin sehr geschickt mit meinen Händen."

„Das ist was anderes, und der Lack auf meinem linken Fuß ist auch noch gar nicht trocken. Also geh wieder."

Er ließ ein Grinsen aufblitzen. „Wann hätte ich diesen Befehl jemals befolgt?"

Er kam näher. Sie versuchte, sich unter ihm wegzuducken, doch da war kein Platz. Er streckte die Hände aus und hob sie hoch. Sie schrie auf.

„Nicht so laut", befahl er, hob sie mühelos hoch und trug sie in die Küche, wo er sie auf einem Stuhl absetzte.

Dann zog er einen zweiten Stuhl heran, setzte sich und schnappte sich ihren unlackierten Fuß, den er auf seinem muskulösen Oberschenkel abstellte.

„Flasche", sagte er und streckte die Hand aus.

„Na gut." Sie seufzte. „Aber nicht so dick auftragen, das ist nur die erste Schicht."

„Und dann Überlack?"

Sie riss die Augen auf. „Was weißt du denn von Überlack?"

„Ich habe drei Schwestern. Ich weiß alles."

„Du überraschst mich immer wieder", murmelte sie.

„Eine meiner besten Eigenschaften."

Er lackierte ihre Nägel langsam und mit äußerster Präzision. Sie betrachtete seine ruhige Hand und erkannte, dass sie in größeren Problemen steckte als gedacht. Ford zurückzulassen würde ihr das Herz brechen, da war sie sich inzwischen sicher.

Als er fertig war, trug er eine Schicht Überlack auf und schraubte beide Flaschen zu. Isabel lehnte sich im Stuhl zurück, die Füße auf seinen Schenkeln, und dachte, dass das die beste Aussicht der ganzen Stadt war. Sollte ihr Herz tatsächlich in tausend Teile zersplittern, würde sie sich immer an diesen Moment erinnern.

„Warum sprichst du nie über den Krieg?", fragte sie.

Er hob die Augenbrauen. „Das nenne ich mal einen Themenwechsel."

„Und ich nenne das ein Ausweichen auf meine Frage."

Er presste seine Daumen in die Unterseite ihres linken Fußes und fand einen verspannten Punkt, von dem sie bis dahin keine Ahnung gehabt hatte.

„Da gibt es nichts zu sagen." Er ließ seine Daumen kreisen.

Sie unterdrückte ein Stöhnen.

„Ich habe Dinge getan und gesehen", fuhr er fort. „Sie waren hässlich, und ich will nicht, dass du an solche Sachen denkst."

„Du willst mich beschützen?"

Er lächelte träge. „Darin bin ich wirklich gut."

„Ich brauche keinen Schutz. Wir sind Freunde. Du kannst mit mir reden."

„Das wird nicht passieren."

„Sprichst du mit irgendjemandem?"

„Ich habe mein Debriefing erhalten, danach war ich wie vorgeschrieben bei einem Navy-Psychologen, und das war's. Ende der Geschichte."

„Das glaube ich nicht. Du kannst das, was passiert ist, nicht einfach ignorieren."

„Warum nicht? Es ist das Monster unter der Treppe. Wenn man es nicht beachtet, verhungert es irgendwann."

Sie war nicht sicher, ob das so einfach war.

Er umfasste ihren anderen Fuß und massierte ihn. „Es gibt Tage, an denen es schlimm ist", gab er zu. „Aber nicht viele. Ich hatte Glück. Mir geht es nicht wie Gideon oder Angel." Er hob den Kopf. „Kennst du eine Frau namens Taryn? Groß, dunkles Haar, toll gekleidet. Und heiß."

Isabel musterte ihn eine Sekunde, dann entzog sie ihm ihre Füße. „Wie bitte?"

Er grinste. „Nicht für mich. Aber sie ist Angel vor Kurzem aufgefallen. Jetzt ist er dabei, sich eine Strategie zu überlegen. Du weißt schon: der Leopard, der die Gazelle von der Herde trennt. Ich frage mich, ob sie wohl interessiert ist."

„Ich kenne Taryn noch nicht gut genug. Aber nach allem, was ich bisher gesehen habe, würde ich sagen, wenn es jemand schafft, unseren Leopardenfreund in den Griff zu kriegen, dann sie."

„Gut. Ich glaube nicht, dass Angel mit jemandem zusammen war, seit ..."

Isabel wartete. „Seit?"

„Nichts. Das ist ein Thema, über das ich nicht reden soll."

„Du bist so nervtötend."

Er grinste wissend. „Willst du mir den Hintern versohlen? Ich erinnere mich, dass du darauf stehst."

„Da ging es um Shapewear, und das weißt du auch."

„Ja, das tue ich."

Er umfasste ihre Handgelenke, und ehe sie sichs versah, hatte er sie auf seinen Schoß gezogen. Sie saß rittlings auf ihm, die Arme auf seinen Schultern, das Gesicht ganz nah an seinem.

„Irgendwie läuft es immer hierauf hinaus", murmelte sie, bevor sie ihn küsste.

„Das liegt daran, dass du so fordernd bist. Ich kann ja kaum mithalten."

Sie rieb sich ein wenig an seiner Erektion. „Ach, du machst das schon ganz gut", sagte sie grinsend.

„Das liegt daran, dass ich dir nicht widerstehen kann."

Während Isabel ihren Mund auf seine Lippen senkte, wünschte sie, seine Worte wären wahr. Denn das hier war mehr als nur ein Spiel, das sie zum Spaß spielte.

„Ich bin's", rief Isabel, als sie die Tür zum Haus ihrer Schwester öffnete.

Maeve kam mit zerzausten Haaren ins Wohnzimmer. Ihr Hemd zierten mehrere Flecken, und unter den Augen hatte sie tiefe Schatten.

„Danke, dass du gekommen bist", murmelte sie. „Es war eine höllische Nacht."

Maeve hatte vor ein paar Stunden angerufen und gefragt, ob Isabel wohl für sie einkaufen gehen könnte. Drei der Kinder hatten sich eine Lebensmittelvergiftung eingefangen. Sie waren die ganze Nacht über auf gewesen – und Maeve mit ihnen. Da Leonard nicht in der Stadt war, blieb alles an ihr hängen.

Sie gingen gemeinsam in die Küche.

„Wann kommt Leonard zurück?", wollte Isabel wissen, während sie eine Flasche Ginger Ale und die Cracker auspackte.

„Spät heute Abend. Ich zähle schon die Minuten."

Isabel sah auf die Uhr. Es war kurz nach zehn Uhr morgens. „Maeve, das Paper Moon hat heute geschlossen. Ich kann hierbleiben. Sag mir einfach, was die Kinder brauchen, und ich kümmere mich darum, während du dich ein wenig hinlegst."

„Danke, aber mir geht es gut", behauptete ihre Schwester. „Wirklich. Und glaub mir, du willst nicht mit meinen Kindern alleine sein."

„Es sind doch nur drei, oder?"

„Ja. Griffin ging es gut, er ist in der Schule."

In dem Moment kam die vierjährige Kelly in die Küche. Sie trug noch ihren Pyjama und sah genauso müde aus wie ihre Mutter.

„Mommy, ich hab Hunger."

Maeve lächelte. „Das ist ein gutes Zeichen. Wie wäre es mit etwas Ginger Ale und ein paar Crackern? Wenn dein Magen das verträgt, kannst du danach noch eine halbe Banane essen."

Kelly nickte und schaute dann Isabel an. „Hi, Tante Is."

Isabel hob die Kleine hoch und umarmte sie. „Armes Mädchen." Und arme Mom, dachte sie, als sie daran dachte, was Maeve in der Nacht durchgemacht hatte.

„Komm mit", sagte sie zu ihrer Schwester. „Zeig mir kurz die anderen beiden, und dann übernehme ich."

Maeve zögerte erst, dann nickte sie. „Normalerweise würde ich das nicht machen, aber mit dem Baby und allem brauche ich wirklich ein wenig Schlaf."

Sie schauten nach den anderen beiden Kindern, die tief und fest schliefen. Isabel versprach, Maeve zu wecken, sollte sich einer der beiden rühren, dann scheuchte sie ihre Schwester ins Schlafzimmer und kehrte zu Kelly in die Küche zurück.

Sobald ihre Nichte ein paar Cracker gegessen hatte, schaute Isabel nach der Wäsche. Vor der Maschine, die gerade mit der ersten Ladung fertig war, befand sich ein riesiger Haufen Bettlaken. Sie nahm die saubere Wäsche aus dem Trockner und warf sie in einen Korb, dann packte sie die feuchte Wäsche in den Trockner und eine neue Ladung dreckiger Laken in die Waschmaschine. Nachdem alles lief, trug sie den Korb in die Küche und unterhielt sich mit Kelly, während sie die Wäsche zusammenlegte.

Ihr Handy klingelte. Ein schneller Blick auf das Display ließ sie lächeln.

„Hey, Mom. Wo seid ihr?"

„In Hongkong", erwiderte ihre Mutter. „Es ist sehr laut hier. Ich bin gerade dabei, Seidenblusen für dich und deine Schwester zu kaufen."

„Damit wir dich noch mehr lieben werden", sagte Isabel lachend. „Ich bin bei Maeve und unterhalte mich mit deiner Enkelin. Willst du ihr Hallo sagen?"

„Auf jeden Fall."

Isabel drückte auf den Lautsprecherknopf, und Kelly erzählte ihrer Großmutter, dass sie und ihre Geschwister krank waren. Dann lief sie los, um im Wohnzimmer Zeichentrickfilme zu gucken, und Isabel schaltete den Lautsprecher wieder aus.

„Maeve schläft gerade", sagte sie. „Sie ist erschöpft, hat aber zum Glück nicht das Gleiche gegessen wie die Kinder. Ich helfe ihr ein wenig."

„Ich bin froh, dass du da bist", sagte ihre Mutter. „Ich vermisse euch beide. Wie läuft's im Laden?"

„Ausgezeichnet. Die Sachen von der neuen Designerin haben wir bereits alle verkauft. Sie bringen gutes Geld ein."

Ihre Mutter seufzte. „Aber das überzeugt dich nicht, dass du bleiben könntest? Du könntest uns doch in Raten ausbezahlen und ..." Ein weiterer Seufzer. „Dein Vater sagt, ich soll aufhören, dich zu bedrängen."

„Ich weiß dein Vertrauen wirklich zu schätzen, aber du kennst meine Pläne."

„Ja, das tue ich. Und ich höre ja auch schon auf."

Sie plauderten noch ein paar Minuten, dann legten sie auf.

Drei Stunden später schlurfte Maeve ins Wohnzimmer. Blinzelnd blickte sie sich um. „Du hättest mich nicht so lange schlafen lassen sollen."

„Warum nicht?", erwiderte Isabel. „Du hast es gebraucht."

Die drei Kinder lagen gemeinsam unter einer Decke auf der Couch und schauten eine DVD. Schläfrig schauten sie ihre Mutter an, standen jedoch nicht auf.

„Alle hatten Ginger Ale, Cracker und Suppe. Jetzt sind sie müde und sehen sich einen Film an. Komm, ich mach dir was zu essen. Du musst ja am Verhungern sein."

Maeve folgte ihr in die Küche. Isabel öffnete den Kühlschrank und holte Zutaten für ein Sandwich heraus. Doch bevor sie auch nur das Brot in den Toaster stecken konnte, brach ihre Schwester in Tränen aus.

Isabel eilte an ihre Seite. „Was ist los?", fragte sie und hockte sich neben sie. „Ist etwas mit dem Baby?"

Maeve schüttelte den Kopf. Ihr blondes Haar schwang bei jeder Bewegung mit. Tränen rannen über ihre Wangen.

„Du hast die Küche aufgeräumt und die Wäsche gemacht", stieß sie mit erstickter Stimme hervor.

„Okay." Isabel tätschelte ihr die Schulter. „Ich hole dir ein Glas Wasser."

„Danke." Maeve wischte sich das Gesicht ab. „Tut mir leid. Ich bin nur so müde, und wenn Leonard weg ist, breche ich zusammen. Er reist nicht viel, aber er musste zu einer Fortbildung in San Francisco, die sehr wichtig ist."

Isabel holte ein Glas, füllte es mit Wasser und kehrte zu ihrer Schwester zurück.

Maeve nahm es und trank. „Die letzte Nacht war grauenhaft, und dann bist du aufgetaucht und hast dich um alles gekümmert. Dafür bin ich dir so dankbar."

„Ich freue mich, wenn ich helfen kann." Beschämt wurde Isabel klar, dass sie mehr Zeit mit ihrer Schwester verbringen sollte.

Maeve wischte sich die Tränen aus dem Augenwinkel und trank einen weiteren Schluck Wasser. „Ich liebe mein Leben. Wirklich. Leonard ist der beste Mann der Welt, und meine Kinder sind toll, aber manchmal beneide ich dich."

„Mich? Wieso das denn? Ich bin eine wandelnde Katastrophe."

„Bist du nicht. Du bist Single und hast kaum Verantwortung zu tragen."

„Ich habe aber auch keinerlei Bindungen. Ich bin geschieden und habe nicht mal eine Katze, die mir Gesellschaft leistet."

„Aber du hast einen Beruf."

„Ich arbeite im Laden unserer Eltern. Das wird mich ganz bestimmt nicht auf die Titelseite des Forbes-Magazins bringen."

„Nein, aber dein neues Geschäft. Du wirst alles haben, was du dir erträumt hast."

„So wie du."

Sie schauten einander an und fingen dann gleichzeitig an zu lachen.

„Besser?", fragte Isabel sanft.

Ihre Schwester nickte.

Gut." Isabel ging zum Toaster und legte zwei Scheiben Brot auf einen Teller.

„Ich habe vor Kurzem mit Mom telefoniert", sagte Maeve. „Sie haben sehr viel Spaß. Sie meint, so etwas hätten sie schon vor Jahren tun sollen."

„Da hat sie vermutlich recht."

Maeve seufzte. „Ich hoffe, Leonard und ich werden auch mal so wie die beiden. Nach all den Jahren immer noch verliebt."

„Bislang habt ihr vier Kinder überlebt, ich denke, die Wahrscheinlichkeit ist hoch, dass ihr den Rest auch noch schafft."

Ihre Schwester zuckte zusammen. „Tut mir leid, das war unsensibel von mir."

Isabel brauchte einen Moment, bevor sie verstand, was Maeve meinte. „Meine Beziehung mit Eric stand von der ersten Minute an unter keinem guten Stern. Unser Fehler war, dass wir das wirkliche Problem anfangs nicht erkannt haben." Sie hielt inne und drehte sich dann um, sodass sie Maeve anschauen konnte. „Ich werde dir etwas sagen, aber erst musst du mir versprechen, dass du es nicht Mom und Dad erzählst. Ich will nicht, dass sie sich auf der Reise einen Kopf darum machen."

Maeves blaue Augen weiteten sich, als sie nickte. „Okay."

Isabel wandte sich wieder dem Sandwich zu. „Eric war schwul."

Nachdem ihre Schwester damit fertig war, ihn mit allen möglichen Schimpfnamen zu bedenken, erklärte Isabel, was passiert war.

„Ich kann nicht glauben, dass er das nicht gewusst hat. Dieser Idiot!", schäumte Maeve. „Er muss doch eine Ahnung gehabt haben. So etwas geschieht doch nicht aus heiterem Himmel. Ich kann nicht fassen, dass er dich so verraten hat."

„Ich komme langsam drüber hinweg."

„Mit Fords Hilfe?"

Das Sandwich war fertig, und Isabel schnitt es in der Mitte durch, dann trug sie den Teller zum Tisch. „Ich schätze, es ist zu spät, dich um dein Einverständnis zu bitten", sagte sie leise.

Mit einer Hand griff Maeve nach dem Sandwich, mit der anderen winkte sie ab. „Quatsch. Das ist über zehn Jahre her. Hab deinen Spaß mit ihm."

Isabel stellte die Zutaten in den Kühlschrank zurück und setzte sich dann zu ihrer Schwester an den Tisch. „Er ist ein ziemlich toller Kerl."

„Ja, ich erinnere mich." Maeve grinste. „Behalt das für dich, aber der Sex war nicht so toll. Ich war nicht seine Erste, aber er war meiner. Und irgendwie war die ganze Sache ganz schön schnell vorbei."

Isabel grinste. „Wir gehen nicht wirklich miteinander aus."

Maeve kaute und schluckte. „Was? Natürlich tut ihr das. Ich habe euch zusammen gesehen. Ihr seid definitiv ein Paar."

„Wir tun nur so." Sie erklärte, wie Ford sie angefleht hatte, ihn vor den Verkupplungsversuchen seiner Mutter zu retten.

„Auch wenn ich Männer mag, die eine Frau anflehen", setzte Maeve an, „sei bitte vorsichtig, Isabel. Ich habe gesehen, wie du ihn anschaust. Für dich ist das auf jeden Fall keine vorgespielte Beziehung."

„Ich weiß. Es war nicht mein Plan, mich in ihn zu verlieben. Aber Ford ist so lustig, und es ist so angenehm, mit ihm zusammen zu sein. Er ist in so vielen unerwarteten Dingen unglaublich aufmerksam."

„Was schön wäre, wenn ihr eine echte Beziehung hättet, aber nur Ärger bedeutet, wenn nicht. Bist du dir immer noch sicher, dass du nach New York ziehen willst? Vielleicht wäre Ford es wert, hierzubleiben."

„O nein, auf keinen Fall werde ich seinetwegen meine Pläne ändern", sagte Isabel entschlossen. Teils, weil sie wirklich gemeinsam mit Sonia einen Laden eröffnen wollte, aber teilweise auch, weil sie fürchtete, Ford meinte, was er gesagt hatte. Dass er kein Interesse an der Liebe hätte. Womit hierzubleiben nur zu einem gebrochenen Herzen führen würde.

16. KAPITEL

„Du kannst meiner Mutter nicht für alle Ewigkeiten aus dem Weg gehen", sagte Kent.

Consuelo betrachtete die Auslage im Fenster von Morgan's Books. „Das kann ich sehr wohl – und das werde ich auch."

Kent ergriff ihre Hand und zwang sie, sich zu ihm umzudrehen.

Natürlich hätte Consuelo sich sofort befreien, ihn in den Schwitzkasten nehmen und ihm die Luft oder das Blut abdrücken können. Sie fragte sich, ob dieses Wissen wohl jemals verblassen würde. Ob sie jemals wie die anderen Frauen sein würde, die an diesem perfekten Herbsttag durch die Stadt schlenderten.

„Mom interessiert sich eben für die Frau, mit der ich ausgehe", sagte er.

„Dann könnte ich ihr regelmäßige Updates per E-Mail zukommen lassen."

Er lächelte.

Dieser Mann lächelt andauernd, dachte Consuelo und schaffte es wieder nicht, sich gegen das Gefühl in ihrem Magen zu wappnen, das sie jedes Mal überkam, wenn er das tat. Kents Lächeln war etwas Besonderes. Sie fühlte sich dann immer, als wäre sie das Zentrum eines Universums, in dem nur gute Dinge geschahen.

Sie wusste, wie dumm das war, aber sie konnte nicht anders. Nicht, wenn es um ihn ging. Es war schon gefährlich genug, ihr Herz aufs Spiel zu setzen. Aber wenn sie bei ihm war, hatte sie immer das Gefühl, Kent würde ihr gesamtes Wesen in den Händen halten. Wie konnte sie ihm vertrauen, es nicht zu Staub zu zermahlen?

„Oh, sieh mal", sagte sie. „Deine Schwägerin hat ein neues Buch herausgebracht. Komm, wir gehen rein und kaufen es."

„Wenn du möchtest." Er beugte sich vor und gab ihr einen zarten Kuss auf den Mund, dann führte er sie in den Laden.

Fünf Minuten später hielt sie eine Tüte mit dem neuesten Krimi von Liz Sutton in der Hand, den Kent für sie gekauft hatte – was typisch für ihn war.

„Ich mag Bücher." Irgendjemand sagte im Vorbeigehen Hallo, und sie unterbrach sich kurz, um den Gruß zu erwidern. „Diese Stadt ist so seltsam. Menschen, die ich noch nie zuvor gesehen habe, sprechen mit mir, als würden sie mich kennen. Aber das Verrückteste daran ist, es fängt an, mir zu gefallen."

„Gefalle ich dir auch?"

Er machte nur Witze – jedenfalls vermutete sie das. Doch als sie den Kopf in den Nacken legte und zu ihm aufschaute, sah sie die Frage in seinen Augen. Kent blieb stehen und zog sie neben sich auf eine hölzerne Bank.

„Natürlich", sagte Consuelo. „Warum fragst du?"

„Du weichst aus."

„Ich bin total ehrlich." Sie presste die Lippen zusammen, als sie erkannte, dass das nicht stimmte. „Zumindest möchte ich das sein."

„Na dann", zog er sie auf. „Das muss wohl reichen."

Sie schaute auf ihre Hand in seiner. Seine Finger waren länger, breiter. Er war groß und stark, was schön war. Wenn sie sich ein Bein brechen sollte, könnte er sie eine ganze Weile tragen.

Sie verschränkte ihre Finger mit seinen. „Ehrlich gesagt macht deine Familie mir Angst. Ich kenne Ford, er ist nett, aber der Rest … Sie haben ihr gesamtes Leben hier verbracht. Sie stehen einander nahe. Sie sind traditionell."

„Machst du dir Sorgen, dass du nicht dazu passen könntest?"

„Ein wenig." Sehr viel, dachte sie. „Ich will dich nicht in Verlegenheit bringen."

„Das kannst du gar nicht. Ich habe dich schon essen sehen und bemerkt, dass du weißt, wie man eine Serviette benutzt."

Sie lachte. „Danke für dein Vertrauen." Sie behielt seine Hand in ihrer und lehnte sich ein wenig an ihn. „Ich will nicht, dass deine Mom dir demnächst sagt, dass du dich nicht mehr mit mir treffen sollst."

„Das würde sie nie tun. Du bist bezaubernd. Außerdem bin ich vierunddreißig. Sie hat schon vor ein paar Jahrzehnten aufgehört, sich in mein Liebesleben einzumischen."

Consuelo hob die Augenbrauen. „Bist du sicher? Denn noch vor wenigen Monaten saß deine Mutter hinter einem Stand auf dem Stadtfest und hat Bewerbungen von potenziellen Freundinnen entgegengenommen."

Er grinste. „Ach ja, das. Aber sie hat ihre Lektion inzwischen gelernt."

„Wirklich?"

„Und selbst wenn nicht, ich beschütze dich. Mach dir keine Sorgen. Außerdem ist es für mich viel heikler, wenn wir meine Familie treffen. Sie werden dir garantiert allerhand Geschichten über mich erzählen."

„Das klingt lustig. Was für Geschichten?"

Sie erwartete, dass er jetzt einen kindischen Streich beichten oder ihr erzählen würde, dass er vor dem College nie eine Freundin gehabt hatte. Doch das tat er nicht. Er räusperte sich kurz und sagte: „In meiner Jugend war ich ein ziemlicher Heißsporn, was Mädchen anging."

Consuelo schluckte. „Was bedeutet das?"

Er zuckte mit den Schultern. „Ungefähr in der zehnten Klasse fand ich Mädchen auf einmal ziemlich cool. Und dann hatte ich bald einen gewissen Ruf weg. Auf dem College habe ich das, ähm, umfangreiche Angebot auch sehr zu schätzen gewusst. Ich bin nicht stolz darauf", fügte er hastig hinzu. „Und inzwischen bin ich auch anders. Erwachsener. Und in Beziehungen war ich immer treu. Ich habe meine Exfrau nie betrogen." Er wirkte zu gleichen Teilen verlegen und stolz auf seine Vergangenheit.

„Hätte ich dir gar nicht zugetraut."

Er nickte. „Das liegt daran, dass ich Mathelehrer bin. Die Leute denken immer, ich bin Frauen gegenüber schüchtern. Anfangs bin ich auch immer etwas nervös, aber sobald es ernster wird …" Er hielt inne.

„Ja?", forderte sie ihn fasziniert zum Weiterreden auf.

„Ich höre lieber auf, solange ich noch gut dastehe."

„Hast du Angst, dass dein Mund Dinge verspricht, die, äh, andere Teile von dir nicht halten können?"

„So in der Art. Es ist mir natürlich klar, dass du in einer ganz anderen Liga spielst."

Er machte Witze. Trotzdem hatte er recht. Ein Sexgott in der Highschool gewesen zu sein, war kein Vergleich zu ihrer Vergangenheit.

„Hast du irgendwelche Tattoos?", fragte er.

Die unerwartete Frage riss sie aus ihren sorgenvollen Gedanken und brachte sie schlagartig zu dem Mann zurück, der neben ihr saß. Sie lächelte. „Zwei."

Er zuckte mit den Augenbrauen. „Wo und was?"

„Das verrate ich nicht."

„Ah, du willst Spannung aufbauen. Das gefällt mir."

Sie lachte.

Kent legte einen Arm um sie und zog sie an sich. Dann neigte er den Kopf und küsste sie. Sie entspannte sich und schloss die Augen. Sein Mund drückte sich so warm und sicher auf ihre Lippen.

Sie befanden sich in der Öffentlichkeit – hier würde nicht viel mehr als dieser Kuss stattfinden, was gut und schlecht war. Gut, weil sie aus irgendeinem Grund Panik davor hatte, mit Kent zu schlafen. Und schlecht, weil sie es sich so sehr wünschte.

Während er sie mit seinen Lippen neckte, spürte Consuelo, wie die Hitze sich in ihrem ganzen Körper ausbreitete. Sie war schon lange nicht mehr mit einem Mann zusammen gewesen. Sie wollte sich in dieser Nähe verlieren und sich keine Sorgen darüber machen müssen, wie sie ihm Informationen entlocken konnte. Sie wollte Liebe in einem echten Bett machen und zum Klang von zwitschernden Vögeln oder lachenden Kindern aufwachen, statt auf irgendwelchen Schleichwegen zurück ins Lager zu huschen.

Sie löste sich von ihm und schaute ihn an. Um seine Augen bildeten sich kleine Fältchen, als er sie anlächelte.

„Habe ich schon erwähnt, dass ich dich unglaublich heiß finde?", fragte er.

Sie grinste. „In letzter Zeit nicht. Ich habe mir schon Gedanken gemacht, ob du deine Meinung geändert hast."

„Nein. Du bist immer noch umwerfend." Sein Lächeln schwand. „Und nicht nur wegen deines Aussehens. Du sollst wissen, dass ich vor allem mag, wer du bist."

Sie hoffte, dass das stimmte.

Vorsichtig griff sie nach seiner Hand. Keine Schwielen, keine Narben. Dieser Mann würde nie freiwillig anderen Menschen Schmerzen zufügen – geschweige denn eine Frau schlagen oder sie demütigen. Wenn sie daran dachte, wie Reese sich über die strengen Regeln zu Hause beschwerte, wusste sie, dass Kent auch im verärgerten Zustand immer noch fair und vernünftig handelte.

„Vielleicht sollte ich deine Mutter doch mal kennenlernen", sagte sie. „Dich hat sie ziemlich gut hinbekommen."

Er lachte. „Interessante Logik. Ich lasse dir ein paar Tage Zeit, damit du es dir noch mal überlegen kannst."

Natürlich würde er ihr Zeit lassen – er war schließlich Kent.

„Sag mir, dass es wunderschön wird", verlangte Madeline etwas zweifelnd.

Isabel zog das weiße Kleid aus einem unglaublich klein wirkenden Karton. „Das wird es. In genau vier Stunden ist es perfekt."

Es war Mittwochmorgen, und sie hatten gerade eine große Ladung Kleider geliefert bekommen. Es wäre nett gewesen, wenn die empfindlichen Stoffe in Hängekartons, geschützt durch Seidenpapier, geliefert worden wären. Doch dem war leider nicht so. Die meisten Kleider kamen mehrfach gefaltet in simplen Pappkartons an, was nach dem Auspacken stundenlanges Bügeln bedeutete.

„Ich sehe schon, die nächsten Tage werde ich mich über mangelnde Arbeit nicht beklagen können", sagte Madeline grinsend. „Aber das ist gut. Der Liefertag sichert mir meine Arbeitsstelle."

Isabel lachte. „Stimmt. Vielleicht muss man es so betrachten."

Später in der Woche sollten Schleier, Seidentücher und ein paar Tiaren kommen, doch das war nichts verglichen damit, ein Kleid für eine Braut zurechtzumachen.

„Das Geheimnis ist, die Kundin nie das Kleid direkt nach dem Auspacken sehen zu lassen. Von diesem Schock würde sie sich nie wieder erholen." Isabel wickelte vorsichtig ein wunderschönes Seidenkleid mit mehreren Lagen und viel Spitze aus. Ja, sie und Madeline würden diese Woche lange arbeiten müssen.

Dank der Voraussicht ihrer Großmutter war der hintere Raum groß genug, damit eine lange Kleiderstange hineinpasste. Jedes Kleid wurde ausgepackt und darangehängt. Ein paar der Falten würden sich von selbst aushängen, aber der Rest musste gebügelt und gedämpft werden.

„Es ist schön, zu sehen, was neu ist." Madeline zog ein weiteres Kleid heraus. „Die Veränderungen im Stil. Einige sind subtil, aber trotzdem von Jahr zu Jahr sichtbar."

„Solange wir eine gute Auswahl haben", murmelte Isabel. „Ich hasse es, wenn Läden sich auf eine einzige Stilrichtung beschränken, wie zum Beispiel trägerlose Ballkleider. Obwohl ich sie liebe, sehen sie nicht an allen Frauen gut aus. Aber jede Braut hat es verdient, schön zu sein."

„Du bist echt gut darin, für jede Kundin das passende Kleid zu finden", bemerkte Madeline.

„Ich habe jahrelang meine Großmutter beobachtet. Sie hat sich für jede Braut stundenlang Zeit genommen, mit ihr darüber gesprochen, was sie will, und sie ein halbes Dutzend Kleider anprobieren lassen. Es war immer ein kleines Event." Sie erinnerte sich noch gut daran. „Damals hat eine einzelne Braut den gesamten Laden für einen Vormittag oder Nachmittag mit Beschlag belegt. Manchmal haben sie sich sogar etwas zu essen liefern lassen."

„Das könntest du heute auch noch machen", sagte Madeline. „Ein paar deiner Kundinnen würden das sicher gut finden."

„Klar, das wäre ganz lustig." Isabel hängte ein weiteres Kleid auf. „Es gibt vieles, was ich hier verändern könnte. Aber ich bleibe ja nicht."

„Bist du sicher?"

„Ja. Ich gehe nach New York zurück."

Ihre Worte klangen entschlossener, als sie sich fühlte. In Wahrheit hatte sie seit Wochen nicht mehr an ihren Umzug gedacht. Nach wie vor hatte Sonia sich nicht gemeldet, doch in gewisser Weise war das Isabel fast recht. Der Grund dafür war Ford, und sie riet sich, vorsichtig zu sein. Er hatte kein Interesse daran, dass sie hierblieb. Trotzdem war es verlockend, darüber nachzudenken.

Das Telefon klingelte. Isabel ließ das Kleid, das sie gerade herausholen wollte, vorsichtig in den Karton zurückgleiten und griff nach dem Hörer.

„Paper Moon", sagte sie. „Isabel am Apparat."

„Du musst sofort herkommen."

„Patience? Geht es dir gut?"

„Ja, ja." Ihre Freundin klang ungeduldig. „Aber ehrlich, schließ den Laden ab und komm sofort hierher. Ach, und bring Madeline mit."

Patience legte auf.

Isabel ebenfalls. „Das war seltsam", sagte sie. „Patience will, dass wir sofort zu ihr rüberkommen. Es klang dringend."

Madeline erhob sich. „Okay. Ich hänge das Schild auf."

Isabel überprüfte noch einmal, ob die Hintertür auch wirklich verschlossen war, dann folgte sie ihrer Mitarbeiterin nach vorne. Nachdem sie sich Handtasche und Schlüssel geschnappt hatte, rückte sie das „Wir sind in zehn Minuten wieder da"-Schild gerade und schloss die Tür hinter sich. Gemeinsam eilten sie die Straße hinunter zum Brew-haha.

Im Café angekommen, entdeckte Isabel mehrere Frauen, darunter Charlie, Dellina und Noelle, die alle durch das große Fenster zum Park hinüberschauten.

Patience tanzte förmlich auf sie zu. „Sieh nur", rief sie und streckte den Arm aus.

Isabel ignorierte die Anweisung. „Geht es dir gut?"

„Ja, mir geht es blendend." Patience packte Isabels Arm und zog sie daran zum Schaufenster. „Guck doch!"

Isabel richtete ihre Aufmerksamkeit auf die Straße. Es gab ein paar Fußgänger, einen Mann auf einem Fahrrad und drei Männer im Park.

„Und?"

Charlie funkelte sie an. „Und? Ernsthaft? Siehst du denn gar nichts?"

Isabel schaute erneut hin und schüttelte wieder den Kopf. „Nein. Sollte ich?"

Charlie seufzte. „Wieso bemühe ich mich überhaupt."

„Ich will den Blonden", sagte Noelle. „Er ist ein Traum."

„Ein Traum?", spottete Charlie. „Sind wir hier in den 50ern, oder was? Kenny Scott ist bekannt für seine Schnelligkeit und seine guten Fähigkeiten als Fänger. Man sagt, er hat magische Hände."

Noelle lehnte sich gegen den Fensterrahmen. „Ich könnte gut ein paar magische Hände in meinem Leben gebrauchen. Ich frage mich, ob er sie wohl vermietet."

Dellina zeigte auf einen anderen Mann. „Mir gefällt der da." Sie wandte sich an Charlie. „Wie heißt er?"

„Sam Ridge. Placekicker. Er hat mehr Punkte gemacht als …" Sie schüttelte den Kopf. „Seine Footballkarriere interessiert dich ja gar nicht. Also hör auf, mit mir zu reden und mich abzulenken."

Isabel wandte sich wieder an Patience. „Das ist alles? Du hast mich hierherzitiert, damit ich mir ein paar Footballspieler anschaue?"

„Natürlich. Sie sind endlich da."

Die Tür ging auf, und zwei ältere Damen traten ein. Isabel erkannte Eddie und Gladys. Sie schoben sich durch die Menge und drückten ihre Nasen ans Fenster.

„Netter Hintern", urteilte Eddie. „Meinst du, sie ziehen ihre Hemden aus?"

„Es sind sechzehn Grad", sagte Isabel.

„Das sind Männer. Sie sollen uns ruhig zeigen, wie hart sie sind."

Isabel schüttelte den Kopf. „Ihr seid doch alle verrückt."

Patience grinste. „Komm schon. Das ist lustig. Wie oft ziehen schon drei heiße Footballspieler hierher?"

„Wir haben doch schon unsere Bodyguards", erinnerte Isabel sie. „Das reicht. Wir brauchen diese Kerle nicht."

„Komm schon, sie sind doch sehr attraktiv", sagte Taryn, die in diesem Moment das Brew-haha betrat. „Und wenn du sie nett fragst, sind sie auch sehr gut darin, Dinge für dich zu heben und zu tragen."

Noelle drehte sich zu ihr um. „Sind sie alle noch Single?"

„Das behaupten sie jedenfalls." Taryn ging an den Tresen. „Kann ich einen Latte haben, oder muss ich warten, bis die Show vorbei ist?"

„Ich glaube, nebenbei Milch aufschäumen kriege ich noch hin", erwiderte Patience.

Isabel nahm sich eine Sekunde Zeit, um Taryns hellblaues Kostüm zu bewundern, das perfekt zu ihren Augen passte und einen wunderbaren Kontrast zu ihren dunklen Haaren bildete. Die schwarzen Pumps dazu machten das Outfit komplett.

„Du weißt wirklich, wie man sich anzieht", sagte Isabel und überlegte, dass dieses ewige Schwarz eben zu ihrem Job gehörte. Die Braut durfte nie überstrahlt werden. Sie wusste, wie wichtig das war, doch wenn sie Taryn so anschaute, wollte sie auch etwas Interessanteres anziehen. Vielleicht eines dieser neuen Kleider, die Dellina ständig vorbeibrachte. Wenigstens sind meine Schuhe nicht langweilig, dachte sie und ließ den Blick zu den knallroten Pumps gleiten, die sie am Morgen angezogen hatte. Lächerlich hoch, aber unglaublich schön.

„Ich habe ein Image zu wahren", sagte Taryn. „Kleider machen zwar keine Frauen, aber sie helfen ungemein. Und meine Schuhe schüchtern die Männer ein – genau wie deine es tun würden – was ebenfalls hilfreich ist."

Sie nahm den Latte, den Patience ihr reichte, und bezahlte. Dann gesellte sie sich zu der Gruppe am Fenster.

„Machen die sich nackt?", wollte Gladys wissen.

„Eher nicht", murmelte Taryn. „Sie schauen sich nur um. Wenn wir Glück haben, legen sie vielleicht ein paar Liegestütze ein."

Isabel hörte den leichten Sarkasmus in ihrer Stimme, aber Eddie und Gladys schien es nicht aufzufallen.

„Ich frage mich, ob sie vielleicht auf ältere Frauen stehen", überlegte Eddie laut. „Ich könnte ihnen noch das eine oder andere beibringen. Oder sie vielleicht mir." Sie und Gladys kicherten.

Taryn stellte sich neben Isabel. „Ich finde diese alten Ladys ein wenig verstörend."

„Man gewöhnt sich mit der Zeit daran", versicherte Isabel ihr leise. „Zu Anlässen wie diesem tauchen sie immer auf. Angeblich sind vor ein paar Jahren mal einige männliche Models in die Stadt gekommen, um Fotos für den Feuerwehrkalender zu machen. Eddie und Gladys haben sich prompt Klappstühle mitgebracht und sind den ganzen Tag über am Set geblieben."

Noelle kam zu ihnen. „Ich fühle nichts." Sie klang enttäuscht. „Ich bin bereit. Ich kann es spüren. Aber diese Jungs da ... nichts."

Taryn lächelte. „Kenny wird sehr enttäuscht sein, das zu hören."

Noelle schaute zum Fenster hinüber. „Es ist mir egal, welcher von denen Kenny ist. Kommen noch mehr neue Männer in die Stadt? Denn das hier wird so langsam etwas lächerlich."

Dellina gesellte sich zu ihnen. „Ich will mehr als nur gucken", sagte sie fröhlich. „Ist Sam noch Single?"

„Ja, aber auch nervtötend. Nur damit du gewarnt bist."

Isabel schaute Taryn an. „Du bist wirklich nicht interessiert."

Taryn gähnte übertrieben. „Stimmt. Ich kenne sie alle viel zu gut, um mit einem von ihnen irgendeine romantische Beziehung eingehen zu wollen." Sie schüttelte sich. „Nein. Wir stehen uns nahe. Ich bete sie an. Aber ich würde lieber mit einem Zaunpfahl ausgehen. Der würde sich wenigstens nicht mit mir streiten."

Isabel und Madeline gingen gemeinsam zum Paper Moon zurück. Als sie ankamen, wartete Ford bereits an der Tür und sah wie immer unglaublich männlich und sexy aus. Er verzog verächtlich das Gesicht.

„Wirklich?", fragte er. „Footballspieler anschmachten? Ich sollte nicht überrascht sein, immerhin hast du mir ewige Liebe geschworen. Und schau nur, was daraus geworden ist."

Madeline schloss kichernd die Tür auf. „Das klärt ihr beide mal lieber alleine", sagte sie und verschwand im Laden.

Isabel stemmte die Hände in die Hüften. „Woher wusstest du das?"

„Im Gegensatz zu dir sind Patience die Gefühle von Justice nicht egal. Sie hat ihn angerufen, um ihm zu sagen, was los ist. Und er hat es mir erzählt."

Isabel unterdrückte ein Grinsen. „Tut mir sehr leid, dass du es auf diese Weise herausfinden musstest. Also, dass ich andere Männer anschaue."

„Anschmachte. Das ist ein Unterschied. Ich bin sehr enttäuscht von dir. Von meinen falschen Freundinnen erwarte ich normalerweise mehr."

Obwohl sie die Neckerei genoss, wollte ein Teil von ihr, dass es die Wahrheit war.

„Tut mir leid", sagte sie. „Patience hat angerufen und mich gebeten, sofort zu ihr zu kommen. Sie hat nicht erklärt, warum – also bin ich einfach gegangen."

„Na klar, schieb Patience die Schuld in die Schuhe." Er trat näher an sie heran. „Ich sehe schon, wir müssen uns mal ernsthaft über dein Verhalten unterhalten."

„Da hast du vermutlich recht." Sie klimperte mit den Wimpern. „Vielleicht sollte ich später bestraft werden."

„Das versteht sich ja wohl von selbst. Ich denke, die Mindeststrafe hierfür ist eine Runde Auspeitschen mit der Zunge."

Sie erschauerte, als sie sich erinnerte, was Ford alles mit seiner Zunge anstellen konnte. Dann ließ sie ihren Kopf in gespielter Demut sinken. „Was auch immer du für richtig hältst, mein Herr und Meister."

Er zog sie an sich und gab ihr einen Kuss auf den Scheitel. „So eine Unterhaltung will ich nicht noch einmal führen müssen."

„Natürlich nicht."

Als er sie umarmte, spürte sie, wie sein Körper vor unterdrücktem Lachen vibrierte. „Du machst das gut", sagte er leise. „Was hältst du von dem geflohenen Gefangenen und der Frau des Wärters?"

Sie grinste. „Ich denke, damit könnte ich mich anfreunden."

„Das ist mein Mädchen."

„Vermutlich werden wir die Rollen aber tauschen müssen. Deine Mutter hat angerufen, um einen neuen Termin für ein Treffen mit mir auszumachen."

„Verdammt. Das nenne ich einen Stimmungskiller."

„Ich weiß. Ich kann sie aber nicht mehr viel länger vertrösten."

Er küsste sie. „Ich muss zurück ins Büro. Sehen wir uns heute Abend?"

„Okay. Ich bin die blonde."

„Danke für die Erinnerungsstütze."

Nachdem er fort war, ging Isabel ins Paper Moon. Sie seufzte. Diese vorgespielte Beziehung wurde langsam kompliziert. Die offensichtliche Lösung war, das Ganze zu beenden, aber das wollte sie schlicht und einfach nicht.

Bevor sie in das Hinterzimmer zurückkehren konnte, um Madeline mit dem Rest der Kleider zu helfen, klingelte ihr Handy. Sie nahm es aus ihrer Handtasche und ging dran, ohne vorher zu gucken, wer da anrief.

„Hallo?"

„Hey, Isabel."

„Sonia." Sie ging zu einem der Stühle und setzte sich. „Ich hab ja ewig nichts von dir gehört. Hast du meine Nachrichten erhalten?"

„Ja. Tut mir leid. Hier ist es im Moment echt verrückt. Ich wollte dich schon die ganze Zeit anrufen."

„Ich bin froh, dass du es jetzt tust. Wir haben noch ganz schön viel zu tun und zu besprechen, bevor es losgeht."

„Ich weiß. Klar. Deshalb rufe ich ja an, damit wir reden können." Ihre Freundin räusperte sich. „Hör mal, ich weiß nicht, wie ich es sagen soll. Das war auch der Grund, warum ich nicht auf deine Anrufe reagiert habe. Ich bin …" Sie hielt inne. „Also, ich habe mit jemand anderem einen Laden aufgemacht."

Isabel erstarrte. „Was? Wovon redest du da? Wir hatten einen Deal. Wir haben doch schon alles ganz genau geplant gehabt."

„Ich weiß, ich weiß. Ich hätte es dir sagen sollen. Es ist nur … Ich wollte nicht mehr warten. Du kommst erst im Februar zurück, und das ist noch so lange hin."

„Gerade mal fünf Monate. Mit allem, was vor der Eröffnung noch erledigt werden muss, ist das überhaupt nicht lange."

„Stimmt, aber da waren auch noch ein paar andere Sachen. Sie kann mehr Geld ins Geschäft stecken. Wir können gleich größer anfangen, und dann werden die Leute viel schneller auf uns aufmerksam. Genau das will ich, Isabel. Das ist mein Traum. Ich muss das einfach tun. Tut mir leid, wenn ich dich damit enttäusche."

„Enttäusche? Ich bin hierher zurückgezogen, um das Geld zu verdienen, das wir in *unser* Geschäft stecken wollten. Ich kam hierher, um meine Einzelhandelskenntnisse aufzufrischen, damit ich mich noch mehr einbringen kann. Wir haben doch darüber gesprochen. Wir haben über alles gesprochen."

„Ich weiß, aber der Einzelhandel ist riskant, und das hier ist für mich einfach besser. Musst du deshalb wirklich so böse sein? Ich hatte gehofft, wir könnten Freundinnen bleiben. Kannst du dich nicht einfach für mich freuen?"

Für sie freuen? Isabel wollte von ihren eigenen Träumen sprechen, aber sie wusste, Sonia interessierte das nicht. Sie hatte ziemlich deutlich gemacht, dass sie sich für niemand außer sich selber interessierte.

„Viel Glück mit allem", sagte Isabel. Sie wusste, sie klang verbittert, aber das war ihr egal. Sie legte auf, bevor Sonia noch etwas erwidern konnte.

17. KAPITEL

Ford schaute Isabel hilflos an, die sich die Tränen von den Wangen wischte.

„Das ist so unfair", sagte sie mit zitternder Unterlippe. „Alles. Jetzt ist auch klar, warum Sonia mir aus dem Weg gegangen ist. Sie wusste es. Die ganze Zeit über hat sie gewusst, dass sie mit jemand anderem einen Laden aufmachen wird. Und sie hat nie etwas gesagt."

Sie saßen im Wohnzimmer ihres Hauses. Ein ziemlich weitläufiger Raum mit großen Fenstern, aber Ford fühlte sich, als wäre er in einer zwei mal zwei Meter großen Zelle gefangen. Er wusste nicht, was er tun sollte, aber er konnte Isabel unmöglich einfach alleine lassen.

Madeline hatte ihn vor einer guten halben Stunde angerufen und berichtet, dass Isabel einen Anruf bekommen hatte. Daraufhin sei sie unter Tränen aus dem Laden gelaufen. Madeline wusste nicht, was passiert war, machte sich aber Sorgen um ihre Chefin. Ford war sofort hierhergeeilt, um Isabel genauso verstört vorzufinden, wie Madeline es beschrieben hatte.

„Ich kann es nicht glauben." Sie zerknüllte das Taschentuch in ihrer Hand und schaute ihn an. „Ich kann es einfach nicht glauben."

In ihren Augen sah er puren Schmerz. Er wollte das Problem so gerne lösen, doch er hatte keine Ahnung, wie er das anfangen sollte.

„Es tut mir leid." Er ließ sich vor ihr auf die Knie sinken. „Es tut mir wirklich leid."

Sie nickte. „Ich weiß. Aber es hat nichts mit dir zu tun, sondern nur mit mir. Mein Gott, was stimmt denn mit mir nicht? Erst Eric und jetzt Sonia."

„Du bist nicht der Grund, warum die beiden sich so benommen haben."

„Mein Verstand weiß das, aber mein Bauch sagt mir etwas anderes." Sie senkte den Kopf, und er sah, dass die Tränen auf ihre Finger tropften. „Das ist wie der Tod eines großen Traums."

Sie hob den Kopf. Die Tränen flossen unaufhörlich aus ihren blauen Augen. „Nein, es ist nicht *wie* der Tod eines Traumes. Es *ist* der Tod eines Traumes. Wir hatten alles geplant. Das war der einzige Grund, warum ich hierher zurückgekommen bin."

Sie schüttelte den Kopf. „Okay, Eric war auch ein Teil des Grundes. Ich wollte aus der Stadt raus, aber trotzdem. Ich dachte ..." Sie schluckte. „Ich habe Sonia vertraut. Wir haben gemeinsam diesen Traum geteilt, und sie hat mich für jemanden mit mehr Geld fallen lassen."

Er schlang seine Arme um sie und zog sie an sich. Er wusste, es gab irgendetwas, was er jetzt sagen sollte – er wusste nur nicht, was das war.

„Sie war nicht deine Freundin", murmelte er und hoffte, dass das reichte. „Eine echte Freundin würde so etwas nie tun."

„Ich ... weiß." Ihre Stimme brach, und sie vergrub ihr Gesicht an seinem Hals. „Das macht es nur noch schlimmer. Ich habe in einem einzigen Telefonat meinen Traum und meine Freundin verloren. Warum hat sie mir nicht vorher etwas gesagt? Warum hat sie nicht wenigstens etwas angedeutet?"

Sie lehnte sich zurück und schaute ihn an. „Bitte sei ehrlich. Liegt es an mir? Hab ich das heraufbeschworen?"

Er fühlte ihren Schmerz und wollte sich das eigene Herz herausreißen, wenn das helfen würde. Er wollte diese Sonia finden und ... Er fluchte, denn er wusste, dass er seine Wut nicht an einer Zivilistin auslassen konnte. Vor allem nicht an einer Frau.

„Es liegt nicht an dir", sagte er und legte eine Hand an ihre Wange. „Du hast getan, was ihr beide abgesprochen hattet. Du hast dich an die Regeln gehalten."

„Das tue ich ständig", sagte sie dumpf. „Und der Erfolg ist, dass ich immer wieder hintergangen werde. Vielleicht brauche ich mal einen neuen Plan."

Sie stand auf und ging ans Fenster. Mit verschränkten Armen drehte sie sich zu ihm um. „Hast du dir jemals etwas mit aller Kraft gewünscht und es dann verloren?"

Er stand ebenfalls auf und schüttelte den Kopf.

„Das tut echt weh", sagte sie. „Unglaublich weh sogar."

Sein Herz krampfte sich schmerzhaft zusammen bei ihrem Anblick. Und doch verspürte er eine Spur von Neid. Ein Mal im Leben hätte er auch gerne eine solche Leidenschaft verspürt. Er selbst hatte sich nie etwas mit aller Kraft gewünscht. Was er wollte, war leicht zu bekommen. Und wenn er es dann hatte und es bald darauf wieder leid war, zog er einfach weiter. So war es schon immer gewesen. Irgendwie erbärmlich. Doch diese Erkenntnis würde Isabel auch nicht helfen.

Isabel drehte sich wieder zum Fenster um. Ford hatte keine Antworten, und woher sollte er die auch nehmen? Das war ganz allein ihr Problem. Sie holte tief Luft, um ihm zu sagen, dass sie schon klarkommen würde, als es plötzlich an der Tür klopfte.

„Ich gehe schon", sagte Ford schnell und eilte zur Tür. Sekunden später kehrte er mit Patience an seiner Seite zurück.

Isabel wischte sich die Tränen ab. „Hast du Verstärkung gerufen?"

Er zuckte mit den Schultern. „Ich hatte Angst, damit nicht klarzukommen."

„Du hast das toll gemacht."

Patience eilte zu ihr. „Was ist passiert? Geht es dir gut?"

Isabel erzählte ihr von dem Anruf und was Sonia ihr gesagt hatte.

„Das ist unglaublich." Patience schüttelte den Kopf. „Was für eine Zicke."

„Das scheint der generelle Konsens zu sein."

Patience führte Isabel zum Sofa und schaute dann Ford an. „Ich kann den Rest des Tages bleiben." Sie wandte sich an Isabel. „Er hat diesen unbehaglichen Ausdruck im Gesicht."

„Gar nicht", widersprach er.

Isabel brachte ein zittriges Lächeln zustande. „Du hast es wirklich gut gemacht. Aber ich komme schon klar."

„Bist du sicher?"

„Ja."

Sie ging zu ihm und gab ihm einen Kuss. „Danke, dass du nicht schreiend davongelaufen bist, als ich geweint habe."

Er umarmte sie. „Es tut mir so leid."

„Ich weiß."

„Sehen wir uns später?"

Sie nickte und er ging. „Willst du einen Tee?", fragte sie ihre Freundin. „Das scheint in Krisensituationen das Richtige zu sein – einen Tee kochen."

„Klar."

Sie gingen in die Küche. Isabel setzte Wasser auf und holte eine Auswahl Teebeutel aus dem Schrank. Patience fand zwei Becher und stellte sie auf die Arbeitsplatte.

„So, und jetzt noch mal ganz von vorne", sagte sie.

Isabel wiederholte den Wortlaut des Anrufs und atmete dann tief durch. „Es ist so unfair. Ich habe schon seit Wochen versucht, sie zu erreichen, und sie hat nie zurückgerufen. Ich hätte ahnen müssen, dass irgendetwas los ist. Aber Sonia ist auch früher schon mal abgetaucht, wenn sie viel zu tun hatte. Da sie noch auf Facebook gepostet hat, wusste ich, dass es ihr gut geht. Ich dachte, sie hätte gerade eine kreative Phase oder so. Aber dass sie die ganze Zeit hinter meinem Rücken an einem neuen Projekt gearbeitet hat. Dass sie eine andere Partnerin für den Laden gefunden hat ..."

Ihre Augen fingen an zu brennen. „Ich war so sicher, dass wir etwas Umwerfendes auf die Beine stellen würden. Wir wollten unser eigenes Label gründen und die Modewelt im Sturm erobern. Und das hätten wir auch geschafft. Vielleicht wäre es kein Hurrikan geworden, aber zumindest eine ziemlich kräftige Brise."

Sie versuchte zu lächeln, doch ihr Mund wollte ihr nicht gehorchen. „Ich komme mir so unglaublich dumm vor."

Patience berührte ihren Arm. „Du hast nichts falsch gemacht."

„Das hat Ford auch gesagt."

„Und er hat recht. Du hast einer Freundin vertraut, und sie hat dich hintergangen. Wenn sie Zweifel an eurem Vorhaben hatte, hätte sie etwas sagen müssen."

Das Wasser kochte. Isabel goss es in die beiden Becher, und Patience ließ die Teebeutel hineinfallen.

„Das ist das eine", gab Isabel zu. „Das andere ist die Demütigung. Mein Ehemann verlässt mich für einen anderen Mann. Meine Geschäftspartnerin lässt mich für jemanden mit mehr Geld fallen. Ich bin hier der gemeinsame Nenner, also muss ich doch irgendetwas falsch machen."

„Nein, das machst du nicht", widersprach Patience. „Du vertraust den Menschen, die du magst. Wenn sie dich betrügen, ist das nicht deine Schuld. Du hattest mit Sonia eine Vereinbarung. Sie hat sie gebrochen. Ich weiß, es klingt harsch, aber vielleicht ist es besser, dass du es herausgefunden hast, bevor du noch mehr Geld in die Sache stecken konntest. Sie klingt wie jemand, der jederzeit abhaut, wenn ihr etwas nicht gefällt oder etwas Besseres über den Weg läuft. Was, wenn sie dich nach der Eröffnung des Ladens im Stich gelassen hätte?"

Daran hatte Isabel noch gar nicht gedacht. „Dann hätte ich mit einem Laden, aber ohne Designerin dagestanden."

„Genau. Das wäre noch viel schlimmer."

Sie kehrten ins Wohnzimmer zurück und setzten sich.

„Ich bin so verwirrt", gab Isabel zu. „Was soll ich denn jetzt machen? Wie soll ich jemals wieder jemandem vertrauen? Aber nicht zu vertrauen ist auch nicht gut. Ich will mein Leben nicht verbittert und verängstigt in einer Höhle verbringen, aus Angst, dass mich jemand verletzen könnte."

„Gut, denn die einzigen Höhlen, die ich kenne, befinden sich auf Heidis Ranch, und sie reift darin ihren Käse. Ich glaube nicht, dass dir das gefallen würde. Der Geruch würde dich ziemlich schnell um den Verstand bringen."

Isabel brachte ein schwaches Lächeln zustande. „Danke, dass du meine Höhlenträume in die richtige Perspektive gerückt hast."

„Gern geschehen." Patience drückte ihre Hand. „Es tut mir wirklich leid, dass das passiert ist. Aber auch auf die Gefahr hin, dich mit meinem Optimismus zu nerven – du hast noch andere Möglichkeiten."

„Die dann auch wieder zu einer Enttäuschung führen", grummelte Isabel. Im Moment fühlte sie sich, als würde sie nie wieder eine Entscheidung treffen können.

„Das ist mein kleiner Sonnenschein." Patience lächelte. „Okay, du wirst also keinen Laden mit Sonia in New York eröffnen. Es gibt aber Hunderte anderer Orte, an denen du das tun könntest. Such dir einfach einen aus."

„Ich habe aber keine andere Designerin, mit der ich arbeiten kann." Isabel lehnte sich zurück und seufzte. Nichts würde jemals wieder gut werden.

„Ich wusste gar nicht, dass es nur eine gibt."

Isabel richtete sich auf. „Eine was?"

„Eine Designerin. Sonia ist die einzige?"

„Sehr lustig."

„Ich habe eben einen umwerfenden Sinn für Humor." Patience rutschte näher. „Weißt du, ich habe in letzter Zeit öfter *Project Runway* im Fernsehen gesehen. Da zeigen sie ständig brillante junge Nachwuchsdesigner, die alles für eine solche Chance geben würden. Es gibt Tausende da draußen. Du musst nur eine finden. Oder vielleicht auch fünf. Möglicherweise ist es besser, im Moment keine Partnerin zu haben. Du könntest mit Dellinas Freundin anfangen. Ihre Klamotten sind toll, und sie verkaufen sich sehr gut."

Isabel verstand, worauf ihre Freundin hinauswollte. „Klar, das ist eine Möglichkeit. Abgesehen davon, dass Sonia auch ein wenig Geld beisteuern wollte. Ich habe nicht genügend Reserven, um eine eigene Boutique zu eröffnen." Sie hielt inne und fragte sich, ob sie es riskieren konnte, noch einmal eine Partnerschaft einzugehen. Nach den Erlebnissen mit Eric und Sonia war das eher unwahrscheinlich.

„Was ist mit dem Paper Moon?", fragte Patience.

Isabel schaute sie an. „Ich liebe diesen Laden. Aber ich will nicht für den Rest meines Lebens Brautkleider verkaufen."

„Das weiß ich. Aber das musst du auch nicht. Das Geschäft ist erfolgreich und sorgt für ein stetiges Einkommen. Das würde schon mal helfen. Du könntest das Angebot nach und nach ausweiten. Ein paar neue Designer reinholen. Den Laden vergrößern. Das Geschäft nebenan steht leer. Wieso mietest du es nicht einfach, machst einen Durchbruch und verkaufst Brautkleider *und* Designermode? Ich wette, deine Eltern würden sich riesig freuen, wenn das Geschäft in der Familie bliebe. Und ihnen kannst du vermutlich vertrauen, dass sie dir nicht das Herz brechen."

Isabel stand auf und tigerte im Wohnzimmer auf und ab. Schließlich blieb sie am Kamin stehen.

„Ich habe nie ernsthaft darüber nachgedacht, hierzubleiben", gab sie zu. „Fool's Gold ist nicht gerade eine der wichtigsten Modemetropolen der Welt. Aber meine Eltern würden überschnappen vor Freude."

„Hierzubleiben hätte viele Vorteile. Wir haben sehr viele Touristen. Und es wohnen viele Frauen in der Stadt. Außerdem hast du bis jetzt alles, was du von Dellinas Freundin bekommen hast, problemlos verkauft."

Nicht wegziehen? Dabei war das immer Teil ihres Plans gewesen. Nach New York zurückkehren. Ein Zeichen setzen. Hierzubleiben würde bedeuten ...

Was? Aufzugeben? So fühlte es sich aber gar nicht an. Sie mochte die Stadt. Sie hatte hier Freunde, denen sie vertraute, und ihre Familie lebte hier. Sie könnte mehr Zeit mit ihren Nichten und Neffen verbringen, ganz abgesehen von ihrer Schwester.

„Ich muss etwas Eigenes haben", murmelte sie.

„Das sollte nicht schwer sein. Du hast gesagt, dass Madeline ihre Arbeit im Paper Moon liebt. Mit ihrer Unterstützung würde dir genügend Zeit bleiben, um das zu tun, was du wirklich liebst." Patience erhob sich und ging zu ihr. „Du musst dich nicht jetzt gleich entscheiden, aber denk wenigstens drüber nach. Ich weiß, du bist traurig, aber das hier ist nicht das Ende. Du bist nur in eine andere Richtung geschubst worden. Und manchmal ist das nicht das Schlechteste."

Isabel umarmte sie. „Danke fürs Zuhören", sagte sie.

„Dafür sind Freunde doch da. Und sobald es fünf Uhr ist, betrinken wir uns. Denn auch dafür sind Freunde gut."

Isabel lachte. Sie war immer noch verletzt und verwirrt, aber sie fühlte sich nicht mehr so verloren. Vielleicht würde sie sich trotzdem entscheiden fortzuziehen. Aber dann nur, weil sie ihre verschiedenen Möglichkeiten gut durchdacht hatte.

Sie begleitete ihre Freundin zur Haustür und bis auf den Bürgersteig.

„Du kommst heute um fünf Uhr ins Jo's", sagte Patience. „Das war übrigens ein Befehl und keine Frage."

„Ich werde da sein."

„Gut."

Sie umarmten einander noch einmal, dann ging Patience in Richtung Brew-haha davon. Isabel kehrte ins Paper Moon zurück. Auf dem Weg dahin lächelte sie die Menschen an, die sie kannte, und dachte über die andere große Komplikation in ihrem Leben nach. Dieses Problem, über das sie nicht wirklich sprechen konnte. Zumindest jetzt noch nicht.

Wenn sie in Fool's Gold blieb, was würde aus ihr und Ford? Denn sie hatte das dumpfe Gefühl, dass ihre Scheidung nicht halb so schlimm gewesen war wie das, was dann auf sie zukommen würde. Wenn er sie verließ.

Consuelo betrachtete die Auswahl. „Ich sehe gar keine romantischen Komödien", sagte sie und las stumm die Titel.

Die hübsch aufgereihten DVDs und Blu-rays standen auf einem Regal über dem Fernseher in Kents Keller. Es gab viele Actionfilme und eine große Auswahl an Kinderfilmen, aber sonst kaum etwas.

Sie schaute Kent an. „Du weißt schon, dass ich hier nicht einen Titel sehe, der den weiblichen Standpunkt widerspiegelt, oder?"

„Wir haben es nicht so mit Mädchenfilmen", gab er zu. „Aber wenn es etwas gibt, was du gerne gucken willst, kann ich es besorgen."

„Du wärst bereit, mit mir *Schlaflos in Seattle* anzusehen?"

Er lächelte. „Ich habe schon Schlimmeres überstanden."

„Das lässt hoffen." Sie strich mit den Fingern über die Rücken der Filmhüllen. „Diese hier sind ganz okay, aber normalerweise sind die Actionsequenzen falsch. Das sieht man auch ständig im Fernsehen. Der Held kann seine Feinde mit einer einzigen Kugel töten, aber die bösen Jungs feuern und feuern, und nichts passiert."

„Vielleicht brauchen die bösen Jungs mehr Training."

Sie zuckte mit den Schultern. „Ich schätze, es wäre eine ziemlich kurze Serie, wenn der Hauptdarsteller in der zweiten Folge niedergestreckt wird."

Sie richtete ihre Aufmerksamkeit wieder auf die Titel. Kent und sie waren hier heruntergekommen, um nach dem Abendessen einen Film auszusuchen. Kent hatte sie vor ein paar Tagen zu sich eingeladen und dabei klargestellt, dass es sich um ein Date handelte. Reese verbrachte die Nacht bei seinem Freund Carter, sodass sie beide ganz alleine waren.

Consuelo war durchaus gewillt, vor sich selbst zuzugeben, dass sie eine gewisse Nervosität verspürte. Dieses ganze Verabreden war unglaublich kompliziert. In der Army hatte sie sich ab und zu mal mit jemandem eingelassen, aber nicht oft. Ihre Arbeit verhinderte, dass sie eine richtige Beziehung führte. Und zumindest in einem Punkt ähnelte sie allen anderen Frauen – nämlich darin, dass sie keinen belanglosen Sex mochte. Es hatte Zeiten gegeben, in denen sie in den Arm genommen werden wollte, weil sie dem Mann wichtig war, und nicht, weil er sie ins Bett kriegen wollte.

Doch das hier war Kent. Was bedeutete, dass es sich um ein traditionelles Date handelte. Da sie sich bisher nur ein wenig geküsst hatten, war Consuelo nicht sicher, was heute Abend passieren würde – wenn überhaupt. Wahrscheinlich lag es an ihr, den ersten Schritt zu tun und den Stein ins Rollen zu bringen.

Doch genau das wollte sie nicht. Sie wollte ... umworben werden.

Das ist doch lächerlich, schalt sie sich und schüttelte innerlich den Kopf über die Schwäche, die dieser Gedanke offenbarte. Sie brauchte niemanden. Sie war sich selbst genug. Eine Kriegerin.

„Hey, komm zurück."

Sie drehte sich um und sah Kent, der sie mit besorgtem Blick musterte.

„Was?", fragte sie.

„Du hast gerade ziemlich sauer ausgesehen. Ich hatte das ungute Gefühl, dass du vielleicht gleich von hier verschwindest."

Verdammt. Seit wann war sie so leicht zu durchschauen? „Woher weißt du, dass ich nicht von dir genervt war?"

„Weil ich bislang noch nichts gemacht habe."

Sie lächelte. „Du hast recht. Ich bin abgetaucht. Tut mir leid."

„Willst du darüber sprechen?"

Sie schüttelte den Kopf. Es gab so viel, das sie nicht sagen konnte. Nicht nur die Sachen, die der Geheimhaltung unterlagen. Diese Geheimnisse waren einfach zu bewahren. Nein, es ging um das andere – was sie getan hatte. Kent wusste das in groben Zügen. Aber das war etwas ganz anderes, als es wirklich zu wissen. Was niemals geschehen würde. Denn sie würde es ihm nicht sagen.

„Hör auf", sagte er leise. „Was auch immer du gerade denkst, hör auf damit."

Sie blinzelte.

„Ich spüre, wie du dich zurückziehst", erklärte er. „Tu das nicht. Bleib bei mir."

„Ich bin hier", versicherte sie ihm.

Sie sah, dass er sich Sorgen machte. Da war die Spannung in seinen Schultern. Und diese winzigen Fältchen um seine Augenwinkel. Er war frustriert von dem, was er nicht wusste, aber zu sehr Gentleman, um auf einer Antwort zu bestehen. Eine unmögliche Situation. Sie wusste nicht, wie er sie überhaupt ertrug.

Da sie ebenfalls nicht wusste, was sie tun sollte, trat sie einen Schritt auf ihn zu und legte ihre Hände an seine Brust. „Küss mich."

Er schlang seine Arme um sie und gehorchte.

Wie immer war sein Mund fest, aber sanft. Seine Lippen eroberten ihre mit zurückhaltender Leidenschaft. Er wollte sie, aber er würde sie nicht bedrängen. Er würde sich nicht einfach nehmen, was er wollte. Als er mit seiner Zunge über ihre Unterlippe strich, öffnete sie sich für ihn.

Bei der ersten Berührung spürte sie das Brennen der Erregung zwischen ihren Beinen. Ihre Brüste spannten. Sie wollte sich einreden, dass es nur daran lag, dass sie so lange keinen Sex mehr gehabt hatte. Aber sie wusste, das stimmte nicht. Der wahre Grund war, dass sie seit Jahren mit niemandem mehr Liebe gemacht hatte. Nicht mehr seit damals, als sie noch jung und gewillt gewesen war, zu vertrauen.

Er zog sich zurück. „Hör auf", sagte er. „Hör auf, dich ständig zurückzuziehen."

Das fühlte er? Er spürte, wie ihre Gedanken anfingen zu wandern?

„Ich kann nicht anders", gab sie zu, verstört davon, wie gut er sie verstand. Sie wollte mehr, fürchtete sich aber gleichzeitig vor den Folgen. „Du machst mir Angst."

„Das geht gar nicht. Wie tue ich das denn?"

Sie drehte sich von ihm weg. Ihre Gefühle waren an die Oberfläche gekommen, ihre Kontrolle hing nur noch an einem seidenen Faden. Aber das hier war Kent, und sie konnte ihn nicht anlügen.

„Du magst mich", sagte sie. „Du weißt mehr über mich als jeder andere Mensch, und trotzdem magst du mich."

Jetzt wirkte er verwirrt. „Ich verstehe nicht."

Sie zeigte auf sein Gesicht, seinen Körper. „Das hier bist du. Du hast deine Fehler und deine Vorzüge. Dein Leben ist vorhersehbar. Du rufst deine Mutter an, spendest für wohltätige Zwecke. Ich bin ausgebildet worden, nichts von mir preiszugeben. Den Anschein zu erwecken, jemand zu sein, der ich nicht bin. Ich habe allein durch meine Zähigkeit und meine Täuschungsmanöver überlebt."

„Das ist zwar nicht gerade das Bettgeflüster, das ich mir vorgestellt habe, aber okay." Er machte einen Schritt auf sie zu. „Ich vertraue dir, Consuelo. Du hast recht. Ich mag dich sehr. Du bist kompliziert, aber damit kann ich umgehen."

Da war es wieder. Akzeptanz. Er wusste, dass sie Geheimnisse hatte, doch das machte ihm nichts aus. Er vertraute ihr.

Sie wollte widersprechen, ihm sagen, dass er sich irrte. Dass sie nicht vertrauenswürdig war. Nur wusste sie tief in ihrem Inneren, dass sie diesem Mann nie wehtun würde. Das konnte sie nicht. Eher würde sie sich ihr eigenes Herz rausreißen.

Zu gehen ist die leichte Lösung, dachte sie. So einfach und so vertraut. Zu bleiben war wesentlich schwerer.

Sie warf einen Blick zur Treppe, dann schaute sie Kent wieder an. Ohne etwas zu sagen, nahm sie seine Hand.

Sie führte ihn nach oben und dann den Flur hinunter zum Schlafzimmer. Dort angekommen, schloss sie die Tür und schaltete das Licht auf dem Nachttisch an. Dann drehte sie sich zu ihm um.

Ein kleines Lächeln spielte um seine Lippen. Er stand vor dem Bett und wirkte so unglaublich entspannt. Als hätte er alle Zeit der Welt.

Sie trug ein langärmliges Strickkleid und hochhackige Schuhe. Diese zog sie nun aus, dann öffnete sie den Reißverschluss und ließ das Kleid auf den Teppich fallen. Nur in BH und String stand sie vor ihm.

Kents Augen weiteten sich. Sie sah, dass er schluckte, zu sprechen versuchte und dann nur den Kopf schüttelte.

„Heilige Scheiße", murmelte er.

Sie lachte. Das letzte bisschen Sorge fiel so leicht von ihr wie das Kleid. Vielleicht gab es Probleme, mit denen sie sich beschäftigen musste, aber die konnten warten. Im Moment wollte sie nur mit Kent Liebe machen. Wollte seine Hände auf ihrem Körper spüren, seine Zunge in ihrem Mund. Sie wollte aufhören zu denken und anfangen zu fühlen.

Sie legte die Hände an ihre Hüften und neigte den Kopf. „Und?"

„Okay."

Er knöpfte sein Hemd auf und zog es aus. Schuhe und Socken folgten. Er war in guter Form. Es gefiel ihr, dass er nicht so übertrieben muskulös war wie die Männer, mit denen sie arbeitete. Kent sah genauso aus wie das, was er war. Ein Vorstadtdad mit einem sexy Twist, dachte sie, als ein Schauer der Lust sie überlief.

Er zog seine Jeans aus, unter der er einen erstaunlich kleinen Slip trug, der kaum seine beeindruckende Erektion halten konnte. Die Muskeln in ihrem Unterleib zogen sich sehnsüchtig zusammen.

„Ich hätte auf Weiß getippt", sagte sie mit Blick auf seinen Slip. Dann ging sie zu ihm.

„Ich finde diese etwas moderner."

Sie lachte und ging weiter, bis sie so nah war, dass sie ihn beinahe berührte.

„Du bist unglaublich schön." Er schaute ihr in die Augen. „Und dein Körper. Mein Gott. Kann ich einfach nur ..."

Er zögerte, als wüsste er nicht, ob er die Frage stellen sollte.

„Alles", sagte sie, neugierig darauf, was er als Erstes berühren würde.

Seine Hände legten sich an ihre Hüften und strichen dann langsam, ganz langsam zu ihrem Hintern. Er umfasste die muskulösen Kurven und drückte zu, wobei er genüsslich die Augen schloss.

Sie lehnte sich an ihn. Soweit sie das beurteilen konnte, gab es drei Kategorien von Männern. Brüste, Hintern oder Beine. Da sie klein war und nicht mit sonderlich viel Oberweite ausgestattet, blieb nur ihr großartiger Hintern. Es sah aus, als hätte sie den Mann gefunden, der genau das zu schätzen wusste.

Sie schlang ihre Arme um seinen Nacken. Er beugte sich vor und küsste sie. Sie öffnete sich ihm sofort, hieß seine Zunge mit ihrer willkommen. Dann neigte sie den Kopf, wollte den Kuss vertiefen, worauf er nur zu willig einging.

Seine Hände strichen über ihren Rücken hinauf zu ihrem BH. Er öffnete ihn mit einer geschickten Bewegung, und die zarte Spitze fiel zu Boden.

Consuelo beugte sich ein wenig nach hinten und legte seine Hände an ihre Brüste. „Du hast also nicht gelogen, was deine Highschool-Erfahrungen angeht."

Er strich mit den Daumen über ihre aufgerichteten Nippel. „Hey, ich habe den anderen Jungs Unterricht darin gegeben, wie man einen BH mit einer Hand öffnet. Inzwischen bin ich allerdings ein wenig außer Übung. Ich hoffe, du verzeihst mir."

Bevor sie etwas erwidern konnte, drängte er sie sanft rückwärts in Richtung Bett. Sie setzte sich auf die Matratze, und Kent setzte sich neben sie. Dann küsste er sie wieder. Während ihre Zungen einander umtanzten, legte er eine Hand auf ihren Bauch. Zärtlich erkundete er ihre Rippen, bevor er sich ihren Brüsten widmete. Er nahm sie in eine Hand und benutzte Daumen und Zeigefinger, um vorsichtig ihre empfindlichen Brustwarzen zu stimulieren.

Sie wollte mehr davon und drückte den Rücken durch. Kent verstand sie sofort. Er küsste sich an ihrem Hals entlang zu ihrem Schlüsselbein, dann weiter hinunter, bis er schließlich ihre Brüste erreicht hatte.

Sanft sog er an einem Nippel und umkreiste ihn mit seiner Zunge. Dann zog er sich leicht zurück und pustete über die feuchte Haut. Consuelo zitterte vor Erregung.

„Wie magst du es?", fragte er, bevor er sich der anderen Brust zuwandte. „Hart? Zart? Irgendetwas dazwischen?"

Die Frage verblüffte sie. In den letzten Jahren war Sex nichts anderes als Arbeit gewesen. Eine Methode, um Informationen zu sammeln. Jegliches Vergnügen war reiner Zufall. Aber das hier hatte nichts mit irgendwelchen Kriegsstrategien zu tun. Hier ging es darum, gemeinsam ein wunderschönes Erlebnis zu teilen.

„Härter, als du es eben versucht hast", sagte sie. „Mach einfach, und ich sage dir, wenn es mir zu viel ist."

Er schaute sie an und grinste. „Du wirst immer besser."

Seine Lippen schlossen sich erneut um ihre Brust. Diesmal saugte er härter. Seine Zähne strichen leicht über ihre zarte Haut und brachten sie an einen Punkt, an dem die Lust nur noch um Haaresbreite vom Schmerz entfernt war. Aufstöhnend bog sie sich ihm entgenen. Doch bevor sie ihn stoppen konnte, zog er sich zurück.

Diesen Rhythmus wiederholte er – er reizte sie, bis sie begann, sich vor Verlangen hilflos unter ihm zu winden.

„Kent", keuchte sie. „Ich brauche dich."

Er reagierte schneller, als sie für möglich gehalten hätte. In der einen Sekunde war sie kurz vor der Verzweiflung, in der nächsten flog ihr String durch die Luft, und seine Finger erkundeten ihr feuchtes Zentrum. Er fand ihre Klit und streichelte sie.

Seine Fingerfertigkeit war tatsächlich meisterhaft. Sie öffnete die Beine für ihn und überließ ihm die Kontrolle. Sein Rhythmus war schnell genug, um sie auf dem Weg zum Höhepunkt zu halten, aber nicht so schnell, dass sie sich gehetzt fühlte. Von Zeit zu Zeit drückte er etwas fester zu, sodass alle Nerven in ihrem Körper vibrierten.

Ihr Atem ging schneller. Es war so lange her. Alle klaren Gedanken schwanden. Sie brauchte das hier, musste von ihm über den Abgrund getrieben werden.

Unter seinen kundigen Fingern spannten sich ihre Muskeln immer weiter an. Sie bewegte die Hüften im Gleichklang mit ihm. Ihr Atem ging schneller. Er fuhr fort, sie mit seinem Daumen zu stimulieren, während er zwei Finger in sie hineingleiten ließ.

Als er das zweite Mal zustieß, geschah es. Die unerwartete Geschwindigkeit, mit der ihr Orgasmus heranrollte, schockierte sie beinahe ebenso sehr wie die Intensität des Gefühls. Es war, als wenn jede Zelle ihres Körpers daran beteiligt wäre, sich aufs Äußerste anspannte und dann losließ. Sie schrie laut auf und konnte nichts dagegen tun. Er streichelte sie weiter, und sie kam noch einmal, und zum vielleicht ersten Mal in ihrem Leben hatte sie überhaupt keine Kontrolle mehr über sich.

Als die Wellen langsam abebbten, zog Kent seine Finger zurück, berührte sie aber immer noch leicht. Sie wusste nicht, was sie denken, was sie sagen sollte. Sie war erschöpft, und es war ihr peinlich, und doch stand sie weiterhin in seinem Bann.

Schließlich öffnete sie die Augen und sah, dass er sie mit einer Mischung aus Stolz und Bewunderung musterte, die den tiefsten, einsamsten Ort in ihrem Herzen berührte. Er zog sie in seine

Arme, und sie ließ sich fallen, denn sie wusste, hier war sie in Sicherheit, geborgen und behütet.

„Ich vermute, dass ich vorhin schon mal ‚Heilige Scheiße' gesagt habe", erklärte er, während er ihr mit der einen Hand den Rücken streichelte und mit der anderen ihren Hintern umfasste. „Es noch mal zu sagen, macht mich also zu einem Langweiler. Aber mein Kopf ist vollkommen leer, und was Besseres fällt mir einfach nicht ein. Du bist umwerfend. Ich möchte das die ganze Nacht lang tun. Allerdings gibt es auch andere Dinge, die ich tun will, und ich weiß nicht, womit ich anfangen soll."

Sie presste ihren Unterkörper gegen seinen geschwollenen Penis. „Ich denke, wir sollten hiermit anfangen." Sie hob den Kopf. „Ich will oben sein."

Kaum hatte sie die Worte ausgesprochen, ging ein Zucken durch seine Erektion, und Kent beeilte sich, seinen Slip auszuziehen. Doch statt sich danach neben sie zu legen, berührte er sanft ihre Wange.

„Es hat seit längerer Zeit, äh, niemanden gegeben. Also wird das hier bestimmt nicht meine beste Vorstellung. Nur damit du nicht enttäuscht bist."

Sie lächelte und küsste ihn. „Ich spüre immer noch die Nachwirkungen, da ist es kaum möglich, enttäuscht zu werden."

Sie drückte ihn rücklings auf die Matratze und schaute auf ihn herunter. Wie er schon gesagt hatte, es gab vieles, was sie tun konnten. Unterschiedliche Positionen und Techniken, die sie über die Jahre gelernt hatte. Doch das hatte Zeit. Im Moment wollte sie ihn einfach nur in sich fühlen und ihm möglichst viel Vergnügen bereiten.

Sie kniete sich über ihn und ließ sich dann langsam auf ihn herunter. Er schob eine Hand zwischen sie, um sich zu führen, während er mit der anderen ihre Hüfte umfasste. Sie glitt weiter nach unten, bis er in ihr war. Sie keuchten beide auf.

Er füllte sie aus wie noch kein Mann zuvor. Sie richtete sich auf und ließ ihrem Körper einen Moment Zeit, sich an ihn zu gewöhnen. Dann senkte sie sich noch tiefer hinab, um ihn vollkommen in sich aufzunehmen.

Er fluchte.

Sie lachte.

„Warum bleibst du nicht kurz so?", fragte er mit zusammengebissenen Zähnen. „Damit ich mal eben an meiner Kontrolle arbeiten kann."

„Klingt nach einem guten Plan." Sie unterdrückte ein Lächeln. „Ist es ein Problem, wenn ich das hier mache?"

Sie drückte sich ein wenig von ihm ab und ließ sich dann wieder auf ihn sinken. Er stöhnte laut auf.

„Du willst spielen? Okay, das kann ich auch", stieß er hervor.

„Du versuchst doch gerade, *nicht* zu spielen. Das ist was anderes."

„Ach, so läuft das also." Er schaute ihr in die Augen. „Du forderst mich heraus? Okay. Dann wollen wir doch mal sehen."

Er drückte mit dem Daumen gegen ihre geschwollene Perle. Dann fing er langsam an, sich zu bewegen, und erweckte damit alle Nervenenden erneut zum Leben.

Vor fünf Sekunden hätte sie noch geschworen, in den nächsten vierundzwanzig Stunden nicht erneut kommen zu können. Und jetzt ging ihr Atem auf einmal schon wieder schneller und schneller.

„Hör nicht auf", stöhnte sie und drängte ihre Hüften gegen ihn. „Mach weiter."

„Versprochen." Seine Stimme war ein tiefes Knurren.

Er hielt Wort und erhöhte das Tempo, doch mit einem Mal reichte ihr das nicht mehr. Sie fing an, an seinem Penis auf und ab zu gleiten. Ihre Lider schlossen sich, während sie ihn ritt, die verlockende Erlösung immer gerade außer Reichweite.

„Mehr", murmelte sie. „Mehr."

Mit jedem Auf und Ab füllte er sie komplett aus. Ihr Atem ging keuchend. Dann war sie so weit, der Höhepunkt war so nahe. So unglaublich nahe.

Sie kam mit einem Schrei. Dieser Orgasmus dauerte länger als der letzte. Sie beugte sich vor, sodass sie sich auf dem Bett abstützen konnte, und bewegte ihre Hüften schneller. Irgendwann hatte Kent aufgehört, sie zu streicheln. Er hielt sie an ihren

Hüften und half ihr, den Rhythmus beizubehalten. Sie öffnete die Augen, sah, dass er sie beobachtete, sah den Moment, in dem er so weit war.

Sie kamen gemeinsam. Er bäumte sich auf und schob sich ein letztes Mal tief in sie hinein, während ihre Muskeln sich um ihn anspannten. So blieben sie, bis die Schauer nach und nach verebbten.

Mit der Stille kam die Realität zurück. Consuelo sah vor ihrem inneren Auge, wie sie sich wild gewunden hatte, das Schwingen ihrer Brüste. Noch immer konnte sie ihren Schrei hören, er möge bitte, bitte nicht aufhören.

Sie hatte komplett die Kontrolle verloren. Zum zweiten Mal an diesem Abend.

Eine Hand berührte ihre Wange. Sie zwang sich, die Augen zu öffnen, und sah, dass er sie anschaute. Ein zufriedenes Grinsen breitete sich auf seinem Gesicht aus.

„So", sagte er. „Du schreist also."

Sie glitt von ihm herunter und legte sich aufs Bett. „Tue ich nicht. Ich bin im Bett sehr still und kontrolliert."

Er lachte leise. „Ja, das habe ich gemerkt." Er beugte sich über sie und küsste sie sanft. „Also, ich habe mir gedacht, ich könnte dich das nächste Mal mit meiner Zunge kommen lassen, und danach tun wir es von hinten – denn mal ehrlich, hast du mal deinen Hintern gesehen? Und wenn wir damit fertig sind, vielleicht Dinner?"

Sie spürte, dass das ein entscheidender Moment in ihrem Leben war. Sie konnte sich weiterhin durch ihre Vergangenheit definieren lassen, oder sie konnte sich jetzt ganz diesem unglaublichen Mann hingeben. Sie holte tief Luft und schlang beide Arme fest um ihn.

Er zog sie an sich und flüsterte: „Du weißt, dass mir das Schreien gefällt, oder?"

„Ja. Das weiß ich."

18. KAPITEL

Isabel wanderte durch den leeren Laden neben dem Paper Moon. Das Gebäude gehörte Josh Golden, einem ehemaligen Radrennprofi, der in den letzten Jahren ziemlich viele Immobilien in Fool's Gold gekauft hatte. Angeblich sollte Josh ein großzügiger Vermieter sein, was vorteilhaft war, denn sie schwamm nicht gerade in Geld.

Der Laden war nicht besonders groß. Nur etwa hundert Quadratmeter, aber mit breiten Schaufenstern und – das Beste von allem – einer unverbauten Wand, die einen direkten Durchgang zu Paper Moon ermöglichte.

Der Vorbesitzer hatte die Regale zurückgelassen, und der Holzfußboden war in einem ausgezeichneten Zustand. Es gab zwei Toiletten, eine wesentlich eleganter eingerichtet als die andere, und einen einigermaßen großen Lagerraum.

Sie kehrte in die Mitte des Raumes zurück und drehte sich langsam im Kreis. Es wäre keine allzu große Arbeit, die Wand einzureißen. Sie könnte die Umkleiden des Brautladens mitbenutzen, was die Kosten niedrig hielt. Die hübschere Toilette könnte für die Kunden sein. Und ja, klar, sie müsste ein wenig Geld in Farbe und Einrichtung investieren, aber die Beleuchtung war schon genau so, wie es ihr gefiel.

Auf den Regalen könnte sie Accessoires ausstellen – es musste doch irgendwie möglich sein, ein paar Designer zu finden, die Taschen und Schmuck herstellten.

Sie hatte keinen Businessplan, also kannte sie die Zahlen nicht, aber das hier hatte definitiv Potenzial. Lächelnd drehte sie sich ein letztes Mal im Kreis, verließ das Geschäft, sperrte sorgfältig hinter sich zu und kehrte ins Paper Moon zurück.

Sie versuchte, den Laden so zu betrachten, als hätte sie ihn nie zuvor gesehen. Auch hier gab es viele Fenster und ausreichende Beleuchtung. Bei der Einrichtung dominierte der rote Samt ein wenig zu sehr, und die vergoldeten Kronleuchter waren auch nicht ganz nach ihrem Geschmack, aber das ließ sich leicht ändern.

Der Grundriss funktionierte, und das Inventar war zeitgemäß. Wenn sie den Laden nebenan mieten würde, müsste sie im Paper Moon erst einmal nichts verändern. Der Brautladen würde einfach für einen angenehmen Cashflow sorgen.

Sie wusste, dass ihre Eltern sich freuen würden, wenn das Geschäft in der Familie blieb, und sie müsste es ihnen nicht auf einen Schlag abkaufen, sondern könnte es in monatlichen Raten tun. Sobald sie ihren Businessplan zusammenhatte, könnte sie alles einmal genau durchrechnen. Sie hatte das Gefühl, mit dem Geld, das sie nach der Scheidung erhalten hatte, könnte sie es finanziell hinbekommen. Die Frage war nur – wollte sie das auch?

In Fool's Gold zu bleiben bedeutete, bei ihren Freunden zu sein. Bei ihrer Familie. Es bedeutete aber auch, weiterhin nicht zu wissen, wie sie mit ihren Gefühlen für Ford umgehen sollte.

Wenn sie blieb, musste sie ihren Traum von New York und der internationalen Modewelt aufgeben. Stattdessen würde sie für immer in ihrer Heimatstadt bleiben. Ob das gut war oder schlecht, konnte sie im Moment nicht wirklich sagen. Was vor allem daran lag, dass sie sich nach ihrer Scheidung hierher zurückgezogen hatte. Doch sie wollte vorwärts gehen, nicht rückwärts. Die Frage war nur, welcher Weg dabei der richtige war.

Es lief alles darauf hinaus, dass sie eine Entscheidung treffen musste. Und dann konnte sie nur hoffen, ihren Entschluss in ein paar Jahren nicht zu bereuen.

Die Tür ging auf. Sie drehte sich um und sah Ford mit zwei wunderschönen jungen Frauen eintreten. Sie waren zierlich und hatten lange, dunkle Haare und braune Augen. Ihre Haut strahlte auf eine Weise, die Isabel sofort daran erinnerte, dass sie sich mal wieder ein Peeling gönnen sollte.

„Hey." Ford kam auf sie zu. In jeder Hand trug er einen Kleidersack. „Ich möchte dir Misaki und Kaori vorstellen. Sie sind Schwestern."

„Schön, euch kennenzulernen", sagte Isabel.

Sie schätzte die beiden auf Anfang zwanzig. Misaki trug violette Haremshosen und eine schwarze Lederweste. Kaori hatte ein rotes Kleid mit Kellerfalten an.

„Ich liebe diesen Laden", sagte Kaori und schaute sich um. „Retro, aber trotzdem elegant." Ihr Blick blieb an einem Vera-Wang-Kleid hängen. „Mann, ich würde dafür töten, dieses Kleid auseinandernehmen zu dürfen."

„Du willst immer alles auseinandernehmen", brummte ihre Schwester.

Isabel wandte sich wieder Ford zu. „Äh, warum bist du hier, und warum hast du diese beiden zauberhaften Frauen mitgebracht?"

Misaki grinste, nahm Ford einen der Säcke ab und öffnete ihn. „Wir sind hier, weil wir Kleider machen."

Berge von Stoff quollen aus der Öffnung, und plötzlich war es Isabel egal, woher Ford die Schwestern kannte oder wieso er sie hergebracht hatte. Die Kleider, die sie erblickte, forderten ihre gesamte Aufmerksamkeit. Sie hätten unterschiedlicher nicht sein können. Eines bestand nur aus unzähligen Stofflagen und Raffungen, während das andere kaum groß genug wirkte, um einer Schaufensterpuppe zu passen. Das nenne ich mal hauteng, dachte Isabel.

Das dritte Kleid war ein Ballkleid. Es bestand aus Unmengen champagnerfarbener Spitze, die auf ein Unterkleid aus weichem Leder genäht war.

„Das gehört auf den roten Teppich", murmelte Isabel andächtig, während sie den Ärmel berührte und die perfekte Handarbeit bewunderte.

„Das wäre schön", erwiderte Misaki. „Wir hatten bislang kein großes Glück, unsere Sachen in Läden unterzubringen. Für die Kaufhäuser sind wir zu ausgefallen, und die eine Boutique, bei der wir waren, hat heimlich unsere Entwürfe kopiert und uns nichts bezahlt. Deshalb wollten wir eigentlich schon aufgeben. Aber Ford hat gemeint, wir könnten dir vertrauen."

Madeline kam aus dem Hinterzimmer in den Laden und schnappte hörbar nach Luft. „Das will ich haben. Ich habe keine Ahnung, wann ich es anziehen sollte, und ich werde vermutlich einen Monat lang nichts essen dürfen, um es mir leisten zu können, aber ich will es."

Isabel stellte die Mädchen einander vor. Misaki strahlte. Kaori schob sie beiseite. „Meine sind noch besser."

Sie zog ein Kostüm aus dem anderen Kleidersack, das gleichzeitig streng und verspielt war. Eine maßgeschneiderte Jacke mit Reißverschlüssen an den Ärmeln. Das Wollgemisch war weich, hatte jedoch trotzdem ein kleines bisschen Struktur.

„Das würde Taryn sofort kaufen", sagte Madeline.

„Sie würde beinahe alles davon kaufen", gab Isabel zu und schaute die Mädchen an. „Wo kommt ihr her?"

„Aus San Francisco", sagte Misaki. „Wir sollten eigentlich Medizin studieren. Unsere Eltern sind überhaupt nicht glücklich mit dem, was wir tun. Habt ihr je den Begriff Tiger-Mom gehört? Tja, gegen unsere Mutter sehen die aus wie Faulpelze. Kaori und ich können jeweils drei verschiedene Instrumente spielen. Wir haben ein Vollstipendium für Berkeley erhalten. Aber beim Medizinstudium hat es uns dann gereicht. Wir möchten Kleidung entwerfen."

„Darin seid ihr auch echt gut", bestätigte Isabel. „Ich würde das gerne alles auf Kommission nehmen. Habt ihr euch schon Gedanken über die Preise gemacht?"

Kaori holte eine Preisliste sowie einen einfachen, einseitigen Vertrag heraus. Zehn Minuten später war der Deal geschlossen.

Misaki grinste. „Das ist super. Okay, wir werden uns jetzt noch ein wenig die Stadt anschauen. Ford, schick uns eine SMS, wenn du zurückfahren willst." Sie hakte sich bei ihrer Schwester unter. „Dieser Ort ist so seltsam. Wie ein Filmset oder so."

Gemeinsam verließen sie den Laden. Madeline trug ihre Kleidung nach hinten. Sie hatten sich bereits darauf geeinigt, dass das Ballkleid ins Hauptfenster kam und das Kostüm im Nebenfenster ausgestellt würde.

Isabel schaute Ford an. „Danke."

Er zuckte mit den Schultern. „Du warst so traurig. Ich wollte irgendetwas tun."

„Du hast zwei Designerinnen für mich gefunden. Das ist sehr beeindruckend."

„Ihr Bruder ist ein Kumpel von mir. Er hat immer von ihnen gesprochen. Sie waren als Kinder wohl ganz schön viel für ihre Eltern. Ich habe mich daran erinnert, dass er irgendwann mal erwähnte, dass sie Mode entwerfen. Also habe ich ihn angerufen. Und heute Morgen bin ich losgefahren, um sie herzuholen."

Sie trat zu ihm und umarmte ihn. „Danke noch mal."

„Gern geschehen." Er erwiderte die Umarmung. „Ich bin eben ein Mann. Da liegt es in meiner Natur, Sachen wieder heil zu machen."

Unwillkürlich musste sie lächeln. „Angeber. Aber du hast das sehr gut gemacht."

Er grinste. „Vielen Dank. Die beiden sind übrigens große New-York-Fans. Misaki möchte gerne dorthin ziehen, aber Kaori sagt, sie hätten einen West-Coast-Vibe und müssten unbedingt hierbleiben."

Sie brauchte eine Sekunde, um seine Worte zu verstehen. Aber dann dämmerte es ihr. Natürlich. Ford ging immer noch davon aus, dass sie auch ohne Sonia nach New York zurückziehen würde. Denn das hatte sie schließlich immer gesagt.

Doch jetzt war sie sich nicht mehr so sicher.

Sie öffnete den Mund, um ihm zu sagen, dass sie vielleicht doch nicht wegziehen würde. Dann überlegte sie es sich anders und presste die Lippen fest zusammen. Denn schließlich wusste sie nicht, ob Ford nicht ganz glücklich damit war, dass sie bald wegziehen würde.

Consuelo schlug kräftig auf den Sandsack ein. Der Schweiß rann ihr bereits über das Gesicht, und ihre Arme zitterten vor Erschöpfung. Jeder andere würde jetzt Schluss machen, aber sie nicht. Nicht, solange sie noch denken konnte.

Wut brannte heiß und hell in ihr. Wenn sie aufhören würde, auf den Sandsack einzuschlagen, würde sie auf etwas anderes eindreschen. Irgendein Unschuldiger würde ihre Wut zu spüren bekommen, und das ging niemals gut aus.

Es ist zum Wohle aller, dachte sie sich und schlug erneut zu. Wamm!

Sie hatte es getan. Sie hatte sich erlaubt, zu glauben. Sie hatte ihren Körper und ihre Seele einem Mann gegeben, und er hatte sich als genauso großes Arschloch wie alle anderen herausgestellt.

Kent hatte sich seit zwei Tagen nicht mehr bei ihr gemeldet. Sie hatte die Nacht mit ihm verbracht, hatte mit ihm Liebe gemacht, bis sie beide erschöpft gewesen waren, und dann war sie nach Hause gegangen. Seitdem – nichts mehr von ihm. Kein einziges Wort.

Sie wusste nicht, wohin mit ihrer Wut. Der größte Teil galt ihr selbst. Dafür, dass sie so naiv gewesen war, obwohl sie es eigentlich besser wusste. Aber ein Teil der Wut richtete sich auch gegen Kent. Weil er so liebenswürdig gewesen war und sie ermutigt hatte, ihm zu vertrauen. Irgendwo auf dem Weg hatte er entschieden, mit ihr zu spielen, und sie war sehenden Auges in die Falle getappt.

Ford betrat das Studio. Er wirkte sehr zufrieden. Sie funkelte ihn an.

„Was?", wollte sie wissen.

Er blieb stehen, musterte sie eine Sekunde. Dann hob er abwehrend beide Hände. „Was auch immer es ist, ich war es nicht."

„Da hast du zum ersten Mal recht."

„Möchtest du darüber reden?"

Ihr Blick wurde noch brennender. „Habe ich das jemals getan?"

„Nein."

„Da hast du deine Antwort. Worüber freust du dich so?"

Er straffte die Schultern. „Isabel hatte ein Problem, und ich habe es gelöst."

Sie schaute ihn mitleidig an. „Ehrlich? Das glaubst du?"

„Klar." Er erzählte ihr von Sonias Anruf und dass die nicht länger mit Isabel einen gemeinsamen Laden aufmachen wollte.

Consuelo zuckte zusammen. „Das ist mies. Hintereinander von zwei Menschen verraten zu werden, denen man vertraut hat. Wie hast du ihr dabei helfen können?"

„Ich habe zwei neue Designerinnen für sie gefunden. Schwestern. Ihr Bruder ist ein SEAL. Sie wollen in New York mit ihr zusammenarbeiten." Er grinste. „Und schon ist das Problem gelöst."

„Du bist so ein Idiot." Sie ließ die Arme sinken und fing an, ihre Handschuhe aufzuschnüren. „Und dich hat es so dermaßen erwischt."

„Es?"

„Na, du bist in Isabel verknallt. Der Meister der losen Beziehungen hat sich in seinem eigenen Netz verfangen." Sie sollte sich vermutlich freuen, dass ihr Freund jemanden gefunden hatte. Schließlich hatte es niemand verdient, sich so mies zu fühlen wie sie selbst.

„Das ist toll", fügte sie hinzu und hoffte, dass es aufrichtig klang. „Ich mag Isabel sehr. Sie ist besser, als du es verdienst, aber du warst schon immer ein Glückspilz."

Er machte einen Schritt zurück. „Ich habe keine Ahnung, wovon du da redest."

„Tu nicht so. Du magst sie."

Er wirkte verwirrt und unbehaglich. „Sicher. Wir sind Freunde. Aber wir sind ja nicht wirklich zusammen. Wir tun nur so, als wären wir ein Paar. Du weißt schon, wegen meiner Mom."

„Nicht nach so langer Zeit." Sie zog den einen Handschuh aus, dann den anderen. „Du wohnst quasi bei ihr, oder? Du verbringst deine gesamte Freizeit mit ihr, du schläfst mit ihr, und es ist das Beste, was du je erlebt hast."

Wie meine Nacht mit Kent, dachte sie verbittert.

„Wir sind nicht zusammen", beharrte Ford.

Consuelo ging zu ihm und stieß ihm mit dem Zeigefinger hart gegen die Brust. Mit etwas Glück würde ein blauer Fleck zurückbleiben.

„Du bist in sie verliebt, du Dummkopf. Vermutlich bist du das schon seit Jahren. Vermassle es ja nicht." Sie stieß noch einmal zu. „Sie ist toll. Bitte sie, zu bleiben. Heirate sie und mach ihr viele Babys. Das ist genau das, was du willst. Was du schon immer gewollt hast."

Er schüttelte den Kopf. „So ein Typ bin ich nicht."

„Du bist als so ein Typ geboren worden. Du bist genau wie alle anderen in dieser verdammten Stadt. Nimm dein Schicksal endlich an."

Damit drehte sie sich um und verließ den Raum. Ihre Augen brannten, aber sie redete sich ein, dass das vom Schweiß kam und von nichts anderem. Sie weinte nicht. Sie weinte niemals, denn sie glaubte nicht an Tränen. Oder Gejammer. Sie hatte einen Fehler gemacht und würde damit leben müssen.

Natürlich musste sie Fool's Gold jetzt verlassen. Aber okay. Das war ein Problem, um das sie sich später kümmern würde.

Als Kind war das Herbstfestival immer Fords liebstes Stadtfest gewesen. Es fand am zweiten Wochenende im Oktober statt, wenn die Blätter ihre Farbe veränderten und alle Schaufenster mit Kürbissen und Vogelscheuchen geschmückt waren.

Es gab viele Buden, an denen Zeug verkauft wurde, das kein Mensch brauchte, wie zum Beispiel Honigseife oder Kerzen mit Apfelduft. Die Frauen waren natürlich trotzdem begeistert und kauften den ganzen Kram gleich körbeweise.

Ihm hingegen gefiel das Essen. Es gab Spareribs und gegrilltes Gemüse. Dazu Maisbrot, Pulled Pork und – sein persönlicher Favorit – Süßkartoffel-Pie.

„Ernsthaft, du musst mal probieren", sagte Isabel und hielt ihm ihr S'More hin. „Ich weiß nicht, wie Ana Raquel die macht, aber etwas Besseres habe ich nie gegessen."

Er war kein großer Freund von Desserts, aber es war schön, Isabel endlich wieder lächeln zu sehen. In den letzten Tagen hatte sie ziemlich geknickt gewirkt. Er wusste, dass sie immer noch an die Geschichte mit Sonia dachte.

Er probierte den S'More. Er war süß, aber nicht zu süß.

„Gut", sagte er und gab ihn ihr zurück.

Sie grinste. „Aber kein Süßkartoffel-Pie?"

„Nicht mal annähernd."

„Was ist das nur immer mit Männern und Pies."

„Heißt das, du willst nichts davon?"

„Aus Höflichkeit werde ich mal probieren."

Er lachte und legte einen Arm um sie.

Jetzt, wo sie sich wieder besser fühlte, konnte er aufhören, darüber nachzudenken, wie er ihr helfen sollte. Stattdessen konnte er seine Energie darauf richten, all die lächerlichen Dinge zu vergessen, die Consuelo zu ihm gesagt hatte.

Anfangs hatte er sich bei ihren Worten unbehaglich gefühlt. Er wollte Isabel nichts vormachen, und das tat er auch nicht. Sie hatten beide von Anfang an gewusst, dass ihre Beziehung nur vorgespielt war. Aber dass er in sie verliebt sein sollte … nein, so viel Glück hatte er nicht. Wenn er sich überhaupt in jemand verlieben könnte, dann wäre sie die ideale Person. Aber das konnte er nicht.

Er dachte daran, wie Leonard heimlich jeden Tag trainierte, um seine Frau zu beeindrucken, und wie seine Mom über zehn Jahre um seinen Dad getrauert hatte. Seine Schwestern waren ganz verrückt nach ihren Ehemännern, und wenn Ethan seine Liz anschaute, schien der Rest der Welt um ihn herum zu verschwinden.

Warum sollte er so etwas wollen? Diese Intensität? Diese Zuwendung? Natürlich hätte er das gerne. Aber es war nicht da. Und war nie da gewesen. Er mochte eine Frau für eine Weile, und dann wollte er weiterziehen. So war er nun einmal.

„Ich habe von Misaki und Kaori gehört", sagte Isabel, nachdem sie ihren Nachtisch aufgegessen und den Pappbehälter in eine Mülltonne geworfen hatte. „Sie sind ganz aufgeregt, weil ich schon zwei Stücke verkauft habe. Jetzt wollen sie bald Nachschub liefern. Ich arbeite wirklich gerne mit ihnen zusammen." Sie lächelte ihn an. „Danke. Mich mit ihnen zusammenzubringen, war wirklich großartig von dir."

„Ich weiß. Du hast Glück, mich zu haben."

Sie lachte und hakte sich bei ihm unter. „Das habe ich wirklich. Die Sache mit Sonia verstört mich immer noch, aber ich komme langsam darüber weg. Ich habe aus meinen Fehlern gelernt und werde weitermachen."

„Das bezweifle ich nicht. Die Macht ist mit dir." Er veränderte die Stimme, sodass er wie Yoda aus *Star Wars* klang. „Stärke ist viel in dir."

Sie lachte erneut. „Danke für das Kompliment, auch wenn ich mir nicht sicher bin, dass ich es verdient habe."

„O doch, das hast du. Du vergisst, dass ich deine Entwicklung sehr genau verfolgt habe. Ich kenne dich viel besser, als du denkst."

Sie machten einen Bogen um ein Pärchen mit einem Zwillingskinderwagen. Die kleinen Jungen darin waren offensichtlich eineiige Zwillinge. Auf den Schultern des Vaters saß ein älteres Mädchen.

„Diese verflixten Briefe", stöhnte Isabel. „Ich wusste doch, dass sie mir irgendwann mal in den Hintern beißen würden."

„Ach was. Du warst ein süßes Mädchen. Als du es an der UCLA vermasselt hast, hast du die Verantwortung übernommen. Du hast erkannt, was du falsch gemacht hast, und es geändert. Niemand ist perfekt. Das habe ich in der Ausbildung gelernt. Es geht nicht darum, es beim ersten Mal sofort richtig zu machen – es geht darum, zu lernen, wie es richtig geht, und danach nicht nachlässig zu werden. Und genau das ist dir gelungen."

„Du siehst mich viel zu positiv."

„Nein. Es war ja nicht nur die Uni. Du hast aufgehört, mir zu schreiben, als du dachtest, dass Eric dir einen Antrag machen würde. Zwischen uns war nichts, aber dennoch wolltest du das Richtige tun. Das respektiere ich."

„Ich war nicht sicher, was ich tun sollte", gab sie zu. „Es war nur so, wenn ich dir geschrieben habe ..." Sie zuckte mit den Schultern und lächelte. „Also gibst du zu, dass du die Briefe gelesen hast und sie dir gefielen."

„Ja, natürlich. Sie haben mir durch einige schwere Zeiten geholfen." Er blieb stehen und küsste sie. „Du hast mir immer gesagt, ich soll auf mich aufpassen."

„Ich habe mir Sorgen um dich gemacht. Niemand wusste, wo du bist und was du tust. Das hat mir Angst gemacht. Für deine Familie war es bestimmt noch sehr viel schlimmer, aber trotzdem."

Er erinnerte sich noch, wie er sich eingeredet hatte, dass ihm die Briefe nichts bedeuteten. Und doch hatte er immer auf sie gewartet. Wenn sie kamen, hatte er sie sich aufgespart, bis er allein gewesen war und sie in Ruhe hatte lesen können. Und wenn etwas Schlimmes passiert war, hatte er sie noch einmal gelesen. Einige von ihnen hatte er in Plastik eingewickelt und ganz unten in seinen Rucksack gepackt, wenn er zu einer neuen Mission hatte aufbrechen müssen.

„Ich habe es geschafft", sagte er. „Und nun bin ich zu Hause."

„Worüber wir alle froh sind."

Eine Stimme unterbrach sie.

„Ja, ich weiß, dass sie ein Elefant ist."

Ford blieb stehen und drehte sich zu der Sprecherin um. Er sah Felicia, die einen tätowierten Mann anfunkelte.

Jetzt lehnte sie sich noch ein Stückchen vor. Der böse Blick des Mannes schien sie nicht im Geringsten einzuschüchtern. „Priscilla gehört genauso zu dieser Stadt wie alle anderen auch. Heidi und ihre Schwiegermutter haben einen besonderen Sattel gekauft, damit die Kinder auf Priscilla reiten können. Das hier ist ein Festival. Da gehört Reiten für Kinder einfach dazu."

„Ja, aber jetzt will niemand mehr auf meinen Ponys reiten."

„Würden Sie nicht auch lieber auf einem Elefanten als auf einem Pony reiten?"

Der Mann scharrte mit den Füßen. „Ja. Vielleicht."

„Warum sind Sie dann so überrascht?" Felicia atmete tief durch. „Aber ich verstehe, dass Sie auch Ihren Lebensunterhalt verdienen müssen. Ich weise Ihnen eine Stelle auf der anderen Seite des Parks zu. Dann erhöhen wir den Preis fürs Elefantenreiten, um eine zusätzliche Runde auf Ihren Ponys mit abzudecken. Quasi ein Zwei-für-Eins-Ticket. Wie wäre das?"

Der große tätowierte Mann nickte und grub die Stiefelspitze in den Staub. „Wissen Sie, es sind gute Jungs. Es ist nicht ihr Fehler, dass sie so klein sind."

„Ich verstehe." Felicia drückte sich ihr Tablet gegen die Brust. „Lassen Sie mich das eben arrangieren." Sie drehte sich um und sah Ford und Isabel.

Mit großen Schritten kam sie auf sie zu. „Hallo, Isabel, Ford. Bitte sagt mir nicht, dass ihr zwei auch ein Problem habt."

„Kein einziges", versicherte er. „Wir genießen nur die Show."

Felicia atmete tief ein. „Ich schwöre, es geht ihm gar nicht so sehr darum, dass er Geld verliert. Er fürchtet vor allem, dass seine Ponys nicht genug Aufmerksamkeit bekommen. Was vermutlich für seinen Charakter spricht. Aber Priscilla braucht auch Aufmerksamkeit." Sie stieß einen undefinierbaren Laut aus. „Das hier ist definitiv keine normale Stadt. Ich schätze, deshalb passe ich so gut hierher, aber es ist auch eine konstante Herausforderung. Wenn ihr mich jetzt bitte entschuldigen wollt?"

Damit ging sie weiter. Ford sah ihr hinterher.

„Ich habe sie Männer und Ausrüstung an Orte schaffen sehen, von denen alle Experten behauptet hatten, sie wären unerreichbar. Wenn die NASA wirklich in den nächsten zehn Jahren den Mond besiedeln will, sollte sie mit ihr sprechen."

„Ich denke nicht, dass Felicia umziehen will", merkte Isabel an.

„Da hast du wohl recht. Komm. Ich kaufe dir ein Schweinsohr."

„Das ist eklig, und außerdem hatten wir gerade erst S'Mores."

„Du hattest S'Mores. Außerdem sind es die letzten des Jahres."

„Hol du dir eins", sagte sie und lehnte sich an ihn. „Ich knabber mal dran."

Ihm fielen ein paar Sachen ein, an denen sie lieber knabbern sollte als an einem Schweinsohr, aber das kam später. Für heute Abend hatte er große Pläne. Ein Feuer im Kamin. Etwas Wein. Vielleicht eine Dose Sprühsahne.

Er grinste, als er sich eine nackte Isabel vorstellte, die ihn mit einer Sprühdose in der Hand anschaute und fragte: „Und wo genau soll das hin?"

Doch sie würde neugierig mitmachen und es genießen. Wie immer. Angesichts der Tatsache, dass Eric für das Gegenteam spielte, konnte man ihn nicht komplett für Isabels mangelnde Erfahrung verantwortlich machen. Trotzdem hatte es eines anderen Mannes bedurft, um sie aus ihrem Dornröschenschlaf zu erwecken. Dieser Mann war er selbst. Und ehrlich gesagt, dachte Ford, bin ich darauf ein wenig stolz.

„Wir brauchen dringend noch einen Kürbis für die Veranda", sagte Isabel, als sie in Richtung der Stände gingen. „Vielleicht sogar mehrere. Ich gebe es ungern zu, aber ich habe seit Jahren keinen Kürbis mehr geschnitzt. Weißt du, wie das geht? Ich will nicht die einzigen gruseligen Kürbisse der Straße haben."

„Die sind doch für Halloween, die müssen gruselig sein."

„Ja, aber ich fürchte, meine wären auf ganz schlimme Art gruselig."

„Ich weiß, wie man einen Kürbis aushöhlt. Das habe ich als Kind oft gemacht, und manchmal haben sie uns auch welche in unser Lager eingeflogen."

„Damit ihr wisst, welche Jahreszeit gerade ist?"

„Sie haben sich bemüht."

Fool's Gold hatte so wenig mit Irak und Afghanistan gemeinsam, wie es nur ging. Er hatte geglaubt, es würde ihm schwerfallen, sich wieder einzuleben, aber da hatte er sich geirrt. Was vor allem an Isabel lag, wie ihm in diesem Moment auffiel. Sie war sein Puffer gewesen.

Als sie für die Schweinsohren anstanden, verspürte er den Wunsch, sie zu bitten, hierzubleiben. Doch das konnte er nicht. Nicht nur, weil New York ihr Traum war. Sondern auch, weil er ihr im Gegenzug nichts zu bieten hatte.

Er musste sie gehen lassen – das war er ihr schuldig. Sie war für ihn der Hafen gewesen, von dem er nicht gewusst hatte, dass er ihn brauchte.

19. KAPITEL

Normalerweise war die Hintergrundmusik im Paper Moon ruhig, aber fröhlich. Lieder über gebrochene Herzen waren nicht erlaubt. Gespielt wurde Softrock, wie man ihn auch aus Spas oder ähnlichen Einrichtungen kannte. Aber heute konnte Isabel nur die Musik hören, die in ihrem Kopf spielte: *Should I stay or should I go* erklang wieder und wieder, während sie die Bestände prüfte und neue Muster bestellte.

Kein Wunder. Das war ja auch die große Frage. Sollte sie gehen oder bleiben? Ihr Wochenende mit Ford hatte wirklich Spaß gemacht. Er war lustig und charmant und süß, wenn auch leicht obsessiv mit seinen Schweinsohren. Mit ihm zusammen zu sein, war so leicht. Ihn zu lieben … Tja, das war vermutlich unausweichlich gewesen.

Sie war gewillt, das Offensichtliche zuzugeben. Sie hatte sich mit Herz und Seele in ihn verliebt. Es gab tausend Gründe dafür – einige, die mit ihm, und andere, die mit ihrer Vergangenheit zu tun hatten. Viele Jahre lang war er der Mensch gewesen, dem sie ihr Herz ausgeschüttet hatte. Sie hatte ihm alles gestanden, und – ob er nun zugehört hatte oder nicht – er war derjenige, an den sie sich instinktiv gewandt hatte, wenn es ihr nicht gut gegangen war.

Während ihrer Teenagerzeit hatte sie sich ständig gefragt, wie es wohl wäre, ihn mal wieder persönlich zu treffen. War er besser als in ihren Träumen? Konnte der echte Mann mit ihren Fantasien mithalten?

Inzwischen wusste sie, dass er das konnte. Ford war aufrichtig und fürsorglich. Dass er sich vor seiner Mutter fürchtete, machte ihn nur noch unwiderstehlicher. Isabel verstand ihn – und sie hatte sich in ihn verliebt.

So weit, so gut. Der Nachteil an der ganzen Sache war allerdings, dass Ford davon überzeugt war, dass er niemals lieben konnte. Weil er es nie getan hatte.

Sie wollte diesen Glauben herausfordern. Wollte den Mann packen und schütteln, bis er zugab, bei seiner Verlobung mit

Maeve zu jung gewesen zu sein. Und dass er seitdem nie lange genug an einem Ort gewesen war, um sich ernsthaft zu verlieben. Sie wollte ihm sagen, dass er es versuchen musste, denn ohne ihn würde ihr Herz in tausend Scherben zerspringen.

Die Musik in ihrem Kopf ging wieder los. *Should I stay or should I go.* Ja, diese Frage hatten sich die Menschen gestellt, seit sie den ersten zusammenhängenden Gedanken formulieren konnten. Denn sie betraf alles: ihr Geschäft *und* Ford. Sollte sie es darauf ankommen lassen und hoffen, dass er doch noch irgendwann entdeckte, dass sie die große Liebe seines Lebens war? Aber was, wenn das nicht stimmte? Was, wenn er wirklich nicht daran interessiert war, ihre Gefühle zu erwidern? Was, wenn er sich selbst besser kannte, als sie glaubte?

Isabel schüttelte den Kopf. Diese Gedanken waren weder produktiv noch hilfreich. Ihre Entscheidung musste sie ganz allein treffen. Wenn sie blieb und es mit Ford nicht funktionierte, würde sie jemand anderen finden müssen. Oder Single bleiben. Nicht jeder musste heiraten, um glücklich zu werden.

Die Ladentür ging auf. Isabel drehte sich um und sah Taryn hereinkommen.

„Ich habe gehört, du hast neue Kleider", sagte sie. „Dellina war aus irgendeinem Grund extrem verbittert und bat mich, auch in Zukunft mehr die örtlichen Künstler zu unterstützen. Weißt du, was sie damit meint?"

„Ich habe letzte Woche zwei neue Designerinnen aufgenommen", erklärte Isabel. „Sie sind jung und ziemlich hip."

Taryn nickte. „Aber sie sind Konkurrenz für Dellina. Verstehe. Ich werde ihr sagen müssen, dass man mir nicht so leicht Schuldgefühle einreden kann."

„Ich schätze, das wird sie nicht überraschen. Komm, die neuen Sachen sind hier."

Sie gingen zum Lagerraum. Isabel blieb kurz stehen, um Taryn auf das Kostüm im Fenster hinzuweisen. „Das ist genau dein Stil", sagte sie.

Taryn ging näher heran. „Ich liebe die Reißverschlüsse. Okay, ich probiere es an."

„Hast du das Ballkleid im Fenster gesehen? Spitze und Leder."

„Ja, habe ich, und es verlockt mich sehr, aber ich bin nicht sicher, wann ich es tragen soll." Sie lächelte. „Nicht dass ich immer einen Grund brauche, um mich zu verwöhnen. Was soll's. Bring einfach alles her."

Da Madeline erst am Nachmittag kommen würde und keine anderen Kunden im Laden waren, entschied Isabel sich, Taryn in die vordere Umkleidekabine für die Brautmütter zu schicken, damit sie bei ihr sein, aber trotzdem hören konnte, wenn jemand hereinkam.

Sie zog der Schaufensterpuppe das Kostüm aus, sammelte die anderen beiden Kleider ein und kehrte in den Umkleidebereich zurück. Taryn hatte bereits Anzug und Pumps ausgezogen und stand nur in BH und Höschen an der Tür der Umkleide.

Isabel fühlte sich sofort minderwertig. Taryns Oberschenkel waren perfekt geformt und fest. Ihr Bauch war schlank mit ganz leicht zu erkennenden Muskeln. Ihr langes Haar floss ihr über die Schulter, und alles in allem sah sie eher aus wie ein Model für Bademoden als eine PR-Managerin Mitte dreißig.

Es war eine Sache, dass Consuelo umwerfend aussah – immerhin trainierte sie rein beruflich jede freie Minute. Aber Taryn hatte den Körper einer Göttin, obwohl sie den ganzen Tag im Büro verbrachte. Sie war nicht nur gute sechs Zentimeter größer als Isabel, sie trug vermutlich auch Größe vier … oder noch schlimmer.

Isabel konnte sich nicht entscheiden, ob diese Erkenntnis bedeutete, dass sie sich schleunigst ein Pilates-Studio suchen sollte. Oder einen Donut kaufen.

„Probier als Erstes das Kostüm", sagte sie und reichte es ihr. „Ich hole derweil das Ballkleid aus dem Schaufenster."

Als sie zurückkam, stand Taryn bereits vor dem großen Spiegel.

„Ich liebe es", sagte sie und drehte sich hin und her.

Isabel musste zugeben, dass die Frau alles tragen konnte. Der strenge Schnitt der Jacke verlieh ihr etwas Männliches, während die Reißverschlüsse einen ungeahnten hippen Touch hinzufügten. Taryn wirkte unglaublich sexy und gleichzeitig gefährlich.

„Jetzt brauchst du nur noch eine Peitsche", witzelte Isabel.

„Ich kann die Jungs auch verbal in Schach halten, aber mir gefällt die Vorstellung einer Peitsche als Verstärkung. Sie können ziemlich wild sein." Sie drehte sich um und schaute Isabel an. „Was ist los?"

„Was meinst du?"

„Du bist nicht so fröhlich wie sonst. Ist was passiert?"

Isabel war nicht gerade erfreut, dass ihre gedrückte Stimmung inzwischen schon für andere Leute spürbar war. „Tut mir leid. Ist was Persönliches."

Taryn trat vom Podium herunter und kam auf sie zu. „Und was? Kann ich dir irgendwie helfen?"

„Leider nein, aber danke für das Angebot."

Taryn hob eine perfekt gezupfte Augenbraue und rührte sich nicht von der Stelle. Als hätte sie vor, so lange hier stehen zu bleiben, bis Isabel sprach.

„Ich hatte eine Geschäftspartnerin in New York. Anfang nächsten Jahres wollten wir dort einen Laden eröffnen. Hochwertige Mode. Sie war die Designerin. Ich hatte den Businessplan und sollte die Einzelhandelskenntnisse mitbringen. Dann hat sie jemand anderen gefunden und mich fallen lassen."

„Ich hasse es, wenn Beziehungen auseinandergehen", sagte Taryn mitfühlend. „Das tut mir leid. Aber auf die Gefahr hin, oberlehrerhaft zu klingen, du bist ohne sie besser dran. Wenn sie so etwas jetzt tut, würde sie es später auch tun. Und dann käme zu der persönlichen Enttäuschung noch der finanzielle Schlamassel hinzu. Vertrau mir, geschäftliche Partnerschaften haben immer ungewollte Konsequenzen."

„Wie zum Beispiel, sich hier in Fool's Gold wiederzufinden?"

Taryn zuckte mit den Schultern. „Genau." Sie zog an dem Saum des Jacketts. „Es gibt so viele Designer da draußen. Sieh dir nur diese Sachen hier an. Ich bezweifle, dass deine Freundin wesentlich talentierter war."

So hatte Isabel das noch gar nicht betrachtet. „Du hast recht", sagte sie langsam. „Ehrlich gesagt sind es zwei Designerinnen. Schwestern."

„Das wird ja immer besser. Außerdem hast du noch Dellina und ihre Connections. Also vergiss diese dumme Kuh in New York und fang mit einer Riege fantastischer, talentierter Designerinnen ganz neu an. Ich weiß, es ist ein Klischee, aber Erfolg ist immer noch die beste Rache." Sie hielt inne. „Oder war das Sex? Ich bringe das ständig durcheinander."

Isabel lachte. „Erfolg, glaube ich."

„Na gut. Ich denke aber, man sollte beides genießen." Sie zog das Jackett aus. „Hast du schon mal darüber nachgedacht, hierzubleiben? Hier hättest du bereits einen Laden, der dir den nötigen Cashflow bietet."

„Ja, das ist mir auch schon durch den Kopf gegangen", gab Isabel zu, während Taryn aus dem Rock schlüpfte. „Fool's Gold wird zwar niemals eine Modemetropole werden, aber die Anfangskosten wären wesentlich geringer. Ich bin mir allerdings noch nicht sicher. Ich habe Angst, dass nicht nach New York zu gehen sich zu sehr nach Aufgeben anfühlt. Der Tod eines Traums und so."

„Tod eines Traums?" Taryn nahm sich das Ballkleid und stieg hinein. „Ist das nicht ein bisschen dramatisch?"

Isabel lachte. „Du hast recht. Ich habe die letzten Tage ein wenig geschmollt. Ich schätze, es ist an der Zeit, mich zu entscheiden."

„Diese verrückte kleine Stadt hat durchaus auch ihre Vorzüge", erklärte Taryn. „Das muss selbst ich zugeben. Die Jungs lieben es hier, und eure Bevölkerung wächst ständig. Viele neue Industrien siedeln sich an. Du könntest mit den Leuten vom Lucky-Lady-Resort sprechen und fragen, ob du dort einen Schaukasten mit deinen Sachen einrichten darfst. Das würde dir weitere Kunden bringen."

Auf die Idee war Isabel noch gar nicht gekommen. Sie öffnete den Mund, um etwas zu erwidern. Doch die Worte blieben ihr im Hals stecken, als Taryn ihren BH auszog, das Kleid überstreifte und die Arme durch die kurzen Ärmel steckte.

Sie war nicht so sehr darüber schockiert, die nackten Brüste einer anderen Frau zu sehen, sondern vielmehr darüber, wie selbstbewusst Taryn war. Isabel machte es nichts aus, in Fords Nähe nackt zu sein, was vor allem daran lag, dass ihm das, was er sah, offensichtlich gefiel. Aber in einer Umkleidekabine? Sie selbst zog sich immer nur hinter geschlossenen Türen um.

Was so einiges über sie aussagte, wie sie plötzlich erkannte. Über ihre Ängste und wie sie sich selbst beurteilte. Ihren Freundinnen wäre es vollkommen egal.

Taryn drehte ihr den Rücken zu. „Ich komme nicht an den Reißverschluss heran. Hilfst du mir mal?", sagte sie.

Isabel trat einen Schritt vor, zog den Reißverschluss die letzten paar Zentimeter hoch und richtete den tiefen V-Ausschnitt im Rücken. Dann legte sie das Kostüm über eine Sessellehne und schaute ihre Freundin an.

Das Kleid war umwerfend. Die unzähligen Lagen von champagnerfarbener Seide vor dem Hintergrund des dunkleren Leders. Die angeschnittenen Ärmel wirkten jung und süß, und doch reichte der schmale Vorderausschnitt fast bis hinab zu Taryns Taille und gab den Blick auf den Ansatz ihrer Brüste frei. Das Oberteil saß perfekt. Nur in der Hüftgegend gab es etwas zu viel Stoff.

„Ich kenne eine gute Schneiderin", sagte Isabel und schaltete automatisch in den Verkäuferinnen-Modus. Sie musterte Taryn kritisch, dann griff sie nach ihrem stets präsenten Nadelkissen.

„Wir sollten es hier und hier ein wenig enger machen", sagte sie und steckte den Stoff um Taryns Rippen, Hüfte und Hintern fest. Sie musterte das Oberteil. „Geht das vorne so?"

Taryn schaute nach unten. „Der Ausschnitt ist ganz schön gewagt. Ich fühle mich, als wäre ich nur eine schnelle Bewegung von einem Malheur entfernt." Sie drehte sich vor und zurück, und tatsächlich hüpfte eine Brust heraus.

„Das würde dich zum Mittelpunkt eines jeden Events machen", murmelte Isabel.

Taryn schob ihre Brust wieder zurück. „Tape?"

„Nein. Das ist ein Schnittfehler. Ich rufe Misaki an und bitte sie, irgendwo vorne ein Band quer rüber zu nähen. Das Kleid muss fixiert werden. Immerhin wirst du es in der echten Welt tragen, nicht auf einem Laufsteg. Da muss man sich bewegen können, ohne Angst zu haben."

Taryn nickte. „Ich denke, ein Streifen aus Leder direkt zwischen meinen Brüsten wäre perfekt. Habe ich schon erwähnt, dass ich dieses Kleid liebe?"

Die Ladentür ging auf, und Dellina kam herein.

„Hey. Ich …" Ihre Augen weiteten sich. „O mein Gott. Seht euch dieses Kleid an. Das ist umwerfend." Sie rümpfte die Nase. „Aber von diesen anderen Designerinnen, oder? Verdammt, die sind gut. Allerdings ist es vorne etwas zu tief ausgeschnitten. Nein, nicht zu tief. Zu weit. Obwohl dieser Anblick auch sehr sexy ist."

„Sobald ich mich bewege, gibt es allerdings Nippelblitzer", sagte Taryn. „Dafür müssen wir eine Lösung finden."

„Also sind die beiden auch nicht perfekt. Sie müssen noch einiges lernen. Und zwar von jemand mit Erfahrung", sagte Isabel zu Dellina. „Bist du jetzt erleichtert?"

„Und wie." Dellina winkte mit ihrer Aktenmappe und lächelte Taryn an. „Ich habe ein paar erste Ideen zu dieser Bürosache skizziert."

„Großartig." Taryn drehte sich um, und Isabel zog den Reißverschluss wieder auf. „Wir haben im Moment drei Räumlichkeiten in der näheren Auswahl, die gut zu uns passen würden." Sie trat aus dem Kleid und fing an, sich anzuziehen. „Eine davon ist das Lagerhaus direkt neben CDS."

Isabel grinste. „Weil deine Jungs das Geräusch von Gewehrsalven lieben?"

„Offensichtlich." Sie reichte Isabel das Kleid. „Der andere Vorteil ist, dass die drei ein Basketballfeld haben wollen, wogegen ich heftig protestiere, aber ich bin wieder mal überstimmt worden." Sie schloss ihren BH und hob dann eine Hand. „Nein. Ich irre mich. Es ist nur ein Raum mit einem Korb. Warum beschwere ich mich also?"

„Ein Basketballfeld? Im Büro?" Isabel holte einen Kleiderbügel für das Ballkleid. „Ist das nicht ziemlich laut?"

„Und nervtötend. Das konstante Aufprallen des Balls auf dem Betonboden – dabei kann niemand arbeiten. Ich werde vermutlich nicht drum herum kommen, einen der drei zu töten. Oder alle zusammen."

Dellina lachte. „Ich habe auch basketballfreie Optionen."

„Darauf werden sie sich nie im Leben einlassen."

Dellina schaute Isabel an. „Ich habe gehört, was mit deiner Designerfreundin aus New York vorgefallen ist. Es tut mir leid."

„Mir auch, aber ich komme schon klar."

Dellina zog ein paar Papiere aus ihrer Mappe. „Hoffentlich bin ich nicht zu weit gegangen, aber ich habe auch ein paar Skizzen für den Laden nebenan gemacht. Der Umbau wäre nicht teuer, und du bekämst wesentlich mehr unter, als du denkst. Vor allem, wenn du die bereits vorhandenen Umkleidekabinen nutzt."

Isabel nahm die Papiere und schaute sich die Entwürfe an. Sie waren sehr klar, wohldurchdacht und genau in ihrem Sinne.

„Das gefällt mir", sagte sie. „Ich würde gerne noch mal in Ruhe drüberschauen. Vielleicht können wir uns dann zusammensetzen. Ich weiß noch nicht, was ich tun werde, aber ..."

Sie presste die Lippen zusammen. Das Lied in ihrem Kopf war verschwunden, weil sie sehr wohl wusste, was sie tun würde. Die Antwort war lächerlich einfach. Fool's Gold bot ihr alles, was sie sich wünschte. Freunde, ein neues Geschäft und einen Platz, an den sie gehörte.

„Ich bleibe", sagte sie sanft, nicht sicher, ob sie ihre eigenen Worte glaubte. Doch sie wusste, es stimmte. „Ich bleibe", sagte sie etwas fester.

„Ich freu mich so." Dellina umarmte sie. „Wir müssen später unbedingt reden. Ich habe tausend Ideen für den Laden."

Taryn lächelte und wandte sich dann an Isabel. „Du und ich – wir sollten uns auch bald unterhalten. Du wirst Kapital brauchen. Wie viel Geld du auch immer zur Seite gelegt hast, es wird nicht reichen."

Isabel nickte. „Da hast du recht. Aber ich kann langsam anfangen."

„Oder du kannst mit einem Paukenschlag eröffnen. Ich bin daran interessiert, dir zu helfen. Als stille Teilhaberin. Ich habe mein Geld auf die gute, altmodische Weise verdient und besitze ein Sparkonto. Wenn ich schon in dieser Kleinstadt festhänge, kann ich genauso gut ein wenig Spaß haben. Und den hätte ich garantiert, wenn ich mit dir zusammenarbeiten würde."

Was für ein unerwartetes Angebot, dachte Isabel. „Lass uns einen Termin für ein Treffen ausmachen", sagte sie. Von dieser Frau konnte sie garantiert noch eine Menge lernen. Und nicht nur, was das Geschäft anging.

Kent verstand die Welt nicht mehr. Seit er von dem Mathewettbewerb zurückgekehrt war, ignorierte Consuelo seine Anrufe. Am Vorabend hatte er sie im Supermarkt gesehen, aber sie war verschwunden, bevor er sie einholen konnte.

Die Botschaft war eindeutig. Sie hatte ihre Meinung geändert, was ihn anging. In den drei Tagen, die er fort gewesen war, hatte sie Zeit gehabt, nachzudenken. Und offenbar hatte sie festgestellt, dass er nicht das war, was sie wollte.

Diese Erkenntnis schmerzte, das musste er zugeben, als er auf den Parkplatz von CDS fuhr. Die Nacht mit ihr war unglaublich gewesen. Er hatte gedacht … nun ja, ihm war so einiges durch den Kopf gegangen. Nicht nur, dass die Chemie zwischen ihnen stimmte, sondern auch, dass Consuelo wirklich etwas an ihm lag. Dass ihr das Zusammensein mit ihm gefiel und sie mehr davon wollte.

Aber da hatte er sich wohl geirrt. Oder sie hatte die Wahrheit herausgefunden. Über ihn und Lorraine.

Trotz ihres toughen Auftretens war Consuelo sehr süß und liebevoll. Sie war zu nett, um ihm zu sagen, was passiert war. Lieber ging sie ihm aus dem Weg. Damit blieb ihm genau eine Möglichkeit: Er musste seinen Stolz hinunterschlucken und sich wie ein Mann verhalten. Er musste ihr sagen, was er zu sagen hatte, und sie dann mit ihrem Leben weitermachen lassen.

Er fand sie im Büro. Der Raum war klein und spärlich eingerichtet, ohne jeglichen femininen Touch. Als er eintrat, schaute sie auf. Ihre Miene war unlesbar.

Er schloss die Tür hinter sich und holte tief Luft.

Während er weg gewesen war, hatte er sich so oft vorgestellt, wie es wäre, sie wiederzusehen. Wie sie in seine Arme eilen und er sie festhalten und nie wieder loslassen würde. Er hatte überlegt, mit ihr und Reese zu Abend zu essen und sich auf der Heimfahrt ein paar Küsse zu stehlen. Und er hatte gehofft, dass es dieses Wochenende eine Wiederholung ihrer gemeinsamen Nacht geben würde.

Er wollte wütend sein, doch er wusste, es war seine Schuld. Die Fehler der Vergangenheit hatten ihn schließlich eingeholt.

„Hey", sagte er und setzte sich. „Wie geht's?"

„Gut."

Sie sah müde aus. Oder vielleicht sah er auch nur, was er sehen wollte. Dass sie wegen der Entscheidung, die sie hatte treffen müssen, nicht gut schlief. Die Wahrheit war vermutlich wesentlich grausamer – dass sie seine Reaktion nicht im Mindesten interessierte.

„Ich weiß, was du sagen willst", fing er an, weil es sowieso keinen Sinn hatte, so zu tun, als wüsste er das nicht. „Du bist nicht an einem normalen Typen wie mir interessiert. Du hast gedacht, du wärst es, aber dieses ganze Testosteron und die Gefahr sind doch interessanter als ein Mann, der Teenagern Mathe beibringt."

Consuelo erhob sich ganz langsam. „Wovon zum Teufel redest du?"

Er runzelte die Stirn. „Du klingst verärgert."

„Natürlich tue ich das. Weil ich verärgert *bin*. Ich bin verletzt und hätte es besser wissen müssen, oder? Tja, selbst schuld. Ich dachte eben, du wärst anders."

„Wegen Lorraine."

Ihre dunklen Augen weiteten sich. „Wer zum Teufel ist Lorraine? Erst tauchst du für drei Tage ab, und dann betrügst du mich auch noch?"

„Was? Nein. Lorraine ist meine Exfrau."
„Du hast dich mit deiner Ex getroffen?"
„Natürlich nicht. Wovon redest du da?"
„Ich stelle hier die Fragen", erklärte sie barsch. „Wo zum Teufel warst du?"
„Auf einem Drei-Tage-Retreat mit meiner Matheklasse. Nächsten Monat findet unser erster Wettbewerb statt." Er blinzelte. „Das habe ich dir doch auf der Karte geschrieben, die ich für dich dagelassen habe. Auf dem Weg aus der Stadt habe ich noch bei dir angehalten. Nach allem, was in unserer letzten gemeinsamen Nacht geschehen ist, wusste ich nicht mehr, ob ich dir davon erzählt hatte oder nicht. Ich wollte nicht, dass du dir Sorgen machst. Wir waren in Sacramento. Sechzehn Kinder und ungefähr genauso viele Eltern."

Sie zeigte auf ihren ordentlich aufgeräumten Schreibtisch. „Hier ist keine Karte."

Kent musterte sie einen Moment und hoffte, dass es sich vielleicht, ganz vielleicht, um ein Missverständnis handelte. Etwas, das sie aus der Welt schaffen könnten. Denn von ihr mit dieser Mischung aus Schmerz und Abscheu angesehen zu werden, schmerzte mehr, als er gedacht hätte.

Er stand auf und ging zu der Pinnwand neben der Tür. Dort hatte er den kleinen Umschlag angepinnt. Jetzt zog er ihn ab und reichte ihn ihr.

Mit großen Augen starrte sie die Schrift auf der Vorderseite an.
„Du hast mir eine Karte dagelassen?" Ihre Stimme klang seltsam klein.

Er nickte.
„Wann?"
„Am nächsten Morgen."

Sie öffnete den Umschlag langsam und überflog die Karte im Inneren. Er wusste, dass er von dem Retreat geschrieben und sie gebeten hatte, ihn anzurufen, wann immer sie konnte.

Consuelo schluckte. „Das wusste ich nicht", hauchte sie. „Ich dachte, du wärst einfach verschwunden. Ich dachte, du wolltest nicht ..." Sie presste die Lippen aufeinander. „Wenn du nicht mit mir Schluss gemacht hast, wovon hast du dann eben die ganze Zeit geredet?"

Er war immer noch dabei, die Informationen zu verarbeiten. „Du bist mir aus dem Weg gegangen, weil du dachtest, ich hätte mich nicht mehr gemeldet?"

Sie nickte.

„So etwas würde ich niemals tun."

„Das dachte ich ja auch. Ich konnte nicht glauben, dass ich mich so in dir geirrt habe." Er kam auf sie zu, doch sie schüttelte den Kopf. „Stopp. Erzähl mir erst, was du mir eben sagen wolltest."

Er fluchte leise. „Ich dachte, du würdest mir ausweichen, weil du mich nicht interessant findest. Ich dachte, du bist enttäuscht, weil ich so lange gebraucht habe, um über meine Exfrau hinwegzukommen. Ich kam einfach nicht damit klar, dass ich mich so in ihr getäuscht hatte. Ich hatte mich in sie verliebt. Ich hatte sie gebeten, mich zu heiraten. Ich habe ein Kind mit ihr bekommen. Und dann ist sie gegangen. Sie hat Reese und mich einfach allein gelassen. Aus einer Ehe auszubrechen, das verstehe ich ja noch. Aber das eigene Kind zurückzulassen?"

Er wollte sich am liebsten wegdrehen. Doch er wollte komplett ehrlich mit ihr sein, und dazu musste er ihr ins Gesicht sehen.

„Ich war gezwungen, einzusehen, dass ich von Anfang an ein Idiot gewesen bin. Unsere ganze Ehe war ein Schwindel. Ich war verletzt, habe mich geschämt und damit gekämpft, alleinerziehender Vater zu sein. Ich wollte mich meinen Fehlern nicht stellen, also war es einfacher, allen zu erzählen, ich würde noch immer darauf warten, dass Lorraine zu mir zurückkommt. Daraus wurde irgendwann ein Muster, von dem ich nicht wusste, wie ich es durchbrechen soll. Ich kam so lange nicht über sie hinweg, wie ich nicht bereit war, mir die Wahrheit über sie einzugestehen. Über uns. Und das hat länger gedauert, als es gesollt hätte."

„Wie hast du es dann schließlich geschafft?"

„Ich schätze, ich wurde das Jammern leid", gab er zu. „Ich habe akzeptiert, dass ich eine schlechte Entscheidung getroffen habe, gab mein Bestes, um daraus zu lernen, und bereitete mich darauf vor, mich wieder auf den Markt zu begeben. Worauf ich mich nicht vorbereiten konnte, war, dich zu treffen."

Ihr dunkler Blick ruhte auf seinem Gesicht. Sie atmete tief ein, schwieg aber weiter. Er wusste, dass es nun ganz allein an ihm lag.

„Sieh dich doch mal an", sagte er lächelnd. „Du bist zäh und süß. Dir liegt etwas an meinem Sohn. Du bist fair. Du lässt dir nichts gefallen, bist mit den Kindern aber sehr geduldig. Reese hat mir erzählt, wie du dir mitten im Unterricht zehn Minuten Zeit genommen hast, um einem Schüler zu helfen, der Angst hatte."

Sein Lächeln zitterte ein wenig. „Außerdem gefällt mir natürlich, dass du es mit meinem Bruder aufnehmen kannst. Das braucht er."

Um ihre Mundwinkel zuckte es, aber sie sagte weiterhin nichts.

„Ich weiß, es gibt da Sachen in deiner Vergangenheit", fuhr er fort. „Du hast Dinge gemacht – unaussprechliche Dinge –, um unserem Land zu helfen, und darauf bist du einerseits stolz und hast andererseits Angst, darüber zu sprechen." Er zuckte mit den Schultern. „Es tut mir leid, dass du das durchmachen musstest, aber wenn du darauf wartest, dass ich dich deswegen verurteile, hast du dir den Falschen ausgesucht. Das werde ich nicht tun. Nicht jetzt und niemals."

Er dachte an seine eigene Vergangenheit. Wie er immer den einfachsten Weg gewählt hatte. Den ohne Risiko. Vielleicht hatte das alles so sein sollen, um ihn zu diesem Moment hier zu führen.

„Ich weiß, es geht ein wenig schnell, und du hast keinen Grund, mir zu glauben, aber ich liebe dich, Consuelo. Ich möchte dich in meinem Leben haben und Teil deines Lebens sein. Ich möchte dich lieben und mich um dich kümmern, solange du mich haben willst. Ich möchte, dass wir ..." Er atmete tief durch. „Okay, es ist zu früh, um den Rest von dem zu sagen, was ich noch will. Aber du verstehst, worauf ich hinauswill. Falls du interessiert bist."

Sie schaute ihn eine lange Zeit an, bevor sie um den Tisch herum in seine Arme rannte. Er fing sie auf und drückte sie gegen seine Brust. Sie schlang ihre Arme um seinen Nacken und ihre Beine um seine Hüfte, dann fing sie an, ihn zu küssen.

„Ich dachte, du hättest mich verlassen", sagte sie. „Ich wollte mich nie verlieben, und dann hast du mein Herz gebrochen."

„Das tut mir leid."

„Nein. Es ist meine Schuld. Ich hätte anrufen und mit dir reden sollen. Ich hätte nicht so viel Angst haben dürfen." Sie schaute ihm in die Augen. „Es ist nur so, ich habe nie jemand wie dich gekannt. Ich fürchte mich davor, dass du herausfindest, dass es viel bessere Frauen gibt, und mich dann verlässt."

„Niemals", versprach er und küsste sie.

Sie erwiderte den Kuss und hielt Kent so fest umschlungen, als wolle sie ihn nie wieder loslassen.

Schließlich hob Consuelo den Kopf. In ihren Augen schimmerten Tränen. „Ja", flüsterte sie. „Ja, ich liebe dich. Und ja, wenn die Zeit reif ist, lass uns die andere Unterhaltung führen. Aber für den Moment verbringen wir einfach so viel Zeit wie möglich miteinander und haben ganz viel Sex."

Er fing an zu lachen. Denn wie ein Mann wie *er* eine Frau wie *sie* finden konnte, war ihm ein absolutes Rätsel. Aber er hatte wohl Glück gehabt und beabsichtigte, den Rest seines Lebens sehr, sehr dankbar zu sein.

„Du bist ein schrecklicher Messie", murmelte Isabel vor sich hin, als sie ein Monster-Truck-Magazin und zwei Kaffeebecher mitnahm, die zusammen mit anderem Zeug von Ford im Wohnzimmer herumstanden. Sie legte die Zeitschrift in das Fach unter dem Couchtisch und trug die Becher in die Küche.

Dieser Mann konnte grillen, er konnte sie zum Lachen bringen und dafür sorgen, dass sie im Bett Sterne sah. Aber er hinterließ eine Spur der Verwüstung, wo immer er ging. Ein kleiner Preis, dachte sie und stolperte beinahe über ein Paar Stiefel vor dem Badezimmer.

Sie trug sie ins Schlafzimmer.

Irgendwann im Verlauf der letzten Wochen war Ford quasi bei ihr eingezogen. Sie verbrachten jede Nacht zusammen, und nach und nach waren immer mehr seiner Klamotten in ihren Schränken und Schubladen aufgetaucht. Immerhin kümmerte er sich um die Wäsche. Mindestens zwei Mal die Woche kam sie nach Hause und fand einen Stapel frisch gewaschener und zusammengelegter Höschen und BHs vor. Und wo sie gerade so darüber nachdachte, ihre Handtücher waren immer sauber, genau wie das Badezimmer.

Sie stellte seine Stiefel in den Schrank und schob sie ein Stück nach vorne, damit sie die Tür schließen konnte. Doch sie rührten sich nicht. Irgendetwas war im Weg. Sie sah seinen Seesack und rückte ihn zur Seite. Der Reißverschluss war offen, und ein zusammengebundener Stapel Briefe fiel auf den Teppich.

Isabel erkannte sofort ihre eigene Handschrift. Sie griff nach den Briefen und löste das Gummiband. Die Umschläge verteilten sich über den Boden.

Das sind die aus meiner Highschool-Zeit, dachte sie. Sie beugte sich vor und sah drei weitere Bündel Briefe in dem Seesack. Waren die alle von ihr? War es möglich, dass er jeden einzelnen aufbewahrt hatte?

Sie sank auf den Teppich und öffnete den zuoberst liegenden Brief. Das Erste, was ihr auffiel, war das abgegriffene Papier. Die Kanten waren brüchig vom häufigen Benutzen, einige der Wörter verblasst, und an den Rändern zeigten Schmutzflecken, wo der Brief gehalten worden war.

Alle sahen gleich aus. Abgegriffen, oft gelesen. Als wenn Ford sie ein Dutzend Mal in der Hand gehalten hätte. Nein, hundert Mal. Isabel hatte sich oft gefragt, ob ihn ihr Geschreibsel überhaupt interessierte. Doch jetzt sah sie, dass sie mit ihren Briefen tatsächlich eine Art Verbindung zu ihm aufgebaut hatte.

Sie überflog einige Seiten und zuckte unwillkürlich zusammen, wenn sie ein Herz am Rand oder einen besonders schlimmen Rechtschreibfehler entdeckte. Erst nach einer Weile bemerkte sie, dass Ford in der Tür zum Schlafzimmer stand.

Sie winkte ihm mit den Briefen zu. „Ich war so ein Kind", sagte sie. „Wie hast du das nur ertragen?"

„Mir haben sie gefallen. Ich konnte zusehen, wie du aufwächst." Er schenkte ihr ein träges Lächeln. „Du bist ziemlich gut geraten."

Er stand da, groß und breitschultrig, in seinen Cargohosen und einem schwarzen T-Shirt. Er war zugleich männlich und süß, und sie hatte sich schon vor Wochen in ihn verliebt. Die ganze Zeit seitdem war einfach nur der Versuch gewesen, dem Offensichtlichen aus dem Weg zu gehen.

Okay. Jetzt oder nie. Sie rappelte sich auf und legte die Briefe auf die Kommode. „Ich habe Neuigkeiten."

Er beugte sich vor und küsste sie. „Klingt gut. Ein neuer Lipgloss? Was ist das für ein Geschmack?"

Sie machte einen Schritt zurück. „Das hier ist was Ernstes."

„Genau wie dein Lipgloss. Ist es Piña Colada?"

„Ja. Und jetzt hör mir zu. Ich bleibe."

Er schaute sie an, als hätte er nicht verstanden, was sie gesagt hatte.

„Ich bleibe in Fool's Gold. Ich werde das Paper Moon vergrößern und nebenan eine Boutique eröffnen." Sie atmete tief durch. „Natürlich ist Sonia ein offensichtlicher Grund dafür, aber du bist es auch. Ich weiß, das hier sollte nur vorgespielt sein, aber das ist es nicht. Zumindest nicht für mich." Sie verschränkte die Finger ineinander.

„Ich bin in dich verliebt, Ford. Ich denke, das bin ich schon, seit ich vierzehn war. Zumindest habe ich immer auf deine Rückkehr gewartet. Darauf, dass wir einander finden. Wie auch immer. Ich liebe dich."

Es gab noch so viel, was sie ihm sagen wollte. Und noch mehr, was sie von ihm hören wollte, aber die Möglichkeit bekam sie nicht. Mit einem Mal war das Lachen aus seiner Miene verschwunden. Vor ihr stand ein Fremder. Ein unbekannter Mann, dem ganz und gar nicht wohl zumute war.

Er sagte nichts. Kein einziges Wort. Stattdessen drehte er sich auf dem Absatz um und ging aus dem Zimmer. Ein paar Sekunden später fiel die Haustür hinter ihm ins Schloss, und sie blieb allein zurück.

20. KAPITEL

Isabel hatte jedes Zeitgefühl verloren. Tage wurden zu Nächten und Nächte zu Tagen. Sie ging zur Arbeit und erledigte ihre Aufgaben offensichtlich gut, doch sie war nicht wirklich da. Zum Glück gab es keine großen Entscheidungen zu treffen, keine Bestellungen aufzugeben. Sie war bei Anproben dabei, schlug verschiedene Schleier vor und lächelte, wenn Madeline sprach. Aber es kam ihr vor, als ob das alles jemand anderem passierte.

Am Freitag schloss sie den Laden abends um sechs Uhr ab und ging nach Hause. Die Tage wurden merklich kürzer. In mehreren Häusern brannte schon Licht. Sie sah fröhliche Familien, die sich in Küchen und Wohnzimmern versammelten. Aber als sie an ihrem eigenen Haus ankam, war alles dunkel und still. Keine Lichter, kein Jeep mit aufgemalten Flammen. Nur ein einsames, leeres Haus.

Ford war weg. Er hatte nichts gesagt, war einfach gegangen. Sie hatte die Worte ausgesprochen, die er nicht hören wollte, und ihn für immer verloren.

Über die Auffahrt ging sie zur Hintertür, die wie gewöhnlich unverschlossen war. Denn das hier war Fool's Gold, wo niemals etwas Schlimmes passierte.

Nur, dass das nicht stimmte.

Sie ging in die Küche und stellte ihre Tasche auf der Arbeitsplatte ab. Nachdem sie sich umgezogen hatte, kehrte sie in Jeans und langärmligem T-Shirt in die Küche zurück. Doch auf einmal hatte sie gar keinen Hunger mehr. Sie seufzte. Vielleicht würde ein gebrochenes Herz ihr helfen, die überflüssigen zehn Pfund zu verlieren, die sie schon so lange loswerden wollte.

Es klopfte an der Haustür. Sie ging hin und wusste, dass das auf keinen Fall Ford sein konnte. Er würde einfach durch die Hintertür hereinkommen, wie er es immer getan hatte. Noch etwas, das er nie wieder tun würde. Noch etwas, woran sie sich erst mühsam gewöhnen musste.

Sie öffnete die Tür. Jo stand mit je einem Mixer unter jedem Arm vor ihr.

„Hey", sagte sie. „Wir haben davon gehört, und wir sind da. Ich habe ein neues Rezept für Rum-Slushies. Ich glaube, die werden der Hit."

Bevor Isabel noch fragen konnte, was hier los war, strömte ein Dutzend Frauen ins Haus, die alle entweder Alkohol oder etwas zu essen in den Händen trugen.

Felicia kam zusammen mit Dellina und Annabelle. Charlie hatte eine etwas zögerliche Madeline im Schlepptau.

„Ich hab es ihnen erzählt", gestand sie.

Charlie nickte. „Madeline hat angerufen und mir berichtet, was passiert ist." Sie lächelte Madeline an. „Du wärst zwar eine lausige Feuerwehrfrau, aber ich höre, dass du sowohl im Verkaufen von Kleidern als auch als Freundin unschlagbar bist."

Isabel schaute Madeline an. „Woher wusstest du es?"

Madeline zuckte mit den Schultern. „Ich habe dich noch nie so traurig und verstört gesehen. Ich war nicht sicher, was ich tun sollte, also habe ich Charlie angerufen. Sie hat dann alles arrangiert."

Isabel spürte, dass ihr die Tränen kamen. Sie ging zu Madeline und umarmte sie, dann drehte sie sich zu Charlie um und tat das Gleiche. Charlie war ein ganzes Stück größer als sie und drückte sie einen Moment fest an sich.

„Alle Männer sind Armleuchter", versicherte sie ihr.

„Clay nicht", widersprach Isabel.

„Er ist eine Ausnahme, aber wir sind ja nicht hier, um über ihn zu sprechen."

Isabel trat zurück und nickte. Sie wusste, dass die meisten Frauen in diesem Raum behaupten würden, ihre Männer wären eine Ausnahme. Aber das war in Ordnung. Nur weil ihr Herz gebrochen war, hieß das nicht, dass der Rest der Welt nicht glücklich sein konnte.

Maeve watschelte durch die Tür. Sie schien jedes Mal, wenn Isabel sie sah, noch schwangerer zu sein. „Er ist ein Idiot", verkündete sie und umarmte ihre Schwester. „Ich bin für dich da."

„Danke."

Während sie noch sprachen, hatte Jo bereits ihre Geräte in der Küche aufgebaut. Diverse Drinks wurden eingeschenkt und Essen auf Teller verteilt. Es gab Unmengen an Keksen, Brownies und Eiscreme. Für diejenigen, die es lieber salzig mochten, wurden Schüsseln mit Tortilla-Chips und Dips überall im Wohnzimmer aufgestellt. Die Mixer liefen mit schöner Regelmäßigkeit, und alle erklärten, dass die Rum-Slushies tatsächlich ein Hit waren.

Nach ihrem zweiten Glas sackte Isabel auf der Couch zusammen. Sie war ein wenig angetrunken, was sich ganz angenehm anfühlte. Irgendwann gegen halb acht kamen Consuelo und Taryn dazu.

Consuelo eilte zu Isabel. „Es tut mir so leid", sagte sie und setzte sich neben sie aufs Sofa. „Ich habe die Nachricht eben erst erhalten. Mein Handy war aus."

„Na, hat da jemand ein wenig Spaß mit seinem neuen Freund?", fragte Dellina und schlug sich sofort die Hand vor den Mund. „Sorry."

Isabel schüttelte den Kopf und lächelte. „Ist schon okay. Wir trinken auf meine Freundin und ihre offizielle Beziehung mit Kent. Denn ich liebe sie sehr und möchte, dass sie verdammt glücklich ist."

Consuelo umarmte sie. „Ich kann Ford ernsthaft wehtun, wenn du willst. Ich kenne seine Schwächen."

„Vielleicht später", sagte Isabel, denn sie war entschlossen, diesen Abend ohne irgendwelche peinlichen Auftritte enden zu lassen.

Ihr Haus war erfüllt von Menschen, denen sie offensichtlich am Herzen lag. Was auch immer sie brauchte, sie würde es bekommen. Ihre Freundinnen standen ihr bei und waren für sie da. Sie hatte so ein Glück – sie wünschte nur, es würde ihr reichen.

Taryn – wie immer umwerfend in einer engen Jeans, Seidenbluse und Stiefeln – kam zu ihr geschlendert. „Ich bin verwirrt. Man hat mir gesagt, ich soll herkommen, aber ich weiß gar nicht, warum."

„Ford hat sie sitzen lassen", sagte Charlie. „Er ist so ein Idiot."

Taryn setzte sich vor Isabel auf den Couchtisch. „Ehrlich? Ich habe euch zwei zusammen gesehen. Ich hätte geschworen, dass er total auf dich steht."

„Ich denke, das tat er auch", sagte Isabel. Sie war nicht sicher, ob sie sich besser oder schlechter fühlen würde, wenn sie über ihn sprach. „Wir hatten eine tolle Zeit zusammen. Ich bin diejenige, die gegen die Regeln verstoßen hat."

„Hat er Panik bekommen, als er erfahren hat, dass du hierbleibst?", fragte Taryn. „Männer sind so verdammt empfindlich. Du machst dir keine Vorstellung, was für einen Ärger ich ständig mit den Jungs habe."

„Panik trifft es ganz gut. Zumindest ist das ein Teil des Problems." Isabel holte tief Luft. Wenn sie ihren Freundinnen davon erzählte, war das vielleicht der erste Schritt, um das große, klaffende Loch in ihrem Herzen zu heilen.

„Ich habe ihm gesagt, dass ich ihn liebe."

Schweigen senkte sich über den Raum. Sie spürte, dass alle sie anschauten. Sie straffte die Schultern und fuhr fort.

„Seit meinem vierzehnten Geburtstag habe ich Ford Briefe geschrieben. Bis ich vierundzwanzig wurde. Er war in der Army, und ich dachte, ich würde ihn lieben, also habe ich ihm geschrieben. Es waren dumme Briefe. Ich war ein Kind, und er hat auch nie geantwortet. Aber ihm zu schreiben hat ihn für mich lebendig gehalten, falls das irgendeinen Sinn ergibt."

Patience nickte. „Natürlich tut es das. Ich bin sicher, er hat die Briefe geliebt."

„Ich weiß nicht. Aber er hat sie behalten. Ich habe sie vor Kurzem gefunden. Sie waren ganz abgegriffen, als hätte er sie Hunderte Male gelesen."

Einige Frauen seufzten.

„Da habe ich erkannt, dass ich hierher gehöre. Nach Fool's Gold und zu ihm. Also habe ich Ford erzählt, dass ich nicht wegziehe und dass ich in ihn verliebt bin. Dann ist er gegangen."

Sie spürte, wie die erste Träne über ihre Wange rollte.

Consuelo nahm ihre freie Hand. „Was hat er gesagt?"

„Nichts. Er hat sich umgedreht und ist wortlos verschwunden."

„Ich habe ihn eigentlich besser erzogen."

Isabel zuckte zusammen und wischte sich das Gesicht ab. Dann schaute sie auf und sah Denise Hendrix auf sich zukommen. Fords Schwestern begleiteten sie, und sie wirkten alle traurig und empört.

„Es tut mir so leid", sagte Denise. „Ich habe gehört, was passiert ist. Ich hoffe, es macht dir nichts aus, dass ich hergekommen bin?"

„Nein, natürlich nicht." Es war ein wenig seltsam, aber Isabel hatte genügend Rum-Slushies getrunken, um sich über solche Details keine Gedanken zu machen.

Denise nahm einen Sessel, der nah am Sofa stand. „Es tut mir leid, dass ich dir nicht geglaubt habe. Ich dachte nicht, dass du und Ford wirklich ein Paar seid. Ich nahm an, es wäre ein ausgefeilter Plan, damit ich aufhöre, ihn zu nerven."

Isabel riss die Augen auf. „Das war es auch", gab sie zu.

Denise wirkte eher erfreut als enttäuscht. „Wusste ich es doch!" Sie seufzte. „Jetzt ist mir natürlich auch klar, warum du meiner Einladung zum Tee immer ausgewichen bist. Ehrlich gesagt wurden deine Ausreden mit der Zeit immer unglaubwürdiger." Sie tätschelte Isabels Arm. „Ich habe sechs Kinder. Es braucht schon einiges, um mich hinters Licht zu führen."

„Tut mir leid", murmelte Isabel und kämpfte erneut gegen die Tränen an. „Ich hätte mich mit Ihnen treffen sollen. Jetzt bin ich nicht mehr mit Ford zusammen und …" Sie unterdrückte einen Schluchzer.

Denise umarmte sie. „Es tut mir so leid, dass mein Sohn ein Idiot ist."

„Mir auch."

„Nichts davon wäre passiert, wenn ihr drei ihn nicht ständig genervt hättet, endlich zu heiraten", murmelte Nevada. „Jetzt ist Isabel verletzt und Ford abgehauen."

Isabel wandte sich an Consuelo. „Er ist weg?"

Ihre Freundin rutschte unbehaglich auf dem Sofa hin und her. „Nicht für immer. Er hat sich nur ein paar Tage lang eine Auszeit genommen. Er meinte, er müsse den Kopf frei kriegen." Consuelo schaute sie an. „Er kommt wieder."

„Ford würde die Firma nicht im Stich lassen", fügte Felicia hinzu. „Er mag seine Arbeit. Er hat sich in der Stadt eingelebt. Ich bin überrascht, dass er dich verlassen hat. Den empirischen Beweisen nach hätte ich gedacht, er mag dich." Sie hielt inne. „Ich bin nicht sonderlich hilfreich, oder?"

Isabel fing an zu lachen. „Doch, sehr sogar. Ihr alle."

Das hier kann mir keiner nehmen, dachte sie. Ihre Freundinnen, die sie liebten. Ihre Familie. Ein Geschäft, wegen dessen Erweiterung sie schon ganz aufgeregt war. Was Ford anging – sie würde über ihn hinwegkommen. Irgendwann. Irgendwie.

Die Hütte am Lake Tahoe war einfach, aber trotzdem komfortabel. Die meiste Zeit gab es Strom. In dem großen, offenen Raum standen zwei extralange Stockbetten, ein Tisch und Stühle, einige Küchenteile und ein großes Sofa. Es gab eine breite Veranda mit Korbstühlen und einem herrlichen Blick auf den See. Die Gegend war wunderschön, ruhig und einsam. Ford interessierte sich nur für die letzten beiden Attribute, aber wenn er sich mal die Mühe machte, hinzuschauen, fand auch er den Ausblick ganz schön.

Die Hütte gehörte ihm und einigen seiner Kumpel zusammen. Sie kamen hierher, wenn sie mal rausmussten. Wenn das Leben zu stressig war oder nach einer der Missionen, deren Geister sie noch lange verfolgten. Aber diesmal schienen Ruhe und Einsamkeit nichts zu helfen. Inzwischen war er schon drei Tage hier und hatte noch immer nicht das gefunden, wonach er suchte.

Denn im Grunde suchte er nach sich selbst. Isabel hatte ihn verändert, und er konnte nicht wieder zu seinem alten Ich zurückkehren. Aber er wusste auch nicht, wie es weitergehen sollte. Kurz gesagt, er steckte in einer Zwickmühle.

Klar war, dass sie ihm fehlte. Sie fehlte ihm mehr, als er es jemals für möglich gehalten hätte. Er brauchte sie zum Atmen, und im Moment war er ein Mann, der verzweifelt nach Luft schnappte.

Aber ... Immer gab es ein Aber. Wie wäre ihr Zusammenleben? Sie verdiente so viel mehr, als er zu bieten hatte. Sie brauchte jemanden, der sie liebte und schätzte. Er wollte sagen, dass er das tat, aber er hatte nie wirklich jemanden geliebt. Hatte nie bleiben wollten. Wenn die Frauen Ernst machten, war er immer weg. Sein derzeitiger Aufenthaltsort illustrierte seine Unfähigkeit, dieses Muster zu durchbrechen.

In der Ferne hörte er das Geräusch eines Motors. Dieses Eindringen in seine Privatsphäre kam nicht vollkommen unerwartet. Er hatte gewusst, dass früher oder später jemand nach ihm sehen würde. Er stand auf und streckte sich, dann ging er die zwei Stufen hinunter, die zu der Auffahrt führten, und bog um die Ecke.

Doch der Mann, der da aus dem Truck stieg, war weder Angel noch Gideon. Nicht einmal Justice. Stattdessen stand Leonard da, einen kleinen Koffer in der Hand.

Damit hatte Ford nicht gerechnet. Er kehrte zur Hütte zurück, holte ein zweites Bier aus dem Kühlschrank und nahm es mit auf die Veranda. Dort setzte er sich in einen Stuhl, legte die Füße auf die Brüstung und öffnete die Flasche.

Der See war von dem tiefsten Blau, das er je gesehen hatte. Die Bäume hatten einen Großteil ihrer bunten Blätter abgeworfen. Der Winter war nicht mehr weit. Er würde vielleicht nicht nächste Woche kommen, aber bald.

Leonard stellte den Koffer in die Hütte und setzte sich dann neben seinen Freund. Er nahm das Bier und trank einen Schluck.

„Bist du bereit zu reden?", fragte er.

„Nein."

Schweigend tranken sie ihr Bier.

Am folgenden Nachmittag war Leonard schon so frustriert, dass er quasi aus den Ohren qualmte. Ford war beeindruckt, wie lange er durchgehalten hatte. Einfach nur still dazusitzen. Als es dunkel geworden war, waren die beiden Männer nach drinnen gegangen, und Ford hatte die Steaks gebraten, die er in dem Supermarkt an der Hauptstraße gekauft hatte. Schweigend hatten sie gegessen und dann noch ein wenig Radio gehört, bevor sie ins Bett gegangen waren.

Aber jetzt rutschte Leonard auf seinem Stuhl herum.

„Ich werde nicht ewig nur hier sitzen", sagte er und funkelte Ford an. „Ich habe eine Familie, die mich braucht."

Ford nickte in Richtung Auffahrt. „Ich halte dich nicht auf."

„Ich gehe nicht ohne dich."

Ford ließ sich tiefer in seinen Stuhl sinken. „Dann hast du ein Problem."

Leonard stand auf. Er hatte sich in der Zwischenzeit ein paar Muskeln antrainiert, war aber immer noch schmächtig. Trotzdem war er ein guter Mann, und Ford wusste seinen Einsatz zu schätzen.

„Mir geht es gut", sagte er. „Du musst dir um mich keine Sorgen machen."

Leonard schob seine Brille hoch und schaute ihn an. „Ich bin nicht deinetwegen hier. Ich bin wegen Isabel hier."

Ford bemühte sich, nicht zusammenzuzucken. Der Klang ihres Namens ließ ihn sofort wieder an sie denken. Und prompt kehrte der Schmerz in seinem Herz zurück. Obwohl er sich inzwischen schon fast daran gewöhnt hatte. Dieses Stechen plagte ihn seit der Sekunde, in der er sie verlassen hatte.

„Du läufst vor dem Besten davon, das dir je passiert ist", fuhr Leonard fort. „Teil von etwas Wichtigem zu sein – einer Familie –, genau darum geht es im Leben. Du könntest sie heiraten. Vater werden. Warum willst du das ausschlagen?"

Ford musterte seinen alten Freund. Er verstand, warum Leonard so dachte. Für ihn waren Maeve und die Kinder alles. Ford respektierte das, auch wenn ihm selbst das niemals vergönnt sein würde. Er konnte nicht so leben.

„Mit Isabel hast du eine echte Chance", sagte Leonard. „Aber ich mache mir nicht nur Sorgen um sie. Maeve ist auch nicht glücklich." Er ballte die schmalen Fäuste. „Ich bin bereit, alles zu tun, um Maeve glücklich zu machen."

Ford richtete sich auf. Er glaubte Leonard. Liebe gab einem Mann Mut, selbst wenn es völlig unangebracht war. Leonard würde den Kampf mit ihm aufnehmen, weil es in seinen Augen das Richtige war.

„Du bist ein besserer Mann, als ich es je sein werde", sagte er und stand auf. „Aber ich werde nicht zurückkommen."

„Warum nicht?"

„Ich bin nicht wie du. Es stimmt, Isabel ist viel mehr, als ich verdiene. Sie ist eine wundervolle Frau, zauberhaft und lustig und süß. Aber ich liebe sie nicht. Ich kann nicht. Ich war nie in jemanden verliebt. Mir fehlt einfach das, was man braucht, um solche Gefühle zu entwickeln."

„Blödsinn." Leonards Blick wurde mitleidig. „Ehrlich? Mehr hast du nicht drauf?"

„Es ist die Wahrheit."

„Nein, ist es nicht. Du kannst lieben und noch viel mehr. Du bist nicht emotional unterentwickelt. Sieh dir doch mal deine Loyalität deinem Team gegenüber an. Du wärst für sie gestorben."

„Ja, aber das war was anderes."

„Vom Prinzip her nicht. Und was ist mit deiner Mutter? Du warst gewillt, alles zu tun, um ihre Gefühle nicht zu verletzen. Du liebst sie. Du liebst deine Familie."

„Eine Frau zu lieben ist etwas ganz anderes, als seine Familie zu lieben."

„Nein, ist es nicht. Der einzige Unterschied ist Sex, aber die Liebe ist die gleiche. Liebe heißt, etwas von sich zu geben und zu wollen, dass die anderen glücklich sind. Liebe ist das Bedürfnis, mit jemand zusammen zu sein, ihn zu bewahren und zu behüten. Wenn du dieses Gefühl für andere Menschen empfindest, kannst du es auch für Isabel empfinden. So einfach ist das."

Ford wollte ihm gerne glauben. Doch so einfach war das eben nicht. „Ich hatte seit Maeve keine ernsthafte Beziehung mehr", gestand er. „Es hat viele Frauen gegeben, aber mit keiner wollte ich länger als ein paar Tage oder Wochen zusammen sein. Sie haben versucht, mich zum Bleiben zu überreden, aber ich wollte nichts davon wissen und bin jedes Mal gegangen."

Leonard tätschelte ihm die Schulter. „Das liegt daran, dass du dabei warst, dich in jemand anderen zu verlieben. Die Briefe. Isabels Briefe. Du konntest dich nicht in diese Frauen verlieben, weil du bereits in Isabel verliebt warst. Die ganze Zeit über ist sie die Eine gewesen. Du bist ihretwegen nach Hause zurückgekehrt. Deshalb hast du auch sie für deine vorgetäuschte Beziehung ausgesucht. Du bist davon ausgegangen, dass du einer wahren Beziehung niemals wieder so nahe kommen wirst, also hast du sie gewählt. Die ganze Zeit über ist es schon Isabel gewesen."

Fords erster Instinkt war, Leonard wie einen Käfer zu zerquetschen. Sein zweiter, tief durchzuatmen und herauszufinden, ob er vielleicht die Wahrheit sagte.

War es wirklich so einfach?

Isabel legte letzte Hand an die Küche. Traurigerweise war Putzen das Einzige, was sie an diesem Sonntag zu tun hatte. Sie wusste, sie sollte ihre Freundinnen anrufen und etwas unternehmen, aber sie war nicht in der Stimmung für Gesellschaft.

Die Party am Freitag hatte ungemein geholfen. Der Kater am nächsten Tag war auch eine willkommene Abwechslung gewesen, doch hauptsächlich war sie daran erinnert worden, wie viel Liebe und Unterstützung sie hier in der Stadt hatte.

Sie schaltete die Geschirrspülmaschine ein und setzte sich dann mit Block und Stift an den Küchentisch. Jetzt, wo sie sich entschieden hatte, hierzubleiben, musste sie eine Liste aller Dinge erstellen, die sie zu tun hatte. Zum einen würden ihre Eltern in wenigen Wochen zurückkommen. Sie liebte sie sehr, wollte aber trotzdem eine eigene Wohnung haben. In ihrem letzten Gespräch hatte sie bereits erwähnt, dass sie den Laden übernehmen würde, worüber die beiden ganz aus dem Häuschen waren. Nun war es an der Zeit, einen Kostenvoranschlag für die Umbaumaßnahmen einzuholen.

Das Treffen mit dem Anwalt, um die Verträge für ihre Designerinnen und die Partnerschaft mit Taryn aufzusetzen, war bereits anberaumt. Vielleicht würde sie auch noch ein paar andere Designerinnen finden. Ja, es gab tausend Dinge, die sie beschäftigt hielten. Und doch half nichts davon, Ford zu vergessen.

„Hallo, Isabel."

Sie zuckte zusammen und sprang auf. Ford stand im Wohnzimmer, unrasiert, leicht zerzaust und so umwerfend wie immer.

„Ich weiß genau, dass ich die Tür abgeschlossen habe", sagte sie. Damit hatte sie gestern angefangen.

Er zuckte mit den Schultern. „Schlösser waren noch nie mein Problem. Ich muss dir etwas zeigen."

Er ging den Flur hinunter in ihr Schlafzimmer. Dort zog er seinen Seesack hervor und holte die Briefe heraus.

Sie blieb an der Türschwelle stehen, nicht sicher, warum er gekommen war, aber fest entschlossen, ihm nicht zu zeigen, wie sehr er sie verletzt hatte. Bald geht es mir wieder gut, dachte sie. Sie würde das hier überstehen, und irgendwann würde ihr Herz anfangen, wieder zu heilen.

Er blätterte durch die Briefe und hielt einen hoch. „Ich habe diesen hier an einem Tag bekommen, als mein Kumpel getötet wurde. Ich stand direkt neben ihm. Wenn die Kugel zehn Zentimeter weiter links eingeschlagen hätte, wäre ich jetzt tot."

Er warf den Brief auf das Bett und nahm einen anderen in die Hand. „Drei Nächte in einem eiskalten Loch ohne Essen oder Wasser. Du hattest zu dieser Zeit gerade Billy und das Surfen für dich entdeckt. Dein Brief hat mich nach Los Angeles und zu etwas Gutem entführt."

Er fächerte die Briefe auf und ließ sie alle aufs Bett fallen. „Es gibt einen Grund, warum ich nicht über das spreche, was passiert ist. Weil ich nämlich schon darüber gesprochen habe. Mit dir. Du warst da. Bei mir. Auf jedem Schritt meines Weges. Du hast mir Gesellschaft geleistet, wenn ich einsam war. Du hast mich daran erinnert, für was ich kämpfe. Und am Ende hast du mich nach Hause geholt."

Sie wusste nicht, was sie denken, was sie sagen sollte.

„Ich habe zugesehen, wie du aufgewachsen bist, Isabel", fuhr er fort. „Ich kenne dich besser als jeden anderen. Leider musste erst dein dürrer Buchhalterschwager vorbeikommen, damit ich endlich die Wahrheit begriff. Ich konnte mich nie in diese Frauen verlieben. Natürlich konnte ich das nicht. Weil ich nämlich schon verliebt war. In dich. Ich weiß nicht, ob es bei deinem ersten Brief passiert ist oder beim zweiten. Aber spätestens, als du Warren nach dem Schulball in die Eier getreten hast, war ich rettungslos verloren. Ich war nur zu dumm, um alleine darauf zu kommen."

Er zuckte mit den Schultern. „Wenn du immer noch in mich verliebt bist, würde mich das sehr freuen. Denn ich bin ganz schrecklich in dich verliebt. "

Sie konnte sich nicht daran erinnern, sich bewegt zu haben, aber plötzlich lag sie in seinen Armen. Er hielt sie so fest, dass sie kaum Luft bekam, aber das war in Ordnung. Sie hatte Ford, und er liebte sie.

Unwillkürlich fing sie an zu lachen, und aus dem Lachen wurden Tränen. Dann küsste er sie, und sie erwiderte den Kuss.

„Ich liebe dich", murmelte er an ihren Lippen.

„Ich liebe dich auch."

Er nahm ihr Gesicht in seine Hände und schaute ihr in die Augen. „Wir können hierbleiben, wenn du magst. Aber wenn du nach New York willst, komme ich mit."

Sie legte ihre Hände an seine Brust. „Nein. Ich möchte in Fool's Gold bleiben." Sie schniefte und lächelte dann. „Übrigens, deine Mom hat die ganze Zeit gewusst, dass wir nur so tun, als ob."

„Auf keinen Fall."

„Das hat sie aber gesagt."

Er grinste und küsste sie erneut. „Aber das ist es ja gerade. Wir haben gar nicht so getan, als ob. Isabel, wirst du mich heiraten?"

Sie war so glücklich, dass sie fast davongeschwebt wäre. „Ja."

Er zeigte auf die Briefe. „Wenn ich mir die so anschaue, werde ich unser Gelübde wohl selbst schreiben müssen."

Sie lächelte. „Ich denke, der Herausforderung bist du gewachsen."

„Ich bin allem gewachsen, solange du bei mir bist."

– ENDE –

Lesen Sie auch:

Ava Miles

Nora-Roberts-Land

Aus dem Amerikanischen von Anke Brockmeyer

Ab Oktober 2015 im Buchhandel

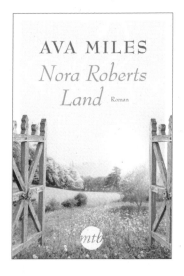

Band-Nr. 25872
9,99 € (D)
ISBN: 978-3-95649-229-7

Suchend musterte Meredith Hale die Auslage des Buchladens. Da war er – der neue Roman von Nora Roberts. Auf dem Cover prangte eine wilde, überwältigende Küstenlandschaft mit weitem Himmel.

Selbst ihr Superheldinnen-Alter-Ego konnte die Gänsehaut und den Knoten in ihrem Magen nicht ignorieren, die sie beim Anblick des Buchs sofort überkamen. Ganz kurz fuhr Meredith mit der Hand über ihr rotes Spitzenbustier von La Perla, das sie unter ihrem schwarzen Blazer trug. Dann machte sie zögernd einen Schritt zum Schaufenster und atmete einmal tief durch, als sie den bekannten Schriftzug der Autorin sah. Sie stellte sich vor, wie Scheidungs-Woman ihr sagen würde, sie könnte es ruhig wagen, näher zu treten. Schließlich war es nur eine Buchhandlung, und es ging nicht darum, sich in einem Kugelhagel schützend vor den Präsidenten zu werfen.

Vor einem Jahr war sie von einem Tag auf den anderen auf Nora-Roberts-Entzug gewesen. Damals hatte ihr Exmann, Rick-the-Dick – was so viel bedeutete wie ‚der schwanzgesteuerte Dick' –, *Lockruf der Gefahr* an die Wand gefeuert und geschrien, ihre Lieblingsautorin habe ihr eine völlig unrealistische Vorstellung von Liebe vermittelt. „Sie ist der Grund für unsere Eheprobleme", hatte er wütend hervorgebracht. „Wegen Nora Roberts denkst du, Liebende leben immer glücklich miteinander bis zu ihrem seligen Ende. Dabei weiß jeder Mensch, dass das ein Märchen ist. Werde endlich erwachsen." Danach hatte er seine maßgeschneiderten Anzüge in einen Koffer geworfen und die Tür ihres eleganten Apartments in Manhattan hinter sich zugeknallt.

Im ersten Moment hatte sie gedacht, er könnte vielleicht recht haben. Doch mit der Zeit hatte sie Nora Roberts' Bücher immer mehr vermisst. Und es hatte ihr die Scheidung keineswegs erleichtert, keine Romanzen mehr zu lesen. Und auch die Panikattacken waren dadurch nicht verschwunden.

Verdammt, sie wollte Nora Roberts zurück. Es war an der Zeit, sich ihr Leben wieder zurückzuholen.

Unglücklicherweise löste es schon beinahe eine Panikattacke aus, sich nur das Cover anzuschauen. Ihre Hände wurden eiskalt und feucht. Sie wischte sie an ihrem Kostüm ab und suchte in der Handtasche nach dem Telefon. Ihre Schwester würde sie ermutigen, den Schritt in die Buchhandlung zu wagen. Jill schaffte es, jeden Menschen von allem zu überzeugen.

„Hey, Mere", meldete sich ihre Schwester. Im Hintergrund lief ihre Lieblingsband ABBA, wie immer. Jill sehnte sich danach, ein Leben als Dancing Queen zu führen.

„Hey", erwiderte sie und zwang sich, ruhiger zu klingen, als sie sich fühlte. „Wie läuft's im Café?"

„Nachdem ein Molkereivertreter stundenlang versucht hat, mich zu überzeugen, den Namen meines Ladens von *Don't Soy with Me* in *Don't Milk Me* zu ändern, will ich eigentlich nur noch meinen Kopf gegen die Espressomaschine schlagen. Er war so beschränkt. Ich habe versucht, ihm zu erklären, dass es ein Wortspiel ist. Aber er hat mich nur mit großen Kuhaugen angestarrt und gar nichts begriffen."

Langsam beruhigten sich Merediths Nerven. Jill und ihre Geschichten taten ihr immer gut. „Ich glaube, in New York bin ich noch nie einem Milchmann begegnet. Hat er irgendeinen besonderen Arbeitsanzug?"

„Nein, Gott sei Dank nicht. Apropos Milch – hast du mein Geschenk bekommen?"

„Du meinst den Kaffeebecher mit der Aufschrift *Du bist mein Euter*?" Meredith trat näher an die Schaufensterscheibe, um zu vermeiden, von einer Gruppe Fußgänger über den Haufen gerannt zu werden.

„Genau. Ich habe dem Milchmann sogar angeboten, diese Tassen auszustellen, dennoch ist er nicht gegangen. Stattdessen hat er mir vorgeschlagen, er könnte mir zeigen, wie man Kühe melkt. Ich hatte das Gefühl, er wollte mich anbaggern."

Als Meredith versuchte, ein Lachen zu unterdrücken, und dabei einen seltsam dumpfen Ton von sich gab, erntete sie einen missbilligenden Blick von einem vorübereilenden Banker. Seine Schuhe, der Gürtel und die Aktentasche passten perfekt zusammen – die typische Wall-Street-Uniform. „Und ich dachte bisher immer, *mein* Liebesleben wäre erbärmlich."

„Welches Liebesleben?"

„Witzig. Gerade jetzt stehe ich vor einem Buchladen. Heute Morgen bin ich mit dem Entschluss aufgewacht, mit dem Lesen anzufangen."

„Mir war nicht bewusst, dass du Analphabetin bist, Süße."

„Haha." Sie musterte den Ansturm von Kunden, die durch die Eingangstür des Geschäfts an der Ecke 82. Straße und Broadway kamen und gingen.

„Okay, nimm einen tiefen meditativen Atemzug. Im Ernst, Mere, du klingst wie Großtante Helen an Weihnachten, wenn sie ihre Sauerstoffmaske abgenommen und sich einen Schluck von Großvaters Scotch gemopst hat."

„Gute Idee. Einatmen." Bildete sie sich das ein, oder sah sie tatsächlich nur noch verschwommen? „Ich mache jetzt den ersten Schritt."

„Meine Kleine, ich wünschte, Mom und ich könnten das jetzt sehen."

Der schräge Humor ihrer Schwester stieß durch den Nebel in ihrem Kopf. Meredith war sich nicht ganz sicher, ob sie sich überhaupt noch in ihrem Körper befand, doch zumindest bewegte sie sich vorwärts, sobald sie ging. Ihre Hand schaffte es, die Tür zu öffnen. Auf Beinen so unstet wie Wackelpudding betrat sie das Geschäft.

„Bist du schon drin?"

„Ja, gerade", verkündete sie, während sie sich an ein Bücherregal presste, um andere Kunden vorbeizulassen.

„Herzlich willkommen zurück im Land des Lesens."

Gab es etwas Wohltuenderes? „Danke. Ich stehe gerade in der Abteilung *Thriller und Spannung*. Dabei muss ich an Großvater denken. Er war immer überzeugt, es gebe konspirative Kräfte an der Universität. Ganz nebenbei untersuche ich gerade den Drogenhandel auf dem Campus für ihn. Aber vielleicht sollte ich ihm stattdessen lieber ein Buch von John Grisham schenken."

„Ich weiß! Ständig quetscht er mich über die Partys aus, auf denen ich war. Jedes Mal sage ich ihm, die Leute haben zu viel getrunken und sich irgendwann übergeben. Ende der Geschichte."

„Davon musst du aber erst einmal sein höllisches journalistisches Bauchgefühl überzeugen." Nicht dass sie mit dem Finger auf ihn zeigen könnte. Schließlich hatte sie diese Eigenart von ihm geerbt.

„Jeder in der Familie ist dankbar, dass du im Verlag eingesprungen bist nach Dads Herzinfarkt", erklärte ihre Schwester. „Doch er arbeitet noch immer viel zu viel. Die Zeitung ist sein Baby – genauso wie Großvaters."

„Das weiß ich, Jill." Plötzlich lastete das Schuldgefühl wieder schwer auf ihr, es war beinahe so stark wie die Panik. Natürlich unterstützte sie ihren Vater, aber sie wünschte, sie könnte mehr tun. Manchmal nervte es echt, so weit von ihrer Familie entfernt zu wohnen.

Ihre Schwester räusperte sich. „Ich habe keine Ahnung, wie ich es sagen soll, doch du musst es wissen. Der Zeitpunkt ist ganz sicher schlecht mit deinem einjährigen Scheidungsjubiläum, aber ..." Jills Atem ging ein bisschen schneller. „Der Arzt ist überhaupt nicht zufrieden mit Dads Genesungsprozess. Er hat ihm nahegelegt, sich eine Auszeit zu nehmen. Mom hat nicht gewagt, dich zu fragen, doch irgendjemand muss Großvater unterstützen. Mir ist klar, dass er uns noch alle in die Tasche steckt, allerdings ist er schon über siebzig. Meinst du, dass du für ein paar Monate nach Hause kommen und ihm helfen könntest? Ich würde es ja selbst tun, aber ich habe leider überhaupt kein Gespür für Journalismus. Und außerdem muss ich mich um *Don't Soy with Me* kümmern."

„Nach Hause kommen?" Meredith stieß gegen einen Buchstapel, und eine ganze Reihe von Hardcover-Ausgaben von James Patterson rutschte zu Boden. Bei dem Gedanken, nach Hause zurückzukehren, stockte ihr der Atem. „Ich kriege ... keine Luft mehr ... und ich möchte es wirklich gerne." Hektisch schnappte sie nach Luft.

„Geh zur Leseecke mit der Kaffeebar und setz dich hin. Lass den Kopf nach unten hängen", riet ihre Schwester.

Unsicher schritt sie zum nächsten Sessel. Von dort entdeckte sie die *Romantik*-Abteilung. Noch immer fühlte sie sich, als ob eine Boa constriktor sie im Würgegriff hielte. In diesem Moment war es ihr egal, was die Leute über sie dachten. Ihr wurde schwarz vor Augen, und sie ließ den Kopf zwischen den Knien baumeln.

Das Handy, das sie noch immer umklammerte, summte und signalisierte ihr einen zweiten Anruf. Doch sie ignorierte es und atmete tief durch. Sowie sie spürte, dass ihre Lebensgeister wieder erwachten, nahm sie noch ein paar tiefe Atemzüge, bis sie meinte, den Sauerstoff von ganz Manhattan inhaliert zu haben. Danach presste sie das Telefon wieder ans Ohr.

„Bist du noch da?"

„Jepp. Geht's dir besser?"

Die Frage des Jahres. „Ich bin nicht umgekippt, aber ich war nahe dran."

„Meredith, dein Mann hat dich betrogen und dann dir die Schuld an eurer Misere gegeben – und den Büchern von Nora Roberts. Du bist unendlich verletzt worden. Gönn dir eine Pause. Das rate ich Jemma auch immer."

Jills beste Freundin war gerade von ihrer Sandkastenliebe verlassen worden. „Im Erteilen von Ratschlägen bist du immer gut", entgegnete Meredith.

„Übung. Jemma ist wirklich am Boden zerstört."

„Ja, ich habe davon gehört." Ihre Augen brannten, und sie massierte sich mit den Fingern den Nasenrücken. „Ich halte es keine Nacht länger in meiner Wohnung aus. Mir fehlt Tribeca, das Essen in den Restaurants, die Ausstellungseröffnungen. Rick-the-Dick vermisse ich nicht, doch es fehlt mir, ein Teil dieser aufregenden Welt zu sein."

„Du hast den Superpärchen-Blues, Mere. Vielleicht würde dir die Arbeit bei der Zeitung eine neue Perspektive geben. Niemand von der Familie ist bei dir, und deine meisten Freundschaften haben die Scheidung auch nicht überlebt."

Das stimmte allerdings. Was der Begriff „Schönwetterfreundinnen" tatsächlich bedeutete, hatte sie in den vergangenen Monaten mehr als deutlich erfahren. „Ich vermisse euch", gab sie zu. Aber nach Hause zurückkehren? Seit sie ihr Studium an der

Columbia-Universität begonnen hatte, lebte sie in New York.

»Lass mich erst mal einen Kaffee holen.«

»Ich würde dir gern in diesem Moment deine Lieblingsmischung aufbrühen. Danach würde ich dich ganz fest umarmen und dir erzählen, wie Paige Lorton fast erstickt wäre, weil sie Schlagsahne in die Nase bekommen hat. Der alte Perkins hat sie schließlich mit dem Heimlich-Griff gerettet.«

Meredith lachte. »Oh, Jillie, ich liebe dich.«

»Ich dich auch, große Schwester. Und ich vermisse dich, Mere.«

Kurz nahm Meredith das Telefon runter, ging zur Theke, um sich einen Kaffee zu bestellen – groß, ohne aufgeschäumte Milch –, anschließend ließ sie sich wieder in den Sessel sinken und hielt das Handy erneut ans Ohr. »Gib mir ein bisschen Zeit, darüber nachzudenken, nach Hause zu kommen«, bat sie.

»Karen weiß ganz sicher zu schätzen, wie sehr du dich für ihre Zeitung engagierst. Immerhin bist du jetzt schon seit einem Jahr dort. Und es spricht für den Verlag, dass es das Konkurrenzblatt von Rick-the-Dick ist. Dafür gibt's Bonuspunkte.«

Wie von Zauberhand tauchte plötzlich der Kaffee vor ihr auf. Sie schaute hoch, und vor ihr stand eine kleine Barista mit geglätteten Haaren. »Sie sahen so aus, als könnten Sie etwas Freundlichkeit gebrauchen«, meinte sie lächelnd.

Höflichkeit begegnete einem nicht oft in New York. In ihrer Heimatstadt im Dare Valley, Colorado, dagegen war es völlig normal, dass man einander gegenüber aufmerksam war. »Vielen Dank.« Plötzlich wurde sie von Heimweh ergriffen. »Vielleicht hast du recht, Jill. Es wäre schön, wieder von Menschen umgeben zu sein, die mich kennen.«

»Wunderbar! Überleg es dir. Sprich mit Karen. So, und jetzt trinkst du deinen Kaffee, und danach nichts wie rüber mit dir in die Liebesroman-Abteilung. Nora-Roberts-Land wartet schon.«

Ein Lächeln umspielte Merediths Mundwinkel. »Ich hatte ganz vergessen, dass Mom ihre Bücher so genannt hat. Immer hat sie mit dem Finger auf Dad gezeigt und gesagt, dass sie sich jetzt ein paar Stunden im Nora-Roberts-Land gönnen würde. Dann hat sie sich im Schlafzimmer verschanzt. Als wenn es eine Erwachsenenversion vom Disneyland wäre. Dad hat es nie wirklich verstanden."

„Stimmt. Doch zumindest hat er sich nicht wegen Nora Roberts scheiden lassen. Rick-the-Dick dagegen übernimmt nicht die Verantwortung für seine Seitensprünge, sondern gibt dir die Schuld – und den Romanen. Armselig, wenn du mich fragst. Da könnte man genauso gut *Romeo und Julia* dafür verantwortlich machen, wenn sich ein Teenager aus Liebeskummer umbringt. Total idiotisch."

„Das Thema ist durch", beschied Meredith und trank den letzten Schluck von ihrem Kaffee. Vorsichtig stand sie auf und testete ihr Gleichgewicht. „So, mir geht's wieder gut."

„Dann auf in die Romantik-Abteilung."

Noch immer unsicher auf den Beinen, taumelte sie zweimal. Zum Glück gab es eine Menge Regale, an denen sie sich festhalten konnte. Als sie an den Zeitschriften vorbeikam, fiel ihr Blick auf ein Titelbild, das ihren Exmann zeigte. Er schenkte der Welt jenes betörende Lächeln, mit dem er jede Frau für sich einnahm – sie selbst eingeschlossen.

„Richard ist auf dem Cover von *New York Man*", stieß sie hervor, während sie den dunkelblauen Anzug und die rote Krawatte auf sich wirken ließ.

„Was?", fragte Jill nach, da ihre Schwester plötzlich wie ein Raucher auf Sauerstoff geklungen hatte.

„Rick-the-Dick ist auf dem Cover eines Magazins", wiederholte sie überdeutlich. „*New York Man* ist so etwas wie eine wöchentliche Regionalausgabe von *GQ*."

„Und was schreiben sie über ihn? Bitte, sag mir, sie haben herausgefunden, dass er Transvestit ist und jetzt als Model die La-Perla-Dessous präsentiert, die du gerade trägst."

Nach ihrer Trennung hatte Meredith ihre gesamte Baumwollunterwäsche entsorgt und sich mit edlen Bustiers und dazu passenden Slips eingedeckt. Seither gab es ihr Alter Ego, Scheidungs-Woman. Sie war so etwas wie eine weibliche Version von Superman, allerdings ohne den wehenden Umhang und die schillernden Strumpfhosen. Vielleicht war es ein bisschen seltsam, für sich selbst ein zweites Ich zu erfinden, doch ihr half es dabei, nach vorne zu schauen. So konnte sie sich vorstellen, eine junge, heiße New Yorkerin zu sein, die jeden Mann schwach werden ließ.

Allerdings war es schon eine Weile her, seit tatsächlich ein Mann bei ihr schwach geworden war. Sehr, sehr lange sogar.

Seit Rick-the-Dick, dem Bastard.

Sie las die Überschrift. *Medienmogul wirft seinen Hut in den Ring der Politik.* „Oh Mist", sagte sie und griff nach der Zeitschrift.

„Was ist?", wollte Jill wissen.

„Die Gerüchte stimmen." Sie blätterte vor bis zur Titelgeschichte. „Rick will es wirklich wagen. Er stellt eine Mannschaft für die Senatswahlen zusammen."

„Du machst Witze. Zum ersten Mal wünschte ich, New Yorkerin zu sein. Dann könnte ich ein dickes schwarzes Kreuz bei ‚Nein' neben seinem Namen machen."

Aufgeregt überflog Meredith den Artikel. Hatte er sich an die Vereinbarung gehalten? Ihre Unruhe wuchs, sowie sie den Teil über ihre Scheidung entdeckte. Also war er wortbrüchig geworden. Hatte ihr Herz deshalb bis zum Hals geklopft, als sie das Titelbild entdeckt hatte? „Wir hatten ausgemacht, kein Wort über die Scheidung zu verlieren, er hat unsere Abmachung gebrochen."

„Arschloch. Was schreiben sie?"

„Warte …" Ihr Puls raste, während sie las. Am liebsten hätte sie wieder den Kopf zwischen die Beine gesteckt, aber im Stehen war das ziemlich unmöglich. „Er sagt, wir hätten unterschiedliche Vorstellungen von unserem Leben gehabt. Er strebe nach höheren Zielen, wolle die Lebensbedingungen der Bürger verbessern. Was für ein Unsinn. Oh, und er will die Beamtenlaufbahn einschlagen. Er meint, ich hätte immer die traditionelle Familie mit Kindern gewollt. Zitat: *Die Art, die es nur in Büchern gibt*. Aber natürlich sei er nicht gegen eine Familie." Am liebsten hätte sie das Magazin in Stücke gerissen. Ganz plötzlich war der alte Schmerz wieder da, wie eine frische blutende Wunde.

„Arsch, Idiot ..."

Während ihre Schwester Rick mit unzähligen Schimpfwörtern bedachte, wirbelten die Gedanken in Merediths Kopf herum. Sie tippte eine Mitarbeiterin an, die den Arm voller Bücher hatte. „Wann ist das erschienen?"

Die junge Frau blieb stehen. „Das ist ein Vorabdruck. Wir haben es geschafft, ein paar Exemplare vor allen anderen Buchhandlungen zu bekommen", erklärte sie mit stolzgeschwellter Brust. „Er ist toll, nicht wahr? Ich werde ihn wählen." Dann ging sie weiter.

„Wir waren uns einig, dass wir kein Wort über unsere Scheidung verlieren wollten", sagte Meredith in ihr Handy.

„Wann hat dieser Typ jemals kein Versprechen gebrochen? Ich wette, er hat eine Riesenangst davor, dass du über seine Seitensprünge plaudern könntest. Wähler mögen keine untreuen Ehemänner."

Oder Politiker, die für Sex bezahlten ... Aber das hatte ihn auch davon nicht abgehalten. Nichts hielt ihn auf. Genau deshalb nannte man ihn einen Mogul. Das Anklopfzeichen signalisierte ihr, dass erneut ein anderer Anrufer in der Leitung wartete. Sie schaute auf das Display. Die vertraute Nummer raubte ihr einmal mehr den Atem. Dann überfiel sie pure Wut. Rick-the-Dick. Nun, er war nicht der Einzige, der etwas zu sagen hatte.

„Jill, es ist Richard. Ich melde mich wieder."

„Warte ..."

Doch sie beendete das Gespräch und nahm den anderen Anruf an. „Was zur Hölle willst du?"

„Meredith", begann er in freundlichstem Plauderton. „Ich hatte schon befürchtet, dass ich dich nicht mehr erreiche, bevor du die Neuigkeiten gehört hast."

„Genau so ist es."

„Drei Mal habe ich deine Assistentin heute Morgen schon angerufen. Und nachdem sie schließlich gemeint hat, dass sie dich nicht erreichen könne, habe ich beschlossen, es auf deinem Handy zu versuchen."

Sie lehnte sich an eines der Regale. Der Klang seiner charmanten, einschmeichelnden Stimme ließ ihre Knie weich werden. Zum ersten Mal seit einem Jahr sprachen sie miteinander. „Du Bastard. Du hast unsere Vereinbarung gebrochen."

„Nun, das ließ sich nicht vermeiden. Wähler wollen informiert sein. Ich habe all meinen Charme spielen lassen und dich über den grünen Klee gelobt, aber der Reporter hat sich offensichtlich entschieden, diese Zitate rauszulassen."

Selbst Meister Proper könnte den ganzen Mist, den Dick von sich gab, nicht wegwischen. „Das glaube ich dir aufs Wort", erwiderte sie spöttisch.

„Und genau deshalb rufe ich dich an. Wahrscheinlich werden sich nicht so viele Journalisten an dich wenden, nachdem ich bekannt gegeben habe, dass ich ein Wahlkampfteam zusammenstelle. Aber ich wäre dir dankbar, wenn du dich auf kurze und positive Aussagen beschränken könntest. Etwa, was für ein wunderbarer Mensch ich bin und dass ich ganz sicher ein großartiger Senator wäre, auch wenn unsere Ehe nicht gehalten hat."

Er hatte echt Nerven. Sie sah rot, und das lag nicht am Sauerstoffmangel. „Du bist ein echtes Arschloch."

„Meredith ..."

„Hör sofort auf! Du hast dich nicht eher gemeldet, weil du genau wusstest, dass ich deiner Darstellung widersprechen würde. Du bist selbstgefällig bis zum Letzten."

Ein paar Kunden schauten sie stirnrunzelnd an und schoben sich an ihr vorbei.

„Verdammt, ich hatte gehofft, du würdest nicht so reagieren. Herrgott noch mal, immerhin habe ich mich ziemlich großzügig gezeigt bei unserer Scheidung."

Geld war nur eines der vielen Werkzeuge, mit denen er seine Mitmenschen manipulierte. „Es ging nie ums Geld. Meine Güte. Ich habe dich geliebt!" Sie biss die Zähne zusammen und versuchte, sich zu beruhigen. Zu diesem Spiel gehörten immer zwei, und auch sie beherrschte die Regeln. „Hast du wirklich geglaubt, du könntest dir mein Schweigen erkaufen?"

„Meredith ..."

„Sei still. Du weißt, was ich weiß. Und wenn du mich nicht in Ruhe lässt und mich aus deinem ... verdammten Senator-Medienrummel heraushältst, könnte es passieren, dass auch mir mal etwas rausrutscht."

„Wag es nicht, mir zu drohen."

„Wag es nicht, mich für dumm zu verkaufen. Du hast keinerlei Recht, mir vorzuschreiben, was ich tun soll. Solltest du das noch ein Mal versuchen, wirst du es bereuen, das schwöre ich dir. Bye, Richard."

Sie drückte den Knopf, mit dem sie das Gespräch beendete, so fest, dass sie sich einen Fingernagel abbrach. In ihrem Schädel summte es wie in einem Bienenkorb. Entschlossen stolzierte sie hinüber in die Liebesroman-Abteilung.

Sie würde nicht zulassen, dass er noch einmal Kontrolle über ihr Leben bekam.

Wie von selbst gaben ihre Füße die Richtung an, und ehe sie sichs versah, hatte sie das aktuelle Buch von Nora Roberts in der Hand. Sie straffte sich, fuhr mit der Fingerspitze über den Namenszug und atmete tief durch, um ihr pochendes Herz zu beruhigen.

Wie hatte sie jemals Rick-the-Dicks Anschuldigung ernst nehmen können?

Er war ein Haufen Scheiße.

Ihre Scheidung hatte nichts zu tun mit einem hochtrabenden Bild von Romantik und Hochzeitsglocken. Ihre Ehe war gescheitert, weil sie ein betrügerisches, selbstverliebtes Arschloch geheiratet hatte.

Um Himmels willen, sie musste darüber – über ihn – hinwegkommen. Sie würde nicht zulassen, dass er ihr ganzes Leben ruinierte.

Sowie sie das Buch an ihre Brust presste, beruhigte sich ihr Herzschlag. Sie spürte förmlich, wie Scheidungs-Woman sie umarmte.

Diese Bücher waren Balsam für Geist und Seele und ließen den Leserinnen den Glauben an die positiven Dinge des Lebens – Romantik, heißen Sex, Liebe, Unabhängigkeit, Familie, den Sieg des Guten über das Böse. Nora-Roberts-Land. Daran wollte sie wieder glauben.

Nein, daran *musste* sie wieder glauben.

Auf der Suche nach den anderen Büchern der Autorin, die seit ihrer Scheidung erschienen waren – insbesondere nach jenen, die Nora Roberts unter dem Pseudonym J. D. Robb geschrieben hatte –, wanderte sie durch die Reihen. Sie brauchte eine große Dosis Roarke, dem Helden aus der Eve-Dallas-Serie. Vielleicht würde sie eines Tages ihre eigene Version dieses Mannes finden.

Ihr Blick fiel auf den Sammelband *Going Home*. Sofort musste sie an Jills Bitte denken, nach Hause zu kommen und der Familie beizustehen. Gab es etwas Wichtigeres als das? Wenn sie sich recht erinnerte, hatte die Heldin in dem ersten Roman, *Die Sehnsucht der Pianistin*, genau die gleiche Entscheidung getroffen. Und dabei hatte sie Mr Right getroffen.

Also, was würde eine Heldin bei Nora Roberts in meinem Fall tun?

Die Frage war kaum mehr als ein Flüstern in ihrem Kopf. Nachdenklich tippte sie mit dem Fingernagel auf den Buchrücken.

Eine dieser Heldinnen ... würde sich ihren größten Ängsten ohne Ausflüchte stellen.

Sie konnte wieder klarer denken, und gleichzeitig kristallisierte sich eine brillante Idee aus ihrem Gedankennebel heraus. Eine neue Herausforderung.

Keine Ahnung, ob ich schon dazu bereit bin, dachte sie, doch ich werde der Liebe eine neue Chance geben. Als Erstes würde sie zurück ins Büro gehen und ihre Chefin informieren, dass sie ihre Familie im Verlag unterstützen musste. Und gleichzeitig würde sie die Zeit nutzen, um an einem Artikel für den *Daily Herald* zu schreiben – die Geschichte über eine geschiedene Frau, die in ihre kleine Heimatstadt zurückkehrt, um den Mann ihres Lebens zu finden und mit ihm glücklich zu sein bis ans Lebensende. Eine Geschichte aus dem Nora-Roberts-Land.

Während sie bei der eigenen Zeitung arbeitete, erwartete sie kein Gehalt, aber dadurch hatte sie auch eine gewisse Freiheit. Und Karen wusste, was sie an ihr hatte, deshalb würde sie ihr bestimmt den Job frei halten. Und wenn nicht, würde Meredith etwas anderes finden. Der Familienname öffnete manche Tür, und sie selbst hatte sich mittlerweile einen guten Ruf in der Stadt aufgebaut. Außerdem würde dieser Artikel großartig werden, unabhängig davon, wie die Geschichte endete. Wer würde nicht die Story einer enttäuschten Frau lesen wollen, die versucht, wieder an die Kraft der Liebe zu glauben?

Beflügelt schritt sie zur Kasse. Es war Zeit, etwas ganz Neues zu beginnen.

Sie würde über Rick-the-Dick hinwegkommen. Und wenn sie sich mit jedem Mann im Dare Valley verabreden musste.

Lesen Sie auch von Susan Mallery:

Deutsche Erstveröffentlichung

Susan Mallery
Kuss und Kuss
gesellt sich gern

Felicia leidet manchmal unter ihrem hohen IQ, zu gerne will sie einfach nur eine normale Frau sein – und Gideon ist genau der Mann, der ihr dabei helfen kann, oder?

Band-Nr. 25844
9,99 € (D)
ISBN: 978-3-95649-190-0
eBook: 978-3-95649-438-3
352 Seiten

Susan Mallery
Drum küsse, wer
sich ewig bindet

Justice Garrett ist zurück in Fool's Gold! Nie hat Friseurin Patience den Jungen, der einst ihr Herz eroberte, vergessen. Spurlos ist er vor Jahren verschwunden. Jetzt, als erwachsener Mann und erfolgreicher Bodyguard, ist er noch attraktiver als in ihrer Erinnerung …

Band-Nr. 25812
9,99 € (D)
ISBN: 978-3-95649-103-0
eBook: 978-3-95649-394-2
384 Seiten

Deutsche Erstveröffentlichung

**Zarte Schokolade, süße Küsse und andere Versuchungen:
Genießen Sie die neue Romance von Bestsellerautorin Susan Mallery!**

Deutsche Erstveröffentlichung

Susan Mallery
Küsse haben keine Kalorien

Pralinen, Trüffel und feinste Schokoladen: Cafébesitzerin Allison Thomas ist Meisterin der süßen Verführung – allerdings nur, was die Herstellung zartschmelzender Köstlichkeiten angeht. Bei Männern hat sie leider kein so glückliches Händchen und lässt zur Sicherheit lieber die Finger vom starken Geschlecht. Bis Matt Baker in ihr Leben tritt. Der attraktive Handwerker renoviert nicht nur ihren Lagerraum, er ist auch die sinnlichste Versuchung, seit es Männer gibt. Doch obwohl Ali in seinen Armen dahinschmilzt, merkt sie, dass es in Matts Vergangenheit Dinge gibt, an denen er noch zu knabbern hat …

Band-Nr. 25823
9,99 € (D)
ISBN: 978-3-95649-163-4
368 Seiten

Deutsche Erstveröffentlichung

Anouska Knight
Am Horizont ein Morgen

Es bedurfte nur einer tragischen Sekunde, um Holly Jeffersons Welt für immer zu verändern. Bei einem Unfall verlor sie ihren über alles geliebten Mann. Sie ist sich sicher, nie wieder wird sie lieben können. Bis sie Ciaran Argyll begegnet …

Band-Nr. 25852
9,99 € (D)
ISBN: 978-3-95649-200-6
eBook: 978-3-95649-448-2
336 Seiten

Sarah Morgan
Sommerzauber wider Willen

Nichts bringt Sean O'Neil zurück in die Einöde der Berge von Snow Crystal! Nur wegen eines Notfalls hat er ausnahmsweise zugestimmt, im Hotel seiner Familie auszuhelfen und trifft dort auf die süße Köchin Èlise …

Band-Nr. 25834
9,99 € (D)
ISBN: 978-3-95649-177-1
eBook: 978-3-95649-475-8
368 Seiten

Deutsche Erstveröffentlichung